レオナルドのユダ

服部まゆみ

角川文庫
14132

レオナルドのユダ　目次

〈登場人物〉

ジローラモ・メルツィ……………………………………ヴァープリオ・ダッタの領主
ジョヴァン・フランチェスコ・メルツィ………………メルツィ家の長男
バルトロメオ・メルツィ…………………………………メルツィ家の次男
マイヤ・リッツィ…………………………………………メルツィ家の乳母
ジャン（ジョヴァンニ・ピエートロ・リッツィ）………マイヤの息子
サヴェリオ…………………………………………………メルツィ家の馬丁
レオナルド・ダ・ヴィンチ…………………………………………………画家
ルーカ・パチョーリ……………………………………フランチェスコ会修道士、数学者
ジョヴァンニ・アントーニオ・ボルトラッフィオ………レオナルドの弟子
マルコ・ドッジョーノ……………………………………レオナルドの弟子
サライ（ジャン・ジャーコモ・カプロッティ）…………レオナルドの弟子
ソドマ（ジョヴァンニ・アントーニオ・バッツィ）……レオナルドの弟子
ロレンツォ…………………………………………………レオナルドの弟子
マトゥリーヌ……………………………………レオナルドの工房の料理女
バッティスタ・デ・ヴィッラニス………………マトゥリーヌの夫、下男
イル・モーロ（ルドヴィーコ・スフォルツァ）………………ミラーノ公

ジローラモ・サヴォナローラ……ドミニコ会修道士
パーオロ・ジョーヴィオ……人文学者
マルカントーニオ（マルコ・アントーニオ・デッラ・トッレ）……パヴィーア大学教授、医師
レオ十世（ジョヴァンニ・デ・メディチ）……ローマ教皇
ジュリアーノ・デ・メディチ……レオ十世の弟
クレメンス七世（ジュリオ・デ・メディチ）……レオ十世の従弟
コジモ・バラバッロ……修道院長、詩人
ラファエッロ・サンツィオ……画家
アタランテ・ミリオロッティ……レオナルドのリラの弟子、歌手
ミケランジェロ・ブォナローティ……画家
フランソワ一世……仏国王
ジョルジョ・ヴァザーリ……画家、作家

プロローグ　ジョヴァン・フランチェスコ・メルツィ

師の描かれる聖母のお顔……それは母の顔だった。

聖マリアや聖アンナが湛《たた》える、あの限りなく慈愛に満ちた笑顔、愛に溢《あふ》れた柔らかな眼《まな》差《ざ》し、それは現実には師の眼差し、そして絵画においては師の絵画にしか認められない、まことの愛の眼差しだ。

母のあの眼差し……。

膝《ひざ》に凭《もた》れた私に母は一瞬顔を顰《しか》めた。

「フランチェスコ、婆やを。誰でもいい、召《よ》んできて。お願い」辛《つら》そうな顔は弱々しい微笑みとなり「お願い」とまた繰り返した。

そして母はいなくなった。

陰鬱《いんうつ》な冬の日、弟という者を残し……天に召されたのだと聞いた。母と弟が入れ代わったのだ。母の方が良かった。ずっと良かった。

その日のうちに、我が家にきていたコーモの貴族、ジョーヴィオ氏の計らいで、ジョーヴィオ家からマイヤという乳母とその子供だというジョヴァンニが来た。

マイヤは夫を亡くし、最近子供も亡くしたのだと父が言う。だから弟を育ててもらう。私はジョヴァンニは私の遊び相手になるだろうと。そして父は部屋から出ていき、私はジョヴァンニと取り残された。色黒の卑しげな田舎者。「遊び相手は要らない。母を返せ」と私は見知らぬ相手に言った。ジョヴァンニは黙って私を見ただけ。赤ん坊を抱いたマイヤが部屋に入って来るまで、私たちは一言も口を利かなかった。今だってそうだ。

母がいなくなり、赤ん坊とマイヤとジョヴァンニが突然現れる――そんなこと我慢できない。

第一章　一四九七〜一四九九年　ジョヴァンニ・ピエートロ・リッツィ

早馬が来て、母と僕は三時間も馬車に揺られてここに連れてこられた。川端に建つ大きな館《やかた》――この地の領主、メルッィ家だという。そして母は先日死んだ妹の代わりに赤ん坊を育てることとなり、僕は引き合わされたばかりの子供の相手をするように言われた。

「フランチェスコ、私の息子でもうすぐ五歳だ。遊び相手になってやってくれ」と、新しい御主人ジローラモ様はおっしゃり出ていかれた。

息子ではなく女の子みたいに見えた。じき五歳……僕は十歳にしては大柄だと言われていたが、この子は小さすぎる。僕の肘《ひじ》ぐらいの背丈で、美しい硝子《ガラス》細工の人形みたいだった。

この土地では珍しい北欧人のような青味がかった金髪は絹糸のように細くて真っ直ぐ肩まで垂れていた。小さな蒼白《あおじろ》い卵形の顔、巴旦杏《アーモンド》型の目は灰色がかった青い眸《ひとみ》で、鼻はすっきりと細い。それに赤く薄い唇。整い、澄ました、人形のような顔。触れたらすぐに壊れてしまいそうだ。だが、その眸の何という冷たい眼差《まなざ》し……眸だけが老人のように大人びていた。「お母さんが死んだばかりなのよ、優しくして」と母が言っていた。戸惑いながらも「僕……」と、言いかけたとき、その子が口を開いた。

「赤ん坊も、おまえも、おまえの母親も出ていけ。お母様を返せ」

叫んだわけでもなく、むしろつぶやきに近いのに酷《ひど》く居丈高できつく聞こえた。命令することに慣れきった貴族の物言い。こんな小さな人形の口から洩《も》れるとも思えぬ冷たい言葉。

「それは……」

「おまえと口など利きたくない。遊び相手も要らない。ここは私の部屋だ。出ていけ」

人形は歩きだし、僕に背を向けたまま窓辺の椅子に坐《すわ》ってしまう。

何をどう言えばいいのだろう。僕は突っ立ったまま、どうしたらよいのかわからなかった。六歳のときから四年、コーモのお屋敷で窓拭《まどふ》きをしていた。屋敷には僕より小さな子も居たけれど、みな召使の子だ。屋敷の子で一番僕に歳が近かったのは四歳上のパーオロ様だったが、やんちゃで乱暴、いつだって僕を驚かすか、からかうことしか考えていないような方だった。こんな白絹の襟に天鵞絨《ビロード》の服を着た人形のような子と口など利いたことはない。それにほんとうに声をかけたら粉々に砕けそうだった。だが「ここに居て相手を」と言われている。僕はただ黙って立っていた。夜の風と川の音だけが耳を打ち、足が痺《しび》れ、身体がぐらつきだした頃、ようやく母が入って来て、僕は任務から解放された。

赤ん坊はバルトロメオと名付けられた。男の子だ。

母はバルトロメオの世話をし、僕はただフランチェスコに付いている。

フランチェスコは今も人形のようだ。おとなしく、泣きもしなければ笑いもしない。最低限必要な話以外、口も利かなかった。ただ起こされるままに起き、食事をし、ろくに読めもしない本を開き、ぼんやりと外を眺め、亡霊のように館内を彷徨《さまよ》い、庭を歩き、花を摘み、花を捨て、刺繍《ししゅう》をし……動作は遅く、女の子のような事しかせず、従順で頑固な人形のように僕が話しかけても返事をしない。

奥方が居らした頃のヴァープリオ・ダッタの館がどんなだったのか、その死によって迎えられた僕にはわからない。だが女中頭のレジーナによると、明るく穏やかな館で、無論フランチェスコももっと溌剌《はつらつ》とした普通の子だったそうだ。「旦那《だんな》様もすっかり引き籠《こも》ってしまわれて……」とレジーナの口からも吐息しか洩れない。とすれば奥方が亡くなられたことによって、何もかも変わってしまったことになる。僕だって昨年父が黒死病《ペスト》で死んでしまったと聞いたときにはとても悲しかった。先週生まれたばかりの妹が死んだときも……今だって悲しい。母もそうだろう。でも貴族ではない母も僕も、悲しみだけに浸って日を過ごすことはできない。父が死んだと聞かされた日も僕は窓硝子を拭いたし、奥様付きの女中の一人だった母も働いていた。

ジローラモ様はスフォルツァ家に仕えられ、公国の首都ミラーノにおられることの方が多かったというが、職も辞されてしまい、もはや世も捨てられたようにこちらに引き籠られてしまった。ミラーノの屋敷は数人の召使に任せたまま、読書、音楽、果樹栽培と、僧のような日々である。交遊も絶たれ、ときおり修道士《フラ》ルーカ・パチョーリが見えられるだけ。同じ家に居ながら、子供ともあまり会わない。レジーナによれば「フランチェスコ様があまりにも奥方様に似ているから会うのが辛《つら》いのだろう」とのことだ。

奥方の部屋はそのままに残され、肖像画も有った。フランチェスコは一日に一回はその部屋に行く。初めてその絵を目にしたとき、僕は思わず「そっくりだ。君に」と言ってしまった。フランチェスコはそのときだけ僕にこたえた。「母上はこんなに怖いお顔ではなかった」――確かに人を拒むような、つんと澄ました顔だった。だが、それはフランチェスコと同じ、透き通るような美しさもそっくりだった。そして彼は初めて僕に気付いたように「ここは母上のお部屋だ。おまえなんか入れない部屋だ。廊下に出ていろ」と言った。

――それから僕はフランチェスコがその部屋に居る間、廊下で待つようにしている。中で何をしているのかは知っていた。鍵穴《かぎあな》から覗《のぞ》いて見たからだ。寝台に寝そべり、猫のように枕に頭や顔を擦りつけるのだ。飽きもせず、ずっと。

――そして長く暗い冬が過ぎ、年が明けて春、四月。僕らは僕らの運命を変える偉大な人と出会う……。

その日――朝食後、フランチェスコは喧《やかま》しすぎる雀の声に誘われて庭の奥へと入っていった。

可憐《かれん》に開き始めたラズベリーが塀を這《は》う庭の果て……そこには冬の雪の重みで折れてしまった老木を切り倒した後の、両手を広げられるほどの空間が出来ていた。

だが、空き地の手前で豪雨のような羽音がし、それと同時にフランチェスコの足は止まり、後を追った僕の足も止まった。

フランチェスコの頭越しに薔薇《ばら》色の背が見え、空き地で俯《うつむ》いていた男が立ち上がり、そして振り返った。

立派な顔、それが最初に思ったことだ。不敬ながら神のような……いや、コーモのお屋敷の壁画にあった古代神、ゼウスのようだと思った。

四十代、赤味がかった波打つ金色の髪と顎《あご》を縁取る豊かな鬚《ひげ》が陽の光に金の炎のように輝き、炎に包まれた顔は今まで見たこともないほど威厳に満ち、整った、美しい顔だった。

表情豊かな緑の眸がフランチェスコを認め、次いで僕に移され、再びフランチェスコに返ると「当家の御子息、フランチェスコ様ですね」と微笑んだ。大きく、鋭く、恐ろしいまでに感じた眸が和らぎ、優雅な笑顔となる。

「はい」とフランチェスコはこたえ、佇《たたず》んだままだ。

昨夜訪れたフラ・ルーカが伴った新たな客。瞬時母の言葉が甦《よみがえ》る——王室付きの技師兼画家という高名な方だそうよ。館の右翼には行かないように、と。その人だ。立派なダマスク織の薔薇色の服は丈が短く少し奇異に見えたが、そういう人の服なのかもしれない。

「君は？」と再び僕を見た。やはり優しく。

「ジャン」——僕は普段呼ばれている名を言う、というより、つぶやいた。緑色の眸に見《み》蕩《と》れると同時に、圧倒されるような困惑を覚えたからだ。

「雀の囀《さえず》りに誘われて来たのですね」とその人は言い「ほら、また戻って来た」と塀の上で鳴き始めた雀に目をやったが、すぐさまフランチェスコを抱きかかえると、そのままゆっくりとムーア人のように地べたに坐り込んでしまった。その動きに飛び上がった雀の一羽が庭の林の外れ、楡《にれ》の梢《こずえ》に場所を移してまた甲高く囀る。フランチェスコは心底びっくりしたように目を見開いて自分を抱きかかえた人を見上げたが、彼も父の客人と察したようで、どう対処したものか膝《ひざ》の上で動揺していた。誇り高く、澄まし返ったフランチェスコが人の膝の中で抱かれたまま……その状態に動揺している。僕はその動揺を可笑《おか》しく思ったが「ジャンもこっちにおいで。そっとだよ」と言う声に慌てて従う。とたんに有りもしない薔薇の香りに包まれ、その人の香りだと知る。ダマスク織の薔薇色の外套《ヴェスティート》からダマスクの薔薇の香り……「二人とも動かないで」と、その人は囁《ささや》き「じっとしていれば戻って来るからね」と僕らの掌《てのひら》にパン屑《くず》を分けてくれた。「ごらん、雀はちゃんと私たちを見ている。そっと撒《ま》いてごらん。それから樹になるんだよ。大きな樹だ。雀が安心して枝に留まれるような。私たちが樹になれば、雀も戻ってくる」

塀の上に三羽、周囲の樹々からも鳴き声が聞こえていた。フランチェスコが撒き、僕も撒いた。そして息を潜める。塀の上の雀は数えられないくらい多くなり、一羽が舞い降りては途中で慌てて引き返していく。囀りはまた喧しいくらいになった。

「『どうしよう』って相談中だ」と彼が囁く。「『大丈夫かな？　誰が行く？』もうちょっとだよ」

普段気にしたこともない雀の動きに胸がどきどきしてきた。それに「樹になろう」という彼の言葉。優しく甘いダマスクの薔薇の香り。まるで魔法で自分が消え失せたような高揚感を覚えた。僕は自然の中に溶け、樹になっている。いつの間にか彼の左手が僕の肩に廻《まわ》され、右手はフランチェスコを抱いていた。

「来た！」とフランチェスコが囁く。彼も樹になっているのだ。一羽の雀が舞い降り、僕らのすぐ前でパンを啄《ついば》み始めた。そして二羽、三羽、四羽、五羽……今までの躊躇《ためら》いなど忘れたかのように、地面は雀の群れで覆われた。

「ごらん」と彼。「嘴《くちばし》から嘴にパンを渡している。親子だよ」

「でもほとんど同じ大きさだ」とフランチェスコ。

「ああ」と彼が笑う。「可笑しいね。あんなに大きいのに食べさせてもらうなんて。でも嘴が黄色いでしょう。まだ子雀です。今年は早いな。ああやって羽を震わせてねだっているのですよ。ほら、あっちは威嚇している。飛びもしないのに翼を広げているでしょう。独り占めしようとしている欲張りだ」

「こっちでは喧嘩《けんか》をしている」とフランチェスコが囁き、笑った。

「ああ、喧しいね。人間と同じだ」と彼はこたえたが、僕は初めて聞いたフランチェスコの笑い声に、それはとても短く低いものだったけれど、ほんとうにびっくりした。笑うなんて……それも人の膝で。僕は彼に触ったこともなかった。いや、僕がここに来てから、誰一人触れた者など見たことはない。着替えるときも、起きるときも。彼がそれを許さなかったからだ。それが知らない人の膝に乗り笑っている。

パンがなくなると雀はさっさと去っていった。「さあ、私たちも人間に戻ろう」と、彼がフランチェスコを立たせ、自分も立ち上がる。「ところでフランチェスコ殿、今朝、窓から川が見えましたが、あれは庭からも見られますか？」

「もちろんです」

「ではひとつ、御案内を。なに、川音に誘われこちらに来たら塀に突き当たってしまったのですよ」――そしてフランチェスコと手を繋《つな》いだ。

樹々の間を抜け、館《やかた》の裏に回れば崖下《がいか》にすぐ川を見下ろせる。

「素晴らしい！」と彼は叫び、僕を見て晴々と笑った。

「何という美しさだ。それにこの爽《さわ》やかな大気！　この堂々たる大河の流れ！　どこまでも広がる緑の野！　燦《きら》めく水田！　花々の色の絨毯《じゅうたん》！　何という美しい景色の中で貴方《あなた》たちは暮らしているのだろう。ジャン、あの霞《かす》んだ連山の向こうがベルガモだ」――そしてフランチェスコの横にしゃがみ「おやおや、貴方の背丈ではこの雄大な景色も樹々で随分と隠されてしまう」と言い、さきほど空き地ですいっとフランチェスコを抱き寄せたような素早さで彼を肩車した。

「わっ」と叫び、思わず彼の頭にしがみつくフランチェスコ。

「大丈夫。このしなやかな美しい足をしっかりと持っていますからね、何の心配もいらない。それに貴方は羽みたいに軽い。まるで天使を抱えたようだ。ほら、フランチェスコ殿、私よりよく見えるでしょう。雄大なアッダ川、この素晴らしい景色。ここは半島でも最も美しい場所です。この大地、いずれ貴方はジローラモ殿の跡を継がれ、ここの領主と成られる。実に恵まれた方だ。この美しい景色は貴方のものですよ」

僕はコーモの方がずっと美しいと思っていた——満々と水を湛《たた》えた深い湖の色は四季折々、朝に夕に色を変え、湖岸には瀟洒《しょうしゃ》な館が点在し、東に聳《そび》えるブルナーテ山の濃い緑と共に神々しいほどの静かな落ちつきを見せている。切り立った崖《がけ》の上のこの館からは下方に大きいだけの川と、その向こうにただ広いだけの平野、どこまでも続く畑や人家が見えるだけ。のっぺらとしたつまらない風景だと。灰色の館に灰色の風景。だが、彼の言葉は僕の眸《ひとみ》を覆っていた灰色の面紗《ヴェール》を洗い流していった。——色に満ちた春だった。

「アッダ……ゆったりとした美しい川だ。川面が眩《まぶ》しいくらいに燦めいて光の洪水のようではありませんか。牧草の緑も青々と輝いて真っ白な牛の群れを鮮やかに浮き上がらせているし、水田も鏡のよう。淡い薔薇色に霞んでいるのは巴旦杏《アーモンド》の花、その隣は桜桃の花だ。あと二月もしないであの甘酸っぱく爽やかな天の果実がたわわに実るでしょう。ローヴェレ（オーク）、ポプラ、プラタナス……こんもりと黒ずんだ櫟《くぬぎ》の手前に目の覚めるようなあの黄色は針金雀児《はりえにしだ》、風に揺れる川辺の白い柳、葦《あし》の繁み、農家の白壁の前に土耳古《トゥルコ》（トルコ）絨毯のように華やかに広がっている色とりどりの花々」

彼の弾んだ声で、今まで目にも入らなかった野は初めて花開き色に満ちあふれたような気がした。景色を読み上げるようになおも感嘆の声を挙げながら、彼は崖下の運河に向かって階段を降り始めた。そして僕は一変した世界に驚きつつ、彼の肩の上のフランチェスコを見て啞然《あぜん》とした。怖がるどころか、彼の額に手を廻し、風に踊る彼の髪の感触を楽しむかのように顔を押しつけている。母親の枕に頭を擦りつけている時と同じだった！　母親と同じ——金髪だからだろうか……。

断崖を刻んだ階段はじぐざぐに折れ曲がり、折れる毎に細い壇状の庭を成しつつ下の運河近くまで続いている。一番下の庭に着くと、彼は「ここには金鳳花《きんぽうげ》、蒲公英《たんぽぽ》、ベラドンナ、それに素晴らしい芳香の菫《すみれ》が一杯だ」と嬉《うれ》しそうに言い、今度は繁みに目を留めた。フランチェスコを降ろすと「これは空飛ぶ葉になりますよ」と目を輝かせる。

怪訝《けげん》そうに見上げた僕に、掌よりも大きな楕円《だえん》形の葉が差し出された。「川に向かって投げてごらん」と言う。それは僕の手を離れるや、すぐにひらひらと下の運河へと落ちて行き、ゆるやかな流れに運ばれていった。

「そのままでは飛ばない」と彼は悪戯《いたずら》を始めようとする悪童のような笑顔を見せ、空に指を向けた。遥《はる》か水田の上空に、蛙でも見つけたのか鳶《とび》が旋回していた。「あの形ですよ」と言い、また葉を差し出した。フランチェスコも覗《のぞ》き込む。今度の葉は真ん中の部分が脈を残して切り取られていた。付け根の方の葉が大きく残され、先の僅《わず》かに残された葉と太い葉脈で繫がっている。「大きい方を前にして、脈の部分を摑《つか》むのだよ。そして風を確かめながら、そっと風に乗せる。飛ぶぞ《ヴォラ》！」――彼自身が飛んだような声だった。

「凄《すご》い！」とフランチェスコの歓声。

それは悠々と五ブラッチョ（約三メートル）はあるすぐ下の運河を越え、その先の道も、土手すらも越えたかに見えた。その向こうはアッダの大河だ。

「残念、川までは届かなかった」と彼の声。「そうだ、競争しよう！　川まで届いた者の勝ちだ。葉脈に沿って切るだけです。この真ん中の太い脈は折らないように気をつけて丁寧に切っていく。最後の葉も少し残すのだよ。前と後ろの葉をどれくらい残せばいいのか、より飛ぶように工夫してね」

それから僕らは夢中になって競い合った。

「偉いぞ、ジャン。とても綺麗《きれい》な形だ」と彼は褒めてくれた。フランチェスコが僕を睨《にら》む。だが、よく飛んだときのフランチェスコは晴れやかな笑い声を挙げて僕を驚かせた。実際、フランチェスコの小さな手はとても繊細に葉を切り取り、作り上げるのに時間はかかったものの、よく飛んだ。

彼の真似をして僕らは毎回「飛ぶぞ《ヴォラ》！」と叫んで飛ばした。「飛ぶぞ《ヴォラ》！」「飛ぶぞ《ヴォラ》！　飛《ヴ》ぶぞ《オラ》！」「さあ飛ぶぞ《スー・ヴォラ》！」「さあ飛ぶぞ《ダイ・ヴォラ》！」――そして飛んでいるような気分になった。昼食を知らせに、僕らを捜していた女中のカルロッタが来るまで、食事のことなど考えもしなかった。

午後──露台で話し込むフラ・ルーカと御主人を残して、彼は私たちを部屋に呼び入れ、その朝描いたという絵を見せてくれた。窓から見える風景をそのまま描いたものだ。驚いた。今まで見ていた風景を、こんな風に紙に描きだせるなど夢にも思わなかった。そして僕らに紙と小指ほどの茶色の棒をくれた。

まっさらな紙を手にしたのも、チョークという棒を手にしたのも初めてだった。フランチェスコもそうだったと思う。チョークは鉄分という物を含んだ粘土質の石だそうだが、柔らかく指に馴染《なじ》み、紙に触れると赤味がかった茶の美しい色が付いた。脆《もろ》い物なので優しく扱うようにと言われる。

絵を描く……見たものをそのまま描くのは難しい。でも、この遊びにも僕らはすぐに夢中になった。チョークは描き方で鋭く細い線になったり、擦《かす》れたり、ぼやけた太い線になったりすることも教わった。彼も朝の絵に手を入れ始めたが、左手で描いているのに驚く。左手は「悪魔の手」と母は言い「左利きの人間は信用できない」とも言っていたからだ。でも、その左手が生み出す何という驚異に満ちた世界。あっと言う間に彼は見た世界を紙に写し取ってしまえるのだ……。

夕方、フラ・ルーカが迎えに来るまで僕らは一緒に過ごした。

「おやおや、ここでも工房《ボッテーガ》を開かれたのですか?」とフラ・ルーカは目を見張り、彼は「ルーカ師、こんな素晴らしい景色を前に、ただ眺めるだけなどということは出来ませんよ」とこたえた。

「願わくは、私たちのお相手もしていただければありがたいのですがね」と、フラ・ルーカが慇懃《いんぎん》に言う。

フラ・ルーカは御主人様よりずっと歳上、彼よりも上、少なくとも五十歳以上。冬の間何回か廊下で擦れ違っていたが、口を利いたことはなかった。洗い晒《ざら》しの茶の頭巾《ずきん》からはみだすほどに大きなぼってりとした顔はむっつりと無表情で、まともに顔を見ることもできない厳《いか》めしさ。黙礼するのがやっとだったからだ。だが今は、へし曲がった口の上で目だけが戸惑ったように和んでいた。彼が私たちの側に居たからだ。そして私たちはフラ・ルーカの戸惑いを面白がっていた。

修道士と部屋を出るとき、彼は言った。「そのチョークと紙は君たちにあげよう。好きなものを描きなさい」

陰鬱《いんうつ》な館と無愛想なフランチェスコを選別の権利もなく受け入れていた僕にとって、それは素晴らしい日だった。恐らくフランチェスコにとっても。とにかく彼は笑った。そして紙から顔を上げ、僕に口を利いた。「厨房《ちゅうぼう》からパンを持ってきてくれ」

「え？」

「また雀を集めて、雀を描こうよ」——そこで自分の笑みに初めて気付いたようにそっぽを向いて「早く行け！」と言った。

——飛《ヴオラ》ぶぞ！——という声が甦《よみがえ》る。

翌朝、僕らは館《やかた》の右翼にあるジローラモ様の部屋に召《よ》ばれた。

フランチェスコはともかくも、僕まで御主人の部屋に召ばれることなどかつてない。主人の客に失礼だったと叱責《しっせき》されるのだろうかと身が縮んだ。

だが部屋に入ると皆くつろがれており、ジローラモ様はお二人をお送りがてら、ミラーノに出るとおっしゃった。そしてレオナルド師匠《マエストロ・レオナルド》（と、彼を呼んだ）が、この二月に描き上げたという絵を御覧になる、と。御主人がこの館から外に出られるなど、僕が来て初めてのことだ。それだけでも驚いたのに、それに続いたレオナルド師匠の言葉に呆然《ぼうぜん》としてしまった。

「馬車で送ってくださるそうだ。『だったら君たちも一緒に』と言ってみたのだが、どうかな？」

公国の首都ミラーノへ……声も出ない僕に代わって「喜んで、師匠《マエストロ》」とフランチェスコが即座にこたえていた。

廏舎《きゅうしゃ》に入ったままだった黒塗りの四輪馬車に馬が繋《つな》がれ、フラ・ルーカと師匠が乗ってこられた驢馬《ろば》は後ろに繋がれた。そして僕は貴族のように四輪馬車に乗り込んだ。

丘を下り水路沿いに進む。この水路もアッダ川からミラーノのセヴェソ川へと繋がれたもので、師匠の進言で作られたものだとフラ・ルーカがおっしゃる。そして画期的な水門もアッダの上流に作られるだろうと。「王室付きの技師兼画家」——母の言葉が甦った。絵を描くだけではないんだ。

「レッコ湖からヴァープリオ・ダッタまで」と師匠。「この数年、アッダ川沿いに何度往復したことか、美しいお屋敷も何度も目にしております。しかしそこに招かれ、ジローラモ殿からフランチェスコ殿、そしてジャンと知り合い、このように気持ちの良い時を過ごすことになるとは思いもしませんでした」

「私の方こそ」と御主人。「師のような方と会え、この二日、生き返ったような思いです」

フランチェスコの顔に笑みが広がるのを再び見た。そしてそれを隠すように俯《うつむ》くのを。

僕はミラーノへと続く輝く水路に目を移しながら思う。多分フランチェスコも、そして僕も、ジローラモ様と同じ思いだと。

それからミラーノへの馬車の中、御主人とフラ・ルーカ、それにレオナルド師はずっと訳のわからない会話を交わされていた。

二月にお城で行われた『誉れ高き学問の競い』という会でレオナルド師が話されたという化石の話だ。ただし同席していたというフラ・ルーカがジローラモ様に伝え、ジローラモ様の問いに師匠がこたえられるという風で、昨日、僕たちと居たときよりも師は寡黙だった。フラ・ルーカがそのときの師を絶讃《ぜっさん》され、そのあまりの称讃にいささか照れていられるようだった。「神学者、教師、医者、建築家、様々な技師、それに大勢の学者たちまで集まった中で」とフラ・ルーカは熱弁した。「彼らすべてに打ち勝ったのですよ。レオナルド師は！」――山に化石……化石という言葉もわからなかったし、終《しま》いには大地が動くなどという夢のような話となり、やがて数の話になった。

突然の都行きに、慌てて僕に着替えをさせた母の話では、フラ・ルーカはフランチェスコ会修道士であると同時に、ミラーノ公がわざわざヴェネツィアから招び寄せられたというとても高名な数学の学者だそうだ。厳めしい顔で邸内を歩いているおじいさんとだけ見ていた僕は、改めて、その大きな顔を畏敬《いけい》の念を持って見た。僕は簡単な足し算なら出来るが、引き算は未《いま》だによくわからない。そして耳に入ってくる話は足し算や引き算よりもっと難しそうな数の話みたいだ。「エウクレイデス」とか「アルキメデス」というのは人の名前だろうか？　フラ・ルーカが書かれ、レオナルド師が挿絵を入れているという『神聖比例』という本……。

フラ・ルーカの茶の粗末な修道服と、レオナルド師の派手な薔薇色の外套《ヴェスティート》、御主人様の喪服、それらは酷《ひど》くばらばらに思われ、年齢も五十代、四十代、三十代と離れて見えたが、そんな事は意にも介さず、会話は馬の歩調同様闊達《かったつ》に続き、普段沈鬱な面持ちの御主人様も晴れやかに見えた。僕はまた、このような偉い人たちと同等に話し合われる御主人を誇りにも思った。まったくわからないにしろ、退屈するどころか、その雰囲気は僕を酔わせ、フランチェスコをも酔わせているようだった。

レオナルド師は言う。「比例と調和は数や寸法の中に見られるだけではなく、音、重さ、時間、空間……見るもの、聞くもの、感じるもの……存在する力、すべての中に見られます」

「天地万物……すべてですか」と御主人様。

「すべてです」とフラ・ルーカ。「地から天、占星、錬金術に至るまで」

「金を作るなどというまやかしの錬金術ではなく、自然の錬金術です」と師匠。

御主人様は身を乗り出された。「それは私もこの数ヵ月、実感しています。果樹は地に落ち、地は肥《ふと》り、樹に返す」

「調和と循環ですね」と師匠。

言葉の意味すらわからない。でもそれは魅惑的な響きを放つ会話で、ただ聞いているだけにしろ、同席しているだけで何かしら大人に近付いているような誇らしさを感じさせた。

やがて果てしなく続くと思われたロンバルディーア平原の彼方に黒い小山が現れ、レオナルド師が「長い間、よく辛抱しましたね。あれがミラーノの街ですよ」と僕らに言われた。それは山と湖に囲まれたコーモの城壁とは違って、平地に現れた小山のようだった。緑で縁取られた黒い山だ。

道が水路から離れると、小山は刻々と大きくなり、巨大な石壁となり、遂には馬車の窓から捉《とら》えられないほどとなり、縁取りの緑は広い濠《ほり》に囲まれた果樹や畑となる。そして濠を渡ったとたん、突然広々としていた世界が凝縮したように、葉を繁らせた葡萄《ぶどう》や栗、桑等の果樹園や豊かな畑が馬車の両側に迫り、その先に更なる深い濠に囲まれた市城壁と門が見えた。目を見張る僕らに、御主人様が「あの城壁の向こうが街だ。ミラーノは二重の濠と強固な城壁に守られた難攻不落の城塞《じょうさい》都市だ」とおっしゃる。新門という門を潜ると今度はぎっしりと建ち並んだ家々、驚く間もなく馬車は家々の間へと入っていった。

大きな家、多くの人々、押し寄せる異臭、ざわめき、騒音……これほどまでに続く家並みと人々を目にしたのは初めてだ。山の代わりに家が聳《そび》え、甃《いしだたみ》の道に馬蹄《ばてい》が鳴り響き、車輪の音、人々の声、燃え盛る炎の音、金属を打つ音が耳を聾《ろう》し、祭の日のようだ。パンと乾酪《チーズ》の匂い、香水の香り、革の匂い、肉の匂い、水の匂い、腐った野菜と卵の臭い、馬《ば》糞《ふん》の臭い……様々な臭気と様々な人の波と様々な通りの様子に目が回りそうだ。だが、そんな驚きも大したものではなかった。やがてどこまでも続くと思われた街を突っ切り、ヴェルチェッリーナ門と呼ばれる門を抜け再び城壁外に出、果樹園の向こうに聳える修道院に着く。そこで見た絵……それこそ今までに見たこともないような絵だったからだ。

そこはドミニコ会修道士の教会。生きた人の群れ……絵は北側の壁一杯に描かれていた。『最後の晩餐《ばんさん》』――キリストの最後の晩餐を描いたものだというくらい僕にもわかった。中心に在られるのがイエス・キリストで、後が十二人の使徒だということも。だが、まるで生きているようだった。恐ろしいくらいに。魔法みたいだ。目にしたとたん身体が震えた。

今まで目にしていた『晩餐図』とはまったく違っていた。誰も彼も、ほんとうに生きてそこに在られるようだ。声すらも聞こえてきそうだった。生きて、そこに在られ、声を挙げた瞬間、凍りついたようだ。信じられない。ほんとうに魔術のようだ。魔法使いが呪文《じゅもん》を唱えたら今にも動きだしそうだ。それに……誰の頭上にも光背がない。それに……ユダも居ない。食卓のこちら側に居るはずのユダ。これは『最後の晩餐』の絵ではないのか……ああ、居た。中心に坐《すわ》られた主から二人目、描かれた顔の位置から言えば三人目だけれど、一人だけ主から身を反らしているのがそうだ！　右手に主を売った金袋を持っている者。何て凄《すご》い。唖然《あぜん》としていた僕はふいに腕を摑《つか》まれ……我に返った。

フランチェスコが僕の腕を痛いほどに摑んでいた。「母上」と彼は言っていた。「母上が主の横にいらっしゃる……」

フランチェスコは主の隣の人物を見ながら泣いていた。十二人の使徒の中、ただ一人、主から顔を逸《そ》らして穏やかに俯いている顔を見ながら。「母上……」と言い続けながら、彼の頰に涙が糸を引いていた。

「違うよ」と僕はしゃがみ、フランチェスコに囁《ささや》く。「あれは主に仕える十二人の弟子たちなんだよ」

「母上だよ。あれは母上だよ」とフランチェスコは譫言《うわごと》のように言い続けた。「母上が主の隣にいられるんだ」

——鐘の音《ね》と「フランチェスコ」と呼ばれたジローラモ様の声で、彼はようやく世界に戻ったようだ。絵から目を逸らし、ぼんやりと僕を認めた眸《ひとみ》は、僕の腕を摑んでいる自分の手に移されたが、再び「フランチェスコ」と呼ぶ声に、即座に手を離し泣きぬれた目を拭《ぬぐ》った。そうしてジローラモ様が側にいらしたときには、いつもの澄ました顔になっていたが、その眸は何も見ていないかのようだった。

「ぼんやりして……」と、ジローラモ様は珍しくフランチェスコを気遣うように見られた。

「疲れたのか？　レオナルド師匠のお宅で昼食をいただくことになった。行くぞ」

気が付けば、パンや皿を持った修道僧たちが後方の食卓に向かっていた。ここは修道会の食堂だったのだ。そして僕たちの周りには画架を立て、この絵を模写している何人かの画家たちがおり、そのせいで食卓は部屋の後方に寄せられていた。その食卓の向こう、この絵の向かいの壁にも磔刑図《たっけいず》があった。だが、画架のすべてはこの絵に向けられ、画家たちの眸は食い入るように師匠の絵に注がれている。瞬時、羨望《せんぼう》の思いが胸を焦がし、僕自身を驚かせた。僕もここに居たい。この人たちのように、もっとここに居て、この絵を見ていたい……と。

師匠のお宅は「完成すれば半島随一の大聖堂となるだろう」とフラ・ルーカがおっしゃる建物の側だった。大聖堂は既に丘のような大きさなのに、遥《はる》か彼方《かなた》の屋根ではまだ多くの人間が働いていて更に大きくしていた。その向こうには目も眩《くら》むような八角形の尖塔《せんとう》が建ち、フラ・ルーカが「サン・ゴッタルド教会だよ」とおっしゃる。そして師匠のお宅もとてつもなく大きな建物だった。

　フランチェスコが「何て大きなお屋敷でしょう」と広い中庭を進みながら目を丸くする。師匠は可笑《おか》しそうに「私の屋敷ではありませんよ。初代ミラーノ公、マッテオ・ヴィスコンティ様の宮殿《パラッツォ》でした。その一部をミラーノ公から賜っているだけです」とおっしゃる。

　二つ目の中庭を進み、馬車はようやく止まった。二階建ての建物の向こうにはさっき目にした尖塔が見える。

　左手の入口横の廏《うまや》には栗毛の美しい馬と黒い馬がいた。御者が馬車に繋《つな》いできた驢馬《ろば》たちを移す間、師匠は馬の名前だろうか「美しい目《オッキオ・ベッロ》」と呼びかけ、ジローラモ様に「パヴィーアの馬のように美しいでしょう」と言いながら愛撫《あいぶ》し、中に入る。

　通された一階の部屋は、元宮殿だけに豪華な家具の並ぶ凄い部屋だった。そして見たこともない変わった大きな二匹の犬と小さな黒猫がすぐに師匠に駆け寄り、椅子の上にも斑《まだら》の猫。そして床には亀が這《は》い、戸棚の上には梟《ふくろう》までいた。

　食事が出来る間、師匠は馬車の中で話されていたフラ・ルーカとの合作『神聖比例』の本を持ってきて見せてくださった。あと二点の挿絵を描けば完成するという。ジローラモ様は感嘆の声を挙げられたが、僕は声も出なかった。今までに見たこともない絵、考えられないくらい複雑な形、見たこともない奇怪な形の絵だったからだ。紐《ひも》で吊《つ》り下げられた四角や三角や五角形が組み合わさって出来た鳥籠《とりかご》のようなもの……教会以降ぼんやりとしたままのフランチェスコと僕を除いて、またしても訳のわからない会話が大人たちの間で闊達に行き交った。曰《いわ》くプラトンの正多面体。正四面体は火、正六面体は地、正八面体は空気、正二十面体は……ああ、もうわからない。そうしてまたエウクレイデスの『原論』、エウクレイデスの定理……話も絵も街以上に目が回りそうだ。——そして食事が運ばれてきた。師匠は食卓に向かわれると右横の席にフランチェスコを坐らせ、あろうことか左横の席を僕に示した。虚《うつ》ろだったフランチェスコの眸が一瞬、刺すように僕を見つめる。僕だって食事を運んできた召使に当然厨房《ちゅうぼう》に案内されるものと思っていた。僕は戸惑い、さっさと部屋を出ていこうとするカルロッタに似た女を目で追った。

ところが「どうしたね、ジャン」と師匠。「きょうは君も私のお客様だ。さあ、ここに」そこに……御主人様やフランチェスコと同じ食卓に……そんなことって……館《やかた》では厨房で母や他の召使たちと食事をしている。足が凍りついたように動かなかった。

「坐りなさい。ジャン」と御主人様の静かな声。

「さあ」と師匠がおっしゃり、誘うような笑顔になった。暖かな眸に導かれるように足を運ぶ。

今まで生きてきた日々を全部合わせても足りないくらい、信じられない事ばかり目にし、味わった一日だった。一四九八年四月二十三日水曜日。初めて世界に接した日……。

食後、午睡《シエスタ》に入って幾らか静かになった街を抜け、僕らは城に着く。

幾つもの塔が聳える城壁に沿って馬車を走らせ、濠に掛かった跳ね橋を渡る。広大な前庭を囲む銃眼が睨《にら》んでいるような砦《とりで》も、巨大な望楼も、土に染みた家畜の血のような褪《あ》せた褐色だった。乗馬の騎士たちの後を歩兵が土煙をあげて行進し、槍《やり》を持った兵士、四季施の従僕、小姓たちが歩いている。

そして望楼を抜けた中庭に師が作られたというとてつもなく巨大な粘土の騎馬像があった。

勇ましく上げた左の前脚だけでもフランチェスコの胴体よりも太い。見上げても押しつぶされそうな脚の上に筋肉の張り詰めた腹が見えるだけ、勇壮な頭は遥か上で太陽を遮っている。師匠が「高さは十二ブラッチョ（約七メートル）を越えました。実際の四倍の大きさです」とジローラモ様に説明し、青銅《ブロンズ》が手に入りしだい鋳造されることになると続けられた。更に城に入り、幾つもの部屋、幾つもの廊下を通り、大広間に入ったと思ったら森の中。いや、巨大な樹々の下に足場が組まれ、樹々の果てに紙が貼られ、信じられないことに大広間の壁から天井にまで描かれた樹木の絵だった。樹々で覆われた大広間だ。大きな屋敷がすっぽりと入るくらいの大広間の穹窿《きゆうりゆう》全体に樹々が繁っていた。

啞然と樹々を見上げていた僕らの前に蒼褪《あおざ》めた若い男が来た。

「師匠」と青年は手にした巻紙をレオナルド師に差し出したが、すぐに僕たちに気付き、丁寧な挨拶《あいさつ》をした。さっぱりとした身なりだったが、言葉遣いと物腰からそれなりの階級に属する人だと思う。そしてまた急《せ》いたように「師匠、ミラーノ公から書状が」と巻紙を手渡した。「足場を取り除き、ひとつだけにして……九月までに仕上げよとの仰せです」

「何と性急な」と師匠は微笑まれた。「足場をひとつにしてしまったら、もっと遅れるだろうに。ありがとう、アントーニオ。慌てていたようだね。私から公におこたえしておこう」

青年はようやく安心したような笑顔を浮かべ、再び僕らに会釈をすると足場の方へ戻っていった。

壁から天井に三段の巨大な足場が幾つも組まれ、何人か忙しげに働いていた。

右側の足場の男は片手の板に盛った灰色の塊を鏝《こて》で器用にすくい取り、黙々と壁を塗っていた。正面の足場では二人がかりで下書きした大きな紙を壁に押しつけ、間に居る男が袋のようなものを紙に叩《たた》きつけていた。さっきの青年は足場の下に広げられた紙の上に這いつくばり、今は一心に手を動かしている。紙に描かれた線に沿って穴を開けているようだ。そして部屋の中央、幾つにも仕切られた木箱の中には色取り取りの塗料が入っていて、貴族のように着飾った男が塗料を練っていた。

「素晴らしい」とジローラモ様が感嘆の声を挙げる。「城の中に森を取り込まれたのですね」

「繁茂の中に」とフラ・ルーカが嬉《うれ》しそうに言った。「秩序と律動を感じませんか。一見、樹木の迷宮に見えますが、枝々に絡んだ金色の紐の蛇行模様、繁った枝にも」

「まことに」

レオナルド師は塗料を練っている男の側に行かれ、指導されているようだった。ジローラモ様とフラ・ルーカは天井を見上げたまま、なおも感嘆の声を挙げ、そしてフランチェスコは未《いま》だぼんやりと……レオナルド師の側で何か話している男を見ていた。フランチェスコの視線を追った僕は、初めてその男が神話のアドーニスのように唖然とするほど美しい青年だと気付いた。

アドーニス……いや、師匠と並んでいるとアポロンとヒュアキントス……いずれにしろ二人とも神話の中の神々のように僕とはかけ離れて見えた。それこそ絵のようだ。

それから新門の側にあるミラーノのメルツィ家に立ち寄って休み、師匠とフラ・ルーカとお別れし、帰宅したのは陽も暮れた……夜のアヴェ・マリアの祈禱《きとう》時間に辛うじて間に合う頃だった。ミラーノからここまで、四輪馬車でも二、三時間はかかる。街に居たのはせいぜい六時間くらいだろうか。だが生まれてから今までに見たもの、それ以上に物を見、そして驚いた気がする。目眩《めくるめ》くような物と音、匂い……ざわめき動く樹木、天井一杯の樹木。そして『最後の晩餐《ばんさん》』。「貴方《あなた》がたの一人が私を裏切ります」――「主よ、何と仰せられた」――「それは誰ですか、いったい」――「主よ」……川音が声になり、樹木と主が絡み合い、使徒たちの顔がレオナルド師の弟子たちの顔に変わり、そこに三角や四角の奇妙な図形が入り乱れ、不思議な犬たちが飛び跳ねた……鶏の声が聞こえ、空が白むまで、僕は寝たのかどうかすらわからなかった。

その翌日からフランチェスコと僕は共通の思いに駆られ、その思いへの共犯者として結ばれたように思う。眠ったような……死んだような……淀《よど》んだ館も景色も一変し、フランチェスコも少し口を利くようになった。その思いとはレオナルド師に会うこと、そしてあの世界に接すること。

師匠は月に一度か二度、フラ・ルーカと来られるようになった。いらっしゃるとフランチェスコは人形から子猫へと豹変《ひょうへん》しまとわりついた。そしてお帰りのときには二人してミラーノまでお供をするというのが習わしになってしまった。元より馬丁のサヴェリオは月に一度はミラーノに出、(もっとも彼一人で行くときには立派な四輪馬車ではなく、荷馬車でだったが)ヴァープリオでは手に入らない香辛料や香料、布地、ジローラモ様から言いつかった文具等を購入したり、あちらの屋敷の召使たちと連絡を取り合っていたが、フランチェスコは父親のジローラモ様ではなく、レオナルド師に甘え、お帰りのときには四輪馬車でお送りするという口実の許《もと》に僕らのミラーノ行きを実現させてしまったのだ。

真っ先に行くのはあの街外れのドミニコ会修道士の教会——サンタ・マリーア・デッレ・グラーツィエ修道院の食堂、『最後の晩餐』の絵の前だった。行く度に鑑賞の人の群れ、模写する画家の数は増え、修道士たちの食卓はますます背後に押しやられていたが、フランチェスコは何も目に入らぬように絵の前に立ち、立ち続け、飽くことなく絵に見入り、師に促されるまで出ようとはしなかった。師匠の言葉には悉《ことごと》くフランチェスコは素直だ。今まで僕や館の者たちの声にはこたえることすらしなかったのに、どんな言葉にも嬉しげに、まるで言葉に絡みつくようにこたえている。そして従った。もっともその後の行く先も王宮のあの樹木の間か、ヴェッキア宮――師匠のお宅で、どちらもこの上なく楽しい所だったからだが。

修道院の前で僕ら三人を降ろしたサヴェリオは、次いでフラ・ルーカを送った後、第十八時(午後二時)の鐘までに所用を済ませ、ヴェッキア宮に僕らを迎えに来る。十三時頃にミラーノに着けば五時間、十四時に着いても四時間の夢の時間が持てた。

師は常に優しかった。幼いフランチェスコも僕も、疎んじられるなどということはまったくなく、まるで大人に接するように僕らに……特に全身全霊で甘えるフランチェスコには「フランチェスコ殿」と礼を以《もっ》て接した。声はいつも柔らかく、誰に対しても荒らげた声など聞いたことはない。話し方も変わっていてLをRのように発音する。アポロンのような美しいお顔、身体なのに、立ち居振る舞いは女性的、というか、高貴な奥方のように優雅で気品に溢《あふ》れ、見蕩《みと》れるほどだ。周囲の誰とも似ていない。神から遣わされた特別な人のように思えた。

僕は今では師匠の描かれた『最後の晩餐』の絵の、フランチェスコが「母上」と言っていたのがヨハネだと知っている。僕の正式の名、ジョヴァンニはヨハネのことだ。イエス・キリストに最も愛された弟子のヨハネ、母上などと言うのは以ての外、イエス・キリストの男の弟子の一人だと。そして今以てフランチェスコが「ヨハネ」を「母親」と想って見ているのも知っている。ときにはそれをフランチェスコの前で……絵に見蕩れているフランチェスコと師匠の前で言ってやろうかという意地悪な思いに囚《とら》われるときもある。(フランチェスコがこの絵を好きなのは……この絵に見蕩れるのは……ヨハネを母親と勘違いしているからなんです)――絵の前に立つ度に衝動におそわれる。愚かなフランチェスコ、そして誤解に基づく讃嘆《さんたん》と知り師匠のフランチェスコへの愛も減るだろう。だが時が過ぎ、師の「そろそろ出ましょうか」という声があるまで、僕は衝動を抑えつけ、ほっとして修道院を後にする。

時を思い返す夜の闇の中で、僕は暴きたいのは嫉妬《ねたみ》だろうかと気付く。更にフランチェスコのおかげで僕も夢の時間を過ごしているのだと自戒するからだ。僕はフランチェスコのお供としてこの時を共有しているにすぎない。修道院の前で僕らを降ろしたとき、サヴェリオは僕に向かって「若様を頼みましたよ」と言う。ミラーノから帰るとき、師匠も僕に向かって「フランチェスコ殿を頼みましたよ」と言う。フランチェスコが居なければ、フランチェスコが望まなければ、僕がこの絵の前に立つことも、師匠と接することも、あり得ないのだ。この夢の時間。更に、フランチェスコも僕を利用していた。僕が付き添わなければ、たとえレオナルド師の口添えがあっても、幼いフランチェスコが一人でミラーノにお供することなどジローラモ様は許されなかったろう。現に僕らはあの犬――がっちりとした体格のがマスティフ、優雅な痩身のがグレイハウンドという種の犬だということも程なく知った――や、猫たちの居る食堂で昼食を摂《と》り、サヴェリオを待ったが、最初の日同様、フランチェスコと同じ食卓に着き、カルロッタに似た料理女マトゥリーヌが運んでくる食事もフランチェスコとまったく同じもの、フランチェスコの表情にはその都度憤りがはっきりと現れたが、それでも憤懣《ふんまん》を口に出すことはなかったからだ。僕もすぐには坐《すわ》らない。師匠も「さあ、フランチェスコ殿」と椅子を示した後で僕に声をかける。「さあ、ジャン」と。僕はとりあえず躊躇《ためら》ってみせる。もう一度師匠に促されて初めて着席する。それはいつしか儀式のようになっていたが、その都度フランチェスコの顔は強張《こわば》り、蒼白《あおじろ》い硝子《ガラス》のような肌に赤味が差し、召使と同席するという屈辱に慣れないことを明かす。だが、決して何も言わない。僕が必要だったからだ。僕らは共に必要だった。

通ううち、ヴェッキア宮の他の部屋へも案内されるようになった。一階と二階にある仕事場だ！　庭を囲んで建つこの宮殿の南西部分すべてをレオナルド師はミラーノ公より賜っていた。二階はすべて絵画用の工房《ボッテーガ》で、師匠専用の大きな丸窓がある落ちついた工房《ボッテーガ》と、それに続く広い工房《ボッテーガ》があり、一階には金銀細工や鉄器を作る工房《ボッテーガ》があった。

絵画用の工房《ボッテーガ》ではガレアッツォという青年が仮漆《ニス》というものを作っていたし、一階ではトマーソ・マシーニ・ダ・ペレトーラ――鋭い眸に真っ黒の鬚《ひげ》が胸元まで伸びていて最初怖かったが、すぐに仲良くなり、師匠のようにトンマーゾ親方と呼ぶようになった小父《おじ》さんが燭台《しょくだい》を作っており、ジューリオという独逸人《ジェルマーノ》が錠前を作っていた。

工房《ボッテーガ》は食事をした一階の豪華な部屋とは違い、コーモの屋敷ともヴァープリオ・ダッタの館の部屋部屋ともほど遠く、何もかもが目新しい驚異に満ちていた。

壁布の貼られた部屋らしい部屋は小さな師匠の工房《ボッテーガ》だけで、絵画用の部屋は厨房《ちゆうぼう》のような漆喰《しつくい》壁、そして厨房の食卓ほどもある大きな大理石板の載った机が四つも並んだ間には描きかけの絵が置かれた画架が林立しており、城で樹木を描いている弟子たちのものだという。部屋は胡桃《くるみ》や松から作られるという油の濃厚な香りに満ちていた。大きな窯《かま》や石臼《いしうす》、壁に掛かった珍奇な道具類、そして大理石板の上の練られた顔料、美しい銀尖筆《ぎんせんぴつ》や大小様々な筆や刷毛《はけ》、赤や黒や白のチョーク。四散する紙には思い思いの素描《デイセーニヨ》が走り、顔料の付いたぼろ布の塊すら神秘なものに思えた。次いでトンマーゾ親方の居る一階の部屋は溶鉱炉が燃え盛り、金属を打つ音が響き渡り活気に満ちている。僕もフランチェスコもおずおずと驚異に触れ、あらゆるものに魅了された。師匠は僕らのどんな問いにも丁寧に説明してくださる。例えば——ガレアッツォが煮込んでいる液体は罌粟《けし》の種や亜麻仁《あまに》油等、忘れたけれど、様々な植物から採った物を練ったり蒸留したり圧搾したりした中に糸杉の樹液を混ぜているところで、樹脂は今月と来月——この二ヵ月に集め、処理しなければならないという。更に「大理石というのはどんなものにも侵されぬ見事な調合台なのですよ。顔料を溶くにも油を練るにも、どんな素材も変質させず侵されず、思う存分のものをこの上で作れます。更に滑らかな面は作図にも素描《デイセーニヨ》にも適し、机として製図台としての役割も充分に果たし、この上なく重宝。時には即席の食卓にもなりますよ」等々……。

師匠はここで一番偉いはずなのに、師の工房《ボッテーガ》は最も小さい。数えきれぬほど部屋のあるこの宮殿内で、弟子たちが使用している工房《ボッテーガ》に従者の控室のように隣接した小部屋だ。恐る恐るの問いにも師匠はこたえてくださった。「小部屋は精神を目覚めさせ、大きな部屋は精神を彷徨《さまよ》わせます」

「精神って？」とフランチェスコ。

「気持ちのこと」

「気が散るということですか？」と僕。「大きな部屋は」

「そう。ただし窓だけは大きい方がいい。小さな窓は光と影の対比を強くしすぎます。絵を描くには適しません」――対比とはどういうことかわからなかったが……。

師匠が目を向けられた制作中の絵というのは見ていない。箱の中だったからだ。箱からは頑丈な鎖が天井の切れ込みを通して、師の私室という屋根裏にまで延びているという。屋根裏の天井に付いている滑車の操作で師はこの部屋でも、またこの上の部屋でも気儘《きまま》に制作することが出来るのだとおっしゃる。まさに魔法だ。

師匠の言葉に僕らが目を丸くすればするほど師匠は面白そうに語り続けた。「この梃子《てこ》の操作ひとつで箱は開き、絵は持ち上がり、好きな高さに上下します。背伸びをしたり、腰を屈《かが》めたりせずに好みの場所を描けるのですよ。まったくの独りになって描きたいときにはこの上の部屋へも上げられます」

だが梃子には手を触れられず、箱の中の絵も見せてはもらえなかった。「まだ素描《デイセーニョ》の段階ですからね」と師はおっしゃり、伺う前に「おや、もうこんな時間だ」と扉に向かわれたからだ。「お腹が空いたでしょう」

「鐘も鳴らないのに」と、すぐにフランチェスコが後を追う。「どうして時間がおわかりなのですか？」

階段を降りながら師匠は陽気におっしゃった。「お城で時計という物を見せてあげたでしょう。お忘れですか？」――覚えている。たいそう立派な機械で、時を見せてくれる物だ。だが個人の家にあんな物が。師匠に付いている限り驚異の連続だった。

驚くことといえば、この館《やかた》の右翼には前ミラーノ公であられたジャン・ガレアッツォ様の寡妃――イザベッラ・ダラゴーナ様がお住まいになられているそうだ。もっともそれを聞いたのはここの下働きをしている同い歳のアンドレーアからだったが。

前にフランチェスコが「向こうの翼は？」と、庭を挟んだ向かいの翼を指して聞いたとき、師匠は「私が公から賜ったのはこちらだけです」と、それ以上の説明はなかった。僕の耳にアンドレーアの囁《ささや》き声が甦《よみがえ》る。「幽閉されていらっしゃる」

迷宮のような館の住人は師匠始め信じられないような方ばかりだ。

そして樹木の間で働く師匠の弟子たちとも親しくなった。ここに来たときにはさすがに師匠も僕らの相手よりも、指導されたり自ら描かれたりと、忙しかったからだ。

僕らは勝手に樹木の下を徘徊《はいかい》し、その迷宮に見蕩《みと》れたり、「壁画」という未知の分野にただ目を奪われ、工程のひとつひとつに見入り、聞き入り、驚嘆した。「闖入《ちんにゅう》した子供たち」にいつも優しく接してくれたのは最初にここに来たときに出会ったアントーニオ。ジョヴァンニ・アントーニオ・ボルトラッフィオ――僕と同名のアントーニオだ。

弟子の中では最年長の三十一歳。まるで師匠の分身のように穏やかで、丁寧な言葉遣いで師が不在のときには皆を仕切っている人だ。蒼褪《あおざ》めた顔はあの日に限ったことではなかったし、額に浮かぶ静脈、視点の定まらない二重の眸《ひとみ》が如何《いか》にも神経質な感じだったけれど、優しかった。通い始めて二、三ヵ月後に知ったがフランチェスコのように貴族、ミラーノの貴族だという。貴族の子息が画家の弟子になる⁉ 宮廷付きとはいえ職人《アルチスタ》の⁉ 瞬時、僕は毎夜あの食堂で、あるいはもっと手軽に工房《ボッテーガ》で、他の弟子たちと同席して食事を摂っているアントーニオの様子が浮かんだが、この人はフランチェスコのように憤ることはないだろうと思った。それにしてもそれは酷《ひど》く奇異な事に思えたし、フランチェスコも驚いていたが――レオナルド師は普通の画家とは違うのだと改めて確信した。見ただけでわかる。師匠は誰よりも、画家はおろか貴族たちよりも威風堂々と立派に見えた。そして初めてここに来た日……正面の足場で壁に紙を押し当てていたのがマルコ・ドッジョーノとジョヴァンニ・アントーニオ・バッツィ、その紙に開けられた穴に顔料を詰めた布袋を叩きつけ下絵《カルトン》の輪郭を壁に写していたのがチェーザレ・ダ・セスト、壁を塗っていたのがアンドレーア・ソラーリオ、下で顔料を練っていたのがジャン・ジャーコモ・カプロッティと知った。もっともバッツィは普段ソドマと呼ばれ、カプロッティもサライと呼ばれており、僕らもそれに倣ったが、皆、ミラーノやその近郊、マッジョーレ湖からコーモ湖周辺の出だそうだ。

誰も仕事熱心、心からレオナルド師を崇拝しているのがありありとわかったが、接するうち、別称で呼ばれているソドマとサライだけがいささか異なっていることに気付いた。ソドマははっきりと僕らを子供扱いし、馬鹿にしたり、フランチェスコにまで邪険に接した。そればかりではなくレオナルド師匠に対してすら皮肉めいた批判的なことをわざと僕らに聞こえるようにつぶやいた。「師匠の好きな貴族だからあの子たちは特別待遇なんだ」とか「二、三日見えないとなると、今度は子供連れだ」等々……フランチェスコは貴族だが僕は違う。だが、そんなことはどうでもよいとばかりに彼の関心は僕らにはなく、単に鬱陶《うっとう》しいと思われていただけのようだ。そして「ソドマ」という名。口にしたとたん顔色を変えた母は何も言わなかったが、馬丁のサヴェリオに聞くと彼は可笑《おか》しそうに「男色者ってことだよ」と言い、次いでその意味も教えてくれた。神に反するおぞましい愛……もし、ほんとうにそうなら投獄されるというおぞましい行為……フィレンツェなら火焙《ひあぶ》りにされると聞いた。それなのにバッツィは自らソドマと名乗っているそうだ。僕は自然と彼の側には行かないようになり、無頓着《むとんちゃく》に扱われることに慣れていないフランチェスコも近寄らなくなった。更に皆が師匠と暮らしているのに、ソドマだけは「動物園」と呼ばれる家で一人で暮らしているとか。「動物園」には猿とか矮小驢馬《わいしょうろば》とか不思議な動物がいるらしい。そしてサライ……彼も僕らには無関心だったが、かといって意地悪というわけでもない。このなかでは最年少の十八歳だという。アドーニス、ヒュアキントスとも見誤った美しさはその後何度会っても変わらず、男なのに見蕩れるほどだ。鳶《とび》色の豊かな巻き毛はそれだけでも充分人目を引く華やかさだったし、驢馬のように長く濃い睫毛《まつげ》で目鼻立ちもすべて大きく艶《あで》やかな上、貴族のように常に着飾っていた。それに事実、ここは城の一室だったが、気紛《きまぐ》れに立ち寄った貴族の如く外を眺めていたかと思うと、ふらふらと出ていったり、あまり働いているようにも見えない。言われれば顔料も練るし、紙も押さえるが、どこか心ここに在らずという体《てい》だった。だが十歳のときから師の許《もと》に居るという。

十歳……僕も十歳だ。フランチェスコと別れ、僕もここへ……と瞬時焦がれるほどの願望が沸き上がった。だがマルコに聞くと、助手たちの多くは修業に対しての謝礼を師匠に払っているとのことだった。毎月十五日に五リラずつ。メルツィ家に仕えている僕とははっきりと身分が違うのだ。五リラ……僕は今まで手にしたこともない。打ちのめされた僕の側でフランチェスコが「私も五リラ持ってきたら助手になれるの？」と声を弾ませ、皆に笑われたが、師匠にまで笑われて誇りを傷つけられた彼の、再び取り澄ました顔を見ながら僕は妬《ねた》ましさと羨《うらや》ましさを同時に感じていた。この五歳のちびが僕の主人。このちびに仕えているからこそ、ようやくここにも出入りできる身の上なのだ。

分を弁《わきま》えろと自戒する。上を見たらきりがない。それに下も。僕より年下で重労働に就いている者は山ほどいる。同じ召使にしてももっと下働きの者もいるし、現にコーモのお屋敷では僕も窓拭《まどふ》きをしていた。いや、窓拭きだってましなくらいだ。床磨き、皿洗い、家畜の世話、草刈り、物売り……雇われ農夫の子たちは五歳くらいから働いていたし、家もない行商人や大道芸人の子たちはもっと大変そうだ。少なくとも僕は貴族の館に住み、母は乳母として女中頭のレジーナすら従えていたし、僕もフランチェスコのお相手として、まるで貴族の子のような日常ではないか。最近はフランチェスコの勉強に付き添っているので、一緒に字まで読めるようになってきた。だが五リラあったら……毎月五リラ支払えたら……どんなに素敵だろう。

　夏の初め、半島の中程にあるという共和国、フィレンツェで何年も神の怒りを説き、様々な恐ろしい予言をしていたという修道士ジローラモ・サヴォナローラが遂に教皇様から破門され、火刑に処されたという話がミラーノ、そしてヴァープリオ・ダッタにまで伝わった。
　コーモに居たときからフィレンツェの恐ろしい様は行商人や芸人たちによって伝えられていた。修道士ジローラモは神の怒りを説くばかりか、神の代理人である教皇様や教皇庁まで堕落していると非難し、禁欲を説き、フィレンツェでは僕らのような子供たちまでが率先して市中の家々から華美な物や贅沢《ぜいたく》な物を没収し、謝肉祭《カーニヴァル》の終る告解の火曜日に焼き捨てたという。彼の言葉も断片的に伝わっていた。曰《いわ》く「神の剣がまもなく地上に襲いかかるであろう」――「浄化の大洪水の日は近い」――「虚飾を捨て、虚栄を排し、神に悔恨を」等々……また「虚飾の焼却」と呼ばれる焼き捨てには金持ちの豪華な装身具や衣服はもちろんのこと、母が付けているような胸飾りや髪飾り、化粧品まで、更には快楽を誘うものとして楽器やある種の書物、裸体ということで古代の神々を描いた絵画まで入っているという。コーモのジョーヴィオ様やヴァープリオ・ダッタのジローラモ様、それら高貴な方々の間では聞いたこともなかったが、厨房《ちゅうぼう》や村道では皆が囁き合っていた。そして樹木を描きながら、レオナルド師匠の弟子たちも時々ではあるが口にしていた。レオナルド師はフィレンツェからいらした方だったからだ。ミラーノにいらっしゃる前、フィレンツェで師が描かれた絵がどれほどあるのか誰も知らなかったが、それらは無事だろうか……と。だが師匠が近寄られると、口を閉ざした。

修道士ジローラモの言葉はときに僕の心を捉《とら》えたが、その過激な言動は共和国フィレンツェならともかくも、ここミラーノ公国では下々の間で囁かれるのみだった。聞いたとたん、それは僕にとっても最も気掛かりなことに思われた。やがて「師の絵がフィレンツェで焼かれているのではないか」と、言葉の意味だけを聞きかじったフランチェスコが皆の密《ひそ》かな危惧《きぐ》をいとも無邪気にそのまま師匠に問いかけ――後で知ったが修道士ジローラモが火刑にあったという五月二十三日のことだ――皆の視線が凍りついたようにフランチェスコと師匠に向けられたとき、少し間はあったものの師の爽《さわ》やかな笑い声が梢《こずえ》の下に響き「フランチェスコ殿、小さな貴方の胸を痛めるような事まで、貴方に届いていたとは、驚きましたね。大丈夫。ご心配にはおよびませんよ」とフランチェスコを抱きしめた。師匠は僕ら全員に聞こえるような力強い声でフランチェスコに続けた。「焼かれるような絵を私は描いておりません」

――「虚飾の焼却」は修道士の死後、行われなくなったそうだ――。

九月に入り、部屋の大半にうねるような樹木が満ちた頃、突然、貴人たちが部屋に入ってきた。

踊る二人の矮人《わいじん》を先頭に、サライの服すら霞《かす》むような、宝石や金糸銀糸に覆われた絢爛《けんらん》たる宮廷衣装に身を包み、ずかずかと樹木の間に入ってきた人々……。

傍らに居たマルコがアントーニオのように蒼褪め「ミラーノ公」とつぶやく。

着飾った中でも一目でわかった。色取り取りのきらびやかな人々の中で唯一黒衣、黒髪の尊大な貴人。ミラーノ公ルドヴィーコ・スフォルツァ――通称イル・モーロ。

ずんぐりとした猪首《いくび》の辺りで切りそろえられた黒髪、黒っぽい眸、鞣《なめ》し革のような浅黒い肌は、黒とはいえ宝石と刺繡《ししゆう》に埋もれた天鵞絨《ビロード》の豪奢《ごうしや》な衣装以上に人目を引き、モーロ（ムーア人、桑、黒ずんだの意）の所以《ゆえん》を知らしめたが、妃《きさき》、ベアトリーチェ・デステ様が亡くなられて以来喪服に身を包まれ、この頃では「黒衣の騎士」と呼ばれているという噂はほんとうだった。

爛々と輝く眸同様、身体全体から獰猛《どうもう》な獣のような猛々しさを漂わせており、震えあがった僕は思わずマルコの陰に退いたが、動じることの少ないフランチェスコでさえも師匠の手を探り、握るのを見た。もっとも彼は毅然《きぜん》と踏み止まってはいたが……。

ミラーノ公――正統なるミラーノ公であった甥《おい》のジャン・ガレアッツォ様を若く病弱としてパヴィーアの城に閉じ込め、僕が生まれる前からミラーノを支配していた雲上人。四年前に公が亡くなられるや、バリ公から正式なミラーノ公に成られたが「ガレアッツォ様はモーロに仕える占星術師に毒殺された」という噂は子供の僕の耳にまで届いていたし、未《いま》だに消えない。気が付けば重臣たちも車輪の車軸を囲む輪のように公を遠巻きにしていた。

「ほおお」と吼《ほ》えるように声を発し、天井を見上げたまま入口から数歩入られた公の周りで、矮人たちも「ほおお」「ほおお」と真似しながら飛び跳ねた。大道芸人の矮人と違って、他の貴族同様きらびやかな身なりだ。サライの話では城内には「巨人の間」という矮人専用の部屋があり、公は大勢の矮人をキオス島からここに移したそうだ。遠巻きながら公を囲むように従う貴人たちも口々に感嘆の声を挙げ、初めて森に足を踏み入れた漁師のような眼差《まなざ》しで部屋を覆う樹木に目を見張っている。足場に登っていた弟子たちも慌てて降りてきて師匠の後ろに控えた。

やがて――視線を落とした公の眸《ひとみ》が「レオナルド！」の言葉と共に穏やかになり、同時に身を包んでいた猛々しさも消え、恐ろしい顔は満面の笑みを浮かべて足早に師匠に近付かれた。「足場はそのまま……臆面《おくめん》もなく余との約束を破るのはそちくらいだ。だが、そちにしては珍しく捗《はかど》っている様子、今月中には仕上がりそうだな」――吼えるように言うと、それでも上機嫌なのか笑いだされた。

「殿下」と、師匠はうやうやしく、しかし性急な君主を諭すように優雅なゆったりとした動作で腰を屈《かが》めたが「恐れながら、早くとも仕上がりは来月」と上げた顔は公以上の威厳に満ちていた。

「なんと」と公。

師匠は平然と話しだされた。「四囲の壁に収束する樹木の枝一本、おろそかに扱えば全体の調子も調和も、そして殿下を称《たた》える意味すら損なわれるということは以前申し上げた通りです。お目を通され、残った空間からのお言葉と存じますが、この先……」と、四囲の穹窿《きゆうりゆう》から隆々と立ち昇る枝の途切れた先を呆気《あつけ》にとられている公に示す。「樹木は一層密に、しかし晴れやかに、枝々の間から空を覗《のぞ》かせねばなりません。なぜなら中央に偉大なるスフォルツァ家の紋章を描く所存にございますから。今まで以上に綿密な下絵《カルトン》、そして細心の作業が必要になります。偉大なる紋章を囲む枝々の描写を急《せ》かされるなら、それは殿下の意にも私の意にも満たぬもの。紋章を囲む愚臣の如き、ぞんざいなものとなるでしょう」

一瞬、従う貴人たちの間に声にもならぬざわめきが広がったが、公の力強い笑い声で瞬く間に打ち消された。

「その詭弁《きべん》に立ち向かえる者はいない」と公は嬉《うれ》しげにおっしゃった。「今までの画家なら四、五日で仕上げた面だが、なるほど、中央にスフォルツァ家の紋章とな。はは、綿密な下絵《カルトン》とやらはどの程度出来ておるのか？」

「只今《ただいま》制作中にございます、殿下。細心の注意を払って」

「なるほど、細心の注意を払ってな」

「御意」

「さぞや見事なものだろう」公はまた笑われた。

屈託のない笑いは樹々の間に谺《こだま》し、入っていらしたときの身震いするほどの威容と殺気を払拭《ふっしょく》する無邪気な笑顔で、僕の恐怖心をも弱めてくれた。改めて目を凝らすと公に従う貴人たちの大半は旅回りの芸人たちの舞台に見るサラセン人のような服装だった。燦《きら》めく宝石は硝子玉《ガラス》でもなく、金糸もほんとうの金なのだろうが、これら異国風の服装の貴人たちがロンバルディーア人なのか、サラセン人なのか、芝居のサラセン人しか見たことのない僕にはわからなかったが……モーロ（ムーア人）と呼ばれるミラーノ公より皆、色は白い。

混乱して再び公を見たとき、公の眸が「この子は」と師匠と手を繋《つな》いだフランチェスコに注がれた。眸はまたしても険しく、僕の身を竦《すく》ませる。「弟子とも下僕とも思われぬが、なぜここに居る？」

「ヴァープリオ・ダッタの御領主であり……」と師匠の落ちついた声。「昨年まで公にお仕えしていた忠実なるロンバルディーアの貴族、ジローラモ・メルツィ殿の御子息ジョヴァン・フランチェスコ・メルツィ殿です」

「ジローラモ？　記憶にないが。なるほど、余の配下の者か」と公の声は和らぎ、フランチェスコの礼を以《もっ》て再び笑顔になる。「その歳よりレオナルドの魔術にかかったとは、そちの威力もアンブロージョ以上ということか」と、またしても高笑いとなった。控えていた貴人たちの一人、公に次いで豪奢な衣装の老人が身じろぎし、他の者たちが彼を見て笑みを浮かべたことから、その老人がアンブロージョと呼ばれる人かと思う。僕は服装と身長から弟子の一人、もしくは下僕と思われたようで一顧だにされぬまま、公は高笑いのまま踵《きびす》を返した。「余は今月中と命じた。『早くても来月』ではなく、遅くとも来月中に仕上げよ。次に訪《おとな》うときには、そちの言葉にも惑わされぬぞ」――そして笑い続けながら悠々と出ていかれた。

　矮人の一人が師匠の前に躍り出て「惑わされぬぞ」とふんぞり返り、もう一人が「惑わされた」とくるくる回って同時に公の後を追う。

　最後に毛玉のような白い子犬を抱いた従者の鮮やかな緑色の外衣《マント》が視界から消えたとたん、膝《ひざ》が崩れ、情けないことに床に座り込んでしまった。茫《ぼう》と見上げると人々の間から冷たいフランチェスコの視線、そして差し出された手……マルコの手に縋《すが》り、ようやく立つ。

「公がいらっしゃる間、ちゃんと立っていただけでも立派だよ」とマルコは気さくな笑みを浮かべた。「僕なんか初めて接したときには震えて、震えが止まらなかった」

「ありがとう」と、ようやく立ち、フランチェスコを見ると、また師匠と手を繋ぎそっぽを向いていた。と、先程の老人が足早に引き返してきた。

「『昼食を共に』との公の仰せです」と師匠に言い、師匠が頭を下げると「太陽の位置からきょうの昼食は二十二人着かれた方がよろしい。一人欠けますのでね」と、酷《ひど》く尊大な様子で去っていった。

マルコが「宮廷お抱えの占星術師だよ」と囁《ささや》く。「お妃様が亡くなられてから公に何か言えるのは彼と師匠くらいのものだ。だから師に張り合っているんだよ。もっとも師は相手にもしていないけどね」

ガレアッツォ様を毒殺したという……と震えあがったとき「アンブロージョ・ダ・ヴァレーゼ・ロザーテ」と言う低い声が耳元で聞こえた。振り向くと僕の後ろにソドマが立っていた。「主治医兼占星術師だ」と、嘲《あざけ》るような笑みを浮かべて言う。「公の病気を治したとかで一気に伯爵に取り立てられ、領地と城を賜った詐欺師だ。師ももう少し上手《うま》く立ち回ればよいのに」と、やはり振り向いたマルコに囁く。

「公のお顔を見ただろう」とマルコが腹立たしげにソドマに言う。「公が、あれほどのお方が、敬意と親愛を以て接せられるのは唯一師匠だけだ」

「ほお」とソドマ。「その割りには爵位も城も領地もなし。それどころか仕事の報酬さえ支払われない。大した敬意と親愛だ」

ソドマの横に居たサライも同調した。「騎馬像鋳造のための青銅《ブロンズ》が大砲にされたのも敬意と親愛の証《あかし》かな」

「そんなことを要求できる方ではない。師匠は……」とマルコの囁きが中断したのは廊下に靴音が響き、先程の一行に付いていた小姓の一人が戻ってきたからだった。

「レオナルド殿、昼食までの間、歌をとの公の御所望です」

「今ですか？」と師匠の顔が曇る。

「はい、すぐに」と小姓はこたえた。

「ふむ、昼食も、その前もとなると……サライ」――サライが嬉々《きき》として師匠の前に立った。「フランチェスコ殿をヴェッキア宮にお送りしておくれ。昼食はおまえもあちらで摂《と》るがいい。馬車にお乗せするまで任せたよ」と繋いでいたフランチェスコの手をそのままサライに委《ゆだ》ねた。そしてフランチェスコの前に膝をつくと「フランチェスコ殿、またお会いしましょう」と両手で頬を包み額に接吻《せっぷん》した。不承不承うなずくフランチェスコと、その手を取りさっさと部屋を出ようとするサライ。慌てて後を追おうとする僕の頭に師匠の手が伸び「フランチェスコ殿を頼みましたよ」と髪を撫《な》でる。

「はい」とこたえた僕に師匠はこの上なく優しい笑みを浮かべてくださった。部屋を出ながら僕は想う。フランチェスコのように師匠の両手で顔を包まれ、額に接吻されることを……。

サライはフランチェスコを連れ、鼻唄《はなうた》を歌いながら城の部屋部屋を意気揚々と闊歩《かっぽ》していく。

僕が追いつくと彼は上機嫌でフランチェスコに言っていた。「知らなかったのかい？　師の演奏と歌声は城内一と言われているんだぜ。もともとフィレンツェから来たときもミリオロッティって歌手と一緒で、公の御前でリラ……リラ・ダ・ブラッチョを演奏して城中唸《うな》らせたって、未《いま》だに語り種《ぐさ》だよ。そのリラもさ、師が作ったもので凄《すご》い形なんだ。銀で出来た馬の頭蓋骨《ずがいこつ》の形なんだぜ。あんなもの誰も思いつかないよ」――僕はフラ・ルーカと師匠が館《やかた》にいらした折、御主人様の部屋から美しい歌声と楽の音が聴こえてきたことを思い出した――表に出るとサライは師匠の作られた騎馬像の台をぴしゃりと叩《たた》いた。

「師匠は馬が大好きなんだ。ヴェッキア宮の馬、見ただろう？　確かに綺麗《きれい》だけどさ、あれを手に入れるために老いぼれ馬と驢馬《ろば》も押しつけられて、しかも倍の値段を払ったんだぜ。商人にとって師匠くらいいい鴨はいないよ」そうして僕に笑いかけた。「久しぶりにマトゥリーヌの昼食が摂れるよ。弁当にはうんざりしてたんだ」次いで子犬のように忙しく足を運んでいるフランチェスコにまた話しかける。「ねえ、フランチェスコ。『肉をもっと』ってマトゥリーヌに言ってよ。君は師匠のお客様だ。肉か腸詰めかハム、何が出るにしろ君が言えばマトゥリーヌは持ってくる。腸詰めが出たら『腸詰めをもっと』、ハムが出たら『ハムをもっと』だ」

中庭に出ていた――フランチェスコは照りつける晩夏の陽射しに顔を顰《しか》めながら「私はそんなに食べられない」と無愛想にこたえた。サライなどに託され、いつもより早くレオナルド師と別れたことを不満に思っているのだとわかる。

「そんなことわかってるよ」と屈託なくサライ。「俺がいただくんだ。君を馬車に乗せるまでって師から仰せつかった。つまり君ん家の馬車に乗せるまで、俺は君の面倒をみるわけだ。それくらい俺にしてくれたっていいだろう？　弁当じゃなく温かい食事、そして肉を思いっきり。ささやかな願いだ」

陽光の中でも見れば見るほど美しい顔だった。陽に燦めき揺れる巻き毛の下でフランチェスコに笑いかけた面立ちは薔薇のように匂い立って見えた。だが、その言葉つき、その話。フランチェスコが憮然《ぶぜん》とこたえる。「お代わりなんて……勝手に言えばいいじゃないか。ジャンピエトリーノにだって同席を許される師匠だもの。ヴェッキア宮に着けば、君は私と同席し、私と同じ皿が供されるだろう」

「はは」と朗らかにサライは笑った。「命令一下、すべてが通る領主の御子息には今ひとつおわかりでないようだ。師匠は菜食主義でね、僕らの皿に肉があっても師匠の皿にはない。予言者《リンドヴィーノ》もだ。そんな状態で肉のお代わりが言い辛《づら》いのはわかるだろう？　一皿盛りのときはいいけど、そうじゃないと……ね、師が居ないときでもお代わりは……」

サライの言葉を遮ってフランチェスコが聞いた。「菜食主義って何？」

僕も聞いた。「予言者《リンドヴィーノ》って誰？」

僕を見て「トンマーゾ親方のことだよ」とサライが言う。「彼の部屋に入ってみろよ、面白いから。骸骨《がいこつ》、大山猫の眼球、狂犬の唾液《だえき》、絞首刑に使われた綱、剣や短剣や水晶球、薬草や種子の詰まった瓶、変な物がどっさりだ」

「錬金術師なの⁉　それとも、魔法使い！」

「そんな風に聞くと怒られるぜ。『探究してる』って言いたがるんだ。師匠と同じように。で、師匠と同じように菜食主義だ。いや、もっと徹底してるよ。動物からとった物は身に着けないんだ。革帯《ベルト》も付けないし革靴も履かない。真冬だって毛皮も着ないし、麻の服を何枚も着て過ごしてる。蚤《のみ》すら殺せないんだ。あんなヘラクレスみたいな身体でさ」

不愉快そうにフランチェスコが「私の質問は？」と、聞いた。

「え？　何だっけ……ああ、菜食主義か。肉を食べないってことだよ、フランチェスコ。信じられないよ。焼肉、焙《あぶ》り肉、パイ、シチュー、肉団子、ハムも腸詰めも。あー腹が減った。肉以上に旨《うま》いものなんてないのにさ、一切食べやしない。君ら一緒に昼食を食べて気が付かなかったのかい？」

「食卓には出ていたから」とフランチェスコ。

「俺たちの食卓にだって出るさ。だから食べる。でもさ……」

「なぜ」とフランチェスコがまた遮って聞いた。「なぜ師匠は召し上がらないの？」

「なぜ？　はは……師はありとあらゆる動物が好きなんだ。馬だけじゃない。何でもかんでもだ。愛しすぎて食べることが出来ないみたいだ。人間以上にね、動物の方が好きなんだよ。鳥もだ。一緒に市場に行ってごらん。金もないのに、ありったけの持ち金で鳥を買ってしまう。時々思いついたみたいに手帖《てちょう》に支出なんて付けてるけど、実際には金の管理なんてまるでできないんだ。だからマルコがしてる。マルコが一緒に居れば少しはましだけど、居ないと夕食の肉が鳥に化けちゃうんだ」

　僕は「鳥だって肉じゃないか」と言ってみた。

　——中庭で行き交う兵士たちすべてにサライは話の合間にも愛想よく挨拶《あいさつ》をしていたが、城門の厳《いか》めしい兵士にまで陽気な挨拶を送ると、跳ね橋を渡りながら僕の頭を小突いた。

「肉じゃないよ。師匠にとっては生きてる鳥、いとしい鳥、大空に帰すべきものになっちゃうんだ。それで籠《かご》の蓋《ふた》を開け、哀れ俺たちの肉は空に飛び去る」

　そうだ——食堂の梟《ふくろう》もいなくなった——師匠に伺うと「傷が治ったので森に帰した」とおっしゃっていた。大空に帰すべきもの……そういうことだったのだ。

「放してあげるの!?」とフランチェスコ。「売っている鳥を？　空に？」

「ああ、馬鹿みたいだ。鳥がぴーちく感謝すると思うかい？　第一そんなことをしていたら金が幾らあったって足りやしない。市場にどれだけの鳥がいると思う。おまけに師匠は金の請求がまるで出来ないんだ。働いたって金は入らず、たまに金が入れば市場で猪の子を買って野に放し、雉子《きじ》を買って空に放す。画材や研究費に使うんならわかるけど、捨ててるようなもんさ。マルコが管理するようになって幾らか良くなったけど、その前なんて気が付いたらその日の食費もない。前日のパンに前日のスープの残り、干からびた乾酪《チーズ》だけなんて食事になっちまう。師匠に任せとくと金は走って野に去り、羽ばたいて空に飛んでっちまう」

サライは笑いながら道行く人たちが目を見張るのも構わず広げた両手を鳥のように羽ばたかせ、踊るような足取りでフランチェスコの周りを飛び跳ねた。鳶《とび》色の豊かな巻き毛は鳥の羽のように美しい顔を包んでふわふわと舞い、女のように赤い唇が「ぴーちくぴーちく」と官能的に囀《さえず》っていた。重たげな睫毛《まつげ》に縁取られた眸《ひとみ》はコーモ湖のような深い青、上気したその肌ときたら、薔薇《ばら》色に輝き——それはロンバルディーア人特有の薔薇色と言われているが——カッラーラの大理石にも劣らぬきめ細かな眩《まぶ》しいほどの輝きで、改めて何て美しい男だろうと目を奪われる。

だがフランチェスコには彼の言葉しか聞こえないようで「なぜ」とまた問いかける。

「なぜ、そんなことを師匠はなされるの？」

「言っただろう。愛しているからだ」とサライはまた笑った。「偉大なる師匠が訳のわからない計算や記号を手帖に書き付けるのはわかる。でも葡萄《ぶどう》酒が幾らだなんてつまらない支出も書く。その後には何を書いてると思う？　えーと『なぜ自然は被造物が自らに似たものの死によって生きることを許しているのか』とかさ『自分が他の動物たちの墓場、死者の旅籠《はたご》屋、腐敗物を収める鞘《さや》になるなど我慢出来ない』なんて書いてるんだぜ。そんなことを言ったら生きていられないよ。鷲《わし》や鷹《たか》が草を食べてると思うかい？　獅子《しし》が花を食べてると思うかい？」

「獅子って知らないけれど……」とフランチェスコは眉を顰《ひそ》めた。「鷲や鷹は兎や鼠を襲う」

「そうだろう」とサライ。腰を屈《かが》めてフランチェスコに顔を近寄せ「草よりも旨いからさ。あたりまえじゃないか。鷲は兎を食べ、狼は狐を襲い、貂《てん》は蜥蜴《とかげ》を、小鳥だって虫を啄《ついば》む。みな生き物だ。その方が旨いからだ」と、たっぷりとした袖《そで》を誇示するように両手を羽ばたかせて目を閉じた。——僕は再びその顔に魅了される。薔薇色の頬に厚く長い睫毛が陰を作り、笑いかけた赤い唇は葩《はなびら》のようだ。そうして開けた眸が僕に向けられると、称讃《しょうさん》を読み取ったのか「よお、ジャン。きょうの俺の服、どう思う？」と、今度は僕の前でくるりと回った。

赤褐色と黒の、ターバン風の帽子。上着は取り取りの色糸で刺繡《ししゅう》された緋《ひ》色の胴衣から、絹のリボンで幾重にも編み重ねられた白絹のたっぷりとした袖がしなやかな腕に沿って流れ、気取って反り返した指の手前で線帯《レース》の縁取りを見せていた。カルツェ（タイツ風の長靴下兼パンツ）は檸檬《レモン》色と鮮やかな青に二分され、真新しい緋色の革靴が汚物に塗《まみ》れた甃《いしだたみ》の上で踊っていた。弾んだ声で「師匠に誂《あつら》えてもらったんだ」と言う。

派手だけど似合っている。「とても……」（素敵です）と続けようとした声はフランチェスコの「けばけばしい」と言う冷たい声で切られた。

サライの舞踏が止まり、「へーえ」と歩きだした。「洗練された貴族の御子息の趣味には合わなかったか」

フランチェスコを見ると以前のような無表情な顔、サライの気を損ねたことなどどうでもよいというような冷淡な顔で、大股《おおまた》で歩くサライに歩幅ですら負けぬとばかりに小走りで付いていた。サライを侮蔑《ぶべつ》しているというのはわかったが、僕は呑《の》み込んだ言葉を言うべきかどうか迷ったきり言葉が出ず、同じように足早に歩きながらサライを横目で見ると、サライはサライでフランチェスコの言葉も、フランチェスコ自体もこれまたどうでもよいとばかりに露店に並んだ布地や靴、宝飾品に目を奪われている。

僕はようやくサライに声をかけた。「僕は素敵だと思うよ。特にその帽子は異国風で、お城の従者の方たちもそんな帽子だったよね。あの人たちはサラセン人?」

「まさか」とサライは笑いだした。機嫌は直ったようだけれど、高らかに続く笑いは明らかに僕を馬鹿にしていた。「土耳古《トゥルコ》趣味に浸ってるだけさ。今、宮廷は土耳古《トゥルコ》に夢中なんだ。衣服を真似たり、食べ物を似せたりね。遊びだよ」

「馬鹿馬鹿しい」と、フランチェスコの声が再びサライの言葉を遮った。「異教徒の恰好《かっこう》を真似るなんて、それこそ馬鹿みたいだ」

ひゅーと口笛を吹き、サライの目はまた露店に移る。

幼いフランチェスコの蔑視がサライにまったく通じていないということに密《ひそ》かな快感を覚えると同時に、フランチェスコが自分の召使でもないサライ、敬愛するレオナルド師に仕える弟子でもある年上の人に、なぜ、こうもあからさまに酷《ひど》い言葉を投げつけるのか不思議に思い、またそういうフランチェスコをまるで無視しているサライも面白く思えた。

会話の途切れたまま、僕らはサライの闊達《かったつ》な足取りに合わせて歩いたが、道々サライは何人もに声をかけられた。上機嫌で挨拶を交わす男たちの大半はどこか崩れた自堕落な雰囲気を漂わせており、その都度フランチェスコが硬い表情で顔を逸《そ》らす。

「よお」――「今夜は？」「行くよ、もちろん」――「何してるんだ」「子守さ」

――子守とは僕とフランチェスコを連れて歩いている説明だろうか……フランチェスコはともかくも僕は十歳、子守などと言われる歳ではない。

僕も徐々にフランチェスコのように顔を強張らせつつ、一人陽気なサライを見る。惹《ひ》きつけてやまない美しさだけれど、レオナルド師匠のような高貴な顔じゃない。野卑な美しさだ……。

ヴェッキア宮に着くとサライは朗らかにフランチェスコに言った。「忘れるなよ。肉のお代わりだ」

あの日、ヴェッキア宮でフランチェスコは「肉のお代わり」をせず、それどころか肉を、肉だけを残し、サライが無頓着《むとんちゃく》にそれを平らげた。そしてそれ以後、フランチェスコも肉を食べなくなった。

僕は……食べている。鳥も動物も好きだ。そしてあれ以来……サライから聞いた師の言葉が胸につかえている。僕の身体は動物たちの死によって成り立っている。だが、肉は美《お》味《い》しい。焼肉の香ばしい香りや金色に輝く肉汁に浮いた肉片の艶《つや》やかな輝きは生きている鳥や豚や牛を無理やりにも脳裏から遠ざけさせ、別の物として口に運ぶ。年に何度か館《やかた》で行われる屠《ほふ》りの時、解体の場から目を逸らし、別個の物として口に運んだ。美味しかったからだ。何よりも。美味は悦《よろこ》びを誘い、幸福を生む。死んでいるのは動物だけじゃない。食べられるわけではないけれど、人間だって戦《いくさ》や疫病で山ほど死んでいるじゃないか。だが……フランチェスコは頑《かたく》なに肉を口にしなくなったし、確かにレオナルド師匠も召し上《と》がってはいなかった。サヴェリオを待ちつつヴェッキア宮で師匠とフランチェスコと摂る昼食……僕は独りで肉を食べる……。


霧がヴァープリオ・ダッタの館を、ミラーノへの道中を、ミラーノの街を覆うようになった頃、城中の青々とした樹木は鮮やかに天井を埋め尽くし、仕事を終えた弟子たちはヴェッキア宮の工房《ボッテーガ》に戻ったが、そのうちの三人——アントーニオとマルコ、それにアンドレーアは『最後の晩餐』を模写したいと修道院に通うようになった。

フランチェスコが相変わらずヨハネにうっとりと見入っている間、僕は三人の側に行き、その筆使いを、絵の具の選び方を、絵の具の溶き方を……油彩画の工程を目にすることが出来、心奪われた。

レオナルド師はほとんどフランチェスコに付き添っていらしたが、時折そっと弟子たちの傍らに立ち「絵の具が濃すぎるよ」などと酷《ひど》く遠慮がちに助言される。ミラーノ公やジローラモ様、フラ・ルーカ等、身分の高い方々への対応は実に泰然とされるのに、弟子たちへの言葉はいつもおずおずと控えめで、普通と逆ではないかと奇異に感じたが、それは動物たちに対するときと同じだと気付き、やがて弱者への異様なまでの優しさだとわかった。目下の者に対し、幼い者に対し、これほどまでに気を遣い、気弱に、優しくなる人を僕は他に知らない。特に「フランチェスコ殿」と呼ぶときのえも言われぬ優しい響き……言葉を空に漂わせるようにフラン、そして甘く慈愛を込めて歌うようにチェスコと言う。

耐えかねて聞いたことがある。「師匠はなぜそんなにも優しく『フランチェスコ』と言われるのですか？　僕やマルコやアントーニオの名を口にされるときとは違って聞こえます」

「ああ……」と師匠は戸惑うように口籠《くちごも》り顔を赤く染めさえされたが、やがて「気が付かなかった。そんな風に聞こえていたとしたら、君に謝らなければね」とおっしゃり、離れてヨハネに見入るフランチェスコに目を向けられた。「フランチェスコは可愛い。だが、だからといって特別視しているわけではないよ。もし、そう聞こえたとすればフランチェスコという名が好きだから、その名を口にするのが快いからだろう。叔父《おじ》と同じ名なのだよ。とても優しい叔父、大好きな叔父だ。子供の頃、いつも一緒だった。私に花の名、草の名、鳥、魚……様々なことを教えてくれた。随分と会っていないが、フランチェスコと口にしただけで悦びに満たされ、幸せになる。だが個人的な思いで君を傷つけていたとしたら許しておくれ」

レオナルド師の手が僕の肩を抱き、僕は驚いて師匠を見上げたが、師匠の視線はフランチェスコに注がれたまま……いや、もっと遠く……多分、こよなく優しいと言われる師匠の叔父さんに向けられていたのかもしれない。

「叔父さんって……フィレンツェにいらっしゃるんですか？」

「いや、フィレンツェから離れたヴィンチ村で養蚕をしている。君の故郷のコーモのようにね。ジャン……ジャンピエトリーノ、君も大好きだよ」

僕は嫉妬《しっと》めいた自己の言葉を恥じ、師匠の優しさを心から信じた。この方に仕えたい、この方の側にもっと居て、毎日居て、言葉を耳にし、絵を習いたい。月に五リラ支払えれば僕もここに立てる。焦がれるほどの羨望《せんぼう》に胸を焼かれながら、ただ佇《たたず》むしかなかった。

僕は金を手にしたことがない。フランチェスコに付いていることで、僕の給金というものも支払われているのかもしれないが、金を貰《もら》ったことはなかった。食べ物は厨房《ちゅうぼう》に行けばあったし、衣類は母が縫ってくれた。靴も帽子も誰かのお下がりで済んでいたし、ヴァープリオ・ダッタで僕自身が金を使うことなどなかったからだ。だが……いずれにしろ、僕の給金など五リラには満たないはず。フランチェスコに付いて館に帰るしかない。

いとも優しく「ジャンピエトリーノ」と呼ばれていることに気付く。「君と初めて会ったとき、アッダ川に向けて葉を飛ばしたね。空飛ぶ葉だ。あれも叔父が教えてくれたのだよ。私がフランチェスコくらいの歳のときだ。それに、私にも母がいなかった」――驚いて師匠を見ると、師匠はなぜか動揺されたように口を噤《つぐ》み、だが再び微笑まれた。「フランチェスコを呼んできてくれないか。ヴェッキア宮に帰り、君たちに面白いものを見せてあげよう」

その日、僕らはまたしても信じられないような物を目にした。

初めて案内された二階の端の部屋。昼前だというのに燭台《しょくだい》を灯《とも》された師匠が扉を開くと、その先は真っ暗な闇が広がり、空気の感じからとても大きな広間だったが、順に灯される灯火に見た窓はすべて板張りされていた。そして広間の真ん中に浮かび上がった怪物……師匠の案内でなければ僕は叫び、逃げだしていたかもしれない。

だが怪物は動かず、生きているようにも見えなかった。気が付くとフランチェスコと手を握り合っていた。

巨大な蝙蝠《こうもり》のような形をした――『羽ばたき機《オルニトッテーロ》』だという――大広間一杯にあったそれは、片側の翼だけでも二十ブラッチョ（約十二メートル）はあり、両翼とも、まだ中央の胴体とは繋《つな》がっていなかったが、師匠の操る棒でゆさゆさと羽ばたいた。いずれはここの屋根から空へと舞い上がり、中庭に降りるという。師匠が考案し、ずっと作り続けていられるものだそうだ。だが……そんな……飛《ヴォラ》ぶぞ！　という声が甦《よみがえ》る。と、同時にフランチェスコがあの日と同じ歓喜の叫びを挙げた。「飛《ヴォラ》ぶぞ！」

「そう、フランチェスコ殿。飛《スー・ヴォラ》ぶのです」と師匠も呼応される。そうしてフランチェスコを抱き上げ、蝙蝠の背に――玉座へと坐《すわ》らせた。フランチェスコが嬉《うれ》しげにまた叫ぶ。

「飛ぶぞ《ヴオラ》！」

大きく揺れる翼――天井から何本もの鎖で吊《つ》られた翼は幾つもの滑車、交錯した綱や革《かわ》紐《ひも》に操られ、蝙蝠は生きているような動きを見せた。巻き起こる風に煽《あお》られた灯火が乱れ、壁中に影が躍り、板張りされた窓の窓帷《カーテン》が揺らぎ、不気味な翼を照らしだす。

「滑車はトンマーゾ親方が作ってくれました」とフランチェスコにおっしゃる師匠。「翼の骨組みは柔軟な樅《もみ》、補強は強固な菩提樹《ぼだいじゅ》、膜の部分は琥珀織《タフタ》、糊付《のりづ》けした上質な琥珀織《タフタ》です。作動させるには丈夫な革紐がもっと必要で、まず明礬《みょうばん》で処理しなければならず……」

「明礬って？」

「複塩の結晶で……いや、つい夢中になって。貴方にはまだ……とにかくね、フランチェスコ殿、まだいろいろな物が足りないのですよ。飛ぶには。いずれ飛びます。いずれ。だが、それまでは絶対に内緒ですよ」

「内緒……」とフランチェスコは巨大な翼の間で灯火に頰を紅潮させて繰り返した。

「このように窓も塞《ふさ》ぎました。完成したらこの上の屋根に持っていきます」

「でも」と、フランチェスコ。「そうしたら大聖堂の屋根に居る職人たちから見えてしまうでしょう？」

「この窓の外はサン・ゴッタルド教会、聖堂はその向こうです。屋根はちょうど塔に隠れて見えません」

「いつまで……内緒ですか」

「飛ぶ日まで」と師匠はおっしゃり、フランチェスコを床に降ろし、僕を振り返って「ジャンもわかったね」と笑顔で言われた。

僕は恐ろしくなっていた。空を飛ぶ。そんなことって……空は鳥の領域、神の領域だ。ずっと魔法のようだと思ってきたが、世間で言われているように、ほんとうにこの人は魔法使いなんだ。普通の人間とは違う、異界の人なんだ。生きた人間を塗り込めたような絵を描き、こんな、こんな、見たこともない、想ったこともないような物を作ってしまう、とてつもない物を作ってしまう、魔法使い。魔術師。火焙《ひあぶ》りにされるべき恐ろしい魔術師。優しさはユダの戯笑、神を裏切るユダの笑顔、思わず知らず後退《あとずさ》った僕の腕が机上の燭台にぶつかり、とんでもない音をたてて床に落ち、僕をも飛び上がらせた。見れば床に流れた蠟《ろう》の上で折れた蠟燭《ろうそく》の炎が揺らいでいた。蠟の匂いが鼻を突く。じじ……と消えようとする炎の音に師の靴音が重なり、蠟燭に伸ばした手を引っ込めると僕はまた後退っていた。壁に退路を断たれたとき、師匠が目の前で蠟燭を拾われ、僕はそのまま床にへたり込んでしまった。炎が生き返り赤々と師匠の笑顔を照らしだす。「ごめんなさい」と僕は叫んでいた。

「なに、蠟燭が折れただけだよ」と師匠。そして炎を吹き消し「下に行こうか、ジャン。そろそろ昼だ」と、踵《きびす》を返された。

フランチェスコの甘えるような「もっと見ていたいです」と言う声に「ここに在ります。いらしたとき、いつでも御覧になれますよ」と師匠はこたえられ、僕がのろのろと立ち上がったときには広間の蠟燭はすべて消され、開いた扉から廊下を通して陽光が射し込んでいた。光の中でフランチェスコと手を繋いだ師匠が「ジャン、お腹が空いたという顔だね」と笑われ、扉の外に消える。

光の中の師匠の笑顔は屈託なく、いつも通りの高貴なお顔だ。後を追いながら、僕は先程の僕の恐怖を師匠はお気付きになられただろうかと不安に思った。謂《いわ》れもない愚民の風評に僕も一瞬囚《とら》われた。靴音に後退ったのは師匠が怖かったから——ごめんなさい——と口走ったのは蠟燭を倒したからではなく、師匠が怖かったから……だ。闇と揺らめく灯火と、あのとてつもない機械に、僕はあろうことか師匠を恐れた。一瞬とはいえ、この偉大な方を闇に徘徊《はいかい》する魔女や魔術師と見誤った。手を繋いで先を行く二人の後で、僕はフランチェスコに嫉妬する資格もないと恥じた。フランチェスコの絶対の信頼が僕には欠けていたことを繋いだ手が示していた。僕は師匠から退いたのだ……。

冬の訪れと共にヴァープリオ・ダッタにレオナルド師がみえられることは間遠となり、やがて途絶えた。だが、たとえいらしても僕らのミラーノ行きは許されなくなった。

凍った野や氷雨、濃霧、雪、それに刺すような寒気が、ひ弱なフランチェスコの遠出を妨げ、僕らを再び館《やかた》に閉じ込めた。

フランチェスコはまたむっつりと寡黙になり、僕も鬱々《うつうつ》と日を送る。川音に幽閉されたような館は、師匠を知ってしまった今、あまりにも単調だった。だが、希望も湧いてきた。僕は十一になり、誕生日に母から一リラ貰った。そしてこれから毎月くれるという。母は「ミラーノに行くような歳になって、おまえも欲しい物があるだろう。村でも欲しい物が目に付きだしただろう」と言った。

欲しい物はお金そのもの。何も買わない。今は十二月。四ヵ月後、年が明ける頃（当時三月二十日が年末）には四リラじゃないか！　そして復活祭の頃には再びミラーノに行かれるだろう。四月には五リラ、五月には六リラ、六月には七リラ、七月には八リラ、九月には十リラだ！　二ヵ月分しかないが、九月、十リラになったら師匠にお願いしよう。アンドレーアのように仕えますからって。一日、一時間でも二時間でもいい、絵を教えてください。後はアンドレーアのように何でもする。アンドレーアの何倍も働きますって。フランチェスコもその頃なら六歳、僕が付いていなくたって大丈夫だろう。僕が窓拭《まどふ》きを仰せつかった歳なんだから。計画は誰にも洩《も》らさず、僕は毎晩硬貨を柔らかな絹天鵞絨《きぬビロード》で磨いてはその輝きに酔いしれ、師匠に差し出し、お願いする場面を夢想した。川音ともさよならだ。

的になった。

一方、フランチェスコも単調な時を埋め尽くすように、今まで上の空だった勉強に意欲的になった。

家庭教師は単純に喜んでいたが、ある日洩らした言葉から、彼も師匠のことだけを考えていたのだと知る。曰《いわ》く「レオナルド師のおっしゃることをすべてわかるようになりたいんだ。お父様やフラ・ルーカのように何でも話せるように」——そうだった！　ミラーノへの道中——馬車の中での師匠とフラ・ルーカの会話の大半はわからなかった。言葉の意味すらわからないことが多い。無論、師は僕らに話しかけられるときには易しい言葉で話してくださるが、マルコやサライに話していられるときにもわからない言葉が出てくる。これで弟子になどなれるわけがない。言葉……読み書き……あのサライですら師匠の書かれたものを読んでいた。僕は読み書きもまだ満足ではない。仕えるにしたって今のままではマトゥリーヌの手伝いくらいしか出来やしない。国語はおろかギリシア語からラテン語まで始めたフランチェスコの横で、僕は漫然と夢想に耽《ふけ》っていただけだった。ジローラモ様は僕にも紙やペンをくださっていたというのに、勉強の時間はフランチェスコの相手は家庭教師にお任せしたとばかりに、そしてフランチェスコが一人勉強しているときでも、これ幸いとミラーノに想いを馳《は》せ、窓の外の凍てついた景色を、寒々とした川を、恨めしく眺めていただけだ。わがままで師匠に甘えるだけのちびと思っていたフランチェスコが僕より深く考えていたことに驚きつつ、僕も家庭教師の言葉に耳を傾けることにした。六つも下のフランチェスコが「明礬」が何かを知り、文字で書くことも出来るようになったというのに、僕は知らないし書けないじゃないか。

語彙《ごい》、語彙の意味、語尾変化、動詞の活用……行間に書き、逆さに重ねて書き……と、紙が真っ黒になるまで文字を書くようになった僕を見て、文盲の母は殊の外喜んだ。

「このお屋敷に来てほんとうに良かった。フランチェスコ様と一緒に読み書きを習えるなんて、おまえまで貴族か地主の若様みたいじゃないか。そんな風に勉強して、フランチェスコ様に付いていたら、今におまえはここで一番の従僕になれるよ。トッマーゾ・カンメッリみたいに立派な四季施をいただき、お客様がいらしたときには真っ先にお迎えするような。ああ、お父さんが生きていたら偉い出世だと驚くだろうね」

そうだろうか――この館で一番の従僕カンメッリに代わろうとは思わない。来年、ここを出ていく。師匠と暮らし、絵を習うという夢想はうっとりとするほど心を酔わせた。だが、実際のところ、母と離れることを思うと不安も覚えた。そんな事、出来るだろうか？　だが同い歳のアンドレーアは既に師匠の所に居るし、サライだって十歳で弟子入りしたという。僕はもう十一、来年になれば、もっと読み書きも出来るようになるだろうし、もっと自信も出来てきて、もっと大人になり、不安も少なくなるだろう。そしてフランチェスコは悔しがるだろう。フランチェスコが訪ねて来たとき、僕は師匠の側に居て……アントーニオやマルコと一緒に「やあ、フランチェスコ」と言うんだ。

一歳になったバルトロメオの世話に終始している母と、とにかくフランチェスコに付いている僕が顔を合わせるのは食事のときと寝る前だけ、母はおやすみの口づけをした後もバルトロメオの部屋に行ってしまう。だが、接吻《せっぷん》の前に母は必ず言った。「私のジャンピエトリーノ、世界で一番いとしい子」と。フランチェスコに無くて、僕が持っているもの……優しい母。フランチェスコが羨《うらや》ましいなどとは思わない。

四旬節が過ぎ、復活祭が来て、花が満ち、水田が燦《きら》めき始めてもレオナルド師はおみえにならず、痺《しび》れをきらしたフランチェスコの言葉で、とりわけ暖かい日、僕らはサヴェリオの荷馬車に同乗しミラーノに出た。

工房《ボッテーガ》に居たのはマルコ一人だった。皆は城に、新たに仰せつかった部屋の装飾の仕事で出ており、師匠はパヴィーアに行かれたと言う。

ここにさえ来れば会えると思い込んでいたフランチェスコは不満気に「パヴィーアって？」と聞いた。

「ここから馬で二、三時間、南に行った街だよ」とマルコは憫《あわ》れむようにこたえた。「このところずっと、師匠はその街の大学に通われているんだ」

「大学って？」

「大人が勉強するところさ」とマルコ。「そこの図書館の蔵書が凄《すご》いらしい」

「蔵書って?」

「大学にある本のことだよ。師匠だって沢山お持ちだけど、その何倍もあるそうだ。『毎日通っても、全部目を通すには何年もかかるだろう』っておっしゃってたよ」

「本は……お父様だって持ってる」

「きっと、もっと沢山の本だと思う」

「昼食までに」と僕は聞いてみた。「お帰りになられるだろうか?」

「いや、多分暗くなってから」とマルコは困ったように言った。「そうだ、君たち、お城に行かないか? 今度の部屋は……」

「行かない」と、きっぱりフランチェスコ。「行くのならパヴィーアだ」

「それは無理だよ」と僕。荷馬車で来たから、ミラーノに来るだけでもいつも以上の時間がかかっていたのだ。

それきり黙ってしまったところを見ると、フランチェスコにも無理なことはわかっているようだった。気まずい沈黙が流れ、マルコは今まで鉢で磨《す》りつぶしていた目の覚めるような青い粉を示し、それが東方から船で運ばれてきた青金石《ラピスラズリ》という貴重な石だと話しだした。そして、もっと細かくした後で油と練ると群青色の絵の具、天使の錦織の衣装の色になると続けた。師匠は『最後の晩餐』の主や使徒たちの衣服にも使ったけれど、ユダにだけはこの青を使わなかったとも。そしてマルコの描いている天使の絵も見せてくれ、天使たちの名前や場面の説明、ひいては描かれている絵の板の種類から下塗りの仕方、下塗りの材料まで話し続けたが、フランチェスコは僕らの会話にも終始無言、あからさまな仏頂面でマルコを当惑させた。

工房《ボッテーガ》ではアントーニオ・ボルトラッフィオに次ぐ年長、そのせいかアントーニオを立てるようにいつも控えめで、僕らともあまり話をしたことはなかったが、今は一人で、どう歓待しようか、孤軍奮闘していることが痛いほどにわかり、優しい人なのだと思うと同時に勝手に押しかけてきた事を悔いた。師匠には師匠の予定があり、それはマルコも同じだろう。僕らはマルコの時を徒《いたずら》に奪っている。だがサヴェリオが迎えに来るのはまだ二、三時間も先のことだったし、フランチェスコを連れ、二人でミラーノの街に出るのも不安だった。ミラーノのメルツィ家は新門の側だったけれど、歩いて行ったことはない。

再び訪れた沈黙のなか、どうしたらよいのか途方に暮れていた僕、そしてむっつりと顔を逸《そ》らしたフランチェスコに向かって、またマルコが口を開いた。

「そうだ、君たち、師の描かれた聖母様の絵は見たかい？　サン・フランチェスコ・イル・グランデ聖堂のだ」――フランチェスコがようやくマルコを見た――「『最後の晩餐』図と、お城の樹木しか、君たち見てないよね」とマルコは声を弾ませ、今まで説明していた自分の絵を指した。「これよりずっと大きな油彩画、画板《パネル》に師が描かれた油彩画だよ。聖母様とイエス・キリスト、聖ヨハネ、それに天使ウリエルが描かれている。岩窟《がんくつ》の前に居られるんだけど、まるで祭壇の奥がそのまま洞窟になっていて遥か向こうにまで繋《つな》がっているみたいなんだ。無論、絵なんだけど、吸い込まれそうだ。『最後の晩餐』と同じように素晴らしいよ。中央に聖母様、その優雅な気高いお顔と……」

「見たい」とフランチェスコがマルコの腕に手を掛けた。「見せてくれるの？」

「あ、ああ……いいよ。案内しよう。でも、ちょっと待っててくれる？　ここを片付けるから」

「でもマルコ」と僕は慌てて言った。「貴方《あなた》の仕事を中断させたら悪いよ」

「なあに構わないよ。僕も見たいんだ。何度でもね。勉強になるし、君たちを案内したと言えば師もお喜びになる。君たちが喜んでくれればだけどね」


道々マルコはどんな絵なのか説明をしてくれた。

「ルカ外典からの絵なんだ。ヘロデ王が『ユダヤ人の王』誕生という博士《マギ》たちの言葉に怯《おび》えてベツレヘムの嬰児《えいじ》たちを虐殺したのは知ってるよね？　マリア様はお生まれになられたばかりの主を抱かれエジプトへと逃避した。そして荒野で天使ウリエルに保護された聖ヨハネに出会うんだ。聖ヨハネは後年、主に洗礼を施すけど、このときはまだ幼児で、師の絵では主がヨハネを祝福している。主も赤ん坊で幼いお顔なのに、そのお顔の立派なこと、神々しさといったら。あのような顔は誰にも描けないよ。僕も、何度見ても描けないんだ」

弟子になると、絵の説明もちゃんと出来ないといけない……漠然と思いながら、地味で貧相とすら言えるマルコを見た。二十四歳だと聞いた。鳶《とび》色の髪に同色の柔和な眸《ひとみ》、サライと髪の色だけは似ていたが、その美しさとは遠く、アントーニオのような柔らかな話し方でもない。朴訥《ぼくとつ》とした不器用な話し方だったがフランチェスコへの説明は丁寧で誠実だった。そう……ミラーノ公を見て、座り込んでしまった僕に手を差し伸べてくれたのも彼だった。弟子入りしたら一番頼りになる人ではないかと密《ひそ》かに思った。アントーニオは何かと気を遣ってくれたけど、神経質な物言いが露《あらわ》になるときがあり時々疲れたし、サライは僕らをまったく子供扱いだ。だがマルコなら、僕の不安を消し、助けてくれそうだ。そう思えた。

絵は聖堂の礼拝所の奥、燦々《さんさん》たる祭壇衝立《アンコーナ》の中に描かれていた。

何十という灯火に燦めく聖堂を模《かたど》った衝立《ついたて》は礼拝所の天井にも達するほどの立派なもので、入口から既にその輝きに目が眩《くら》むほどである。黄金の聖堂の天頂にマリア様、その御《お》御足《みあし》の置かれた天蓋《てんがい》を囲むように大勢の喇叭《らっぱ》を手にした熾《し》天使たち、その下で祈る使徒たち、更にその下は何層もの小部屋となり聖書の場面が刻まれている。ギリシア様式の薄浮き彫りの金の小山は蠟燭の炎に揺れ、燦爛《さんらん》とした金の渦、ただ黄金の門のように見えた。だが近付くにつれ、門の内側《しん》、中央の、深く穿《うが》たれたような薄闇に気付き、薄闇は一歩毎に形を成し、やがて沁としたレオナルド師の絵が見えてきた。そのとたん、周囲の黄金の群像は色褪《いろあ》せ、すべてがこのあまりにも気高く静謐《せいひつ》な絵に平伏し、称《たた》えるためだけに在り、聳《そび》え立つ金の輝きすら息を潜めるのだと知る。今は絵しか目に入らなかった。岩窟の前に座せる聖母、右側に控える天使ウリエル、ウリエルに支えられた主、ひざまずき祈る聖ヨハネ、岩窟は遥か彼方《かなた》にまで奥深く連なり微かな光の靄《もや》の中に消えていた。祈りを捧《ささ》げていた自分の声に気付き、僕は頭《こうべ》を垂れ、なおも祈った。神々しいお姿を顕《あらわ》された聖母マリア。全身を打たれるような敬虔《けいけん》な思いに震え、祈る。

帰途、マルコは師匠がミラーノ公よりようやく報酬をいただいたこと、更に葡萄《ぶどう》園も賜ったこと等を誇らしげに話した。——だが、それを思い出したのはヴァープリオ・ダッタに帰ってからしばらく経ってからだ。

葡萄園はあの『最後の晩餐《よ》』のある修道会のすぐ側だと言っていた。そして師匠はそこの管理にサライの家族を召び寄せたという。サライの父はオレーノ村の雇われ農夫で、喜んでミラーノに来たとか。マルコに聞いたときには見てきた絵で頭が一杯で生返事しかしなかったけれど、思い返せば貧農の家族が月に五リラも息子のために支払えるのだろうかと今にして思い、次いでサライの豪奢《ごうしゃ》な身なりを想った。いささか下品で意地汚いが、僕は今まで、あの身なりからサライもアントーニオのような貴族の息子なのだろうと勝手に思っていた。だが……いったいサライはどうやって師匠の所に居られるのだろう？

二日後、ジローラモ様とフランチェスコ宛に師匠から手紙が届いた。持ってきたのはサライらしい。門で受け取ったのは従僕頭のカンメッリで何も言わなかったが、見ていたカルロッタが「うっとりするほど綺麗《きれい》な青年」と厨房《ちゆうぼう》で騒いだからだ。服装《なり》もサライらしかった。とすればサライは助手兼、アンドレーアのように召使なのだろうか？　だが、あの贅沢《ぜいたく》な服。そう、「師匠に誂《あつら》えてもらった」とか言っていたではないか。雇い人になぜ、あのような服を……考えてもわからなかった。

フランチェスコは手紙を一人で読み、内容も口にしなかった。僕も聞かない。あの日、聖堂に入ってからフランチェスコが何を感じ、あの神々しい絵をどう見たのかも僕は知らない。付き添いという立場を僕は忘れてしまい、事実一緒に居たフランチェスコのことを覚えていないし、その後話らしい話も交わしていない。フランチェスコはフランチェスコで、何か想っているのだろうが、フランチェスコはどうあれ、僕は僕の感情をどう処理したらよいのか、自身戸惑っていた。戸惑いは僕がまだ子供で、未熟だからなのか、との思いにも重なり、それゆえ更に困惑した。師匠について、師匠の描かれた絵について、軽々しく口にすることすら躊躇《ためら》われた。『最後の晩餐』……『聖母様』……絵がなぜ……あれほどまでの神聖を顕現出来るのか。主は在られ……聖母様も……更に、あのような絵を描かれる師匠は……僕には手の届かない方のように思われてきた。

そして、手紙が届いた翌日、ようやくレオナルド師が館《やかた》にみえた。

師匠はすぐに部屋にいらっしゃり、フランチェスコを喜ばせたが、僕は今までのように素直に接することの出来ない自分に気付いた。久しぶりにお会いした悦《よろこ》びに身体は震えつつ同時に畏怖《いふ》も感じ、フランチェスコの後を追おうとする足が止まる。

だが、フランチェスコを抱き寄せながら師匠は屈託なく「ジャン、冬の間にまた背が伸びたようだね」とおっしゃり、机に淡い水色の紙と、鮮やかな虹色の鵞《が》ペンを二本置いた。

「先端が青い方はフランチェスコに、茶色の方はジャンに。二人の眸の色に染めたのですよ」

　フランチェスコは歓声を挙げ、それから僕らは師匠の提案で窓辺に飾られていたアネモネの花を描き始めた。とはいえ、僕はほとんどの時間、紙の上を走る師匠の左手の動きに見蕩《みと》れていただけだ。主や聖母様同様、紙の上に命を与えられていく花……なぜ鵞ペンの鋭い線がこのように柔らかな葩《はなびら》と化すのか、繊細な花芯《かしん》と化すのか、そして生き生きとした花となるのか、眼前で生まれる命を僕はただ茫然《ぼうぜん》と見、見てもなお信じられなかった。

「ジャン、どうしたね？」

「師匠のような線は描けません」と言う。

「まず描くことだよ、ジャン」と師匠はおっしゃり、この上なく優しく微笑まれた。「絵を描くという事がわかってきたようだね、ジャン。何より大事なのは魂だが、魂を表すには技能がいる。技能とはね、魂を表すための技。そして技能を身に付けるのは習練だ。魂を表すためには思い通りの線を自分のものにすることだが、それには習練が必要だ」そうして師匠は「横の線」と横に線を引かれた。「平行する横の線」と更に続けて線を引かれる。更に一本、そして更に……「真っ直ぐの美しい線を引くには息を止めて一気に引くこと。途中で息をすれば線も乱れる」――美しい何本もの線を引きながら師匠は続けられた。「等間隔で並べていくのは習練だよ。何度も何度も線を描きながら自分の手の調子と調和する力を覚えることだ」――僕は師匠と初めてミラーノに行ったときの大人たちの会話を思い出した。フランチェスコも手を止め、師匠の手元に目を向けた。「思い通りの横の線を等間隔で引けるようになったら、次は縦、斜めと練習することだ。描けば描くほど線は洗練されてくる。洗練という言葉はわかるかな？」

僕は情けなく首を振る。師匠は「より美しくなること」とおっしゃった。「縦、横、斜め、何度も描くことだよ。真摯《しんし》に。描いていけばいくほどジャンにもわかってくる。以前描いていた自分の線ではないとね」

「私には出来ないのですか」と不満気なフランチェスコの声。

「いいえ」と師匠がフランチェスコを見る。「一本一本を真面目に描いていけば誰にでも出来ることだと思いますよ」

真摯という言葉もわからなかったが、真面目にという事なのかな、と思う。師匠はまた僕を見て言われた。「忍耐と根気が必要だ。だが、その後には至福が来る。目にしたものを思い通りに描ける線、その線に不満があれば更なる習練、それが技能を高めるという事だ。そして磨かれた線に魂を加える。魂は……何より大事だよ」

フランチェスコが紙の上に横線を引き始めた。師匠が僕にばかり語りかけているのが気に入らないのだ。

「紙にペンを置いたら」と、師匠はフランチェスコの側に行き、優しく語りかけた。「息を詰めて一気に引くことです。描いている途中で息を継ぐと……ほら、線が歪《ゆが》むでしょう」

——今まで言葉を書き連ねていた紙は裏はもちろんの事、終《しま》いまで来ると行間に、そして逆さにと文字を書き、紙を黒く埋めていたが、レオナルド師の言葉を伺った日から、更にその上に線が引かれるようになった。縦線、横線、斜めの線……息を詰め、一気に、そしてペンに掛ける力も変えて。その夜から紙が真っ黒になるまで僕は描いた。読み書きを覚えると同時に線の洗練も心掛けること。「きっぱりとした線は出だしと最後に力を入れる。流れるような線は徐々に力を抜く。頭ではなく手に覚えさせるのです」——師匠の言葉を思い出しながら、フランチェスコに知られぬよう、それは自室に引き上げた後の夜の時間にしようと思ったが、翌日、フランチェスコの部屋で僕は同様の……文字と線に覆われた黒い紙を見る。フランチェスコも師匠の言葉に沿い、思い通りの線を得ようとしていたのだ……。

暖かくなるにつれレオナルド師とフラ・ルーカの来訪が復活し、ときには二日、三日と滞在されるようにもなった。

師匠はフランチェスコを外にも連れだされた。僕らはアッダ川を溯《さかのぼ》り、飽くことなく水の流れに見入ったり、水鳥や岸辺の植物を描いたりした。籠《かご》に昼食を詰め、朝から夕方まで遠出することもあった。館の塔の部屋から見えるトレッツォ城にも丘を越えて行った。そして川沿いにアッダの上流へも。逆巻く水の飛沫《しぶき》、渦巻き、流れ落ちる水、上流に行くほどアッダの流れは激しく、風景も荒々しくなり、平坦《へいたん》な緑の野に変わって褐色の岩と崖《がけ》が目につくようになる。緑はより深く、鳥の数も増えた。川には青鷺《あおさぎ》、鷭《ばん》、白鶺鴒《はくせきれい》、山鴫《やましぎ》、林には灰色鶲《ひたき》、鶫《つぐみ》、小綬鶏《こじゅけい》、四十雀《しじゅうから》、末黒虫喰《すぐろむしくい》、小百舌《こもず》……鳴き声だけで師匠は鳥の名前を挙げ、見つけると僕らに示す。小麦畑が真っ赤な罌粟《けし》で覆われるようになると川向こうの田園にも行った。燕《つばめ》が滑空し、黒歌鳥《くろうたどり》が美しく囀《さえず》り、雀が騒ぎ、負けじと椋鳥《むくどり》の大群がりゃーりゃーと空を横切る。蝶《ちょう》や虻《あぶ》や蠅、干し草の乾いた香りと夏草の強烈な匂いに土の匂い、それらに路上の牛糞《ぎゅうふん》の臭いが混じり合い噎《む》せるような熱気が僕らを包む。蒼白《あおじろ》い硝子《ガラス》のようなフランチェスコの肌は陽光に薔薇《ばら》色に染まり一時《いっとき》、村の子供のようになったが、翌日にはまた元に戻ってしまう。僕だけがそのまま日焼けした。また夜の蛍。昨年葉を飛ばした運河沿いの庭に卓子と椅子を並べ、御主人様やフラ・ルーカも居らして闇に漂う優雅な光に見入りながら歓談された。川音と岸に当たる運河ののんびりした水音に蛙の鳴き声が重なり、更に蟋蟀《こおろぎ》の声が降りしきる庭は目箒《めぼうき》と茴香《ういきょう》の香りに満ちている。灯火には蛾が群れ、卓子を囲む皆の顔に影を躍らせていたが、灯火の向こうで大人たちが何を囁《ささや》き交わしているのか、川音と蟋蟀の声に掻《か》き消されてわからなかった。だが、フランチェスコ同様、ジローラモ様も以前より笑顔を取り戻されたような気がする。そしてまた、小舟で川を下ることもあった。アッダの支流は穏やかで優しい。六月になると僕は水に飛び込み泳いだ。水面から見ると小舟の二人はいとも幸せそうに見える。何を話すわけでもないのに充足した笑顔。師匠がフランチェスコの年の頃、やはり叔父《おじ》さんとこのような時を過ごしていたのだろうか。鷺鳥が群れなし、蜻蛉《とんぼ》が飛び交う穏やかな水面。僕もだんだんヴァープリオ・ダッタが好きになってきていた。師匠が絶讃《ぜっさん》されるようにここの自然は美しく豊かだ。だが、今月で七リラ。九月になったら師匠に弟子入りをお願いするという気持ちに変わりはない。しかし以前のようにフランチェスコと競って師匠に近付こうという気は失せていた。フランチェスコのように無邪気に甘えるには偉大すぎる人……コーモの裾野《すその》から遠くアルプスの頂を仰ぐように、僕は師匠を見るようになった。フランチェスコの後ろに控え、分を弁《わきま》え、少し離れて二人を見る。一対一で向き合うには畏怖の念の方が強すぎる。だが九月になったら……僕はアルプスを登り始める。今度はアントーニオやマルコの陰に隠れ、おずおずと裾野から。

七月、ヴェネツィアから来た行商人の話が館の厨房《ちゅうぼう》を騒がせ、日を追う毎に姦《かしま》しくなった。

　先年即位された仏国《フランチア》王ルイ十二世がアルプスを越えてミラーノに攻めてくるという噂だ。王はこの二月にヴェネツィアと同盟を結び、この協定には教皇も加わられたという。村に来た聖遺品売り、免罪符売りの僧、鋳掛け屋、小間物屋、床屋、芸人等々、立ち寄る度に話は膨れていった。仏国《フランチア》王は初代ミラーノ公の娘、ヴァレンティナ・ヴィスコンティ様の孫に当たり、それ故ミラーノの支配権を主張されたとか。五年ほど前にも仏国《フランチア》が攻めてきたことがあった。その時の仏国《フランチア》王はシャルル八世とかで、僕はまだ六歳、コーモの屋敷での大人たちの話に不安よりも人々が騒ぐことに、そしてただ何かが起きそうだという空気に胸が躍った。仏国《フランチア》砲兵隊は沢山の大砲や銃を持っているということだった。蛇行砲、軽砲、大きな臼砲《きゅうほう》、二連小銃、カルヴァリン小銃等々、そして瑞西《スヴィッツエラ》の傭兵《ようへい》はとてつもなく強い。だが、その時にはヴェネツィアも教皇もイル・モーロの味方、更に西班牙《スパニャ》の王、独逸《ジェルマーニア》皇帝も味方で、僕らが屋敷の庭で戦争ごっこをしている間に仏国《フランチア》王はすごすごと本国に引き返したという。だが今度は……ヴェネツィアも教皇も仏国《フランチア》側。唯一の味方、ミラーノ公の義理の甥に当たられる独逸《ジェルマーニア》のマクシミリアン帝も瑞西《スヴィッツエラ》との戦いに忙しいそうだ。フィレンツェ共和国は味方とならず、ミラーノ公はフェッラーラやマントヴァは元より異教徒サラセンにまで大使を送ったが孤立しているという……。宿無したちの話がどこまでほんとうなのかわからないが、きな臭さは確かだった。そして昨日やってきた占い師はヴェネツィアは既にミラーノ公国に攻め入る準備を完了した。アッダ川沿いのこの村はミラーノ進入の足掛かり、間違いなく戦場になるだろうと話していたという。

フランチェスコはコーモに居たときの僕同様、よくわかっていないようだったが、不思議だったのはジローラモ様も、そして今月もいらしたフラ・ルーカ、そして師匠も、まるでいつもと同じだったことだ。不安な話は路上と厨房でのみ囁かれ、御主人様たちはいつに変わらず和やかに歓談、師匠と僕たちはまた川に出て絵を描いた。母や他の召使たちがそうした様子を見て安堵《あんど》したことも確かだが、これもいつもと同様、ミラーノにお供した僕は、今度こそはっきりと異変を感じた。


ミラーノのアルモラーリ通りには何十という兵器工房があったが、その周辺一帯が狂ったような不気味な活気に溢《あふ》れていた。剣、槍、十文字槍、兜《かぶと》、楯《たて》、鎧《よろい》と……武器や甲冑《かっちゅう》の堆《うずたか》い山は通りにまで溢れ、燃え盛る溶鉱炉の熱気が夏の暑さに拍車を掛け、馬車の中にまで熱風が吹き寄せた。金属を打つ音は街中に響き渡り、道に溢れた傭兵たちの異国の言葉が耳に飛び込んでくる。だが、フラ・ルーカと師匠は修道会に着くまでの車中も、今年ようやく翻訳されたというアリストテレスの『天体についての概論』とやらの話に夢中だった。

そして修道会の食堂もいつもと同じ。アントーニオが未《いま》だ模写を続けており、知らない画家たちも絵筆を取り、静けさに満ち……いや、鑑賞の人たちがいない。着飾った貴族や大商人たちの勝手気儘《きまま》な話し声がなかった。

フランチェスコがヨハネの前で佇《たたず》む間、僕は何度か師匠に聞いてみようと思い、その都度言いだしかねて口を噤《つぐ》んだ。戦争の噂とは厨房や路上でのみ囁かれる下々の話題なのだろうか？　そういう話に踊らされることは、そういう話を持ち出すことは、愚かさを示すことになるのだろうか？　師匠の気高いお顔を目にする度に僕の口は閉ざされ、真剣に『最後の晩餐』に見入る画家たちの間で、僕一人がユダのような気持ちになった。

だからヴェッキア宮で僕たちを待ち構えていたマルコのただならぬ様子に「戦争」という言葉がすぐに浮かんだ。

だが、その言葉。「師匠！　良かった、お帰りになられて。昨夜からお妃様の侍女が何度も見えて、また熱湯になってしまったと」

「熱湯に？　私の手帖《てちょう》を……いや、いい。『すぐに参ります』とお伝えしておくれ」

——師匠は足早に工房《ボッテーガ》へと向かわれ、「はい」とこたえたマルコもそそくさと廊下を去っていく。訳もわからず僕たちはただ師匠の後を追い、師匠の小さな工房《ボッテーガ》へと着いた。

師匠は何かつぶやきながら机上に開かれた手帖を御覧になられていたが、部屋を出ようとしてようやく僕らに気付いた。

「ああ、君たち……悪いが一階で待っていてくれるかな？　マトゥリーヌに言って何か冷たい飲み物と菓子を出してもらいなさい」

そのまま師匠は入って来たときと同じ、急《せ》いた歩調で出ていかれた。

「熱湯」と「戦争」は繋《つな》がりがあるのだろうか？　気を取り直して「フランチェスコ」と声をかけると、彼はいつの間にか師匠の机の前に立ち、今まで師匠が睨《にら》んでいられた手帖を見ている。サライの言っていた手帖……僕も覗《のぞ》いてみた。

——訳のわからない図形に訳のわからない文字。ぎっしりと書き込まれた紙面はまったく何だかわからなかった。うねうねと伸びた管のようなもの、読めない文字、わかるのはところどころにある矢印だけだ。「一階に行こうよ」と、僕は言った。

「うん」と言ったきりフランチェスコは動かない。そして突然「わかった！」と叫んだ。

「文字が逆なんだ。逆に書いてある」

「何だって？」

「いいかい、左からじゃなくて右から左に書いてあるんだ。逆さに。右から裏返して読むんだよ。これは『理想的な温度』、ここは『熱湯』、ここは『冷水』だよ」

確かに——フランチェスコの指摘した通り、意味不明の文字はとたんに読めるようになった。「理想的な温度」「熱湯」「冷水」……だが……僕は啞然《あぜん》とし、ますます混乱するだけだ。恐る恐る前後の頁も見てみたが同じだった。前も後ろも不思議な図形が紙面一杯に描いてあるだけだ。そして「湯」「水」などの逆さに書かれた文字。「三つを混ぜ合わせる」……いったい何のことだろう？　どうしてこんな風に書くのだろう？

その日、サヴェリオが来るまでとうとう師匠は戻られず、マルコも姿を見せなかった。

僕らは二人で食事をし、給仕のアンドレーアに聞いてみた。──「お妃様」というのは右翼にお住まいのイザベッラ妃、亡くなられた前ミラーノ公のお妃様、幽閉されていらっしゃるイザベッラ・ダラゴーナ様のことで、その方の浴槽に快適な温度の湯を自動的に出せる装置を師匠が作られているということだ。

「『浴槽』って風呂《ふろ》の?」と僕は思わず聞き返してしまった。

「そうだよ」と平然とアンドレーア。「お妃様は風呂がお好きなんだよ。毎日入られるって聞いたよ」

「湯を自動的に出せるって……どうやって」

「知らないよ。『湯釜《ゆがま》から配管して』とか、マルコに言ってらしたけど。聖ヨハネ祭からずっと師匠は右翼に行ってお妃様のために働いていらっしゃるんだ」

お妃様のための自動的に湯が出る浴槽の装置を作っていられる? 風呂を。戦争など、僕がコーモに居たとき同様、宿無したちの流言蜚語《ひご》にすぎないのだろうか?

ところが七月末、ヴェネツィア軍がブレーシャ地方に進軍したという知らせが昼食後の厨房に届いた。

噂はほんとうだったのだ。突然すぐ近くに現れた敵に、厨房は蜂の巣を突っついたような騒ぎになった。

「ご指示をいただいてくる」と、今度こそカンメッリが使用人代表として、厨房を出ていった。

カンメッリが出ていった後も騒ぎは消えない。ブレーシャは東のイゼオ湖の更に東だそうだが、ミラーノに次ぐ大きな街もあるという。

「早馬だったら一日でここに来られるかもしれないぜ」と言うイゼオ出身のフィリッピーノの言葉に食卓を囲んで怒号が起きた。

カルロッタが泣きだし、カルロッタにつられたのか、いつにない騒ぎに驚いたのか、食事のときだけ連れて来られるバルトロメオまでが籠《かご》の中から火のついたような泣き声を挙げる。皆、口々に捲《ま》くし立てはじめた。「敵が押し寄せたらヴァープリオ・ダッタで真っ先に標的になるのはここだ」――「でも御主人様はスフォルツァ家を辞されている」――「だが、ここの領主だ」――「敵がブレーシャまで来ているのなら、なぜミラーノの軍隊が来ないの？」――「そうだ、当然ここいらを守っていいはずだ」――「それよりミラーノのお屋敷に移った方がいいわ。市城壁の中だもの」……。

一人黙していた母が立ち、柳の籠からバルトロメオを抱いて言った。「軍隊が早馬並の速度でここに押し寄せて来るとでもいうの？　馬鹿馬鹿しい、歩いて来るんだよ。来るとしたって何日もかかるよ」そして僕に「フランチェスコ様の昼食ももうお済みだろう」と暗に促し、部屋を出ていった。

カンメッリを待っていたかったけれど、僕も致し方なく立つ。

部屋に行くとフランチェスコは窓辺の机で勉強をしていた。

私は待ちます《イオ・アスペット》――貴方は待ちます《トゥ・アスペッティ》――彼は《エリ》……夏の乾いた風が無花果《いちじく》の香りと共に絹糸のようなフランチェスコの髪と戯れ光に燦《きら》めき、紙に走る文字は僕の拙《つたな》い文字よりずっと美しかった。腹立たしいほどに穏やかな時が部屋を支配し、勢い込んで入った僕の気勢を削《そ》ぐ。フランチェスコは傍らに立った僕を無視して書き続ける……待ちます《アスペッタ》――私たちは待ちます《ノイ・アスペッティアモ》――貴方たちは《ヴォイ》……。

「待てないよ」と僕は言い、フランチェスコが顔を上げる。「戦争だ。仏蘭西《フランチエーゼ》軍が攻めてくる。同盟を結んだヴェネツィアの軍隊はブレーシャ地方にまで進撃したそうだよ」

「ブレーシャに……」とフランチェスコは痴呆《ちほう》のように繰り返した。

「戦争ってわかるかい？」と僕は意地悪く言う。「他国が攻めてくるってことさ。大砲や銃や槍《やり》や剣、沢山の武器を持った獰猛《どうもう》な兵士が押し寄せて来るんだ。ここに」

「ここになんて来ないよ」とフランチェスコは静かにこたえた。

「なぜ？」飛び上がって驚くかと思っていたフランチェスコの意に反したこたえに興を削がれつつ僕は続ける。「ブレーシャって知らないのかい？　イゼオ湖のすぐ向こうだぜ」

――どの程度「すぐ」なのかは知らなかったが。

「道が違うもの。ミラーノに攻め入るならトレヴィーリョかカラヴァッジョを通って進撃するだろう」

「直進すればね」と僕もしぶしぶ認める。「でもミラーノを包囲しようとすればアッダ川を越えた時点で川沿いに広がるよ。川を溯《さかのぼ》ればここ、ヴァープリオ・ダッタじゃないか」

「そうだけど……」と、今度はフランチェスコが言い辛《づら》そうにこたえた。だが、扉を叩く音で背けた顔に悦びが走る。おずおずと開かれた戸口にレオナルド師を認めたからだ。

　駆け寄るフランチェスコ。抱き寄せる師匠。僕は「ブレーシャに……」と再び話を繰り返した。だが師匠は笑顔のまま「ほお」と言われただけだった。

　かつて、「フランチェスコを特別視などしていない」と言われたが、その師匠の言葉を僕はもう信じない。抱き合って僕を見た二人は、戦争という一大事からすら遠くかけ離れた、甘く濃密な蜜《みつ》のような空気に包まれていたからだ。

　二人は笑顔で再会の挨拶《あいさつ》を交わし、師匠は卓子に真新しい紙を置かれた。「夏のヴァープリオ・ダッタは来る度に美しい。樹々の緑の燦めき、花々の輝きは楽園の如く。いや、フランチェスコ殿、貴方の青い、湖のように輝く眸《ひとみ》を見ただけで、ヴァープリオ・ダッタは楽園になる」――僕は蜜に包まれた二人を残して厨房《ちゅうぼう》に走る。カンメッリたちがもう戻っているはずだ……。

　だがカンメッリたちの言葉はちびのフランチェスコがつぶやいた言葉と同じだった。御主人様は「ヴェネツィア軍が進撃したとしてもアッダの下流、トレヴィーリョかカラヴァッジョに進むだろう」と言われたそうだ。「気になるならいつでも逃げだせるよう、身の回りの物を整理しておけ」と。更に「ミラーノの屋敷に移りたい者がいるなら行くがいい」ともおっしゃられたとか。右往左往する下働きの者たちのなかで僕はフランチェスコの許《もと》に帰る気も起きず、そのまま食卓に坐り込んだ。

――レオナルド師とフラ・ルーカはいつものようにゆったりと二日滞在された。だが、お帰りの日、さすがに僕らのミラーノ行きは許されなかった。


八月に入るとロッカ・ダレッツォ、インチーザ、アンノーネと日を追う毎に占領された町や村の噂が入ってきた。だがミラーノ公も武将一千六百、騎馬兵一千五百、歩兵一万に更に独逸《ジェルマーニア》の歩兵五百で迎え撃っているという。この館からも川向こうの緑野の彼方《かなた》に行進する兵隊たちを目にするようになった。そして僕は厨房や村での声の異変にも気付いた。

占領されたという町や村の数が増えるにつれ、不安と喜びの声が綯《な》い交ぜになってきたのだ。ここが戦場にならない限り、いやミラーノ軍がここに駐屯せず、そのまま仏蘭西《フランチェーゼ》軍が入って占領してくれれば……という声である。「ルイ十二世は初代ミラーノ公の曾孫、イル・モーロより正統なミラーノ公と言えるんじゃないか」と。「イル・モーロの治世より住みやすくなるかもしれない」と。「占領された町々は喜んで迎え入れたそうだ」と。

夏が深まるにつれ、仏蘭西《フランチェーゼ》軍の進撃を喜び、不安と言えば唯一、ここが戦場となり、戦乱に巻き込まれたらどうしようということだけになった。だが、初夏に師匠《マエストロ》と歩いて行ったトレッツォの砦《とりで》はルドヴィーコ・ヴィスコンティ様の要塞《ようさい》となり、アレッサンドリアの城には軍隊長ガレアッツォ・ダ・サンセヴェリーノが立て籠《こも》っているという。ヴァープリオ・ダッタの北も南もミラーノ軍、そして東はヴェネツィア共和国軍と――敵、味方に囲まれた状態ではないか。ここがいつ両軍の戦いの場になったっておかしくない。

だが厨房以外、館はひっそりと静まり返ったままだ。川向こうの緑野の彼方を行進する兵士たちを示してもフランチェスコは顔も上げず、母も戦争の事は口にしなかった。そしてヴァレンツァ、バッシニャーナ、ヴォーゲラと仏蘭西《フランチェーゼ》軍の進撃。ある晩、耐えかねて僕は母に聞いた。

「どうして母さんは皆の……戦争の話に無関心なの？　怖くないの？」

「私もおまえも兵士じゃないもの。戦ってもいないのになぜ怖がらなきゃならないの？」

「だって、ここが戦場になったら、兵士じゃなくたって……」

「ジローラモ様も、おまえの大好きな師匠も、まるで平然とされている。私たちのような下々の者に何がわかるというの。噂に怯《おび》えるより、大尉だったというジローラモ様の判断の方が確かじゃないか。現にミラーノ公の側に居られるレオナルド師やフラ・ルーカからいろいろとお聞きだろうし、ジローラモ様が落ちついていらっしゃる限り、ジローラモ様に付いている限り、私たちは大丈夫だよ」

そういえば……軍隊長ガレアッツォ・ダ・サンセヴェリーノとレオナルド師はとても仲

良しで、師匠は彼の廏舎《きゆうしや》に出入り自由、何枚も馬の絵を描かれたとか。昨年完成したフラ・ルーカと師匠の共著、あの不思議な図形が沢山描かれた『神聖比例』という本の一冊はサンセヴェリーノに献呈したとフラ・ルーカがジローラモ様に言っていた。「三冊作り、一冊はミラーノ公に、一冊はサンセヴェリーノ殿に」と。君主とも、軍隊長とも仲良しなのだから、確かに戦争の状況など一番ご存じのはずだ。心配ないと思うから、平気で風呂《ふろ》作りなどに励まれているんだろうか。黙ってしまった僕に母は言い聞かせるように続けた。

「それにバルトロメオ様はまだ一歳、フランチェスコ様だって六歳、おまえも私もお側を離れるわけにはいかない。何があってもジローラモ様のお指図の通りにし、お側に居ること。それしかないだろう」

来月で十リラ。来月、僕は師匠に弟子入りをお願いするはずだった。だが……「何があっても?」と、僕は母に問い返した。

「何があってもだよ」と母。「ジローラモ様がここに居らっしゃるのは、ここの御領主様だからだ。ミラーノのお屋敷はお城仕えのためのお屋敷にすぎない。領民を見捨てて、御自分だけ市城壁の中に隠れるなんてことをなさりたくないんだよ。それに市城壁で守られているからってミラーノの方が安全かどうかもわからない。敵はミラーノ目指して進んでいるんだからね。『ここは街道から逸《そ》れているからここには来ずにミラーノに進む』とおっしゃるジローラモ様の判断の方が正しいのかもしれない。いずれにしろ、使用人全員がここから離れても、ジローラモ様とお子様たちがここに居らっしゃる限り、私もおまえもここに居る。この紙をごらん。こんなに立派な文字を書けるようになって、まるで公証人みたいじゃないか。ジローラモ様のおかげだよ。私は乳母、おまえはフランチェスコ様の従者、立派なお勤めだ。下女中みたいに騒ぎ立ててはいけないよ」

「でも、フランチェスコはもう六歳。僕が窓拭《まどふ》きを始めた歳だよ。もう僕が付いていなくたって……」

「おまえ、毎日フランチェスコ様に付いていて、本当にそう思うの？　おまえが六歳の頃、あんなだったというの？　年中熱を出されて、野菜や果物ばかりを小鳥が突っつく程度にしか召し上がらない方と同じだとでもいうの？　おまえが四歳のときだってあの方より大きく丈夫だったよ。それに……いえ、おまえ、どうして『付いていなくたって』なんて言うの？　私たちはこの館《やかた》に奉公している者なんだよ。ジローラモ様に仕えている者なんだよ。おまえ、フランチェスコ様に嫌われでもしたの？」

「最初からそんなに好かれちゃいないよ」と、僕は仕方なく笑った。

「それは、良家の子息じゃないもの。お相手としては不満だろうよ。でも、ここに来てからおまえだって随分と礼儀も覚えたし、言葉遣いも覚えた。読み書きだって出来るようになったし、本当に立派になった。コーモのお屋敷に居たら窓拭きの後は馬丁か厨房の下働きだ。でも、このお屋敷でこのままいけばおまえは立派な従僕だよ。一生安楽に過ごせる。この国が、ミラーノがどうなろうとね」――母は僕の額に、そして両頬に接吻《せっぷん》し「私のジャンピエトリーノ、世界で一番いとしい子」と言って部屋を出ていった。

来月、ここを出ていくなどと言ったら、母は何て言うだろう。いや、僕は本当に言えるだろうか。まして戦争の最中に。それにフランチェスコときたら、減らず口は叩《たた》くが未《いま》だに小さな女の子みたいだ。わがままで、頑固で、意地っ張りで、気力においては僕よりずっと強いんじゃないかと時々思う。だが確かに身体はひ弱、そして僕が居なくなったら独りぼっちだろう。僕が出ていけば恩知らずとなるのだろうか？　それに母もここに居辛くなるのだろうか？　それにレオナルド師は僕を受け入れてくださるだろうか？　第一母の言うように仏国《フランチア》やヴェネツィアの軍隊がミラーノ目指して進軍しているというのに、どうしてレオナルド師はミラーノで平然と暮らしていられるのか？　どうされるつもりだろう。先日いらしたときもまだお妃様《きさき》の風呂の事を話していた。『冷水、熱湯、その中間の湯……と、三つの容器を用意したのですよ。三本の配管に一旦《いったん》栓をし、流れる量を調節できるようにします。それから……』――フランチェスコ相手に楽しげに話されていたが、こんなときに、どうしてそんな事に夢中になれるのだろう。

八月末、レオナルド師がいらっしゃり、僕たちは館のすぐ側の丘に登った。榛《はしばみ》と茨《いばら》が猛々しく密生し行く手を遮った所で、僕らは草地から突き出した平たい岩に坐《すわ》ってカルロッタの作ってくれた菓子を広げた。足元にアッダ川が硝子《ガラス》の蛇のように燦《きら》めき流れ、その向こうは真夏の濃い緑がどこまでも広がる平野、彼方に三つの峰《トレ・コルニ》と呼んでいる連山と、師匠お気に入りのヴァープリオ・ダッタの景色だ。

陽射しは痛いほどに強く、鳥たちの囀《さえず》りと、背後の繁みや木立を動く小動物の気配、そして目の前の岩肌にへばりついていた蜥蜴《とかげ》が虹色の身を翻して岩陰に隠れ、手にした菓子の甘酸っぱい林檎《りんご》の匂いと狂おしいほどの草の匂いに包まれる。だが、茫《ぼう》とした大気の中、南の地平線近く、トレヴィーリョの方に煙が上がっていた。松明《たいまつ》の爆《は》ぜる火の粉のような明かりが時折明滅し、煙は大気に溶ける間もなく上がっていたが、遠すぎて音は聞こえなかった。大砲の音も、鉄砲の音も、太鼓の音も、悲鳴も、だが戦争。戦っているのだとわかる。――僕の耳にフランチェスコの甘えた声が聞こえた。

「お妃様のお風呂はどうなりました？　紐《ひも》を引くだけで快適な温度のお湯は出るようになりましたか？」

「何言ってるんだ」と、僕は叫ぶ。「戦争だよ、あそこで！　戦争が起きてるんだ。今」

「大丈夫だよ、ジャン。ずっと遠くだ」と師匠。

「でも、でも、でも……」――僕は師匠を見たまま声に詰まった。どうしてこんなに平然としていられるんだ。戦争が起きて……見える所で戦争が起きているというのに……。

「大丈夫だよ」と師匠はもう一度言われた。「ここからは遠い。トレヴィーリョの手前だろう。街道も違う。どちらが勝つにしろ、こっちには来ない」そして遠い煙を見ながら吐き捨てるようにおっしゃった。「獣にも劣る愚行《コルベッレリア》だ！」

驚いてフランチェスコが林檎の菓子を落とした。初めて耳にする師匠の激しい言葉。僕も唖然《あぜん》としたが、師匠はすぐに叢《くさむら》に落ちた菓子を拾い、蜥蜴が居た岩の上に置いた。「いずれ鳥か栗鼠《りす》が食べるでしょう」と振り向いたお顔は笑顔だ。そうして新しい菓子をフランチェスコに手渡された。「驚かせてしまいましたね、フランチェスコ殿。貴方《あなた》に言ったのではない。あの連中、いや、あの連中を動かしている欲張り共に言ったのです。さあ、私の言葉で菓子を落としてしまったなどとカルロッタに言わないでくださいね。ひとつひとつ美味《おい》しく食べたと」

「言いません」とフランチェスコ。「でも、『愚行《コルベッレリア》』って何ですか？」

「愚かな行為《コンポルタメント・ショッコ》、馬鹿げた行為です《コンポルタメント・ストゥーピド》」と師匠は言われ、煙の方に目を向けた。「戦争とはそのなかでも最たるもの。最も愚かな行為です。フランチェスコ殿、ジャン、人間がどれほど素晴らしい機能を持っているか知っていますか？　私たちはこの美しい自然を見、鳥たちの囀りを聴き、言葉を使ってこのように話し合うことも出来る。美しさを味わい、囀りに酔い、会話を楽しめるのですよ。手を使って道具を作り、絵を描き、文字を書き、足を使ってこのような所にも登って来られる。しかもこのように美しい髪（と、フランチェスコの髪を撫《な》でた）、美しい眸《ひとみ》、美しい唇、美しい首、美しい手、美しい胴体、美しい脚を持っている。このように美しい身体、かくも様々な機能を持ちながら、人は何をしているのでしょう。己の素晴らしさを感じようともせず、相手の素晴らしさを尊重しようともしない。彼らは殺し合い、引き裂き合い、貪《むさぼ》り合い、裏切り、欲望の赴くままに戦う。

あれらは人間ではない。栄養物の単なる通り道、堆肥《たいひ》の製造者、ただ便壺《べんつぼ》を一杯にするだけの輩《やから》。いかなる美徳も実践せず、一杯になった便壺以外に残す物もない者たち。彼らの野蛮な手足は莫大《ばくだい》な数の樹木を切り倒し、死や苦悩、拷問、恐怖、あらゆる生き物に押しつけている欲望を満たすのみ。大地が裂け、彼らを呑《の》み込んでくれればと思う。かくも残酷で恐ろしい怪物をなぜ大地が呑み込まぬのか……」――僕の眸と出会い、師匠はようやく口を噤《つぐ》まれた。

鳥たちの囀りが甦《よみがえ》る。「感情に走って」と師匠が再び口を開かれた。「ただこれだけはわかって欲しいのです。フランチェスコ、ジャン。自分の手ひとつ見ても親指、人差し指、中指、薬指、それに小指とあるでしょう？　そのひとつひとつがどれほど微妙な動きをすることか。この中にはね、薔薇《ばら》色の自在に収縮する肉と、何本もの血管……血の通った管が走り、幾つもの骨が支えているのですよ。どんな機械でも追いつかない素晴らしい創造物だと思いませんか？　物を摑《つか》んだり、投げたりするだけではなく、触れただけで、この……陽に焼けた岩肌の熱さを感じ、硬さを感じ、風を感じることが出来る。このような素晴らしい物を与えられていながら、人は何をしているのか。いや、また繰り返しになってしまう……とにかく戦争くらい愚かな行為はありません。そして戦争を始める者ときたら、自分は安全地帯に居て指揮するだけの卑怯者《ひきょうもの》。しかも戦争の目的は大体が己の欲望でしかない。もっと領土が欲しい、もっと金が欲しい、そんな事のために殺し合いをさせているのですよ。精神の貧しい者ほど物欲が強いのです。愚かな争い事にはかかわらない。いいですか。戦争などにかかわってはなりません」

「でも敵が来たら？」と僕は聞いた。「かかわらなくてはならなくなったら？」

「逃げればいい」とフランチェスコ。

「その通り」と嬉《うれ》しそうにレオナルド師。「何があろうと逃げるのです。愚行からは逃げるのです」

逃げる……フランチェスコならわかるが、威風堂々とした立派なレオナルド師の逃げる姿など浮かばなかった。第一弱虫みたいじゃないか。僕はそのまま言った。

「いや、愚行にかかわる方がよほど弱虫だよ。ジャン、逃げるという言い方が弱く聞こえるのなら、決然と愚行から身を離すと言いなおそう」

どう違うのかわからない。僕は上がり続ける硝煙を見ながら聞いた。「今は、まだ大丈夫なんですか？」

「万が一トレヴィーリョが陥《お》ちたとしても、そのままミラーノ方面に進軍するでしょう。回り道はしませんよ」

「ミラーノにまで来たら」と僕は叫んだ。「それこそミラーノから逃げないと。師匠、ミラーノから逃げないと！」

「なぜ？　私は兵士ではないよ、ジャン。技師であり画家だ。金持ちでもない。敵に襲われる心配はないよ」

「でも」と初めてフランチェスコが不安気な顔で言った。「ここの方が安全なら……師匠、ミラーノにお帰りにならないで。ここでお過ごしになってください。一緒に、ずっと」
「ありがとう、フランチェスコ殿。ですがミラーノには工房《ボッテーガ》があり、弟子たちもおり、それにまだ風呂が完成しておりません」――レオナルド師は笑いながらおっしゃり、立ち上がった。「風が出てきました。そろそろ戻りましょうか。大丈夫ですよ。ミラーノは鉄壁の市城壁に守られているのですからね。貴方たちは戦争などに目をくれず、この美しい風景を眺めていらっしゃい。自然こそ、師匠の師なる偉大なもの。戦争なぞにあの連山《トレ・コルニ》が揺らぐと思いますか？　自然は動じません。自然こそ永遠、愚行に巻き込まれたら自然に目を向けるのです。心の平安を取り戻してくれるでしょう」

翌日、レオナルド師はフラ・ルーカと共に笑顔でお帰りになられたが、それが長い別れになってしまうとは思いもしなかった。

九月に入ると、イル・モーロが既にミラーノから逃げたという噂が広まった。ミラーノの街中は無政府状態、財務長官のアントーニオ・ランドリアーニは反乱を起こした民衆に殺されたという。中頃には仏蘭西軍《フランチェーゼ》のために開門されたと。そしてミラーノの屋敷から手紙が届き、ジローラモ様はカンメッリをミラーノに向かわせた。次いでレオナルド師からも手紙が届き（持参したのはサライらしい）ジローラモ様はサヴェリオに馬車の整備を命じた。フランチェスコは「今度サライが来たら、すぐに私にも知らせろ」と館中の者に言った。

十月にはミラーノを占領した仏蘭西軍《フランチェーゼ》が街中で略奪行為に走り、そしてそれは近隣の村やベルガモの方にまで広がっているという噂が伝わってきた。ヴァープリオ・ダッタは今のところ平穏だったが、月半ば、アンドレーアとサライが来た。

師匠からの手紙をジローラモ様に持参し厨房《ちゅうぼう》で休んでいる、というカルロッタの知らせで僕たちは厨房に走り、そして屋敷の門の所で驢馬《ろば》を連れた二人と会った。

「やあ、君のお父上に手紙を……」と言うアンドレーアの声を遮って、フランチェスコが聞く。「師匠はご無事なの？」

にこやかにうなずいたアンドレーアに僕は聞いた。「ミラーノは？　どうなっているの」

「仏国《フランチア》やヴェネツィアの兵、それに瑞西《スヴィツツェラ》の傭兵で溢《あふ》れている」とアンドレーアの顔が曇った。「略奪、殺戮《さつりく》が相次いでいるよ」

サライが言う。「ヴィスコンティ家の者は拉致《らち》され、子供は殺されたんだぜ。イル・モーロの廷臣たちはブリアンツァやコーモに続々と逃げだしているよ。ああ、君たちが城で会った占星術師のアンブロージョは金を奪われたし、師匠の騎馬像は……仏蘭西兵《フランチェーゼ》に壊された」

「何だって！」とフランチェスコが悲鳴のような声を挙げた。「師匠の、師匠の作品が。じゃあ『最後の晩餐』は！」

「無事だよ」とアンドレーアが言う。また笑顔になっていた。「騎馬像は壊されたけど、それは師匠の作品なんて知らない無知な兵士たちによってだったんだ。師匠の素晴らしさはすぐに彼らにも知れた。十日ほど前にルイ十二世が意気揚々と入城したんだけどね、その後『最後の晩餐』を見て『どうしても仏国《フランチア》に持って帰りたい』って言ったそうだ。でも壁画だろう？　しぶしぶ諦《あきら》めたが、師は昨日お城に招かれた。王入城の祝賀会が催されたんだ。ラ・ロッケッタの間で新しい国王と教皇様の御子息、ヴァレンティーノ公、それにリニー伯って仏国《フランチア》の伯爵や蘇格蘭《スコツィア》（スコットランド）王家の方にも会われたそうだ。広間は新王と共に入城したそうした偉い人たちと、ミラーノの、請願書を持ったミラーノの年寄り株、商業監査役なんかで一杯だったらしいけど『師はそれは手厚く歓待された』ってお供をしたアントーニオが言ってた。だから師匠は大丈夫。何の心配もいらないよ」

「アントーニオが？」とフランチェスコは疑わしげに言った。「師匠は何て？」

「城からお帰りになるなり工房《ボッテーガ》の大理石板の上に紙を広げて素描《ディセーニョ》だ」とサライ。

「ペンで、横顔を描かれた」とアンドレーア。「それからそのすぐ横に今度は斜めの顔。このところずっと絵から離れていらしたのに、憑《つ》かれたように描いて、夕食の時間になってても立たれないんだ。斜めの顔を描き終えて立ち上がったので『師匠、お夕食は？』って聞いたら『後で。先に食べなさい』って。こうなったら何か言ったって無駄だからね、僕たちは下に行った。『ヴァレンティーノ公の顔を忘れてしまう』ってつぶやかれていたから、城で会った教皇様の御子息とかって人の顔だと思う。朝になったら横顔、斜めの顔、正面って三つの顔が描かれてた。後はアントーニオから手紙を託《あず》かっただけで、師にお会いしてないから……」

「ヴァレンティーノ公の顔って？」とフランチェスコが急《せ》くように尋ねた。

「うーん、立派な顎鬚《あごひげ》と尖った鼻、目は二重で……」とアンドレーア。

「じゃあ大人なんだ」とフランチェスコ。

「そうだよ」

「じゃあ、今度は仏国《フランチア》の王に仕えるの？」と僕は聞いた。

「いや……」とアンドレーアがこたえたところにカルロッタの声。

「はい、百合《ゆり》の球根と西瓜《すいか》の種」──カルロッタが袋を差し出し、僕は聞く。「何だい、それ」

「アントーニオから聞いた師の伝言さ」とサライ。「『手紙を届けたら百合と西瓜の種を』って。ここにあるんで助かったけどさ、師匠の言うことなんていつだってわからないことばかりだ。アントーニオには『修道院に置いたままのストーブを取りに行け』と言われたそうだ。それに帽子やカルツェや紙とか、何だか沢山買い物を頼まれたって」

アンドレーアが礼を言いながら袋を受け取り、驢馬に乗る。「マルコもチェーザレも家に帰ったんだ。村を占領されたんだ。ああ、でも大丈夫。今のところはね。マルコから手紙が来た。でも工房《ボッテーガ》も寂しくなったよ。それで僕たちがここに来たんだ」

サライも驢馬に乗ると「二人だって、道中結構怖かったぜ」と言葉とは裏腹に笑いながら言い「とにかく用事はこれで終りだ。じゃ」と驢馬の尻《しり》を叩《たた》いた。

「いつ見えるって……おっしゃってなかった?」とフランチェスコがアンドレーアに聞く。

「聞いてない」と済まなそうにアンドレーアは言い、サライの後を追った。

なおも後を追おうとするフランチェスコにカルロッタが言う。「ジローラモ様がお呼びですよ」

レオナルド師の手紙には――ミラーノが陥落したことで、逆に略奪や殺戮が広がっていること。政情が落ちつくまで、御子息たちだけでもベッラージオに避難させた方がよいのでは。アンノーネの要塞《ようさい》を避け、アッダ川右岸からレッコに出、そこからレッコ湖左岸沿いに進まれたし――とあったそうだ。ベッラージオは湖をコーモ湖とレッコ湖に分ける突端の地の町。ミラーノから遥かに北、そしてジローラモ様の妹、ボーナ様がお住まいだという。

翌朝、ミラーノの屋敷を閉めてきたカンメッリに付き添われ、フランチェスコとバルトロメオを抱いた母、そして僕はベッラージオへと発った。

一四九九年十月十八日、聖ルカの日。コーモを懐かしみ、今コーモ湖岸の町に行こうとしているのに、遠ざかりつつある村、霧の中に消えていくヴァープリオ・ダッタの景色を僕は初めていとしく思う。

一月——公顕節《エピファニア》の日にジローラモ様がベッラージオにおいでになり、レオナルド師とフラ・ルーカがとうとうミラーノを離れられたと聞く。聖夜《ナターレ》をヴァープリオ・ダッタで過ごされ、マントヴァ侯国に向かわれたと言う。

フランチェスコは挨拶《あいさつ》もそこそこに「どうしてこちらにいらっしゃらないのですか？」と聞いた。

フランチェスコのいつにない強い口調にジローラモ様は一瞬、声を途切らせたが「マントヴァ侯妃イザベッラ様は故ミラーノ公妃の姉君、二人とも以前から存じあげているし、歓待してくださるはず」と言われた。

「こちらでは歓待できないと？」

「いや、『マントヴァにはとりあえず立ち寄り』と言われていた。フランチェスコ、遊んで行かれるわけではないのだよ。ここに何があると言うのだね？　ローマでドナート・ディ・アンジェロ殿と会うと言ってらした。レオナルド師と同じく宮廷で技師、画家として居られた方だ。ブラマンテ……レオナルド師は『ドンニーノ』と親しげに呼ばれているが、心から信頼できる人だとね。技師として、画家として師匠は行かれるのだよ。より素晴らしい仕事をなさるために」

「フラ・ルーカとお二人で？」と、僕は恐る恐る伺ってみた。

「いや、アントーニオ・ボルトラッフィオ殿とサライという召使も付き添っている。アントーニオ殿はボローニャに行かれるそうだが、あの辺りまで行けば安心だろう。もっとも屈強な修道僧とレオナルド殿を見て、襲おうなどという向こう見ずな輩《やから》もいないと思うがね」

「ではミラーノには」とフランチェスコ。「もうお帰りにならないのですか？」

「フィドやビアンキーナ、それに羽ばたき《オルニ》……」と勢いこんで言ったとき、フランチェスコが僕を蹴飛《けと》ばし、凄《すご》い目で睨《にら》みつけた。僕はようやく「レオナルド師の所に居た犬たちの名前です」と告げる。そう、口外してはいけないという約束を破るところだった。

苛立《いらだ》った声で「父上」とフランチェスコが急いた。

「『情勢を見て』と言われていた」とジローラモ様。「ミラーノはまだどうなるかわからない。モーロ公はコーモを経てインスブルックで独逸《ジェルマーニア》皇帝と落ち合ったという噂だ。皇帝の力を借りれば、またミラーノを奪回出来るかもしれない。『動物たちも居るし、弟子二人に工房《ボッテーガ》を預けてきました』とおっしゃっていたから引き払われたわけではない。フランチェスコ、私たちは『また《アッリヴェデルチ》』と言ってお別れした。『さようなら《アッディーオ》』ではない」

「でも、ローマなんて、とても遠いのでしょう？」

ジローラモ様はフランチェスコの言葉にこたえなかった。父親との再会を喜ぶよりも、レオナルド師の行方にしか関心のない息子をどう思われているのか……「いずれにしろ、おまえたちは、まだ当分ここに居た方がいい」とおっしゃり、ボーナ様の所に行かれた。
フランチェスコが「馬鹿！」と僕を睨む。「羽ばたき機《オルニトッテーロ》のことは内緒じゃないか」

あの夏の午後……と、僕は悔やむ。なぜ、あのとき、そう……まだ九リラだったけど「弟子に」と言わなかったのか。言っていたら、今頃僕はマントヴァ侯国に居たかもしれない。レオナルド師のお側に……。

だが心の奥底では知っていた。戦争が起きなくても、そのまま九月になっても、僕は何も言わなかっただろう、と。

レオナルド師は僕から遠く……僕はまだ母の許から離れて独り立ちする勇気もない意気地なしだと。

第二章　一五一一～一五一六年　パーオロ・ジョーヴィオ

覚書一 マルカントーニオ

神学を修めたのちパヴィーア大の医学部を卒業し、コーモに戻ったのは一五一一年の夏、二十八歳のときである。

当時の私はまだ、めでたい同窓たちと同様とまでは言わないが、それなりの希望溢《あふ》れる想いを未来に対して抱いていた。可愛らしく、まだ世を信じられる程度に若かった。

だが年も変わらぬうちに私は神の裏切りを思い知らされた。


その夏、コーモとミラーノは黒死病《ペスト》に蹂躪《じゅうりん》され、私は香水に浸した赤い外衣《マント》を着、オレンジの匂い玉を腰から下げ、鳥の嘴《くちばし》のような薬草袋で鼻と口を覆ったまま汚染されたコーモの城壁内を奔走することとなった。

清々とした湖の湖畔にありながら、病人は隔離する暇もなく息絶え、埋葬の鐘は鳴りやまず、死者の衣類や身の回りの物、寝台までも焼き払う炎と煙が湖を染め、覆った。貴族や金持ちは取るものも取り敢《あ》えず町を逃げだし、逃げる金すらない貧者は次々と倒れ、夏の終りには埋葬も追いつかずに、あちこちにただ腐乱した屍体《したい》が積み重なり、糞便《ふんべん》と汚物、腐乱屍体の悪臭に覆われた地獄の町と化した。

黒死病《ペスト》は汚染された空気から来る。鼻、口、耳、肛門《こうもん》……身体中の穴という穴を薬草袋で覆い、皮膚を香水で絶え間なく消毒した。だが汚染された大気は空中に淀《よど》み、身体にまとわりつき、コーモの城壁内から動かなかった。汚れた空気を身体から完全に遮断することは不可能だ。食事のときには食物と共に汚染された空気が体内に入る。排便時にも肛門は空気に晒《さら》される。寝ている間に知らず知らず鼻の薬草袋を外している。薬草は底をつき、薬草売りももう呪われた地には近寄らなくなった。

暑気と悪臭とおぞましい光景に疲れ果て、家族たちが避難したがらんとした屋敷に戻ると私は戸口に吊《つ》るした蘆薈《ろかい》を引き千切り、捨てた。

玉葱《たまねぎ》の匂いに満たされた部屋に入ると、汗と香料に塗《まみ》れた衣類を脱ぎ捨て、薬草袋を床に叩《たた》きつける。絹の口から山薄荷《やまはっか》、緑薄荷、金水引《きんみずひき》、茴香《ういきょう》、亜麻《あま》、桃金嬢《ミルラ》、胡椒《こしょう》、丁子《ちょうじ》……干からびた種や葉や花が散らばり匂いの渦となる。有毒な瘴気《しょうき》よ、心臓の悪魔よ、来るなら来い！　閉め切った窓を開けると思い切り息をした。どうにでもなれという気分だった。世の終りだ……だが汗に濡《ぬ》れた皮膚に触れたのは思いもかけぬ冷たい風。アルプスを下り、湖を渡った神々しいまでに清々しい風はひんやりと私の裸体を洗い、口から鼻孔から身内に浸透した。——秋の風だった。

涼気と共にようやく有毒な空気は薄れ、閑散とした町から死神は去っていった。

町は甦《よみがえ》り、市門は開かれ、同様の災禍に包まれたミラーノの惨状も伝え聞く。だが、累々と重なる貢ぎ物を欲した神にさえ、私は感謝していた。長い夏、汚濁の真《ま》っ只中《ただなか》に在りながら、私は召されずに居たからだ。まだ神の裏切りも知らず、幾らかは神を愛していたのかもしれない。

マルカントーニオの死を知ったのは十月。疫病神は私の身体は残したが、魂を奪っていた。

最愛の友であり、師でもあったマルカントーニオ。確かにコーモは地獄だった。そしてミラーノ、首都ミラーノの地獄は更で、犠牲者は数万人、住民の三分の一が一夏で逝ったと聞く。だが、よりにもよって貴方《あなた》が……マルコ・アントーニオ・デッラ・トッレ。パヴィーア大医学部教授のなかでも最も若く、最も秀でた類稀《たぐいまれ》なる碩学《せきがく》の、神に最も愛されていたはずの貴方が召されることになろうなどとは思ってもみなかった。

日々地獄を見、ミラーノの惨状を伝え聞いても、貴方の身を案じたことなどなかった。貴方はミラーノより遥《はる》かに南、パヴィーアに居ることが多かったからだ。第一、神の愛がなければ、なぜ貴方はあれほどまでに聡明《そうめい》で機知に富み、美しくいられたのか。それはまことに神の与え得た叡知《えいち》、神の与え得た美貌《びぼう》と若さ。そうした貴方を神が早々と召されてしまうはずはないと思ったからだ。誰の死よりも信じられない死、我が身の死よりも信じられない訃報《ふほう》だった。神の思《おぼ》し召しなどという世迷い言で片付けろというのか！　いいや、私は初めて神を呪い、世を呪った。理不尽としか言いようのない知らせ、条理に背いた知らせに身も世もなく打ちのめされた。信じるものなどこの世にない。神の愛など存在しない。この世など……ただ、でたらめ。敢えて言うならでたらめの神がこの世を支配しているのだと。でなければ、なぜ最も神に愛された貴方が疫病になど……そしてその春、貴方と後味悪く別れ、卒業の日まで再び笑みを、心から望んでいたにも拘《かか》わらずつまらぬ意地から笑みも交わさず別れたままの日々を悔やんだ。心底……。


あの日……パヴィーア大の中庭で私に出会うなり貴方は言った。

「パーオロ、あの画家は天才だよ！」と。

——天才？　天才とは貴方のこと、貴方だけに似つかわしい言葉と信じていた私は、思い返せば最初からレオナルドに反感を抱いていた。マルカントーニオがそいつを褒め称《たた》え始めた昨年から、その口調、その響き、その熱意に。唯一友足りえる男……私が素直に尊敬し素直に愛せる男と、唯一認めた友の、あまりにも手放しの讃辞《さんじ》は不快でしかなかった。これは嫉妬《しっと》などというつまらぬ感情からではない。いったいそれほどまでに手放しで褒めちぎることの出来る人間など、この世にいるものかと。いるとすればマルカントーニオただ一人のはず。二十八年生きてきて、ただ一人しか会っていないのに、その男が更に敬服する男なぞ居るわけもないではないか。

「彼の才能！」と、マルカントーニオは感に堪えたように口走りながら、私の肩を抱きかかえて戸惑う私を校舎の裏手に誘った。――校内ではラテン語で会話を交わす決まりになっている。「狼《ルーピ》」と呼ばれる監視人が素知らぬ振りをして我々の間を歩き、言葉の断片を掻《か》き集めていた。だがマルカントーニオが「天才」と称する絵描きは天才らしからぬ俗語で話しているようで、マルカントーニオはしばしば愚民に説教する物乞《ものご》い僧のように彼の言葉をそのまま私に伝えていた。

「わかるかい！　肝臓が循環系を司《つかさど》っていたんじゃないって今朝わかった！　彼は昨夜、七ヵ月の胎児の屍体と格闘したんだ。一晩中、徹夜してだ。私が今朝訪ねたときには既に見事な、とてつもなく美しい図が描き上がっていた！　酷《ひど》い腐臭、血肉と変色した臓器の山の間で、たった独りで彼は一晩中真実と向き合い、それを記録したんだ。血液の循環、生殖と泌尿《ひにょう》のかかわる諸機能、我を忘れて彼の話を聞いた。この際、君が以前中傷したような……彼だけが私の恩恵を得、私の知識を利用しているなどという説はぜひとも粉砕したい。彼の解剖図が如何《いか》に見事なものか……神の手とも見紛《みまが》う見事な描線の解剖図だ。それを見て初めてわかることが如何に多いか、私の方こそ彼に教わっているのだよ。私は彼の弟子だ！　そしてこのような素晴らしい師に出会えた喜びを、今朝ほど感じたことはない」

私の冷たい眼差《まなざ》しを感じないのか、敢えて無視しているのか、それからも彼は熱に浮かされたようにその画家の讃歌《さんか》を延々と唱え始めた。画家とは思えぬその叡知。夜な夜なマッジョーレ病院に籠《こも》って行う解剖作業の困難さ。我が碩学の師、マルカントーニオでさえ驚愕《きょうがく》させ、その知を補う見事な理論。魔法で描かれたような精緻《せいち》な図……そしてこれからまた会いに行く、ミラーノの彼の工房《ボッテーガ》で今夜会う約束をしたのだと。神との謁見を許された素朴な農夫のように歓喜に満ちた眸《ひとみ》、震える声で言った。

「君も行こう！　今夜こそ紹介したい。あの絵を見、彼の話を聞けば、ひねくれた君の意見など消し飛んで……」

「醜悪だな」と、私は冷たく言ってやった。

「え？」

「知で研ぎ澄まされたような貴方の美しい顔が、今は恋する初《うぶ》な田舎者みたいにだらしなく醜悪に見える。可愛いと思う者もいるかもしれないが、私から見れば情けない限りだ。誑《たぶら》かされた顔だ。マルカントーニオ、我が師、我が友、などと言いたくなくなる」

「なぜ、君はそんなに反発するんだ。私が今まで君のためにならないことを勧めたことがあるかね？　彼は間違いなく天才であり、賢者だ。会えば絶対に君だって……いや、君のような賢すぎる男こそわかると思って言っているのだ。だが、ことレオナルド師について話すと、いつだって君は反感を露《あらわ》にする」

「ことレオナルドについて話すときだけ貴方は愚かになる」と私はすぐに言い返した。

「ラテン語の素養もない卑しい絵描き風情に、パヴィーア大の俊英教授が誑かされているからだ」

「何ということを。レオナルド師が街路で工房《ボッテーガ》を開いているような職人ではないことくらい知っているだろう？　師はイル・モーロの治世からヴェッキア宮に住む宮廷付きの画家だった。フィレンツェ共和国でも政庁の仕事をし、ミラーノ公国総督は彼をミラーノに取り戻すのにルイ十二世の助力すら仰いだと聞いている。会えばわかる。師がどれほど……」

「取り入り方が上手《うま》いとは聞いていますよ」と、冷やかに言葉を遮る。「私が子供の頃にも名声はコーモにまで伝わっていましたからね。イタリアを没落させるために生まれてきたイル・モーロ、決して人を信用せず、猜疑心《さいぎしん》の塊と言われた前ミラーノ公の側に近付くことの出来た数少ない一人とか。当時も宮廷一の画家、ロンバルディーア一の画家と謳《うた》われていた。幸い、馬鹿みたいな大きさの騎馬像は粘土の段階でイル・モーロを追い出した仏蘭西《フランチエーゼ》兵に壊され、ただ青銅《ブロンズ》を浪費しただけの巨像と――恥を残さずに済みましたがね。有名な『最後の晩餐《ばんさん》』も見ましたよ。ルイ十二世が『何とか仏国《フランチア》に持ってゆけぬか』と騒いだとの風評、確かに見事でした。だが描き終えてからまだ十三、四年、既に亀裂《きれつ》が入り、ぼやけていて何だと思って近寄ったら黴《かび》が生えている。これが立派な画家の、貴方が尊敬してやまぬ画家の仕事振りだ。道端の工房《ボッテーガ》の徒弟だって十年そこそこで黴が生えるような絵など描かないでしょうに。更に……」と、私は言い立てた。実のところ『最後の晩餐』は見ていない。ドミニコにしろフランチェスコにしろ貧乏臭い修道会など訪ねたくないし、最後の晩餐図も見飽きている。噂で充分だ。そして今や形勢逆転、一気にマルカントーニオの愚かな虚像を打ち砕くときだ。「イル・モーロ……宮廷一の画家と持て囃《はや》し、厚遇しただろう前ミラーノ公が失脚するやいなやミラーノから逃げだして、貴方の尊敬する男は誰に仕えました？　教皇アレクサンデル六世とローマの高級娼婦《しょうふ》との間に生まれた私生児、妹との近親相姦《そうかん》さえ取り沙汰《ざた》された半島のごろつき、チェーザレ・ボルジアですよ。見事なる詐欺で敵も味方も殺戮《さつりく》し続けた男だ。ああ、こんな話も聞いています。『算術、幾何学、比と比例大全』とかいう本を出して有名になったフランチェスコ会の修道士と彼はモーロの宮廷で仲が良かった。ミラーノから逃げだすときにも一緒に逃げたそうですが、チェーザレはその修道士の生まれ故郷、トスカーナのボルゴ・サン・セポルクロも攻めたそうですね。チェーザレは論外、所詮《しょせん》イタリア中荒らした男だ。だがレオナルドときたら友である修道士のために悲しむどころか、まず、その村に在ったらしいアルキメデスの概論書を戦利品として求めたとか。手に入れたかどうかまでは聞いていませんがチェーザレにも劣らぬ冷血漢！　いや、チェーザレ以上だ。その上……」と、私は声を高めた。「機を見るのも長《た》けている。チェーザレが零落すると、殺される前に要領よく袂《たもと》を分かち、今度はフィレンツェ共和国に取り入った。そして飽き、再びミラーノ。大恩あるはずのイル・モーロを破った仏国《フランチア》総司令官、今やミラーノ公国総督ショーモン伯シャルル・ダンボワーズに取り入りミラーノに安住。遂には、そう……やれやれ、我が師まで魅了してしまったというわけです。まさに王を操る占星術師、錬金術師、魔法使い以上の魔力を持った類稀《たぐいまれ》なる画家ということですか？」

「偏見と独断だよ」とマルカントーニオは私から離れ、校舎の壁に寄り掛かると空を仰ぎながら言った。「君の知性は鋭い分、一旦《いったん》偏るととんでもない誤解に走る嫌いがある。知りもしないで悪意に満ちた噂だけをよく集めたものだ。時の権力者が悉《ことごと》く師に魅了されたのは、師が事実素晴らしいからにすぎない。会ってみれば、彼がどれほど優れた方か、すぐにわかるだろうに」

「会ったとたんに罵倒《ばとう》し、貴方の面子《メンツ》を潰《つぶ》しますよ。互いに不愉快になる。そんな事のために馬に二時間も乗り、ミラーノに付き合えと？」

「わかった」と、マルカントーニオは身を起こし、見たこともない険しい眸で私を見ると「誰彼問わず嘲笑《ちょうしょう》し揶揄《やゆ》する悪癖がなければ、君はもっと賢くなるだろうに」と言った。

「貴方は充分に尊敬していましたよ」

「過去形だね」

「老いぼれ画家に誑かされる以前の貴方だ」——言いながら、既に私は後悔していた。ここまでやり合う気はなかった。なぜ、つまらぬ画家風情のために、ここまで彼とやり合わねばならない？

「損な性格だな、君も。その傲慢《ごうまん》さをいつか悔やむだろう」

凍りつくような冷たい眼差し、硬い声を残して彼は中庭に戻って行った。

マルカントーニオ……貴方の言う通り、私は他人を嘲笑し揶揄するのが得意だ。この世は馬鹿で溢《あふ》れている。見渡す限り馬鹿ばかり。だが、唯一……貴方は私を敬服させ、唯一素直に愛し、師として、友として、惚《ほ》れた男だった。これまで貴方自身を嘲笑したり揶揄したりしたことはなかったはずだ。あんな別れ方のまま……逝ってほしくなかった。

翌年の夏、コーモはまたしても黒死病《ペスト》の疫神の餌食《えじき》となり、私は疫病からではなく、あらゆるものから逃れたくなった。

マルカントーニオほどの男を奪ったというのに、まだ足りぬとばかりに、再び地獄が繰り返される。

地表を這《は》う蟻が疫神の巨大な足で、ただ無造作に踏み潰されていた。老若男女もなく、善男善女も極悪人もなく、信仰篤《あつ》き者も薄き者もなく、でたらめに死んでいった。これが神の愛し賜う世界というわけだ。笑わせる。私はヨブのように、なおも「信じます！」などとは言わない！　ヨブは疑いを持ったことを悔いたが、私は信じたことを悔いている。

夏の終りまで、私は薬草袋も香水も身に付けずに病人を診て回り、死者を送った。汚れた空気をどれほど浴びようと、どうでもよい気分だった。天国も地獄ももはや信じてはいなかった。死後の世界があろうとなかろうと、この目前の地獄、この不条理に勝る世界があるだろうか。ただひとつ、心を震わせるのは亡き友を想うときだけ。黒く膨れた身体を目にする毎に、同じように逝っただろうマルカントーニオの顔が浮かび、その都度、悲しみに胸が震えた。マルカントーニオはガルダ湖畔のリーヴァ・ディ・トレントという小村で貧民の治療をして感染したという。日を過ぎても未《いま》だに（なぜ彼が）という思いは消えない。彼の艶《つや》やかな肌もこのように黒変したのだろうか。彼の叡知《えいち》に満ちた眸もこのように濁ったのだろうか。彼のきりりとした唇もこのように膨れ、ぼろ布のようになったのだろうか。彼の美しい身体もこのように崩れたのだろうか。なぜ彼が……なぜ……。

秋になると黒死病《ペスト》は終熄《しゅうそく》に向かい、私はコーモを発つことにした。うんざりしていた。コーモもミラーノもパヴィーアも……半島の北にはもう居たくなかった。コーモには沢山の医者が居る。敬愛する友もなく、信仰も失った私がここに留《とど》まることはない。

私はローマに行こうと思った。

七つの丘と許多《あまた》の廃墟《はいきょ》を有する世界の首都、わざとらしく清貧を気取る托鉢《たくはつ》僧、物乞《ものご》い坊主どもが堕落と汚穢《おわい》の都と唱えるローマ。真実などどこにもないと非難されるローマ。神の道から背いているという教皇の住まい、あらゆる悪徳の溜《た》まり場、一大偽善都市……托鉢僧たちの憎悪の言葉は私を引きつけた。

古代人も言っている——"Veritas" odium parit——「真理」は憎悪を生む——真実にしろ虚構にしろ、夏の地獄を隠し、処女を装う町よりよほどましではないか。でたらめな世を認識し、でたらめに生きようとする男にとって、でたらめな街は住みよいはずだ。

覚書二　教皇

一五一二年の十一月一日、即ち諸聖人の日に私はローマに到着した。そして宴会と催し物、更に馬鹿騒ぎ、それ以外の時を持たぬのがローマだと初日に知る。

都に着いた私が父の紹介状を携えて晩禱《ばんとう》の鐘が鳴り響くなか、真っ先に訪ねたのは大貴族コロンナ家だったが、後は誘われるままに街の閉門の鐘が鳴る頃には教皇庁付きの銀行家キージ家へ、そしてコーモだったら夜警以外寝静まっているだろう時間には古代ローマ遺跡に近いカピトール（現カンピドーリオ）の丘の中腹にまで来ていた。

果てしない饗宴《きょうえん》……そこはヨハンネス・コリキウス氏の別荘と聞いたが、行ってみると当主は独逸人《ジェルマーノ》で、ヨハン・ゴーリッツという名を当時盛り上がっていた古代熱に乗じ古代風に言い換えていただけだった。だが、そこの集いで私はジェノヴァ人、バンディネッロ・サウリ枢機卿《すうききょう》と出会った。

枢機卿という人種に会ったのは初めてである。教会の父、教皇も枢機卿から選ばれし者……教皇の補佐としてローマ・カトリック使徒教会の頂点に立つ枢機卿という人たちなど皆苔《こけ》むした老人に違いないと思っていたので、四十前後にしか見えない若い枢機卿に啞然《あぜん》とした。だが、人を狼狽《ろうばい》させるのは好きだが、己の狼狽は見せたくない。戸惑いを隠すために私は初対面にも拘《かか》わらず饒舌《じょうぜつ》になっていた。相手がどれほどの身分であろうと、私の方には失うものなど何もない。

ところがサウリ枢機卿は年下の私の減らず口を面白がる度量を備えた方で、いささか虚勢を張った私の歴史観——家や街や国などという偏狭な年代記ではなく、歴史は今や世界全体として相対的に捉《とら》えるべきであり、また時事の羅列で片付けることではない等々の私説をお気に召したようだった。著述を勧めてくれたばかりか、居合わせた文人たちに紹介さえしてくれ、私は久々に知的興奮を味わった。

外が白むと、私たちは束の間仮眠し、更に酒を飲み、当主の進言でヴァチカーノ宮の礼拝堂、システィーナ礼拝堂へと出かけることになった。

——フィレンツェの画家、ミケランジェロ・ブォナローティが四年掛かりで描いた天井画が完成し、足場も外され公開されたと言うのだ。

ローマに着きながら教皇庁すら見ずにいた私は、サウリ枢機卿の供をすることにした。馬に乗り、初めて光の中でローマの街を見、テヴェレ川を渡る。

そしてシスティーナ礼拝堂。天井穹窿《きゅうりゅう》を見上げたときには確かに世界の首都と感じた。だが、そのけばけばしい色の洪水、大袈裟《おおげさ》な姿勢、誇張されすぎた肉体……「旧約世界と伺いましたが、コロッセオの剣闘士ばかりではありませんか」と言ってしまう。

「響くのは靴音だけじゃないぞ」と枢機卿は鷹揚《おうよう》に笑いながら、馬鹿面を晒《さら》して一様に仰《あお》向《む》いている人込みから私を連れだした。

そしてそのままサウリ家に知遇する身となる。枢機卿は言った。「我が家の宴会に足りぬ者たちがいた。医者と頭の柔らかい企画者、それに我が文学仲間の新たなる旗手。君一人ですべて適《かな》いそうだ」――十一月二日、万霊節。死者の日となっていた。私は心の裡《うち》でマルカントーニオの墓に詣《もう》で、思いがけず開けた未知の道を告げた。

――ここで追記しておくなら、私はミケランジェロとの初対面を間違えたようだ。後日、やはりヴァチカーノ宮、サン・ピエートロのマルテ寺院で見たピエタ像は素晴らしかった。枢機卿は「彼は彫刻家だ」とおっしゃった。私もそう思う。


枢機卿の屋敷は居心地良く、私はローマを味わいながら、言われるまでもなく、予《かね》てより企てていた執筆に入る。表題は『我が時代の歴史記述』とした。

限られた狭い空間のなかでの歴史ではなく世界を、それも区切るとすれば空間ではなく思想面から、思想としての歴史を。信仰に汚染された視点は捨ててきた。キリスト教社会と異教社会双方を平等に捉えた観点から書けるだろう。と、すれば、キリスト教の代弁者、時の教皇、ユリウス二世に当然目が行く。

だが、当の教皇は古代ローマ復活を目指し、自らを黄金のローマ創始者たらんとする誇大妄想狂だった。

聞くところによると登位するやいなや、ミラーノから来た建築家ブラマンテを使い、サン・ピエートロ大聖堂再建に取りかかったそうだ。そして聖堂とその北に在るさほど大きくもないヴァチカーノ宮殿、更にその北の丘に建つベルヴェデーレ宮殿、それら三つを長大な廊下で結び、古今無双の大宮殿に仕立てようとしていた。囲まれた地のひとつはベルヴェデーレの中庭と名付けられ、ローマの内外を掘り返して得た古代彫刻を置いている。──まだ枢機卿だった二十三年前に彼の所領地であるアッピア街道沿いの農地で見つけたアポロン像、六年前にオッピオ丘の葡萄《ぶどう》畑で見つけたラオコーン像、ウェヌスとアモル像、ヘラクレスとテレフォス像、クレオパトラ像等々、彫刻や壮大な建築で古代ローマの復権を企《たくら》み、更に世俗世界をも統治する権力者たらんとしていた。領土拡大のための戦いには陣頭指揮を執っているという。先の彫刻家、ミケランジェロが彼の青銅《ブロンズ》像を作るに当たり「像の手には本と聖書のどちらにいたしますか？」と尋ねた際、彼は「どちらも要らぬ。剣を持たせるように。私は文弱の徒ではない」とこたえたという。戦闘と権力顕示のための建築推進（それも吝嗇《りんしょく》な上に酷《ひど》く口うるさいという）しか頭にない、野蛮でつまらない老人とみた。

だがサウリ家の客はコリキウス氏の別荘と同じ、愉快な文弱の徒が多かった。枢機卿の言葉で言えば「頭が柔らかい」。彼らに会って私は虚無と不信仰は何も喪失と絶望からだけ生まれるものではないと知った。最初から富と快楽の世界に生まれ育った彼らにしてみれば、虚無と不信仰こそが現世だった。

なかの一人は言った。「教会とは信仰を売る店であり、信仰とは元手要らずの商品だ。信仰という幻想を買うのは貧乏人。パンを買う金もない者ほど幻想を買う」――神に仕える枢機卿である。

「それは言い過ぎだ」と反論があった。「パンを買う金すらなければ寄付のしようもない。対象はその上の層からだ。放っておけば賭博《とばく》や酒にまわるだけの余剰金をいただくのだ」

「使い道を知らぬ者に代わって有効に使うだけですよ」

「我々の良心も痛まず、彼らの良心も満足させる」

「我々も賭博をし、酒も飲みますが？」と、私はおどけて口を挟んでみた。

「彼らの賭博や酒とは違う。優秀な身体を休ませる酒と、愚鈍な身体を更に麻痺《まひ》させる酒は同じではないよ。古代の神々だってネクタルを召し上がった」

「ネクタルに乾杯」と誰かが言う。――「我々」のなかに入れられた私は感謝した方がよいのだろうか？　だが、富の上にあぐらをかき、選民思想に浸った彼らもすべてに不真面目というわけではない。無論学問への姿勢はそれなりに真面目だった。ただ神を商売にしているだけあって、その根底に神はいないようだ。

絢爛《けんらん》たる集いの中心に居たのはジョヴァンニ・デ・メディィチ枢機卿である。フィレンツェの豪華王と呼ばれたロレンツォ・イル・マニーフィコの次男で、メディィチ家が創った「プラトンアカデメイア」で人文主義の洗礼を受け、呆《あき》れたことに十三歳から枢機卿になったという。幼年から術策と享楽に磨きをかけた飽食家のでぶだ。

今年ラヴェンナでの仏蘭西軍《フランチェーゼ》との戦いに教会軍の遣外使節として嫌々従軍した結果、敗戦し捕虜となっていたが、仏蘭西軍《フランチェーゼ》がロンバルディーアから退却すると彼も自由の身となった。それと同時に、それまで仏国《フランチア》に友好的な態度をとっていたフィレンツェ共和国は窮地に立たされ、追放していたメディチ家を帰還させよという神聖同盟の処置を受け入れることとなり、再びメディチ家がフィレンツェの実権を握るという栄華を手にしていた。しかし事実上のメディチ家の当主である彼は、弟と甥《おい》にフィレンツェを任せ、温厚な性格を楯《たて》に枢機卿としてローマで猛々しい教皇とも上手くやっている。

そしてビッビエーナ出身なので通称ビッビエーナと呼ばれているベルナルド・ドヴィーツィ、キケロやプリニウスの書簡研究では追随を許さぬヤコポ・サドレートとピエートロ・ベンボ。ベンボは私同様、今年ローマに来たヴェネツィア人だが、これまでウルビーノ宮廷に仕えていたという博覧強記の学者である。また詩人であり役者であり修辞学（雄弁術）にも長けたフェードラ・インギラーミ等々……詩の朗誦《ろうしょう》と音楽、真面目な古典論議の合間に馬鹿騒ぎや悪ふざけから飽食までと、享楽的な文弱の徒ばかりだった。

当時彼らは古今の著名人の肖像画収集という遊びに凝っており、私はすぐに一番の観相学者《メトポスコポス》と言われるようになる。

何のことはない。捨て身の強さで言いたい放題、若い頃に凝った占星術とバルトロメオ・コクレの著書からいただいた言葉を織りまぜて直観のままに述べていただけだ。実際、それらの絵に美的価値はほとんどなく、剰《あまつさ》え本人に似てもいない。美しくさえあれば良いのだ。それでも個性は出る。老若男女、形式化された描法は個々の特徴を際立たせ、並べて見ると面白かった。幸いにして毒舌批評なら幾らでも浮かんできた。

マルカントーニオに代わる友はいないし、あろうはずもなかったが、人生は一気に著述と享楽という好ましいものに代わった。マルカントーニオに非難された私の嘲笑《ちょうしょう》癖も揶《や》揄《ゆ》癖もここでは日常の事だった。

マルカントーニオと確かに共有したと信じたい素朴な信頼、崇高なるものへの畏怖《いふ》はローマでは不要のものだ。マルカントーニオへの想いと共に私はこれらを胸中深く埋め込み、揶揄と毒舌を思う存分発揮することにする。


だが、年も明けぬ間に信じられないほどの運が巡ってきた。

ローマの生活にも馴染《なじ》み始めた二月二十一日、教皇ユリウス二世が病で亡くなったのだ。別に面識もない教皇の崩御を喜んだりはしなかったが、その後の展開は夢のようだった。

新しい教皇は枢機卿《すうきけい》たちのなかから枢機卿たちによって選ばれる。

教皇選挙《コンクラーベ》でユリウス二世の甥であるジネンセ枢機卿は石頭の欲張り枢機卿たちと結託し、無能な枢機卿ラファエッロ・リアーリオを推薦した。それに対し、我が庇護者《パトロン》、サウリ枢機卿は大胆にもジョヴァンニ・デ・メディチ枢機卿を推薦したのだ。更に彼はジェノヴァ出身の若い枢機卿たちを取り込み、何とジョヴァンニを新教皇、ローマ教皇にしてしまったのだ。ジョヴァンニ……いや、もうレオ十世猊下《げいか》と呼ばねばならぬ。猊下は弱冠三十六歳という異例の若さで三月十五日に教皇登位、レオ十世となった。

音楽を愛し、文芸を愛し、芸術を愛する骨の髄まで快楽に染まった男が教皇に。ローマはより贅沢《ぜいたく》に、美しく、そして平和になるだろうと私は思う。だが、ローマに来て半年も経たぬ間に、知り合った男が教皇になるとは！　聖なる父、万人の父、教会の父となるとは！　サドレートとベンボが彼の秘書官となったのは言うまでもない。ベンボは今後教皇の書簡はすべてキケロの使った言葉のみで書かれるようになるだろうと言った。そしてビッビエーナは猊下より枢機卿に任じられた。

新しい年と共に、我々の楽園はヴァチカーノ宮殿に場所を変えた。

覚書三　ラファエッロ

画家、ラファエッロ・サンツィオと出会ったのは、そうした幸運から私がヴァチカーノ宮殿に足を踏み入れるようになって幾らも経たない夏の日だった。もっとも教皇のお召しとやらで、頬を紅潮させた青年とのほんの挨拶《あいさつ》にすぎなかったが……。暇に飽かせての宮殿探索中、三階の部屋で出会い立ち話をしていた教皇庁国璽官《こくじ》、豚のようなフラ・マリアーノに紹介された。

挨拶を交わしたその青年の初々しさに私はまず驚いた。

「パーオロ・ジョーヴィオ殿……聖下のお言葉によれば、貴殿は機知と叡知《えいち》の詰め物とか」

「彼が？」とマリアーノが笑いだす。「冗談と悪ふざけの詰め物ですよ」

青年の頬に赤味が差し、真面目そうな目が見開かれた。「では、いつか、その冗談をお聞かせください」

会釈をし、早足で遠ざかる青年を見送りながらマリアーノがつぶやく。「あの歳でローマ一の画家。しかも正反対の気質の前教皇と猊下、共に魅了した。大した若造だ」――そして私を見ると言い訳のように続けた。「だが、この先で作品を見たら、貴殿ももっともと思われるかもしれませんな」

「いや、そろそろ階下に降りようかと思っていたところで。さすが世界に冠たるヴァチカーノ宮、いささか疲れました」

「なに、この先、二つ目の部屋ですよ。二年前に完成しました。書斎です。ただ猊下の書斎となられてからは日も浅く、あまり整ってはおりませんが」そう言うとフラ・マリアーノは猊下に負けず劣らずの突き出た腹を揺るがし笑った。「先日、楽器も置かれたご様子、それにはお手を触れぬよう」

――仕方なく私は会釈をして次の部屋に入ったが、幸いそこは無人だったので、ほっとして窓に寄り、強い陽射しに照り映える中庭に目を落とした。

脇腹を汗が伝う。暑い。実際、引き返そうと思ったところでフラ・マリアーノと出会ったのだ。義理で、もう一部屋……仕方なかろう。だが、足は進まなかった。穿《うが》たれた窓から南国の鮮やかな空と未《いま》だ造園中の庭、そして遥《はる》か彼方の丘に建つベルヴェデーレ宮、そしてそこにまで連なる長い東翼の建物が見える。ベルヴェデーレ宮までの果てしなく長い廊下……「世界に冠たるヴァチカーノ宮」と繰り返し、笑ってしまった。この馬鹿げた広さ、馬鹿げた内装。ユリウス二世によって拡大に拡大を重ねた建造物は猊下が遺志を引き継がれ未だ増築中である。

東翼は大体繋《つな》がっていたが、西翼はまだ基礎工事が開始されたばかり、庭も丘の上の彫刻庭園はほぼ完成していたが、こちら側はまだ手つかず。とはいえ、今ですら馬鹿馬鹿しいほど広く、その宮殿内ときたら悪趣味の一言に尽きた。——旧館も新館も……床、柱、そして壁から天井まで、あらゆる空間を病的なまでに埋め尽くした幾何学模様、それに凡庸な絵画の連続に呆《あき》れ果て、辟易《へきえき》とした。せめて精神を休める真っ白な天井を、そして壁を、求める教皇はいなかったのか。統一の精神も調和の精神も規律の精神も皆無。床も壁も柱も天井も、筆を置けるすべての面が、画家たちの野望も通し、歴代の教皇たちの栄華と権力の思いの丈を噴出した線と色彩で埋め尽くされ、更に騙《だま》し絵の氾濫《はんらん》。せっかくの見事な柱は、権威の象徴としてより高く見えるよう願ったのか、安っぽい絵で新たな柱が補われている。立派な柱だけに留《とど》めておけばよいものを。徒《いたずら》に広いだけの、低俗な趣味に彩られた実に俗悪な建物だと思った。

庭にはロンバルディーアで見慣れた糸杉があった。暗緑色の整った紡錘形の樹は更に濃い影を地に落とし、強い陽射しの中でくっきりと浮いたL字型の刻印のように見えた。庭までもレオ十世のものというわけだ。ローマは巨大茸《きのこ》のような形をした変な松が多い。糸杉の濃い緑は目に快く、故郷と——象徴である「死」を同時に想わせた。兄からの便りで、今年のコーモは平和だという。だが、あの地獄からまだ一年しか経っていない。そしてマルカントーニオが逝って二年……こんな所に居る自分が不思議だった。

部屋の先の方から何人かの笑い声が聞こえてきた。女のような、子供のような、高く澄んだ笑い声。別れたばかりの茫洋《ぼうよう》とした「若造」の顔が浮かんだ。

ラファエッロの噂はローマに着いてほどなく耳にしている。いや、耳にし続けてきたと言うべきだろう。何しろ肖像画収集の話になれば、必ずといってよいほどラファエッロの名前が出ていた。皆、例外なくラファエッロに自分の肖像を描いてもらうのが夢らしい。あの「若造」に――私と同い歳だ――そしてその若造を取り立てたのは、この二月に亡くなった前教皇、ユリウス二世だそうだ。

ユリウス二世は登位すると当然のこと、前任者アレクサンデル六世の居室に移ったが、ピントリッキオによって装飾されていたこの三階の部屋部屋にうんざりし――聞いたところではピントリッキオのせいと言うより、アレクサンデルへの憎悪からららしいが、六年前にはとうとうここを引き払い、改めて自分好みの部屋を作るべく、各地から著名な画家を召《よ》び集めたそうだ。寵愛《ちょうあい》していたミケランジェロはシスティーナ礼拝堂のあの天井画で手一杯だった。だが五年前にラファエッロを知り、その作品を目にしたとたん、雇い入れた画家たちを呆気《あっけ》なく解雇、すべてをラファエッロに任せたという。

そして我が教皇、私をローマの悦楽に導いてくれたレオ十世も彼を愛し、登位してからも彼の仕事はそのまま継続、ここ三階の一連の部屋はラファエッロの世界となるようだ。だがここまで見てきて、もはや隣室の壁画とやらに期待など持ってはいない。それに前教皇、そして猊下の審美眼もさして信頼していなかった。

――「ずらすなよ。線の途中だ」と少年の声。そうだ、この先の部屋ではまだ制作中なのだ。たいそうな絵を。私は窓辺から離れ、ぶらぶらと隣室に足を運んだ。

隣室も無人だった。

品はある。今までのよりはずっといい。生真面目で誠実な……と、見回していた目に前教皇と猊下の顔。南側の窓の横に見慣れた顔を発見し唖然《あぜん》とする。すなわちユリウス二世と、枢機卿《すうきけい》時代のレオ十世——ジョヴァンニ・デ・メディチ枢機卿のぎょろっとした眸《ひとみ》と丸顔があった。更に東側の大きな扇型の壁画には、群像の片隅にあの「若造」の顔も見えた。黒い帽子を被《かぶ》り、さっき会った通りの生真面目で善良そうなめでたい顔。笑ってしまった。決して嘲笑《ちょうしょう》ではないし、揶揄《やゆ》する気も起きない。皆に愛されるのがわかる端整な作品だ。だが感動もしない。

部屋を一巡し、机の脇にあるリンネルの布を捲《めく》ると見事な象嵌《ぞうがん》のリュートがあった。ぼろんと爪弾《つまび》き、大した感慨も持たずに隣の部屋に移動したのは平常な精神の表れである。

そこでは先程の声の主たち——ラファエッロの弟子たちが仕事に励んでいた。

噂では五十人の弟子を連れていると聞いていたが、ここには十数人。私に気づき皆会釈をしたが、俗服と見てそのまま仕事を続けている。壁際には高々と足場が張り渡され、五人ほどの若者が前室同様、扇型に縁取られた壁面に縦横共に一ブラッチョ半（約九十センチ）ほどの紙を当て、粉打ち《スポルヴェロ》（下絵《カルトン》の転写）をしているところだった。下絵《カルトン》に袋を叩きつける度に木炭の粉が小さな黒煙となって舞い、汗に濡《ぬ》れた少年の顔と手を黒人奴隷のように黒く染めていた。

この暑さの中でご苦労なことだと見上げていると、下で指図をしていた弟子が横に来て
「猊下《げいか》の栄光を称《たた》えるための絵です」と嬉々《きき》として言った。

「レオ十世の？」

「はい」とこたえた顔に晴れやかな笑みが広がる。まだ幼さを残した顔だった。

「それはまた何とも素早いことで」と皮肉が出てしまう。「隣室では枢機卿、こちらでは教皇か。君たちの師匠とも擦れ違ったところだ。猊下のお召しとかで……偉大なるジョヴァンニも偉大なる師匠も大忙し。そこでラファエッロ制作とはいえ、君たちがほとんど描いているわけだ」

「いいえ、下絵《カルトン》は師が描かれたものです」――思ったより敏感に反応し、懸命に続けた。「私たちは師の教え通りの作業をしているにすぎません」

「教え通りのね」と言いながら私は再び足場の上に目を向けた。「しかし猊下が登位されたのはこの三月、これだけの大きさの絵を、たった五ヵ月で構想を立て、下絵《カルトン》を作製とは驚いた。それともあの部分だけかな？」

「いいえ」と弟子はむきになって言う。「フレスコ壁画は漆喰《しっくい》の乾く数時間内に下絵《カルトン》の転写から仕上げにまで持っていかなければなりません。ですから日割り作業《ジョルナータ》と私たちは呼んでおりますが、下絵《カルトン》も分割してその日に出来る分だけ転写します。しかし全体の下絵《カルトン》も出来ております。見事な全体がなければ部分も出来ません。師がお一人で描かれ、色の指定

もされており、私たちはその……」

「『教え通りの作業をしております』かな？」

「はい」と頬を染めた弟子は、怯《ひる》まず傍らの机から折り畳まれたかなり大きな紙をうやうやしく抱え、今度こそと誇らしげに言った。「これは『アテナイの学堂』の下絵《カルトン》です」

「アテナイの学堂？」——意味がわからなかった。

「書斎の壁画です。済んだので勉強のためにお借りしています。書斎からいらしたから、書斎の作品は御覧になられたでしょう？　あそこは四面すべて師がお一人で描かれました。お一人で、下絵《カルトン》から着色まで。すべてお一人でです」

「あの広さを？　一人で？」驚いたのはその労力に対してだったが、弟子は得意気にうなずいた。

「下絵《カルトン》を御覧になればわかります。一人の人間によって描かれた線と。お見せします。ここは立て込んでいるので、こちらへ」と、出てきたばかりの書斎に向かう。「完成された壁画はもちろん大傑作ですが、下絵《カルトン》も素晴らしいものです」

——書斎に入ると「御覧ください。この四面、すべて師がお一人で描かれました」と、また誇らかに繰り返した。「それぞれ『詩学』『法学』『神学』『哲学』を主題として描かれています。こちらが『神学』を顕《あらわ》した『聖体の論議』……」——キリスト、マリア、使徒ヨハネ、その他旧約や新約に登場する聖人やら長老やらの名前を挙げながら、彼は微笑ましくも涙ぐましい熱弁を振るい続けたが、私の反応に業を煮やしたようで、ようやく反対側に向き直り、「こちらが『哲学』を顕した『アテナイの学堂』、そしてその下絵《カルトン》です」と、持ってきた紙を床に広げ始めた。先程目に止まった、自画像を紛れ込ませた絵である。

「君、名前は？」と聞く。

「ジュリオ・ロマーノと申します」

――そして床に広げられた見事な下絵《カルトン》。初めて私は「ほお……」と感嘆の声を挙げてしまった。ジュリオはその響きを聞き逃さず、得々と説明を始めた。

「中央に描かれているのがプラトンとアリストテレスです」

なるほど――と私は下絵《カルトン》に見入り、改めて壁画に目を上げ、更に下絵《カルトン》に戻る。いい加減に見過ごしていたが、言われてみれば一人は『ティマイオス』を、一人は『エティカ』を携えていた。哲学の至高の殿堂に立つ二人、というわけだ。だが、ソクラテス、ディオゲネス、ピタゴラス、エウクレイデス（ユークリッド）……勢《デイセーニヨ》ぞろいしたギリシアの賢人たちの講釈より、その下絵《カルトン》の生き生きとした線の美しさ、素描の確かさ、そして改めて認識した見事な構図。私は初めてラファエッロの――あの茫洋としためでたい顔からは想像することも出来ない鋭い感性、豊かな才能、卓越した技量を感じた。実に素晴らしい素描《デイセーニヨ》だった。

だが……ようやく顔を上げ、改めて壁画を見る。それが壁に写され、着色され、仕上がると……それはヴァチカーノ内の壁と言わず、天井と言わず、病的なまでに埋め尽くされた他の絵画同様、精彩を欠いた……いや、言い過ぎた、かなりましだ。少なくとも構図は整然と見事なものだし、品もあり、気迫もある。画家の熱情、下絵《カルトン》に溢《あふ》れている熱情の残香は認められる。だが、それでも、画家の顔同様にのっぺりとした、深みのない絵と化していた。この落差。如何にもおっとりとした感じの画家の手から生まれたとは思えぬ素描《ディセーニョ》の荒々しく勢いのある線も、転写と着彩により消されていた。私は再度下絵《カルトン》を見、そして目を上げる。そして絵の前面、中央のプラトンとアリストテレスの手前で頬杖《ほおづえ》をついている人物に目が止まった。下絵《カルトン》にはないからだ。

　ないほうがいい。下絵《カルトン》の方が優れていると思ったのは、この人物のせいでもある。青空を背に凛《りん》と立ち語り合う中央の二人、プラトンとアリストテレスは明らかに知を象徴し、その二人から放射された「知」の輝きは取り囲む賢人たちと共に理性の殿堂を見事に顕していたが、その足元で机上に頬杖をつきながら何やら書き込んでいる男は憂鬱《ゆううつ》そうに一人顔を背け、まるで絵の主題そのものを否定するかの如く、構図そのものも乱していた。

「これは……」と言うや、ジュリオは「ヘラクレイトスです」とこたえた。――ギリシアの哲学者、悲観主義のヘラクレイトス。なるほど、ヘラクレイトスなら憂鬱質の気質そのまま。とってつけたような不自然な姿は、好意的に見れば「懐疑」の楔《くさび》とでも解釈すればよいのだろうか。だが……ジュリオの声が続いた。「模したのはシスティーナ礼拝堂の天井画を仕上げられたミケランジェロ・ブォナローティ師です」

「ミケランジェロがヘラクレイトス？　だが、下絵《カルトン》にはないではないか」

「下絵《カルトン》の段階では師はヘラクレイトスを入れるつもりはありませんでした。でも制作中のシスティーナ礼拝堂をブラマンテ師の御配慮で拝見でき、その素晴らしさにいたく感動されたのです。この絵はもう完成していたのですが『あの巨匠の姿を留《とど》めなければ』とおっしゃって、ええ、完成していたのに、ここを削られ、新たに描き加えられたのです」

「ほお、感動してね」──私の声にはまた揶揄《やゆ》の響きが混ざってしまった。

「師は偉大なる巨匠には最大の敬意を払います」ジュリオの声の調子も上がった。「中央に立つのはプラトンとアリストテレスですが、プラトンはレオナルド・ダ・ヴィンチ師と伺いました」──嘲笑も何もなかった。呆気《あっけ》にとられた私の顔を心地良さそうに眺めながらジュリオは続ける。『レオナルド師こそ、偉大なるプラトンに相応《ふさわ》しい』と師はおっしゃいました。同様にエウクレイデスは偉大なる建築家ブラマンテ師、つまりドナート・ディ・アンジェロ師です」

レオナルド……マルカントーニオとのいさかいが甦《よみがえ》り、胸が疼《うず》く。「レオナルド……ダ・ヴィンチがプラトンと？」鸚鵡《おうむ》返しの間の抜けた声は甲高い声で遮られた。

「ジョーヴィオ様、フラ・マリアーノがこちらにいらっしゃると言ってらしたので……」

──猊下に使える小姓の一人だった。「バンディネッロ・サウリ枢機卿がお召びです。修道院長、コジモ・バラバッロ様がいらしたそうで」

小姓の顔に卑し気な笑みが浮かんでいた。ローマで一、二を争うへぼ詩人バラバッロを教皇や取り巻きの私たちが恰好《かっこう》のなぶりものにしているのを知っていたからだ。

ラファエッロのいとも忠実な弟子は既に下絵《カルトン》を片付け始めていた。

「ありがとう」と短い礼だけで、そそくさと私がその部屋を出たのは、へぼ詩人をからかう楽しみよりも、レオナルドがプラトンとして描かれているという動揺からだった。

プラトン、このギリシアの偉大なる哲学者。ソクラテスの愛弟子《まなでし》にして師の伝道者、アリストテレスをも生んだ大いなるプラトンを『アテナイの学堂』――「哲学」の中央に置いたことに異論はない。だが、その威容にレオナルド・ダ・ヴィンチを重ねるとは……ジョヴァンニ・デ・メディチ枢機卿《すうきけい》が教皇になった以上の驚きだった。一介の絵描きがプラトン……驚きを通り越して冒瀆《ぼうとく》である……。

――彼は間違いなく天才であり、賢者だ――マルカントーニオの言葉が甦る。だが……プラトンとは……馬鹿な……その日から禿頭《とくとう》の老人の絵姿が脳裏に焼きついてしまった。


猊下の宴席に出るようになると、ラファエッロとも顔を合わせた。

最初は十月――夜気は夏の名残りを秘め穏やかで、薔薇《ばら》の溢れた室内は花の噎《む》せ返るほどの香りと共に暑いくらいだった。

薔薇は花瓶に盛られ、花輪となって飲食者の身を飾り、卓上の皿の間を埋め尽くしていた。末席の私も薔薇香水に手を浸し、香油を肉に振りかけ、葩《はなびら》で肉を包み食べる。ここローマでは薔薇は滑石《タルク》張りの温床で真冬でも花を咲かせていた。

三、四十人ほどの宴席の中央ではフェードラ・インギラーミが朗誦《ろうしょう》を終えたばかり。拍手と「フェードラ」の歓呼のもと、四方に会釈する彼に薔薇の花が雨のように降り注ぐ。彼の本名はトンマーゾ・インギラーミだが、若い頃セネカの『ヒッポリュトス』で演じたパイドラ（フェードラ）があまりに見事だったため、以来フェードラと呼ばれているそうだ。丸顔にぎょろりとした眸《ひとみ》でレオ十世と似た面立ちだが、フェードラを演じた二十五年前……「十代の頃は薔薇のような美しさだった」と隣席のキージが言った。本人を目にしながら溯《さかのぼ》るのは難しい。野薔薇程度だろうと思う。そして薔薇の雨の向こうにラファエッロが居た。卓上の薔薇を両の手一杯に取りフェードラに捧《ささ》げていた。そういえばラファエッロの『アテナイの学堂』を始めとする書斎の絵に、フェードラは多くの助言もしたそうだ。返礼にラファエッロはフェードラの肖像を描いたとか。フェードラはラファエッロに歩み寄り、花を受け取ると今一度猊下《げいか》に一礼し、降り注ぐ薔薇の中を退場、席に戻った。と、未《いま》だ歓呼の中で、道化の「十八羽目！」とひときわ甲高い声が挙がり、席は笑いの渦に包まれる。

向かい側の席で宮廷一の大食漢フラ・マリアーノが十八羽目という鶏にかぶりついていた。既に手拭《てふ》き用の銀盤に入った薔薇香水は厚い油膜で覆われ、卓上の薔薇も手拭きにさきたからだ。

廊下に出た。見事なフェードラに代わって、へぼ詩人のコジモ・バラバッロが中央に出てきたからだ。

れ油塗《あぶらまみ》れに萎《しお》れている。満座の視線がマリアーノに向けられたのを潮に私は立ち上がり、

賑《にぎ》わいを背にほっと一息ついたとき、靴音で振り返る。ラファエッロだった。

花瓶から抜き取ったらしい大輪の薔薇を一輪手にしていたが、戸惑ったように私を認め

「少々のぼせたようで」と言う。

「バラバッロから逃げたのでしょう？」と私は笑った。

「え？」

「フェードラの後にバラバッロでは、誰でも逃げだしたくなる」

「いいえ、決してそんな……」律儀な言い訳を遮って、いい機会と本題に入った。

「『アテナイの学堂』を拝見しましたよ。プラトンはレオナルド・ダ・ヴィンチを写したと伺いましたが？」

「はい」とラファエッロはこたえたが、私の顔を見て「師をご存じですか？」と逆に聞いてきた。

「いや、噂はいろいろと聞いていますが、会ったことは……」

「師の絵は？」

「いや、まだ」

「それは素晴らしい」とラファエッロは燦然《さんぜん》とした笑顔になった。「素晴らしい感動をこれから味わえるということですからね」

「彼にですか？　絵にですか？」

即座に「双方ですよ、無論」と返ってきた。「無論、何度お会いし、何度その作品を見ても感動が薄れることなどありませんが」

「ほお」と、私も愛想よくうなずく。私の想いを愚直に問いただしてはならぬという危険信号。「彼はプラトンに相応しいのですか？」

「はい。レオナルド師ほど相応しい方はいないと思い、不遜《ふそん》ながら描かせていただいたのです」

「しかし絵描き。哲学者ではないでしょう？」

「いいえ、哲学者です。会って、お話ししてみればすぐにおわかりになるでしょう。無論、学識豊かなジョーヴィオ殿、貴殿や貴殿の親しい方々のような文献学的教養とは異なりますが」

「自然哲学とでも？」

「ああ、その通りです」——私の揶揄は花開くような笑顔で打ち砕かれた——「どう申せばよいのかと言葉を探しておりましたが、さすがジョーヴィオ殿、その通りです。師は『自然から学びました』とよく言われる。いえ、決してそれだけではありません。さきほど『文献学的教養とは異なる』などと申しましたが、貴方がた人文主義の方々の読書とは違うという意味で。しかし博識なることこの上なく、蔵書も絵描きの蔵書とは思われぬ質と量」——めでたい顔と邪気のない笑顔で騙《だま》されてはならない。私の皮肉はちゃんと通じていて、しかもさり気なく反撃してきた。

「我々の読書とは違う読書とは気になりますな」

「いえ……」と彼はまた無邪気な笑顔をみせた。「どうも浅学の者は説明が下手で。キケロやセネカを研究するという読書ではない、という意味で申し上げただけです。しかし、光学、解剖学、数学は言うに及ばず、建築学、地質学、水力学、植物学……ああ、すべてです。あらゆる事柄に対し、あれほど深く考え、追求されている方を私は知りません」

「だが書棚にキケロやセネカはない。それともプラトンならあるのですか？」

「さあ……いつも御作を拝見し、お話を伺うのに夢中で、取り立てて書棚を拝見したわけではありませんので。それでもアルベルティの『絵画論』や『建築論』、プリニウスの『博物誌』、アリストテレスの『自然学』等々目に留まりました。百冊以上お持ちだそうですが存じません。それらは卓上に出ていたので」

「ほう、そして『アリストテレス曰《いわ》く……』などと、貴殿に話すわけですか？」

「いえ」と、また柔らかな笑みでかわされた。「どなたの引用も伺ったことはございません。他人の働きで身を飾るのはお嫌いのようで。ええ、このようなことを伺ったことがございます。『有名な著作家を引き合いに出すのは知性ではなく記憶を用いているにすぎない』と」——終始浮かべていた笑顔は消えていた。もうめでたい顔でもない。そして続けた。「ジョーヴィオ殿、私が感動したのは、いつも師のお言葉、師自身の裡《うち》から生まれた師自身のお言葉にです」

「貴殿はレオナルド……の弟子だったのですか？」

「いえ、弟子としてお仕えしたことはありません」とラファエッロはこたえた。「私はペルジーノ……ピエートロ・ヴァンヌッチ師の工房《ボッテーガ》に学びました」そして毅然《きぜん》と続けた。「師はレオナルド師と共にフィレンツェの偉大な画家、そして彫刻家、ヴェロッキョ師の所におられたのです。それでレオナルド師がフィレンツェに居らしたとき、私を紹介してくださいました。もう十年ほども前のことになりますが。レオナルド師は政庁舎の大評議会室に『アンギアーリの戦闘』の絵を描かれることになっておりました。お会いしたのは十回ほど。お許しいただいたのでお訪ねしました。素晴らしい絵がございました。その絵からどれほど多くの事を学んだか、それにお言葉からも、お会いしたのは僅《わず》かながら師と呼んで……」

——部屋の中から「十九羽目！」という叫びと共に哄笑《こうしょう》が湧きラファエッロの口を噤《つぐ》ませた。続いてバラバッロの「朗誦の途中ですぞ！」と悲鳴のような抗議の叫びも届く。

ラファエッロは部屋の方を見てまた笑った。そして笑顔のまま私に顔を向け「つい夢中になって、お食事を中断させてしまいました。お許しを」と会釈をした。

「私の方こそ」と返礼する。顔に騙されて甘く見すぎていたようだ。無邪気な笑顔と人当たりの良い柔らかな口調ながら、刺《とげ》を見抜き、それをかわしながら相手に釘《くぎ》を刺すという術《すべ》さえ心得ている。確かに百鬼夜行のヴァチカーノ内で歴代教皇の寵愛を勝ち得た男だ……と、知性も忘れているわけではないが、記憶を総動員して話すのに慣れていた私は話を逸《そ》らした。「薔薇《ばら》の首が垂れてきましたね」――彼の話に納得したわけではないが、早急に踏み込みすぎた。

「これは……」と、ラファエッロも手にした薔薇に目を向け苦笑になる。「一番美しく元気なものをいただいてきたつもりだったのですが」

再び会釈をするとラファエッロは部屋には戻らず、萎れはじめた薔薇を手に去っていった。私は不用意なばかりか、野暮でもあったようだ。

その後ラファエッロとは何度も会った。朝の猊下の丘への散歩、庭園のそぞろ歩き、音楽会、観劇、狩り、昼の宴、夜の宴……もう、私の方から積極的にプラトン老人の話はしないようにした。こだわっていると思われたくなかったし、既に彼がレオナルド・ダ・ヴィンチに一方ならぬ敬愛を抱いているのもわかったからだ。ラファエッロにすればレオナルドは誰よりもプラトンに擬して当然の男と思えたのだろう。そんな男に何を聞こうと一方的な讃辞《さんじ》しか聞けやしない。だが、私の憤りは収まらなかった。仮にもプラトンだ。しかも世界の中心である教皇庁の書斎に「哲学」の象徴として壁一杯に描かれたなか、王者として中央に立つプラトンだ。現世の写しが必要なら希代の学識者、ヤコポ・サドレートやピエートロ・ベンボ等々、ローマに幾らでも居るではないか。いや、老人の哲学者を望むなら現にラファエッロが敬愛していると聞くローマの変人、ファービオ・カルヴィだっている。猊下《げいか》からの年金のほとんどを施しに使い、ディオゲネスの樽《たる》とさして変わらぬ廃《はい》墟《きょ》に住むヒポクラテスの解説者――現代のセネカである。そう、プラトンである以上、少なくとも学問の分野から選ぶのが道理ではないか。レオナルドなど……冒瀆《ぼうとく》だ。

だが、そんな思いとは裏腹に、私はラファエッロと親しくなっていった。絵と同様、癖がなく気楽だったからだ。故意に人を怒らせることに関しては右にでる者のないビッビエーナ枢機卿《すうきけい》もラファエッロにだけは正真正銘の善意で接している。隙あらば悪ふざけの餌《え》食《じき》とされる宮廷内でラファエッロだけは唯一の例外だった。

猊下と我々の悪ふざけが最も念入りに行われるのはやはり昼夜の宴席が多い。部屋を埋め尽くす花々、食卓から溢《あふ》れる料理の数々、そして宴席を盛り上げる猊下寵《ちょう》愛《あい》の合唱団、音楽と余興、陽気なさざめきと軽口の低音を成すのは揶揄《やゆ》と嘲笑《ちょうしょう》と陰口、陰湿なからかい、誹謗《ひぼう》中傷。侍《はべ》らせる道化以外にも食卓には必ず生贄《いけにえ》が用意されたが、嘲《あざけ》る者、嘲られる犠牲者、双方からラファエッロは見事に距離を保っていた。道徳の堅固な者ほど悪意の対象とされるヴァチカーノ宮の宴席で、一人ラファエッロだけは外されていた。何より猊下寵愛のローマ一の画家という称讃、叶《かな》うものなら誰もが肖像を描いて欲しいと願う腕、更には彼自身の柔らかな笑顔。めでたいと思ったのっぺりとした顔は終始天真爛《らん》漫《まん》な笑みを浮かべ、誰に対しても愛想よく、品のよい唇からは穏やかな言葉しか出ない。それに彼を貶《おとし》めたところで得する者もいなかった。何しろ寵愛を一人で受けているのだから競争するほどの絵描きも宮廷内にいない。ユリウス二世の寵愛を得ていたミケランジェロは猊下とは合わず、正にヘラクレイトスさながらの陰鬱《いんうつ》な様相で街をうろついていた。ラファエッロは一人にこやかに絵を描き、女にうつつを抜かし、軽やかに我々の間を舞っているだけだ。敢えてこの男と仲違《なかたが》いしようと思う者などいるはずもなかった。処し方も見事だ。目前でどのような笑劇が展開されようと、哀れな犠牲者がどれほど取り乱そうと、我々が腹の皮が捩《よじ》れるほど笑おうと、気付かない振りを通す。絶やすことない笑顔を楯《たて》として距離をとっていた。賢い男だ。そして彼は私がレオナルドにこだわったことを一月経っても忘れてはいなかった。

初冬のベルヴェデーレの中庭で、アタランテ・ミリオロッティというヴァチカーノの建設監督官なる五十前後の男を「彼はレオナルド師の弟子だったのですよ」と嬉《うれ》しげに紹介したからだ。

聞けば三十年以上も昔のこと、それもリラ（七弦琴）の弟子だったと言う。

フィレンツェでレオナルドにリラを習い、ロレンツォ・イル・マニーフィコ——猊下の父である――の命でイル・モーロにリラを進呈するため、レオナルドと共にミラーノに行ったそうだ。

ラファエッロは「レオナルド師があらゆる事に秀でた方であると申し上げましたね。リラもリュートもそれは見事に弾かれるし、声も美しい。無論作曲もなさるし」と言った。

手放しの讃辞など聞きたくない。私は遮った。「確か今、建設監督官と伺いましたが？」

ミリオロッティは「ええ、今は」と屈託なく笑った。

ラファエッロが「彼はリラ奏者」と歌うように言う。「それに歌手であり、役者であり、楽器の製造もなさいます」

ミリオロッティは「昔のことですよ」と控えめに打ち消した。「声が出なくなったのです」

ラファエッロが「マントヴァの城ではポリツィアーノの『オルフェウスの寓話《ぐうわ》』の主役をなさったと伺いました」となおも続ける。「ガスパール殿から伺いましたが、甘美なお声に濠《ほり》の白鳥までが集まったとか」

誰かがパンでも撒《ま》いていたのだろうと思いながら「では貴方がた……」と私は聞いた。

「レオナルド・ダ・ヴィンチと貴殿は音楽家としてミラーノに行かれたのですか？」

「そうです」とミリオロッティ。「でもレオナルド師はご存じの通り万能に秀でていらしたから、何にでもなれたでしょう。そう、フィレンツェからミラーノへの道中、ミラーノは武器製造の盛んな都と聞いておりましたが、師の考えられる武器ときたらまことに奇想天外、驚くばかり。私たちは旅籠《はたご》の夜々、戯れにミラーノ公宛の書状を作ったりもいたしました。『このような物も作れます』という自薦状をね。口述されたのを私が書きましたが、実際にあの書状を公に差し出していたら、師は武器設計家として取り立てられていたかもしれませんね」

「出さなかったのですか？」

「まさか」とミリオロッティは笑いだした。「虫一匹殺せない方ですよ。人を殺《あや》める道具など。但しお考えになるのは何であれお好きでした。考えだすと夢中になって、ほんとうに凄《すご》い物を次々と思いつかれるのですよ。一度に何発も打ち出せる大砲とか、何人も薙《な》ぎ倒せる乗物とか、それは信じられないような凄い武器でした。あれを公に申し上げていたら、公も安泰でしたでしょうに。とにかく楽しい旅でした。そう、私の肖像も描いてくださった」

「肖像を！」と、ラファエッロと同時に言っていた。観相学者《メトポスコポス》と悦に入っている間に、私自身、肖像画収集に熱中するようになっていたからだ。

だが、私と目を見交わしたラファエッロが続けた。「それは初耳です。どのような？」

「いえ、旅の途中ですから簡単な素描《デイセーニヨ》ですよ」とミリオロッティは済まなそうに言った。「大袈裟《おおげさ》なものではありません。ただ、嬉しかったので。私のような者を。私に絵の才があったなら私こそ師を描きたかった。それは美しい方でしたしね」

「ああ、貴方《あなた》は三十歳の師をご存じですからね」とラファエッロは感に堪えたように言った。「私もその頃お会いできていたら……いや、無理ですね。生まれてもいない」と笑い「お会いできた幸運こそ喜ぶことにしましょう」と嬉しげに続けた。

敬愛どころか崇拝の域だ。辟易《へきえき》して私は立ち去ることを考えた。「失礼。約束があって、行かなければなりません」

「ああ、お引き止めしてしまって」とラファエッロは天真爛漫に言った。「私の方こそ失礼しました」

だが、ミリオロッティの「もうすぐいらっしゃいますよ」という言葉に会釈を止め、彼を見ると「レオナルド師です」と言う。「ジュリアーノ様とフィレンツェで落ち合い、共にいらっしゃるそうです」

「ここへ」と、思わず聞いてしまった。

ラファエッロが「今、ブラマンテ師の助手、ジュリオがベルヴェデーレの小宮殿にお住まいを用意しています」と続ける。「ブラマンテ師はミラーノでレオナルド師と最も親しかった方、師がどのような部屋をお望みか、よくご存じですからね」

ミリオロッティが顔を曇らせ「ブラマンテ師は相当お加減が悪いとか」とラファエッロに言いだした。

「ええ」とラファエッロもミリオロッティを見て言う。「レオナルド師にお会いになれば少しはお元気になられるのでは……と、早くいらしてくださるよう祈っているのですが。それにレオナルド師は薬草にも詳しく、貴重な秘薬もお持ちだと伺っております」

私は「素人の怪しげな治療より、医者にみせるのが賢明でしょう」と言い、二人が驚いたような顔を向けるや「では」と改めて会釈をし、二人から離れた。

レオナルドがここに……ヴァチカーノに……私にとってレオナルドは北イタリアの不快な思いの象徴のようなものになっていた。話だけなら我慢もする。ミラーノでどう暮らしていようが勝手だ。だが、ここに来るとは。プラトンとして姿を見せただけでは飽き足らず、住むつもりか。苛立《いらだ》ちと共に不快感が込み上げてきた。

「ジュリアーノ様」とは猊下の弟、フィレンツェのジュリアーノ・デ・メディチだろうが、猊下からは何も伺ってはいなかった。ヴァチカーノ宮に部屋を用意とは大した厚遇だが、猊下が招かれたのだろうか？　崇拝するほどの絵描きならラファエッロにとっては競争相手が増えるだけだろうに、なぜああも嬉しそうに話すのか。よほどの自信があるのか、いや、あの崇拝振りだ。単に嬉しいのだろう。馬鹿なのか利口なのかわからぬ男だ。そうだろうか？　ミリオロッティは「レオナルドと音楽家としてミラーノに行った」と言っていた。つまりフィレンツェの僭王《せんおう》ロレンツォは画家としてレオナルドを見ていなかったのだ。そしてミラーノにやってもよい男だったのだ。騙《だま》されているのはラファエッロやミリオロッティ、浅学の者たちばかりではないか。いや、マルカントーニオ……貴方を思い出す度にレオナルドの影を感じ……それはラファエッロによって絵姿になってしまっていた。自信たっぷりと哲学の殿堂の中心に立つ禿頭《とくとう》の老人……。

そして、その夜の宴席でも私は再びレオナルド讃歌《さんか》を聞くはめになった。ミラーノでのイル・モーロ失脚によりローマに来た音楽家ガスパール・ファン・ウェルベケからだ。どいつもこいつも……と思いつつ、レオナルドをローマに招いたのはジュリアーノで、猊下は無頓着《むとんちゃく》に受け入れただけだと聞く。

——ガスパールは嬉々《きき》として「彼の歌声を、あの演奏を、再び耳に出来るとは。まことに以て至福の極み」と言いつつ盃《さかずき》を手にしたまま寝込んでしまった。

歌、演奏、絵、薬草学、後は何だった？　武器設計、哲学、光学、解剖学……馬鹿な、と私は席を立つ。

覚書四　レオナルド異聞

だが、馬鹿馬鹿しくさえなる讃歌の大合唱ばかりではないことも知る。

コロンナ家の集いで、托鉢修道僧かと見紛《みまが》うばかり……いや、修道士でも聖職者でもないから隠者のよう、と評すべき酷《ひど》い身なりのミケランジェロ・ブォナローティに会ったときだ。

主のポンペーオ・コロンナが私を紹介してくれたが、乱れた髪を透かして胡散《うさん》臭そうに見上げた細い眸《ひとみ》、潰《つぶ》れた鼻の醜い顔、そのうえ見るからに不機嫌そうに苦虫を嚙《か》みつぶしたような顔付きのまま見つめられ、いささかうろたえて「貴殿が？　あの『ピエタ』を作られた……」と、不甲斐《ふがい》なくも凡庸なことを言ってしまった。多分、私の思いも声の響きに現れていたのだろう。返事は返ってこない。

コロンナが「ジョーヴィオ殿は現在リヴィウスの『ローマ史』にも等しい歴史書を執筆されていられる」と、紹介する。

「ほお」とようやく声が洩《も》れ「紀元前にリヴィウスは百四十巻も書いたとか。『等しい』と言われると、それから千五百年以上経っているし、いったい何巻書かれるつもりです？」と、からかっているとも思われない陰鬱《いんうつ》な調子で言い、寄り掛かっていた卓子から葡萄酒《ぶどう》の盃を手にした。

「ことローマに限ったものでもありませんのでね」と、私はようやく本来の調子を取り戻して言った。「千になるか一千になるか、筆次第。現代のフィレンツェに入ればレオナルド・ダ・ヴィンチと並べて貴殿のことも記すことになるでしょう」

「レオナルドと並べてだって」との声と同時に盃が卓子に叩《たた》きつけられた。「どのような位置づけにしろ、並べてなどほしくない！」

「いや」とコロンナが取り成すような笑みを浮かべてすぐに弁明した。「単に同郷の、という意味でジョーヴィオ殿は言われたのだよ」

「何と安易な」

コロンナは慌てたが、私は嬉《うれ》しくなった。剝《む》き出しの敵意。初めての反レオナルド的言葉に出会ったからだ。「失礼を」と私は憤怒に陰った顔に愛想よく笑みさえ浮かべた。「確かに『同郷』という雑な括《くく》り方で私は申しましたがね、実のところレオナルド・ダ・ヴィンチに関しては名声を耳にしているだけで、本人も作品も知らないのですよ。ただラファエッロ殿の絵では彼がプラトンに、貴殿はヘラクレイトスにと同じ画面に描かれておりましたのでね」

「あの幸せな青年がプラトンやヘラクレイトスを読んだ上での創作とでも貴方は思われたのか？」

「いいえ、まったく」と私は笑った。雲行きの怪しい会話にコロンナは消えていた。私も盃を手にし「古代の賢人たちに関しては詩人のフェードラ・インギラーミ殿が彼に助言されたと聞きました。しかし、それを誰に擬するかは幸せな青年の判断でしょう」と穏やかに言う。

「偉大なるエウクレイデスを策謀家のブラマンテにした御仁だ。プラトンも推して知るべしと思ったらどうです？」

どうやらレオナルドはおろか、ラファエッロからブラマンテまで、悉《ことごと》くお気に召さぬようだ。だが盃を壊れんばかりの勢いで卓子に叩きつけた拒否の仕方、あの語調……レオナルドへの嫌悪は並々ならぬものと推した。知らぬ顔で私は聞いてみた。「では、レオナルドはプラトンに相応《ふさわ》しくないと？」

「所詮《しょせん》はラファエッロの思い入れ、興味のない絵が、どのようであろうと関心もなく、それに対し話すこと自体虚《むな》しい。それとも……私から罵詈《ばり》雑言でも引き出したいというお顔付きだが。まったく知らない男でも褒め言葉より中傷の方が嬉しいのですか？」

「噂とはそういうものでしょう。追従や褒め言葉より、誹謗《ひぼう》中傷の方が会話も活気づく。浅ましいと？」

「誹謗中傷はローマの文人たちの日常会話、今更気にもなりません。が、その材料にもなりたくはないのでね、巻き込まないでいただきたい」

ラファエッロは笑顔でかわし、ミケランジェロは傲慢《ごうまん》に拒否する。共にヴァチカーノ内で生き抜く処し方なのだろうが、絵描き風情に無骨にあしらわれて引き下がるのでは沽券《こけん》にかかわる。「噂話がお気に召さぬなら、本題に入りましょう。マルテ寺院の『ピエタ』です。褒めるのは得意ではないが素直に感動しました。あれ以上の『ピエタ』は見たことがありませんね」

相変わらず苦虫を嚙みつぶしたような顔のまま「聖母が若すぎるなどと言う輩《やから》もいますがね」と返ってきた。

「なぜ?」

「聖母はああでなければいけません」

「そう思われたから、貴殿だって死せるキリストの妹のような若い聖母にされたのでしょう? 処女懐胎など信じている者もいないだろうが、そうされているのも事実。とすれば年齢を超越するくらいどうということもない。もともと並の規範に入れるべき女性ではないのだから」

「処女懐胎を信じてはいないと? では神は?」

「異端審問ですか?」と、私は笑いで誤魔化しつつ、内心何という不躾《ぶしつけ》な問いを平気で突き付ける男だろうとたじろいでいた。ラファエッロのように気楽な相手ではない。そのとき従僕が食事の支度が出来たと言いにきて、ほっとした。

ミケランジェロは大儀そうに立ち上がり「いや、どうこたえるか伺いたかっただけです。だが真面目なこたえも敬虔《けいけん》なこたえも伺えそうにない」とつぶやくと、食卓ではなく、盃を手にしたまま冬の凍てついた庭へと出ていってしまった。

食卓に着こうとした私を逃げたコロンナが呼び止め「ミケランジェロは？」と聞く。「庭……ふむ、この寒空に物好きな。君が不快な思いをしていないと嬉しいが」と取り繕うように言った。「彼の『ピエタ』を褒めていたので紹介したが、今日は間が悪かった。猊下《げいか》の新たな命を受け、苛立《いらだ》っていたのだ。仕事がまたもや中断するとね。いささか一途《いちず》すぎる男なので融通がきかないが、だが思いつきをそのまま口にされる猊下にも問題があるとは思わないか？」

――席に居ない者はたちまち恰好《かっこう》の話の種とされる。私が（どんなことがあったのです？）とでも聞けばより詳しい経緯を上機嫌で話し出すのだろうが、猊下とも親しい私は乗らなかった。コロンナの猊下批判は時折柔らかに流された。ローマの南を牛耳る大貴族、もともとナポリ王国に近いこともあり皇帝派だ。どちらとも仲良くやっているつもりの私はこのように返答に困ることがある。

「何しろヘラクレイトスですからね」と猊下には触れずにこたえた。

コロンナも「そう、そう思って付き合えば、それなりに面白い男だよ」と笑いだす。

「ただしレオナルドの話はしない方がよさそうだ」

「レオナルドと申しますと」と傍らのリアーリオ枢機卿《すうきけい》が口を挟む。「レオナルド・ダ・ヴィンチのことですか？　きょう到着したという？」

「きょう？」と今度は私が聞いていた。

「さよう。ジュリアーノ・デ・メディチと共にヴァチカーノに着いたと聞きましたが、何か面白い話でも？」

コロンナが「ヴァチカーノにレオナルドが……」と身を乗り出した。「となれば逆にミケランジェロに伝えてやろう」と従僕を呼び、ミケランジェロを捜しにやらせた。「ヘラクレイトスがどんなことを言うか。これは面白い」

「ほう、それはどういう事です？」

「犬猿の仲だそうだ」

——私は会釈をし、末席に向かった。ミケランジェロの反応など、もうどうでもよかった。

レオナルドがローマに。では……今頃は猊下の宴席に出ているのだろうか。マルカントーニオが紹介すると誘ったのに拒否した私……厄災と一緒に離れたつもりだったのに、ローマに現れるとは。まるで北に置いてきた闇をすべて背負った悪魔が現れたような気分だった。

翌日、我が庇護者《パトロン》、サウリ枢機卿に同道したとき私はそれとなく尋ねてみた。

レオナルドは確かに到着し、ジュリアーノと共に宴席に出たそうだ。だが車中の枢機卿の話はミケランジェロの反応以上に私を喜ばせた。

猊下は弟と共にレオナルドも身近に坐《すわ》らせ歓待されたという。だが、その日、猊下御自身で仕留められた兎を直々に勧められたにも拘《かか》わらずレオナルドは手を付けようとしなかったそうだ。――兎は全体を蜂蜜《はちみつ》と金粉で飾られ、猊下の御名前とレオナルドの名前に掛け、顔を黄色く染めた香草で縁取られ、獅子《しし》に仕立てられてあったとか――更に、気を取り直された猊下がリラの演奏を望むと、まだ荷物を解いてないと辞退したそうだ。まったく以《もっ》て呆《あき》れた話である。詩人なら悲歌、頌詩《しょうし》、格言詩等を懐に、奏者なら楽器を手元にして、ただただ猊下の指名に浴するのを心待ちに宴席に臨むものを……。

枢機卿は続けた。

――「猊下も戸惑われ、そのまま隣席のベンボに話しかけられたので、これはごく身近に居た者たちしか気付かずに終ったが、その後レオナルドに話しかけられることはなかった。多分これからもないだろう。ジュリアーノ殿ももう少し何とかすれば良いものを。取り成すこともせず、レオナルド同様食事も楽しまず、会話も楽しまずという体だ。旅の疲れが出たのかもしれないが歓待の席というようにはならなかったな。奇妙な宴だった」

「宮殿内に部屋を賜りながら、何という無礼。いかに高名な男とはいえ、ローマでの未来はありませんね」

「なに、もともとジュリアーノ殿が連れてきただけの男。猊下は関心がなかった。猊下が登位して以来、猊下の音楽好きを頼みとし半島中から音楽家が押し寄せているし、建築家ならブラマンテ、画家ならラファエッロが居る。まあ、ジュリアーノ殿の思惑に任せておけばよいではないか」

「然《しか》り」――うなずきながら「猊下が戸惑われた」という枢機卿の言葉が耳に残った。猊下が拒否されるなどという事は日常あり得ないことにしろ、そのような事になったら鞭打《むちう》ち、もしくは機知に富む猊下のこと、すぐさま嘲笑《ちょうしょう》かからかいの対象とされるはずだ。それがベンボとの会話に切り替えられ、そのまま無視されたとは。これは新たなる遊びだろうか？

我が庇護者《パトロン》に聞いてみると、「さあ」と言葉を濁したまま、視線を外に向けた。

馬車は寒風吹きすさぶ聖ジョヴァンニ・ラテラノ広場に入っていたが、古代ローマの騎馬像前にドミニコ会の修道士が立ち、説教を聞く群衆が我々の行く手を阻んでいた。修道士の衣服にも、騎馬像の青銅《ブロンズ》の肌にも氷雨が黒い染みを付け始めている。修道士は「世の終り」を説いていた。

「サヴォナローラの弟子のようだ」と枢機卿。

群衆は動かず、そのなかに私は相変わらず粗末な身なりのミケランジェロを認めた。

枢機卿も「ミケランジェロだ」と気付く。「彼はフィレンツェでもサヴォナローラの説教を熱心に聞いていたという」そしてつぶやいた。「裕福だろうに何という身なりだ。芸術家は変わり者が多い」

その夜、宴席にレオナルドの姿はなく、猊下の隣にはジュリアーノ・デ・メディチ一人が陰鬱《いんうつ》な顔を見せていた。天真爛漫《らんまん》、陽気な猊下とは正反対の弟と聞いている。教皇軍総指揮官の職に在りながら病弱、サウリ枢機卿の話では自殺讃美《さんび》の詩を書いたこともあるとか。レオナルドとどこで気が合ったのか知らないが、馬鹿騒ぎの続く宴席でぽつんとミケランジェロのヘラクレイトスのように坐っていた。

ラファエッロだけが相変わらず「レオナルド師がとうとういらしたのですよ！」と嬉《うれ》しげに告げた。

私は殊更に「どこに居られるのです？」と顔を巡らす。

「ブラマンテ師の見舞いにいらしてます。臥《ふ》せっていられると聞いてたいそう驚かれ……『私もご一緒に』と申し上げたのですが、お二人だけで会われたかったのでしょう。弟子も連れずにお一人で行かれました。ミラーノでは随分と親しくされていたそうで」と珍しく顔を曇らせた。

私は「プラトンとエウクレイデスの会合とは」と茶化してやる。「さぞや深遠な会話が取り交わされているのでしょうな」

「無論です」ラファエッロは真顔でこたえた。「世に比類なき御方々ですから」

悪魔到来と共に冬も訪れたが、ベルヴェデーレ小宮殿に居るというレオナルドの姿を見ることもなく日は流れた。私もあの長い東翼を経て丘の上まで行く用もない。

ヴァチカーノ内に居ながらレオナルドは幻、その存在は無きに等しかった。

聞くところによれば、ポンティーネ沼地を調べているとか。私自身、そう宮殿内に居るわけでもないが、それにしてもレオナルドを見かけないのは道理、この寒空にご苦労なことだ。弟子を連れ、沼地一帯の測量をしているらしい。そして弟子の一人はローマの夜がお気に召したようで、夜な夜な酒場を徘徊《はいかい》し、骰子博打《さいころばくち》に興じているそうな。ポンティーネ沼地はローマの南、ナポリへと通じるアッピア街道の両側に広がる湿地帯で、黒死病《ペスト》発生の地と言われる呪われた地である。遊び惚《ほう》ける弟子の気も知れよう。

私は冬の間にようやく執筆していた『我が時代の歴史記述』と称した手稿の最初の巻を纏《まと》めることが出来た。そして復活祭の明けた年の初め、手稿をヴァチカーノに持参した。サウリ枢機卿の計らいで猊下のお目に掛けることとなったのだ。

厖大《ぼうだい》な構想の手始めにすぎない百枚ほどの手稿だったが、アルプス登頂の最初の一歩である。まずは纏めたという達成感に満たされた。ローマに来て一年半、宴席と噂話に明け暮れていただけではない。

手稿をビッビエーナ枢機卿《すうききけい》に託し、ヴァチカーノの回廊で大食漢の道化者、国璽《こくじ》官フラ・マリアーノと出会ったときも上機嫌で挨拶《あいさつ》を交わす。マリアーノはレオナルドの所に来たという独逸人《ジェルマーニ》の鉄具職人と鏡職人の噂を始めたが、普段なら早々と切り上げる道化者との会話をも私は楽しんだ。晴々とした気分だったし、話題がレオナルドのことでもあったからだ。それに彼の口調が明らかに自分より劣る餌食《えじき》という風だったせいもある。哀れなレオナルド！

二人の独逸人職人《ジェルマーニ》は悉《ことごと》くレオナルドと対立しているそうで、二人ともこの数日は仕事も放棄し宮殿護衛隊の瑞西人《スヴィッツェリ》とカピトールの丘で鳥を撃っているそうだ。

――「喇叭《らっぱ》銃を遺跡の繁みに向けて手当たりしだい撃っているそうですよ」と、マリアーノは楽しげに話した。「レオナルドは怒り狂ったそうですが、そういうときは『言葉がわからない』と惚《とぼ》けると。それでいて私には同国人の通訳まで連れてレオナルドに対する苦情を延々と告げに来る。ローマの独逸人《ジェルマーニ》もいささか増えすぎたようですな」

「苦情とはどんな？」と私は先を促した。

「なに『命令ばかりして全体の説明をしない。何を作ろうとしているのかわからないで物が作れるか』とか『夜な夜な聖スピリート病院に出かけ、屍体《したい》占いに耽《ふけ》っている』とか」

「屍体占いですと！」私は思わず聞き返した。ではローマでも彼は解剖をしているのか……

……マルカントーニオの嬉々《きき》とした声が甦《よみがえ》り、胸が痛んだ。

「さよう。跡をつけ、二人でその場をしかと見たそうです。『切り開いた屍体から臓物を取り出し……』と、実に気味の悪い話でした。確かに見た者でなければ語れない内容でね、こればかりは聞き捨てにはならぬと思い、私も猊下《げいか》に進言しました」

「あの温厚な方が顔色を変えられた。すぐ側で屍体が切り刻まれていると思われただけで腑《ふ》分けをしていたところを覗《のぞ》いただけだと思いつつ、私は聞いた。「猊下は何と？」

「『即刻、病院の出入りを禁じる』と申されましたよ」

「弟君は？」

「ジュリアーノ殿は具合が悪くて、こんなお話すら出来ません。もともとお身体が弱いし、このところずっと臥せっていられる。それでレオナルドからの苦情も、独逸人《ジェルマーニ》からの苦情も、すべて私のところに来る。いや、参った」と、マリアーノはからからと笑った。「参った」と言いながら、他人事《ひとごと》ならヴァチカーノの揉《も》め事は大好きなのだ。そして嬉しそうに続けた。「レオナルドはレオナルドでくどくどとあの二人が『働きもせずに昼は鳥を殺し、夜は飲んで博打に興じているだけだ』とこぼします。だが彼の弟子にもそういうのがいると聞きますし……」

「サライでしょう」という声に振り向くと、へぼ詩人の老修道院長バラバッロと連れ立った三十代のにやけた男である。

聞けばミラーノで一時期レオナルドの所におり、ローマではヴァチカーノ宮や貴族たちの間でそこそこに仕事をしている画家だそうだ。今はバラバッロの肖像を描いているという。バラバッロは「ソドマ」と、私に紹介した。「イル・ソドマ――男色者」とは……ふざけた輩《やから》だ。

私は「ソドマ殿？」と聞き返してやった。

ソドマは「お見知りおきを」とにやりと笑い、敢《あ》えて本名も明かさない。

「『サライ』とはルイージ・プルチの叙事詩『巨人モルガンテ』のサラディン、『悪魔』のことですか？」

「多分そこから師が取られた渾名《あだな》でしょう。本名はジャン……忘れたな、何しろ私のソドマ同様、サライで通っていたのでね。師の稚児ですよ」

「稚児！」――嬉しくて私は叫んでしまった。他人の、特に、レオナルドの醜聞は大好きだ。「なるほどね」

バラバッロが「レオナルドなら見かけたことがありますよ」と呑気《のんき》に割り込んできた。

「弟子を二人連れて歩いていましたが、実に目立つ一行でしたよ。レオナルドときたら……そうそう、ラファエッロが描いたプラトン、まさにそのままの威容で気高く優雅、端整な面立ちの老人で驚きました。それに引き連れているのが鳶《とび》色の髪の蕩《とろ》けるような美青年と、金髪のこれも端整な貴公子。まるで神話から抜け出したように美しく優雅な一行で、衆目を集めていましたね」

ソドマが「間違いなく『鳶色』がサライ、『金髪』がフランチェスコですよ」と得たり顔で言う。「師の寵愛《ちょうあい》を競う弟子です」

私は「ほお、衆目を集めるほどの美しい一行か」と繰り返した。「稚児も二人とは、結構なことで」

バラバッロが「いや、金髪の貴公子は……」と真面目な声音で反発した。「若いが気品ある凛《りん》とした風貌、助手にも稚児にも見えず、名家の子息と見ました。奇妙な一行でしたな」

「確かに名家」と、ソドマはバラバッロに返した。「ロンバルディーアの貴族、メルツィ家の息子ですからね。それが高名とはいえ一介の画家の弟子になるとは異様でしょう？　私がレオナルドの所に居たのは十五年ほど前ですが、その頃フランチェスコはまだ五、六歳の幼児、その頃から子猫のように師になついていた。奇妙と言えば奇妙。まあフランチェスコはいい。だがサライも当時から居ましてね、今のフランチェスコの年頃――十九、二十歳のまさに匂い立つような美青年だった。子供の頃から師の所に居たそうだが役立たず、つまり稚児以外にはね」

「公然の、と言うわけですか」と、私。

「いや」とソドマはまたにやりと笑った。「暗黙の、と申しましょう。この御時世、弟子たちの間では敢えて口にする者もいなかったが、暗黙の了解とね。だがサライももう三十半ば、バラバッロ殿は今も『美青年』と言われ、確かにそうだろうが、そろそろ薹《とう》も立とうという歳、つまり代わろうというのがフランチェスコというわけですよ。師は彼が幼児の頃から手なずけていらした。大したものだ」

「で、貴殿は？」

「え？」

「自ら『ソドマ』と名乗られていられる。貴殿はその麗しい仲には加わられなかったのですか？」

「失礼ですが」の声に振り返るとラファエッロに紹介された建設監督官ミリオロッティだった。目が合うと申し訳程度の笑顔を浮かべたが、会釈ののちソドマに向けられた眸《ひとみ》は冷たかった。「失礼とは存じますが」とまた繰り返す。「耳に入りましたので、つい。何やらレオナルド師のお話らしいし、師の事となれば聞き捨てにはなりませんのでね。バッツィ殿、貴方《あなた》の噂も耳にしています。が、仮にも一年にしろ二年にしろ世話になり師と仰いだ方を、自分の趣味に引き寄せて語り、吹聴するようなことは感心しませんな」

　無責任な噂話の渦中に大真面目で飛び込んでくる弁護人ほど座を白けさせる者はいない。これが若造ならいい加減にあしらうところだが、五十過ぎの恰幅《かっぷく》よい男とあっては、道化のマリアーノも軽口がでず、バラバッロも体面上ソドマの弁護もしかねていた。

　ミリオロッティはソドマを見つめたまま続けた。「私は貴方よりずっと以前、フィレンツェの頃から師に付いておりましたが、そのような方では決してない。貴方が誤解され、更に師が貴方の卑しい誘惑を拒否されたからといって、そのような誹謗《ひぼう》は……」

「誹謗？」と、ソドマは遮った。「『ずっと以前、フィレンツェから』とおっしゃったが、私はその頃の噂も聞いていますよ。『ずっと以前、フィレンツェ』で、何があったのか……

…『ずっと以前、フィレンツェ』に居らしたのなら、レオナルドが危うく火焙《ひあぶ》りの刑になりかけたのもご存じなのでは？」

火焙りの刑？　まさに男色の刑ではないか。マリアーノとバラバッロも噂に納まりそうもない話にさすがに驚いて息を呑《の》んだ。私は期待を込めてミリオロッティを見た。彼は眉《まゆ》を顰《ひそ》めておぞましい者でも見るようにソドマを眺め、マリアーノとバラバッロを無視したまま私を見て言った。「ジョーヴィオ殿、レオナルド師にはお会いになられましたか？」

「いいえ、まだ」と私は殊更に愛想よくこたえた。敵対する者の間で要領よく立ち回ることには慣れている。

「これから伺うところです。宜《よろ》しければご紹介をいたしましょう。如何《いかが》ですか？」

紹介！　レオナルドに！　虚を衝《つ》かれ私はいささかうろたえてしまった。何とこたえたものかと思っている間に、機を見るに敏なマリアーノが会釈をして逃れ、要領よくバラバッロもソドマを連れて共に行ってしまった。

一人残され、据えられた眸を前に「そうですね」と言わざるを得ない。「それは光栄至極」とまで付け足してやった。

ベルヴェデーレ宮へと通じる長い東翼に入ると、ミリオロッティは苦々しげにつぶやいた。「ヴァチカーノ内で、あのように声高に師の名を挙げるとは……まさかあのような輩の言葉を信じられたわけではないでしょうね？」

「会ったこともない人の噂話、そのまま鵜呑《うの》みにはしませんよ」

「まさか」と私は実直そうな元歌手に笑顔を見せた。こういう男に冗談は通じない。

「ラファエッロ殿も、貴方は『愚かな人ではない』とおっしゃっていました。後ろ楯《だて》のジュリアーノ様が病がちで、師は人一倍謙虚な方、ここではそのような方は恰好な陰口の対象とされるだけ。情けないことです」

――ラファエッロがどのような意味合いで私のことを「愚かな人ではない」と言ったのか知らないが、ミリオロッティは文字通り勝手に私をレオナルドの讃美《さんび》者になるだろう男と決めてかかっているようだった。無論、敢えて敵を増やすような愚か者ではないにしろ、レオナルドと実際に会うということで我にもなく動揺していることを感じ、せめて平常心を取り戻すべく焦っていた。マルカントーニオほどの男を誑《たぶら》かした老獪《ろうかい》な男と会うのだ。マルカントーニオとの愚かないさかいは貴様のせい……お人好しのミリオロッティには悪いが、徹底的に打ちのめしてやりたかった。得意の嘲笑《ちようしよう》と揶揄《やゆ》で。それには平常な……いや、いつも以上の気力を持たねばならぬ。幸い、ミリオロッティはヴァチカーノ人には珍しく寡黙で、それ以上何を言うでもなく先へ進む。

　丘の上、ベルヴェデーレ宮殿の中、ブラマンテの弟子が整えたという広大な部屋は机の上に何かの部品のような器具や鏡が散乱し、たった今まで人が居たように飲みさしの盃《さかずき》や葡萄《ぶどう》酒の瓶もあったが無人だった。そのままミリオロッティの後に付き奥の部屋に入ると、絵のプラトンとは似ても似つかぬ熊のように大柄で野卑な感じの男たちが居た。二人は私たちの靴音にすら気付かなかったかのように驚いた様子で振り返ったが、私は二人がとっさに離れた物に目を奪われた。

何と言えば良いのか、部屋一杯に占めた大きな丸い物体は今までに目にしたこともない……まるで訳のわからない物だった。巨大な丸机……だが回りは木組みで中は硝子《ガラス》である。端にはやはり巨大な木の歯車やら船の櫂《かい》のようなものが付いており、天井の滑車と綱で繋《つな》がれていた。

ミリオロッティが「レオナルド師は？」と、男の一人に聞く。

「さあ」と男は無愛想にこたえただけで、続いてミリオロッティが目を向けた男も黙って首を振る。マリアーノが言っていた独逸人《ジェルマーニ》らしい。

ミリオロッティは「お会いする約束をしていたのだが」と更に聞いた。二人は首を竦《すく》め、こたえることもできないという風に両手をひらひら動かして前の部屋に小走りで消えてしまった。明らかに不味《まず》いところを見られてしまい、言葉が通じない振りをして逃げだしたという体である。忌ま忌ましげに見送ったミリオロッティは「どなたかいらっしゃいませんか？」と言いながら、人気のない小部屋に足を踏み入れ、声を張り上げて繰り返した。

小部屋には布を掛けた画架が並んでおり、レオナルドの絵だろうか？　と思った矢先、階上から「はい」という声、続いて部屋の隅の螺旋《らせん》階段を若い男が下りてきた。

ミリオロッティが安堵《あんど》の声で「ロレンツォ君」と言う。——鳶《とび》色の髪の美青年でも金髪の貴公子でもない赤毛の——朴訥《ぼくとつ》とした青年だった。「師は？」

「ミリオロッティ様」と青年は陰鬱《いんうつ》に擦《かす》れた声でこたえた。「師は……ブラマンテ師の所に行かれました」

「ブラマンテ師の所へ？」と怪訝《けげん》そうにミリオロッティ。「はて、お伺いする約束をしていたのですが。勝手ですがご紹介申し上げようと知人も連れて」

ミリオロッティの言葉を遮って青年は言った。「ブラマンテ師が亡くなられたのです。半時ほど前、知らせがあって」——青年は声を途切らせたが、彼の視線を追った私もミリオロッティの顔付きに啞然《あぜん》とした。

ミリオロッティは愕然《がくぜん》とした面持ちで獣のような意味不明の叫びを挙げると「失礼」と言い置き、脱兎《だっと》の如く部屋を出ていってしまった。

暗い顔で見送る青年に私は聞いてみた。「このたいそうな物は何ですか？」

「え？」と青年は私を振り返り、傍らの巨大な丸机に目を移すと惚《ほう》けたように「星を見るものです」とこたえた。

「星ですって？」と私は繰り返した。「星など……今だって見えるじゃありませんか」

——こたえはない。虚脱したような青年と向き合っていても仕方がないと、私も会釈をして部屋を出る。

曇天の下、ベルヴェデーレの庭の彫刻群が間近に見える。屍体《したい》占いの次は星占いにするのか……と思いつつ、レオナルドの不在に心も軽く主館へと引き返した。元より会いたくもない男、だが会うのであれば、きょうのように唐突ではなく、心構えの出来る状態で会い、言葉で切り刻んでやりたいと思った。

後日、再びソドマに会うと、私は何気なさを装いつつ、聞き逃した話を蒸し返した。ソドマは「私もまた聞きですが……」と断りながら嬉《うれ》しげに話してくれた。

それによればレオナルドは二十代の頃、三人の青年と共に「男色」の罪で告発されたという。

フィレンツェ政庁前の広場に置かれた『太鼓』――もしくは『真実の孔《あな》』と呼ばれた告訴箱への匿名の告発状で、相手はヴァッケレッチャ通りの金銀細工師の弟で十七歳のヤーコポ・サルタレッリ。もともと評判の男娼《だんしょう》だったらしい。告発されたのは同じ通りの金銀細工師バルトロメオ・ディ・パスクイーノと胴衣《ファルセット》専門の仕立て職人バッチーノ、通称イル・テーリことリオナルド・トルナブオーニ、そしてレオナルド。「トルナブオーニ」……聞いたことが……と思いつつ、ソドマの話に耳を傾ける。だが二度の告発と二度の公判にも拘わらず、証拠不十分で不起訴処分となり放免されたという。だがソドマは笑みを絶やさず続けた。

――「投書は実に入念に陳述されていたそうですよ。最初は俗語で、次はラテン語。これだけでもそこいらの者が冗談で書いたものではない、とおわかりでしょう？　にも拘わらず放免された。なぜかわかりますか？　猊下《げいか》の祖母に当たられるルクレツィア様はトルナブオーニ家の出、つまりメディチ家としては……」

私は慌てて遮った。「失礼、急用を忘れておりました」――そうだ、トルナブオーニ家！　大昔の事とはいえメディチ家の醜聞に耳を傾けたとあっては、それこそ私自身どこで告発されるものやら……ヴァチカーノはユダたちの巣窟《そうくつ》、こんなごろつき画家の噂話にのり我が身を危険に晒《さら》すことはない。

ソドマは卑しげな笑みを浮かべると「続きはいつでも、ジョーヴィオ様」と慇懃《いんぎん》に頭を下げた。「高貴な方々の間で大層な観相学者《メトポスコポス》との評判。それに肖像画の収集も始められたとか。御自身の肖像画をお望みの際はいつでも」

「そうですね。そのときには」――そのときなどあるものか、と思いつつ、早足で逃れた。メディチ家出身の猊下のお側で、レオナルドに事寄せメディチ家の醜聞を平気で話す男だ。親しくしないほうがいい。ユダは食卓の向こうにいるべきだ。

覚書五　レオナルド・ダ・ヴィンチ

建築家ブラマンテの死後、レオナルドはブラマンテが携わっていたチッタヴェッキアの船着場の整備を代わって完成するべくヴァチカーノから去ったという。

だがベルヴェデーレの居室はそのままで、ときには宮殿に戻り、生きた蜥蜴《とかげ》に奇妙な細工を施して猊下に披露したとか、はたまたサンタンジェロに行ったとか、ボローニャに行ったとか、ローマに居るのか居ないのかよくわからなかった。

私の頭には常にプラトンとして描かれた絵姿の老人が居座り、ヴァチカーノに行くと何かしらベルヴェデーレ宮の方を窺《うかが》うようになっていたが、日が経つにつれ関心も薄れてきた。私自身が忙しくなったからだ。

猊下は大学の大がかりな再組織化を思い立たれ、大学側は八十八人の教授を再結成したが、何と私も論理学の教授として要請を受けたのだ！　猊下にお目に掛けた手稿が認められたのである。著述が認められ、大学教授として自立の道も開かれて前途洋々、レオナルドどころではなかった。

ローマに来て二度目の夏である。そしてこの快挙。私は誇らかにヴァチカーノを歩き、そしてへぼ詩人の老修道院長バラバッロと会った――。

血相変えたバラバッロは出会うなり「竜ですよ」と叫び、縋《すが》りつくように私の身体に抱きついてきた。むっとするような汗の臭いと共に耳元で悲鳴のような声。「ああ恐ろしい。ジョーヴィオ殿、竜！　レオナルドは部屋で竜を飼っている」

「何ですと？」聞きながらも、臭気に堪《たま》り兼ねて私は身体を引き剝《は》がした。

「竜です！」とバラバッロはなおも私の腕を摑《つか》んだまま叫んだ。「彼の掌《てのひら》から現れ……ああ、間違いなく彼は魔法使いだ。竜をも操る恐ろしい魔法使いです」

「馬鹿な」と笑ってしまう。「ヴァチカーノ内に竜とは。暑さに悪夢でも御覧になられたのではありませんか」

バラバッロは「夢ですと？　とんでもない」といきり立ち、私の腕を摑んだまま廊下を引き立てながら捲《ま》くし立てた。「まあ、御覧になれば貴殿だって笑ってなどいられない。拳《こぶし》から現れてみるみる大きくなったのですよ。恐ろしい、うねうねとした胴をくねらせながら私の方に向かって来たのです。後退《あとずさ》っても後退っても私に迫り、私は思わず叫びました。だがレオナルドときたら平然と竜の尻尾《しっぽ》を摑んだまま笑ってさえいたのです。竜はその間にも大きくなり、部屋一杯にも膨れ上がりました。ラファエッロは……」

「ラファエッロ？」と私は遮った。「ラファエッロも居たのですか？」

「そもそもラファエッロに誘われてレオナルドの部屋に行ったのです」と、バラバッロは怒ったようにこたえた。「陰謀です。私の詩作に対する評判、猊下の寵愛《ちょうあい》を妬《ねた》んでの陰謀です。竜は真っ直ぐに私に向かって来た。ビッビエーナ枢機卿《すうきけい》でもラファエッロでもなく……」

「失礼、ビッビエーナ枢機卿も居らしたのですか？」

「そう、枢機卿と共にラファエッロに誘われたのです」

「二人は？」

「知りません。竜は私だけを目がけて襲いかかってきたのですからね。一目散に逃げ帰り、貴殿に会った」――歩き、階段を上り、老人とも思われぬ力で私を引っ張っていたバラバッロの足が突然止まり「さあ」と目を据えたまま言った。「御覧になればわかる。私はもうごめんです。あんな所に行くのは」――窓からベルヴェデーレの彫刻庭園が見えていた。「私を嘲笑《ちょうしょう》されたその目でしかと御覧になられてください」

仕方なく私は慇懃な会釈を送って依怙地《いこじ》な老人と別れて歩きだした。実際、こんな老人の馬鹿話に引きずられ、レオナルドの部屋に行かねばならぬ羽目に陥った自分を呪っていた。普段から皆でバラバッロを馬鹿にする癖がついていた上での当人のあまりの馬鹿話に、ついあからさまな嘲笑を浮かべてしまったが、猊下や枢機卿たちが側に居なければ私は目下、下手に逆らえば今度は私が餌食《えじき》にされる。ラファエッロやビッビエーナ枢機卿も居るらしいが、こんなことでレオナルドを訪ねることになろうとは。この酷暑のなか、とんでもない厄災だ。だが、廊下の先から現れたのは竜の吐く赤い炎ならぬ、緋《ひ》色の衣のビッビエーナ枢機卿とラファエッロだった。

涼しげな顔で談笑しながら歩いてくる二人に、背後からバラバッロの声が挙がる。

ほっとしながら、私は二人に歩み寄った。「修道院長が何やら竜を御覧になられたとか？」

ビッビエーナ枢機卿は「竜？」と面白げに私を見つめ、次いで恐る恐る近寄ってきたバラバッロにからかうように言った。「バラバッロ殿にはあれが竜に見えたのですか？」

ラファエッロが「確かに竜と思えば竜にも見えました」と庇《かば》うように言う。

「竜でなくて何なのです」と怒ったようにバラバッロ。「私目がけて襲いかかってきたではありませんか」

「なに」と枢機卿。「たまたま貴方《あなた》の方に行ってしまっただけですよ。レオナルド殿も気にしていられた。『一気にバラバッロ様の方に行ってしまいました。怯《おび》えるようなこととなっていたら申し訳ないが』とね」

「怯える？　まさか。私が、あんな子供騙《だま》しの魔法に……」と、口を閉ざしたのは私と目が合ったからだ。

私は「何だったのです？」と聞いてみた。

「師の奇想天外な発明ですよ」とラファエッロ。「いえ、誰でも驚きます。握られた拳からむくむくと湧きだし、そう、竜のように身をくねらせて空中を走りだしたのですからね。私もほんとうに驚きました」

「まあ、驚くことは驚きましたね」と楽しげに枢機卿。「だが、逃げだされるとは」

「逃げだす？」と憤慨したようにバラバッロ。「いつ私が……」

――だがラファエッロの「レオナルド師だ」という声に、びくっと私に縋りついた。またしても汗の臭い。身を引きながらラファエッロの視線を追う。

遥《はる》か下方、ベルヴェデーレ彫刻庭園の中に老人と金髪の青年が立っていた。レオナルド。足が震えた。あれがレオナルド……。

野山を焼き尽くすような夕陽を浴び、彫刻もレオナルドも燃えているようだ。背中にまで波うつ赤く染まった長い髪と鬚《ひげ》、炎の色となった薄茶の服。遠目ながら確かに……見かけは立派だった。今までに会った誰よりも崇高に、高貴に見えた。いや、夕陽のせい……いや、あれで騙されるのだ。皆……。

ラファエッロが「クレオパトラ像を描かれていらっしゃるようですね」と言う。

枢機卿が「戻りましょう」と歩きだす。「バラバッロ殿もいつにない運動をされてお疲れのご様子。何しろ竜に襲われたのですからね」と無遠慮に大声で笑いだした。猊下に次いで若く、才気煥発《かんぱつ》、その分舌剣も鋭い。

「私は」とバラバッロ。「馬鹿馬鹿しくて居られないから出てきただけです」

三人の後を私も追った。レオナルド、もはや絵でもない実在のレオナルド。振り返ったが窓からはベルヴェデーレの壁しか見えなくなっていた。

「竜と申し上げたのは」と、なおも枢機卿に言い募るバラバッロに追いつく。「先日の私の詩、大天使ミカエルの竜退治の箇所に事寄せてレオナルドが仕掛けたのかと……」

そしてうんざりするような朗誦《ろうしょう》を始めた。

　聴き手はラファエッロに任せ、私は枢機卿に再度尋ねた。「ところで『竜』の正体は何だったのですか？」

「それが」と、枢機卿は囁《ささや》いた。「羊の腸だそうだ。いや、今まで何人も驚かされている。手間隙《てまひま》掛けて悪戯《いたずら》をするような男にも見えぬが意外と稚気のある男、以前の蜥蜴が見事だったので、きょうも楽しみに行った。だが、私が問い詰めても言を左右にして種明かしをせぬのが少々癇《かん》に障るな。バラバッロが逃げ、ラファエッロが感嘆の言葉を捧げている間に隣室で弟子から聞き出したよ。呆れるほどの美貌の弟子だが権威に弱く、欲は強く、頭は軽く、口も軽い。脅して半ドゥカート、すぐに話した。腸の脂を落とし丁寧によく洗ったものの一方の口を塞《ふさ》ぎ一方の口を鞴《ふいご》に繋いで、拳に隠し持つ。隣室の鞴を弟子に踏ませて空気を送り『竜』の出現と……聞いてみればたわいない仕掛けだ」

「バラバッロの話では『部屋一杯にも膨れ上がった』とのことですが、拳に隠し持つことのできるほどの物が、そんなにも大きくなるものですか？」

「部屋一杯は大袈裟《おおげさ》だ」と枢機卿は苦笑したが「うるさいな」と前を歩くバラバッロを見た。そして「レオナルドは貴公の詩を知りません」と声高に制す。朗誦は大天使ミカエルの出現を待たずして遮られた。

　バラバッロが憤然と振り返る。「私の詩は一旦《いったん》口にすれば即日ヴァチカーノ内に伝わります。何しろペトラルカ以来の詩人と何方《どなた》もおっしゃってくださいますからね。知らないはずはありません。ペトラルカに倣いカピトールの丘で桂冠授与を受けて当然と言われております」

あまりの言葉に私は呆れたが、枢機卿はただ「ほお、素晴らしい」と受け流し、足を止めた。長い東翼を経、ようやく主館に戻ってきていた。嘲笑に於《お》いては私以上に長けた枢機卿から続いてどのような言葉がバラバッロに投げられることか、私は期待したが「ジョーヴィオ殿」と澄まして私を見ると「貴殿に見ていただきたい肖像画がありました」と返事も聞かずに二人に会釈をし、さっさと階段を上がり始めた。

「どのようなものでしょう」

階上で枢機卿は笑った。「なに、あの汗臭い老人から早々と離れたかっただけのこと」

——そして、私が誘われたのは枢機卿の部屋ならぬ、猊下《げいか》の御部屋だった。

部屋には猊下を囲んで秘書官のヤコポ・サドレートとピエートロ・ベンボ、それに詩人のフェードラ・インギラーミと、お馴染《なじ》みの三人が集《つど》っていたが、ビッビエーナ枢機卿はすぐにもバラバッロの醜態、そしてその言葉を話し、誰にも明らかなからかいの讃辞《さんじ》を本人は真に受けているようだと括《くく》った。

皆が「まさか」と呆れたが、私も「確かに聞きました」と強調する。

ビッビエーナ枢機卿は「少し懲らしめてやりませんか？」と、とんでもない案を出した。

「ひとつ本人の希望通り、ペトラルカに倣いカピトールの丘で月桂樹の戴冠《たいかん》など如何《いかが》かと……」

「それは愉快だ」と即座に猊下。「バラバッロを桂冠詩人に？　素晴らしい冗談だ」

フェードラも「大真面目にやりましょう」と同調した。「祝宴を設け、ここから仰々しくローマ市中を行進、カピトールの丘まで祭のように練り歩くというのは如何ですか？」

猊下が嬉《うれ》しそうに「面白い！　メディチ家の守護聖者、聖コスマスと聖ダミアヌスの祝日に行おう」とおっしゃる。「すぐだ」

――事は聞いているうちにどんどん大きく派手になっていった。ヴァチカーノを挙げての一大行事、悪戯祭典となっていく。庭園に見たレオナルドはもはや頭になかった。「とにかく」と、私も口を出す。「からかいが通じないと懲らしめたことにはなりませんね。呆れたことに今まで通じなかったのですから」

「まことに」とビッビエーナ枢機卿。「カミッロ・クエルノの例もある」

「あそこまで通じないと」とサドレート。「それもまた可笑《おか》しい」

「猊下が寛容であられすぎました」と私。

――クエルノもバラバッロとローマで一、二を争うへぼ詩人である。猊下はクエルノを宴席に招かれ、皆はひたすらクエルノに飲ませ、歌わせ、散々にからかい、猊下は大真面目で葡萄《ぶどう》の葉と玉菜《キャベツ》と月桂樹で出来た冠を授け『詩人の長』なる名を授けられた。あまりの可笑しさに皆笑い転げていたのだが、クエルノは「身に余る光栄」と涙にくれたのだ。

「カピトールの丘で」と猊下。「バラバッロを待っているのは月桂樹の冠ではない」

「蕁麻《いらくさ》にしますか？」とベンボ。

「蔓日日草《つるにちにちそう》にしましょう」とビッビエーナ枢機卿《すうきけい》。「『死の花』、刑場に向かう受刑者の冠に」

「いいや、獅子《しし》だよ。丘の中腹におるではないか」と笑いながら猊下。そして膝《ひざ》を打っておっしゃった。「そうだ！　丘までハンノに乗せて行進させよう。獣の王同士も対面させてみよう」

――「ハンノ」とは先頃、葡萄牙《ポルトガツロ》（ポルトガル）のマヌエル大王から猊下に贈られた白い象である。へぼ詩人の鼻をへし折る悪戯事、あまりの可笑しさに夕食前の無聊《ぶりよう》を慰める話題としては勿体《もつたい》ないくらいだった。

猊下がおっしゃる。「ジョーヴィオ。サウリ枢機卿もこれへ。皆で楽しもうではないか」


九月、計画は速やかに実行された。

戴冠の日とされたメディチ家聖人の祝日は笑劇に相応《ふさわ》しく晴れ渡り、天下の大詩人――修道院長バラバッロは古代風のたいそうな帽子と緋《ひ》色の長衣に身を飾り、ヴァチカーノ宮の宴席で猊下に拝謁。御前で得々と晴れの朗誦を始めた。

猊下を始め我々は笑いを堪《こら》えるのに必死……六十路《むそじ》を迎えた白髪の老人がこのような喜劇に得々と身を投じることに驚異すら感じつつ、ただこの喜劇を全うせんと吹き出さぬよう口を引き締めているのがやっとだった。

ようやくバラバッロが辞し、白象ハンノの待機するサン・ピエートロ広場に向かったとき、我々は涙まで流して腹を抱えて笑ってしまった。だが、これからだ。劇は始まったばかり……。

広場に出ると、太鼓や喇叭《らっぱ》の楽列隊や旗を持った道化など居並ぶなか、巨大なハンノの背には立派な台の上に豪奢《ごうしゃ》な椅子が設《しつら》えられていた。ひざまずいた象の首に黒人の象使いがまたがり、大騒ぎの挙げ句バラバッロが椅子に坐《すわ》る。猊下はサン・ピエートロ寺院の高所より、この壮大な行列を見下ろされていた。眩《まぶ》しいまでに輝く白衣と共に陽光に燦《きら》めいているのは愛用の片眼鏡だが、燦めきが広場に躍るのはもはや笑いを抑えられぬ御様子、私とサウリ枢機卿も笑いながら馬に乗る。馬にしたのは「この喜劇を逐一視界に収めよう」とおっしゃる我が庇護者《パトロン》の提案。喜んで応じた。

やがて猊下とビッビエーナ枢機卿たちが現れ、馬車に乗られ、広場に喇叭が響き渡り、行列は広場からテヴェレ川へとカピトールの丘を目指して行進を始めた。

沿道はバラバッロよりもハンノ見たさ……喜劇とも知らぬ群衆で埋められ、ハンノの背では大天使ミカエルならぬ大天使ガブリエルの如く秋の陽光に漣《さざなみ》のように葉を燦めかした橄欖《オリーヴ》の枝を手に、得々とバラバッロがふんぞり返っていた。

先頭は猊下の馬車。「ハンノ!」「バラバッロ!」と歓呼の声はばらばらだ。後に続いた枢機卿と私はもはや耐えるでもなく笑い興じていた。昨夜吹きつけたシロッコ(サハラ砂漠からの暑い風)に運ばれ、家々の屋根や松の枝葉に溜《た》まった赤砂が象の振動でバラバッロに降り注ぐ。花ならぬ砂の雨のなか、得意満面の老人を乗せた象は聖天使橋に向かっていた。そして——神は我々の計画より更に滑稽《こっけい》な顛末《てんまつ》を用意していた。

サウリ枢機卿と陳腐な行列を揶揄《やゆ》していた私がざわめきに目を転じると、前を行く馬車が止まり、我々も馬を止める。そして橋にさしかかろうとしていた象が行進どころか後退《あとずさ》るのを見た。何が……橋の手前で一斉に鳴り響いた喇叭や太鼓に驚いたのか、川に怯《おび》えたのか、はたまた橋が恐かったのか、象は突然後退り、乱暴に身体を震わせ、呆気《あっけ》に取られる間もなくバラバッロを振り落としたのだ! 瞬時、前の馬車からビッビエーナ枢機卿の甲高い笑い声が起き、たちまち観衆に伝染する。

象と地面に落ちたバラバッロを囲んでわれんばかりの笑いの渦が捲《ま》き起こった。

「ハンノにも計画を教えたのですか?」と私も笑いながらサウリ枢機卿に言ってしまった。

バラバッロは舞い上がった赤砂の噴煙のなか、無残に枝の折れた橄欖《オリーヴ》の枝を唯一の頼りに地べたから身を起こそうとしていた。豪華な帽子はどこかに吹っ飛び、乱れた白髪が白い炎のように風に踊っている。

「まさか」と枢機卿も笑いに紛れながらこたえる。「だが見事だ。戴冠はハンノにするよう猊下に進言しよう」——と、猊下の馬車が象を擦り抜け戻ってきた。同乗していた道化者が窓から顔を出して叫ぶ。

「帰りましょう。見事な結末。ヴァチカーノで祝宴です」

「こうまで素晴らしい喜劇になるとは思わなかった」と私は枢機卿に言った。「バラバッロはどうします?」

「喜劇はこれ以上なく見事に終ったではないか。放っておけ」

サウリ枢機卿が馬首を巡らせ猊下の馬車の後に続いた。前にいた馬車も後に続く。窓からビッビエーナ枢機卿の笑顔が覗《のぞ》く。「ジョーヴィオ殿、大成功だ!」

後には笑いさざめく群衆と、呆気にとられている楽列隊、象を方向転換させようとやっきになっている御者、悪態をつきながらようやく地面に膝を立てたバラバッロ、そして象の前で旗を振り立て歩いていた道化たちが残った。主役を置き去りにするのだ。

悪態をつけるほどだから怪我も大したことはなさそうだ。旗を振り振り道化たちが私の横を擦り抜ける。「万歳! 阿呆《あほう》のバラバッロ」「万歳!」「万歳!」……甲高い声と共に猊下の馬車を追う。

「へぼ詩人に相応しい幕切れ」と私も嬉々《きき》として言った。「まこと祝宴」

馬首を巡らしたとき、声が聞こえた。

「残酷なことをする」――見ると群衆の中にレオナルド! そう、ラファエッロが描いたプラトン――レオナルドだった。目前に。数歩と離れず私を見上げたレオナルドの顔……手綱を引く手が止まり馬が嘶《いなな》く。目は明らかに私に向けられていた。バジリコ蛇の眸《ひとみ》のように据えられた緑の炎。顔が熱くなり目を逸《そ》らす。右側に居た青年も私を見ていた。金髪碧眼《へきがん》のすっきりとした面立ち、貴公子のような弟子……ソドマは何と言った？「金髪がフランチェスコ、鳶《とび》色の髪がサライ」……氷のような青い眸からも目を逸らし、左側に居た鳶色の髪の「サライ」を見る。いや、サライだろうか？　王侯でも身に纏《まと》うような豪華な線帯《レース》の外套《ヴェスティート》……だが、バラバッロの言うような美青年、目を見張るほどの麗容だ。滴るような淫蕩《いんとう》な香りを感じたのは紅を差した女のように淫《みだ》らな唇のせいだろうか、薔薇《ばら》…………いいや、枢機卿トリウルツィオの別邸で見た東方渡りの蘭。しかし目を凝らす間もなく、その青年は豊かな鳶色の巻き毛を揺らしバラバッロの方へ走って行ってしまった。三人を見たのはほんの一瞬。だが、なぜ私に……思わず手綱を引いてしまい、馬が足踏みをして無様に前脚を上げる。馬鹿馬め。遠ざかる馬車からビッビエーナ枢機卿の声が飛んできた。

「ジョーヴィオ殿、嬉しくてハンノの真似をされているのか？」——目を走らせると再び緑の眸。レオナルドは私に向かってはっきりと言った。

「人を貶《おとし》めて楽しむとは」——馬がようやく反転する。私はヴァチカーノ宮に向かって全速力で逃れた。レオナルド……我が災厄……。


　バラバッロはヴァチカーノ宮に姿を見せなくなり、私もしばらくは足が重かった。宮殿内でレオナルドと顔を合わせるのが嫌だったからだ。

　あそこまで大々的ではないが「貶めて楽しむ」などヴァチカーノでは日常茶飯事、まして私一人の計画でもない。それとも猊下《げいか》に対しても面と向かって聖人のような口が利けるとでもいうのか？　絵描き風情がこのジョーヴィオ様に。だが、あの日……正面切って見つめられた眸を再び見たくはなかった。

十月に入るとレオナルドはミラーノに行ったとかで私の気も楽になる。そして十二月にまたもやベルヴェデーレのレオナルドの部屋で「竜を見た」と騒ぐ者がいたが、もはや気にならなかった。レオナルドが主館の方に来ることは滅多にないらしいし、私もベルヴェデーレ宮に足を運ぶことなどなかったからだ。

我々は相変わらず猊下を中心に楽しくやっており、レオナルドとその庇護者《パトロン》――寝込んでばかりいられるメランコリアの猊下の弟君はその仲間ではなかった。

一月九日。その弟君――絶えず死の観念に取り憑《つ》かれているジュリアーノ・デ・メディチが病をおして妻を娶《めと》りにサヴォイア公国に向かった。

病弱とはいえ、庶子まで儲《もう》けた愛妾《あいしょう》が居る。しかし、それはそれ、無論政略結婚である。

妃《きさき》となるのはフィリベルタ・ディ・サヴォイア。仏国《フランチア》並びに、仏国《フランチア》とイタリア半島の城壁となる位置にあるサヴォイア公国と姻戚《いんせき》関係を作るためだ。ところが何ということだろう。ジュリアーノがローマを出立した数時間後、ルイ十二世が亡くなったという知らせもヴァチカーノに届いた。ルイ十二世はルドヴィーコ・イル・モーロをミラーノから追い出し、更に捕らえ、ロンバルディーアを手中に納めたが、以来前教皇の雇った瑞西人《エルヴェティチ》傭兵に脅かされ続け、猊下の御世になってからも引き続き傭兵《ようへい》と、モーロの嫡子を駒にした独逸《ジェルマーニア》皇帝軍との戦いに勝ったり敗れたり、ようやく本国に撤退したのは一昨年のことである。いったいどうなることやら……下々の身には計り知れぬと思っている間にジュリアーノの新妻、フィリベルタの甥《おい》が仏国《フランチア》王となった。サヴォイアのルイーズの息子、即ちフランソワ一世である。憂鬱質《ゆううつ》のジュリアーノは仏国《フランチア》王の伯父《おじ》となったのだ！　だが、この程度の繋《つな》がりでイタリア半島が安泰とは思われなかった。弱冠二十歳の新王は再びミラーノに目を向けていると情報が入る。

年が明けると案の定、夏——仏蘭西《フランチェーゼ》軍は再びアルプスを越えて攻めて来た。迎え撃つのは教皇軍、皇帝軍、ミラーノのモーロの息子、マッシミリアーノ・スフォルツァが雇った瑞西人《エルヴェティチ》傭兵。そしてミラーノ近郊マリニャーノで戦いとなる。

戦いは二日に亘《わた》り、敵味方双方の死者は一万八千、モーロの無能な息子は捕らえられ、ミラーノは再度仏国《フランチア》の傘下となった。

これにはさすがの猊下もいささか動揺された。今まで戦いでこれほどの死者が出たことはない。教皇軍、皇帝軍などとは言ってもほとんどが戦いごとに雇われた傭兵同士、半島の諸国間での戦いなど昨日の敵はきょうの味方といった案配で、馴《な》れ合いで勝ったり負けたり、何千何万の兵が戦い合っても死者などよくよく運の悪かったほんの数人というところだ。激戦だったと伝えられるアンギアーリの戦いですら、粉飾されているが実際の死者は十人にも満たなかったと聞いている。だが事情は変わった。もう半島内の細々とした諸国間の争いではない。怖いもの知らずの好戦的な仏国《フランチア》王が半島に進入、ミラーノを奪回したとあっては北の出来事と安閑としてはいられなかった。勢いに任せてミラーノを拠点に南下されては堪《たま》らない。猊下は和平を申し入れることにされた。

フランソワ一世と猊下との和平交渉はその年の冬――一五一五年十二月十一日から十四日まで、半島の中程、かつては教皇領の北限、現在は最古の大学を誇る自由都市、ボローニャで行われることとなった。

供をする何十人かの枢機卿《すうきけい》の中にサウリ枢機卿も入り、私も従うこととなった。教皇一行の一員として歴史的調停に立ち会うのだ。光栄なばかりか、『我が時代の歴史記述』の著者としては真に好機到来、私はサウリ枢機卿に笑われるほどの紙を準備した。

十一月下旬、ローマを発ち、フィレンツェからアペニン山脈を越え、許多《あまた》の塔が林立するボローニャに向かう。

十二月十一日、ボローニャ。コムナーレ宮殿、謁見の間において猊下とフランソワ一世の初の会談が行われた。しかし猊下に付き添われたのは秘書官、サドレートとベンボだけである。

私がフランソワ一世を見ることができたのはボローニャに着いて三日目、同じくコムナーレ宮殿の大広間だった。

仏国《フランチア》側の臣下、我々教皇庁側の者、貴族たち、更に各国大使たちが居並ぶなか、ミラーノを征服したばかりの若き仏国《フランチア》王とローマ教皇とが会している。そして、この大いなる瞬間は、やがて『我が時代の歴史記述』に著され、後々まで残ることだろう。私は目を皿のようにして壇上の選ばれし二人の貴人を見つめ、片言隻句《せっく》も聞き逃すまいと耳を敧《そばだ》てた。惜しむらくは身分柄、いささか遠い位置だったことである。

だが、多くの頭越しとはいえ、フランソワ一世の威容は充分に見て取れた。そして、二十一歳になったばかりという仏国《フランチア》王の若さを我々は甘く見過ぎていた。ミラーノは陥《おと》されたものの、血気に逸《はや》るだけの若輩者と高を括《くく》っていたのだ。大いなる儀式に立ち会っているという高揚感はあるにしろ、記述者としての目は冷静だ。――正直言って猊下とフランソワ一世の対面は、絵として見る限り猊下の負けだった。

著述に残すつもりは毛頭ないが、真っ先に脳裏に浮かんだのは軍神アレースの息子、メレアグロス――『カリュドーンの猪狩り』の絵だ。これはコーモの屋敷に有った絵だが、筋骨逞《たくま》しい偉丈夫が猪に向かって雄々しく槍《やり》を振り上げている絵だった。メレアグロスのフランソワ一世、猪の猊下……。

二十一歳のフランソワ一世は、猊下の頭にある儀式用のティアラ（三重の教皇冠）からさえ更に頭ひとつ分も大きい偉丈夫、ミケランジェロの描く男のように筋骨逞しい大男だった。美青年とは言えないが、愛嬌《あいきょう》のある小さな目と大きな鼻、短い鬚《ひげ》を蓄えた顔は自信に溢《あふ》れ、文武両道に秀でた騎士たる噂を実証していた。無論共に高貴な生まれ、王道を歩んできた者の持ちうる尊厳に引けはない。だが武には疎く、文と飽食だけで子豚のように不恰好な体形の猊下と、見るからに闊達《かったつ》な偉丈夫では勝負にならない。まして脅威に陥っての猊下からの和平の提案……若輩者と侮《あなど》れる相手ではなかった。

仏国王《フランチア》は最初から優位に立ち、九年前に発掘された古代彫刻『ラオコーン群像』を猊下に所望された。ウェルギリウスの『アエネイス』によってよく知られるラオコーンである。

――アポロン神殿の神官ラオコーンは予知能力の持ち主で、トロイアの城壁前に置かれたギリシア人の木馬がトロイア陥落の罠《わな》であることに気付くが、トロイア陥落は神々の定めた宿命。神々は宿命を変えさせぬよう、ラオコーンと彼の二人の息子に二匹の大蛇を放ち殺害、海に引きずり込む――。

ベルヴェデーレの彫刻庭園に最初に置かれた彫刻である。設置されてからまもなくローマの画家たちによって描かれ版画にもされたから、仏国王《フランチア》の目にも留まったのだろう。更にラオコーンの逞しい身体は王とも似ていた。

思わぬ要求に、猊下は当惑されたように若い王の顔を見上げていたが、やがて「お見せしたいものがありましてな」と、女のように小さくなよやかな手を振られた。二人の小姓によって運ばれてきたのはラオコーンならぬまさに子豚ほどの小さな黄金の獅子《しし》像だった。

猊下と仏国王《フランチア》の足元に置かれた獅子はカタカタと歩きだし、私は……いや、見ていた者すべてが驚きの声を挙げた。歩く彫像……こんな物を見た者がはたしているだろうか。勇猛果敢な王さえ思わず声にもならぬ声を挙げ、近付く彫像に身を震わせた。だが、獅子は後退《あとずさ》ろうとした王の手前で動きを止めた。そして輝く黄金の胴体がぱっくりと割れ、床に溢れ落ちたのは黄金の百合《ゆり》の花。百合の付いた楯《たて》を支えてうずくまる獅子はフィレンツェの紋章である。フィレンツェの、そしてメディチ家の礼を示し、更に百合は仏国《フランチア》の紋章でもある。

「親愛の証《あかし》として」と、猊下の声で我に返る。「ご披露まで」

「素晴らしい」と仏国王《フランチア》。「誰が……このような物を」

「ヴァチカーノに住まうレオナルド・ダ・ヴィンチ……」

「何と」と猊下《げいか》の声を遮って王の声。「レオナールの作と！　して、レオナールは……」

忘れ果てていたレオナルド、こんな所でレオナルドの名を耳にするとは。唖然《あぜん》とした私の目に映ったのは、これも意外そうに王を見られ、続いてこちらに向けられた猊下の眼差《まなざ》しだった。私は周りの臣下たちの目を追い振り返った。そして、レオナルド！　居並ぶ臣下たちの間……私からほんの二、三人後ろにレオナルドを見た！　信じられぬ……ローマを発ったとき、猊下の供のなかにレオナルドは居なかった……いや、居るはずもないと考えもしなかった。そのレオナルドがなぜここに……呆気《あつけ》に取られた私の周りでざわざわと人波が揺れ、気がつくとモーゼによって開かれた海のように臣下たちの間に道が開かれ、今まで猊下と共に壇上に居らしたはずの王がつかつかと横切って行くではないか！

王はレオナルドの前……私たちの間に立たれ、レオナルドに話しかけた。「高名なるレオナール・ド・ヴァンシ。会いたく思っていた」

レオナルドは暫《しば》し王を見つめ、やがて優雅に腰を屈《かが》めた。「この上なきキリスト者たる王、私もお会いできて光栄にございます」

仏国王《フランチア》は確かに「この上なきキリスト者たる王」なる呼称を持つ。だが「お会いできて」とは朴訥すぎる。「拝謁」くらいの言葉が使えないのか、礼儀知らずめ。ところが王は上機嫌でおっしゃった。

「見事なる作、実に驚いた。ははは、獅子にも驚いたが、ミラン（ミラーノ）に残せし絵画、まことに見事。会えて嬉《うれ》しく思うぞ。ボローニュ（ボローニャ）に来た甲斐《かい》があった」

気がつけば皆、頭《こうべ》を垂れていた。レオナルドの目が私に向けられたような気がし、慌てて頭を下げ、そして足が震える。何たる栄誉。一介の画家がこのような席で……どういうことだ……馬鹿な……混乱のなか、王の闊達な足音が通りすぎ、再び壇上に上がられた様子、頭を上げる。王は朗らかに言われた。「輝く和平の証、喜んでお受けしよう」

猊下の吐息が聞こえるようだった。


退出した私はすぐにもサウリ枢機《すうき》卿《けい》に聞いてみた。「レオナルドはいつ来たのです？」

「なに」と枢機卿は呑気《のんき》にこたえられた。「ミラーノに居たのでジュリアーノ殿が呼び寄せたらしい。仏国《フランチア》王もまだ子供、あのような玩具《がんぐ》に目を奪われるとは。だが、おかげでラオコーン像は模像で済むようだ。レオナルドめ……ベルヴェデーレの隠者と思っていたが、少しは役に立ったな」

「このような席で」と私は息巻いた。「画家の分際で、生意気です」

「何をかりかりしている」と枢機卿は笑う。「レオナルドの前に進んで行かれたのは仏国《フランチア》王だ。若いだけに思いつくとすぐに行動に移される方らしい。突飛な行動もままあるとか。だからこそ和平が滞りなく成されて良かった。取り敢えず仏蘭西軍《フランチェーゼ》はミラーノで止まったのだ。あの若き獅子をアルプスの向こうに追い返すには時間が必要。ラオコーン像も模像で済むし、猊下もご満悦だ。レオナルドの事も忘れていらしたが『絵でも注文してやろうか』とおっしゃられていた」

「レオナルドの絵など……」

「貴公は買わぬか？」

「はい」

「私は見てもいないが、ラファエッロの傾倒振りを見ると満更でもないのであろう。ひとつ他人の肖像を集めるだけでなく、貴公も肖像でも頼んではどうかな？」

「馬鹿なことを」

――枢機卿は軽口を叩いて私と別れたが、心中穏やかではなかった。レオナルド……初めて間近にまじまじと見た……。

ラファエッロ描くプラトンよりは若く、頭も禿《は》げ上がってはいなかったが、その威容、その品格はそのまま、呆《あき》れたことに対峙《たいじ》した仏国王《フランチア》より気高く見えた。ほとんど白髪に近い褪《あ》せた金髪、バラバッロと同年……六十は過ぎているだろう。だが整った面立ちは女のように優雅で高貴、王を見つめた緑の眸《ひとみ》は無垢《むく》を装い……そうだ……マルカントーニオも騙《だま》された。あの容貌に。だがフィレンツェの公証人の庶子、ラテン語の素養もない下賤《げせん》の者……おまけに男色者……現に猊下を始めとするヴァチカーノの中で、今回多少の役に立ったとはいえ無視されているではないか！　仏国王《フランチア》の讃辞《さんじ》も若さ故の気紛《きまぐ》れにすぎない。あの場の王なりの演出だ。

――多少気が軽くなり、私も控えの間に入った。我が庇護者《パトロン》もおっしゃっていたではないか。「ベルヴェデーレの隠者」と。隠者のことなど忘れよう。

ローマに戻り、最初に伺った猊下の言葉は実に愉快だった。レオナルドに絵を注文された猊下が耳にされたのは「仕上げ用の仮漆《ニス》のための油と薬草を蒸留したい」という隠者の言葉——猊下は大笑いされておっしゃったとか。「描いてもいないのに仕上げ用とは！　放っておけ。彼は絶対何もしやしない」——馬鹿め——賢明なる猊下はまるで騙されてはいなかった。そして、再び隠者は忘れられた。

ヴァチカーノ内において丘の上のベルヴェデーレ宮はミラーノの如く遠い。そして年も終ろうとする三月下旬、フィレンツェからジュリアーノ・デ・メディチの訃報《ふほう》が届いた。猊下の弟君、レオナルドの保護者、仏国王《フランチア》の伯父《おじ》、自殺志向にあった憂鬱《ゆううつ》質者は三十七歳の若さで無事病死された。十七日に逝かれたとか……私は三十三だ、四年後に死ぬことなど考えられない。あれほど恵まれた地位、有り余る財力、何不足ない御世だろうに死を切望し、叶《かな》ったのだ。悼む気も起きないし、そのような付き合いもなかった。何も感じない。ただ、これでレオナルドがヴァチカーノを去るだろうと思うと気が晴れた。

そしてローマに来て四度目の夏。——焼けつくような陽射しに慣れることは未《いま》だできないが、大学での講義には慣れ、著述も順調、ようやくゆとりを持って夏のローマの街を、またヴァチカーノ内を歩き、楽しんでいる自分に気付く。肖像画の収集も枢機卿や他の貴族たちと肩を並べられるほどになっていたし、観相学者《メトポスコポス》としての名声はヴァチカーノ一と言われるほどである。この楽天的で自堕落、逸楽に満ちた南の気風に私は見事に溶け込み、上手《うま》くやっているという満足があった。だが、同時に夏という季節は黒死病《ペスト》に蹂躙《じゅうりん》されたコーモの地獄を甦《よみがえ》らせ、マルカントーニオの最後の一瞥《いちべつ》……憫《あわれ》むような眼差しを想い起こさせ、気を滅入らせもした。昼から夜へのヴァチカーノでの陽気な馬鹿騒ぎ、そして夜半の孤独な憂鬱……ポンティーネ沼地からの生暖かい南風にじっとりと汗ばむ夜など、何へとも知らぬ憎悪に襲われた。夏が早く過ぎればよいと思う……。

覚書六『洗礼者聖ヨハネ』

サウリ枢機卿の命でラファエッロの工房《ボッテーガ》を訪ねたのは、灰黄色のシロッコに街が包まれようとする晩夏だった。

ラファエッロはヴァチカーノの教皇居室の壁画制作に加え、新たに猊下からシスティーナ礼拝堂の壁面下部を飾る十枚の壁掛け《タピスリ》の下絵も仰せつかり、更にブラマンテ亡き後は、サン・ピエートロ大聖堂の建築指揮並びにベルヴェデーレ庭園の造作監督、古代遺物の監督官にまで任じられる有り様。呆れてよいのか羨《うらや》んでよいのか、はたまた、同情を寄せるべきか、わからぬほどのローマ一の多忙な男になっていた。それに加えて「肖像を」と望む声は引きも切らず——無論、ラファエッロ個人の手になる肖像なぞ今は望む術《すべ》もなく、ラファエッロの下絵、そして監修の工房《ボッテーガ》作が望み得る限りだったが、それでも待たされている注文主は許多《あまた》と聞く。私は言下に「無理でしょう」と言ってみたのだが、枢機卿は意に介せず「女の許《もと》に通う時間は前と変わらぬそうだ。さすれば私の肖像画など、たやすかろう」と聞き入れない。仕方なく私はサウリ枢機卿の依頼を告げに訪れたわけだが、如何《いか》に人当たりの良いラファエッロにしろ、この要望がすぐに叶うことはないだろうと思っていた。

ラファエッロは約束通り工房《ボッテーガ》の奥の部屋で私を待っており、依頼を告げるといとも簡単に「ありがたい仰せ、喜んでお受けします」とこたえた。

「良かった」と思わず言ってしまう。「まず無理だろうと思っていたのでね、これで私も意気揚々と戻れる」

「微妙ですね」とラファエッロは笑った。「喜んでお受けしますが、いつ取りかかれるか、いつ出来るかは申し上げられないからです」

「なるほどね」と私も笑ってしまった。これがラファエッロの敵を作らない立ち回り方と気付いたからだ。「幾つもの要職に就かれ、目の回るような忙しさと耳にしております」

――皮肉のひとつも言おうと思ったのだがやめてしまった。実際、いつも通りの天真爛《らん》漫《まん》な笑顔を浮かべてはいたが、肌は荒れ、目の下には隈《くま》、それに明らかに以前会ったときより窶《やつ》れていた。このような顔を前に無理強いできる者もいまい。「受けてくださっただけでも枢機卿は喜ばれることでしょう」

「すみません。猊下から仰せつかった仕事の合間に肖像画も進めてはいるのですが……」と、筆を置いた。横には緋《ひ》色の枢機卿の衣装に身を包んだビッビエーナの肖像画が有った。

「よく似ている」と私は素直に感嘆した。「感性鋭く見識高く、見るからに才気溢《あふ》れる面立ち。今にも皮肉が飛び出しそうな冷たい口許《くちもと》、潑剌《はつらつ》として意地悪そうな……鋭く、炯々《けいけい》たる眸、抜け目のない……」

ラファエッロが笑いだした。

「ジョーヴィオ殿はヴァチカーノ一の観相学者《メトポスコポス》とか。しかし『感性鋭く見識高く才気溢れる』までは認めますが、私はビッビエーナ枢機《すうき》卿《けい》を最も聡明《そうめい》な方と現したつもりですよ」

私も笑ってしまう。「才気溢れ聡明さを持て余すあまり、口から出るのは舌剣のみ。いや、褒め言葉のつもりです」

ラファエッロの笑いが止まり、真顔になった。「辛口の絵画批評、随分と耳にしております。ジョーヴィオ殿にかかっては誰も形無しとのこと。では、誰をお褒めになられますか？」

誰を？　そう問われてみるとローマに来てこの方、悉《ことごと》く貶《けな》していた。以前は絵画を見ても感想など述べなかったが……そう、「マザッチョ……」

「マザッチョ！」とラファエッロがすかさず聞き返し、私は初めて思いを口にしていたことに気付き後悔した。耳にしただけの名前である。しかしラファエッロは「フィレンツェのブランカッチ礼拝堂を御覧になられたのですか？　トンマーゾ・ディ・ジョヴァンニ・グイディですね？」と畳みかけるように続けた。「やはり思った通りの方、徒《いたずら》に貶すだけの方ではないと思っておりました。マザッチョの名を挙げた方など貴方《あなた》が初めてです。あれほどの偉大な画家だというのに」

「いや」と言いながらラファエッロの眸が喜びに輝いているのを見た。「確かにローマへの途次、ブランカッチ礼拝堂で一連の壁画を見ました。画家の名を問うとマザッチョと。

私の知識はそれだけです。だが、なぜ……偉大なら……トンマーゾを縮めて軽蔑《けいべつ》的な接尾辞を付けたような名で呼ばれているのです？」

我にも非《あら》ず殊勝に、真面目に聞いた。問われるまで忘れていた名である。だが確かに……あの壁画は私の心を捉《とら》え、無意識のうちにあれを基盤に見るようになっていた。そして満更間違ってはいないようだとラファエッロの眸《ひとみ》が言っている。私は素直にラファエッロを好きになりかけていた。

「何でも身なりにまったく構わなかったとか」とラファエッロは微笑んだ。「それに名声を博し、師匠と仰がれる以前に……ここローマで二十八の若さで逝ったとか。百年も経ってはいないのに、昨今マザッチョの名を口にする方もいません。さすがヴァチカーノ一の観相学者《メトポスコポス》と評判のジョーヴィオ殿」

「あそこの壁画はマゾリーニとの共作と聞きました」と喜んで言う。素直に感動を口にできたのはマルカントーニオ以来だ。「だが、感動した絵はすべてマザッチョ。彼の描いた人物の周りには空気を感じ、その皮膚の下には鼓動を、血潮を感じました。『楽園追放』のアダモとエヴァの嘆きと苦痛、羞恥《しゅうち》……」——そうだ、あの胸が張り裂けんばかりの嘆きの表情にコーモ……夏の地獄のコーモで見た人々の顔が重なっていた。「荒っぽい描写だが、初めてしっかりと地に足を立てた人間が描かれていると感じたのです。上っ面を貼りつけただけのような人間ではなく」

「ああ、その通りです」とラファエッロも感に堪えたように呼応した。「マザッチョは人間の存在を顕《あらわ》せました。単なる絵姿ではなく、そこに存在と感情を顕したのです。私が心を打たれたのもそこ、私よりずっと若いときにマザッチョは絵筆で顕せました。どれほど丁寧に描こうが……」と、ビッビエーナ枢機卿の絵に目を向けた。「ここには空気が通わない」

「いや、そんなことはない」と私は慌てて言った。そういえばラファエッロの絵を褒めたことがなかった。きちんと見てもいなかったし、感動したのは『アテナイの学堂』の下絵《カルトン》だけ……あの線は凄《すご》かった。マザッチョの「空気」もしっかりと摑《つか》んでいる。凡庸な画家ではない、とようやくにして思う。めでたい顔、軽い物腰……いや、レオナルド同様、容姿に騙《だま》されてはならない。いずれマザッチョを上回る絵を描くようになるかもしれない。

改めてラファエッロを見ながら私は真面目に話した。「注文殺到と評判の腕、見事ですよ。枢機卿の特徴をよく摑んでいるし、とにかく似ています。今までの肖像画ときたら大して似てもいないし、姿勢も杓子《しゃくし》定規。押し並べて真正面か真横の顔に強張った身体です。だがこの枢機卿の斜めに向けられた身体、重ねられた手と、実に斬新《ざんしん》です。このような肖像画を描いたのは貴方が初めてではありませんか」

「レオナルド師の絵を未《いま》だ御覧になられてはいませんね」とラファエッロはつぶやいた。

「素晴らしい婦人像を描かれています。私の肖像画など、その拙《つたな》い真似。お待ちください」

――そう言うとやおら部屋の隅に行き、机上から一枚の絵を持ってきた。「ほら、同じ姿勢でしょう。斜めに向けられた身体、重ねられた手、真似です」

確かに姿勢は似ていた。レオナルドがこのような婦人像を描いていたのだとしたら、確かに姿勢の斬新さにおいてはラファエッロに先んじていたのかもしれない。だが示された絵は素描《デイセーニヨ》と言うより覚え描きという程度のもので、大雑把に描かれたクレヨンの線からは何も感じなかった。

「初めて拝見したのはフィレンツェ、十数年前です」とラファエッロは続けた。「まだ素《デイセ》描《ーニヨ》の上に僅《わず》かに着彩したばかりという状態でした。それでも彼女は生きて……光り輝いておりました。そしてはっきりと空気も。あのような肖像画は未だかつて見たこともありません。私は帰宅するなりこれを描き……その後、何人も何人も、同様の姿勢で描き続けました。師はヴァチカーノにあの絵をお持ちになりました。まだ手を入れられています」

「十年前の絵を!?」

ラファエッロは空を見つめたままうなずいた。「凄い……恐ろしいほどの描写です。間違いなく世界一の肖像画になると確信致しました。師にして初めて到達された絵画、私なぞ到底及ぶところではございません。ジョーヴィオ殿、師もマザッチョを御覧になっている。そして師はマザッチョの空気を会得され、昇華されたのです。マザッチョに感動された貴方が、なぜ未だに師の絵を御覧になられないのか」——見たこともない苦悩の影がラファエッロの顔を覆い、私は初めて彼の言葉を信じた。反発する言葉も心も生まれない。そこには忘れていた真実があり、私は彼に深い同情と愛を感じた。ローマ一と持て囃《はや》されている画家が、殆ど無視されている者をこうまで敬うとは。ラファエッロは彼の真実を伝えている……「目になされば……ああ、参りましょう。ご一緒に」

「どこへ？」

「レオナルド師の所です。あの肖像画をぜひお見せしたいし、私も拝見したい。類稀《たぐいまれ》なる傑作、目にしても信じられないほどの素晴らしい肖像画です」

「レオナルドは……居るのですか？　まだヴァチカーノに……」

「居らっしゃいますよ」と言うと、外套《ヴェステイート》を羽織りさっさと部屋を出ようとする。

「まあ、ちょっと」と私は慌てた。「今ですか？」

――ラファエッロの後を追いながら戸惑った。凄い絵なのかもしれない。レオナルドもひょっとしたら……ひょっとしたら凄い男なのかもしれない。マルカントーニオ、フランソワ一世、ラファエッロ、これほどの男たちを感嘆させたのだから。だが「人を貶《おとし》めて楽しむとは」と私を見据えた緑の眸とまた会う勇気はなかった。一年近く経ってはいるが彼は私を覚えているだろう。忘れていたとしても思い出す。あの眸……バラバッロの象事件は殊の外猊下《げいか》を楽しませたようで、そう……レオナルドをプラトンとして描いたラファエッロの『アテナイの学堂』の在る書斎の扉にまで再現された――猊下は筒抜けだった部屋を「落ちつかぬ」と扉を付けられ、先頃個室とされた。ついては扉の図柄としてあの日のバラバッロを寄木細工で再現させたのだ――あの部屋に行くと私は象に乗ったバラバッロとプラトンのレオナルドを並べて見ることとなり苦い想いに満たされた。

「日を改めて」とラファエッロに声をかける。「いや、思いがけず長居をしてしまいました。この上なくお忙しい貴殿に、これ以上時間を割かせては申し訳ない」

「どれほど多忙であろうと、ガレー船の奴隷ほどに縛られてはおりません。まして師にお会いし、師の御作を拝見できる時間を惜しむなど。ありがたい機会を与えてくださいました。居らっしゃるといいのですが」

何を言おうとラファエッロの足を止められそうもなかった。仕方なく共に歩きながら居ないといいが……と思いつつ、無論居た場合どう対応しようか考える。まず落ちつかねば。冷静になれ、ジョーヴィオ、あの眸……いや、初めて会ったように振る舞うのだ。バラバッロの名が出ても惚《とぼ》けよう。ボローニャの事を自慢するかもしれない。老人は自慢したがる。そう、そんなことがありましたか、とでも言ってやろう。そうだ、徹底的に惚けてやる。そしてどんな肖像画であろうと辛辣《しんらつ》に批評する。よし、普段の調子が出てきた。


ベルヴェデーレの見覚えのある工房《ボッテーガ》に入ったが、あの柄の悪い独逸人《ジェルマーニ》は見当たらず、ラファエッロの声に出てきたのは以前会った赤毛の弟子だった。

ラファエッロは安堵《あんど》したように「ロレンツォ君」と声をかけると、突然の来訪の非を詫《わ》び「レオナルド師は？」と聞いた。

今度は私が安堵した。またも居なかったからだ。弟子を連れ、サン・パーオロ・フオリ・レ・ムーラ教会に行っているという。がっかりした様子のラファエッロはそれでもロレンツォと何やら話していたが、やがて「ジョーヴィオ殿」と振り向き、ロレンツォを先頭に奥へと向かった。仕方なく続く。前に見た「星を見る」とかいう部屋一杯の巨大な丸い物体には更に複雑な器具が取り付けられており、ますます訳のわからない物となっていたが、全体が埃《ほこり》で覆われていた。その先の小部屋に入ると油の臭いが鼻を刺した。布を掛けられた絵が画架の上に在る。縦は一ブラッチョちょっと、横は一ブラッチョ丁度くらい、肖像画としては大きめだ。

ロレンツォが聖遺物でも扱うようなおずおずとした手つきで布を取る。

「今、描かれている『洗礼者聖ヨハネ』の絵です」

闇の中から誘い込むような微笑……暗闇に浮かんだ上半身、そしてその微笑。後方の左手は闇に仄《ほの》かに浮かんで己の胸を指し、前面の光の当たった右手は人差し指を天に向けていた。指と平行して朧《おぼろ》に見える十字架状の杖《つえ》……そして闇に溶ける豊かな髪の、女のように傾げた顔、その微笑。これがレオナルドの絵。描かれた絵……絵とは信じられぬ、生きているような微笑み……何なのだ、いったい。言葉など出なかった。絵とも信じられなかった。私の前に闇が在り、聖ヨハネが居た。光の証人……神の使い……聖ヨハネ。淫蕩《いんとう》にすら見えるその笑み、その口許《くちもと》、その眸……。

ラファエッロに肩を摑まれ、私はようやく我に返った。

「如何《いかが》です？」とラファエッロは言ったが、私はこたえられなかった。舌が乾いており、口を開けたまま立っていたことに気付く。醜態を晒《さら》したような気がしたが未だ言葉が浮かばなかった。脳裏に渦巻く言葉、絡みつき粉々になった言葉。この私の……人文主義者、著述家のジョーヴィオの頭から言葉が消えていく。ラファエッロは構わずロレンツォを振り返り、「あの貴婦人の肖像画は？」と聞いた。

「あれは……」とロレンツォが困惑したように見回し、窓際の箱に目を向けて言う。「多分、あの中だと思います。あれは師の考案された画架で、今は箱、組み立てれば画架となるもの。あの中だと思いますが、私が勝手にいじることは出来兼ねます。お許しを、ラファエッロ様。師が居らっしゃれば良いのですが、今は……」

「ああ、そうですね、もちろん。ご不在中にこの絵を見せていただけただけでもお礼を申します」とラファエッロ。「婦人像は完成されましたか？」

「いえ、まだ。私から見れば充分と思いますが、『まだだ』と師はおっしゃいます」そしてロレンツォは微《かす》かに笑った。「二年前からずっと。思い出されたように取り出され、筆を加えていらっしゃるようですが、ご存じのようにほとんど色の見えないような薄い層の重ね方、毎日接している者の目には、どこに筆を加えられたのかもわかりません」

レオナルド！　物音で私は戸口に目を走らせた。足元に革袋を落とした黒髪の若い男が私たちの視線に戸惑ったように立っていた。知らぬ顔……だが、その男の目は私に向けられていた。

ロレンツォが「ジャン」と言い、その男が「パーオロ様」とつぶやく。

男はなおもまじまじと私を見たが「パーオロ様、パーオロ様でしょう？　コーモの」と目を輝かせて近寄ってきた。「ローマに居らしたなんて、ヴァチカーノに居らしたなんて、驚いた」――ロレンツォ同様の簡素な身なり、知り合いとは思われなかった。「ジャンです。ジョヴァンニですよ。コーモのお屋敷でお世話になっていたフィリッポ・リッツィの息子、マイヤ・リッツィの息子、窓拭《まどふ》きをしていたジョヴァンニ・ピエートロですよ」

まざまざと陰気な子供の顔が浮かび、目の前の青年と重なった。「ジャン？　ジャンピエトリーノ？　あの……」

「そうです、ジャンです。パーオロ様」

「これは驚いた。いや、何とも。だが、なぜ、ここに？」

「私は」と声を呑《の》むと、ジャンはいとも誇らしげに一気に言った。「今はレオナルド師匠の弟子です」

「何だって」信じられぬまま、その得意気な顔を見る。確かにジャンだった。屋敷で窓拭きをしていた子供。会う度にからかっていたが、ある日いなくなり、そのまま忘れていた。それが……レオナルドの弟子とは。なぜ、どうして……。

「ジョーヴィオ殿」とラファエッロが言う。「何やら旧知の方と会われたようですが、私はそろそろ失礼させていただきます。いえ、ジョーヴィオ殿はどうぞそのまま」

「いや、私も」と慌てて言う。何から何まで混乱していた。このまま一人、レオナルドの工房《ボッテーガ》などに取り残されては堪《たま》らない。「その……私もすぐに枢機卿《すうきけい》の所に戻らなければなりませんでした」――そしてジャンに向かって言った。「会えて良かったジャン。いずれまた。ゆっくりと」

「はい」とジャンは嬉《うれ》しそうにこたえた。

ラファエッロに続いて、そそくさと工房《ボッテーガ》を後にする。


『洗礼者聖ヨハネ』の絵は思い返す度に困惑を感じた。

あの日、ラファエッロには何も言わず別れ、ラファエッロも敢えて感想を求めもしなかったが、目敏《めざと》い男、私の困惑には気付き、多分——悦にも入ったはず。だが……いや……そう、認めよう。そう、ラファエッロも言っていたように、目にしても信じられぬような絵だった。闇は私の前に在り、聖ヨハネも私の前に在った。だが、絵なのだ。信じられぬ……あの微笑……。

帰宅し、枢機卿にラファエッロの言葉を伝え、早々に自室に戻っても衝撃は収まらなかった。聖ヨハネ。この世の者とも思われぬ顔だが、どこかで見たような……そしてようやくレオナルドの稚児と呼ばれているサライとかいう弟子に似ていることに気付いた。バラバッロが象から落ちたとき、一瞬目にしただけの男だが、香りが同じだ。香り……なぜ男や絵に「香り」という言葉が……淫《みだ》らな香り……淫蕩な香り……淫らで淫蕩な聖ヨハネ。だが、何と魅惑に満ち、生き生きと、生々しく……あの前に立ったとき、私の前に在ったのは闇と聖ヨハネ。それだけだった。ラファエッロもロレンツォも工房《ボッテーガ》も、いや私すら、ヴァチカーノすら、この世すら消えて闇と聖ヨハネのみ。信じられない……あのような絵が存在するとは。しばらくは脳裏に甦《よみがえ》る聖ヨハネと、今までの絵の概念、それにあれが絵だという衝撃、百万語を連ねようと言葉では言い表せないあの世界、レオナルドという男が創り上げた世界に動揺していたが、今や殊勝にレオナルドを認めるしかなかった。とんでもない画家だ。

自己の認識の誤りを認めたのは生まれて初めてだ。そのこと自体に私は動揺した。馬鹿にしきっていた老人。そしてあの絵とは思われぬ絵……。

困惑と動揺が収まると、私はラファエッロの言っていた「貴婦人の肖像画」なる物に強烈に想いを寄せた。ラファエッロは以前から『洗礼者聖ヨハネ』も貴婦人の肖像も見ているのだ。だが、私に話したのは貴婦人の肖像だけだった。そして『洗礼者聖ヨハネ』を私に見せた後でも、その肖像を見せようとしていた。同じ姿勢で何枚もの絵を描き、「未《いま》だかつて見たこともない」とも「世界一の肖像画」とも。それほどまでに称《たた》える肖像画、いったい誰の肖像だろう？　あれほど魅惑に満ちた聖ヨハネを顕《あらわ》す以上、女性の……貴婦人の肖像とあっては……想像を絶する。考えようもなかった。ラファエッロの覚え描き程度のクレヨン画では想像するべくもなく、『洗礼者聖ヨハネ』一枚しか目にしていない私には、ましてレオナルドの描いた女性像なぞ想い浮かばなかった。見たい。ヴァチカーノ一と言われる観相学者《メトポスコポス》パーオロ・ジョーヴィオの名にかけて、肖像画収集の第一人者となりつつある者として。見たい！　見るのは当然のことだ。

日を追う毎に想いは焦燥となり、苛立《いらだ》ちすら覚えるようになった。だが再び「レオナルドの肖像画を見たい」とラファエッロに仲立ちを頼む気にはなれず、まして一人ではどうにも訪ねにくい。まだ諸手《もろて》を挙げてレオナルド讃美者《さんび》になるつもりはない。今まで公然と馬鹿にしてきた男。内輪でとはいえ、我々の嘲笑《ちょうしょう》は耳に届いているだろう。『洗礼者聖ヨハネ』は確かに見事だったが、妙に女性的でもあった。卑しい目で見れば男娼《だんしょう》のような色香……いや、人間を超越した者の持つ蠱惑《こわく》というのが正しい。しかしソドマは何と言っていた？　レオナルドが男色者であるなら、自分の愛する稚児を描いたから、ああまで凄《すご》い絵を描けた……もしれない。男であるから、卑しく俗っぽい見方のほうが当たっているのか……だが、女性像は？　そう、貴婦人像を見るまでは認めまい。レオナルドには昂然《こうぜん》とした態度のまま、何気なく肖像画を見ることは出来ないものか。そうだ、ジャン……我が家の窓拭き坊主が居たではないか！　またしても忘れていたが、彼はあの日、戸口まで付いてきて私の住まいやら近況やら何かと問うてきた。ラファエッロの手前、昔の召使に親しげにされるのもどうかと思ったし、まして聖ヨハネを目の当たりにした衝撃で彼どころではなかったので適当にあしらって出てきたが、ここはひとつ慈愛溢《あふ》れるパーオロ様になるべきだ。ジャンを通してレオナルドと会おう。何気なく。これが一番だ。

私はレオナルドに手紙を書いた。ごく簡単に、軽く。絵のことには一言も触れず、ただ先日ラファエッロと共に訪ねたこと（これは、どうせもう弟子から聞いていることだろう）……ジャンと再会したこともあり、改めてお伺いしたいがご都合は如何《いかが》——これでいい。何気なく立ち寄る程度、肖像画が出ていればよし、出ていなくとも、そういえばラファエッロが先日——とでも切り出せる。

「返事を貰《もら》って来るように」と、従僕に手紙を託す。どうせ暇だろう。喜んで、即刻——と来るかもしれない。

九月も末、秋の風となっていた。無造作に選んでいた服を着替えようかと思う。あまりに仰々しくして礼を正して訪ねて来たとも思われたくはないし、かといってレオナルドより貧相になるのも困る。そう、彼はバラバッロの行進の際も、ボローニャでも、かなり気取った服を着ていた。ミケランジェロとは正反対、ひょっとしたらラファエッロより洒落者《しゃれもの》かもしれない。弟子においては金糸の線帯《レース》……猊下《げいか》並みの豪奢《ごうしゃ》な外套《ヴェスティート》だったではないか。

服を選んでいる間に従僕が帰って来てしまった。

彼は私の持たせた手紙に重ねて、私宛の手紙を差し出して言った。「レオナルド・ダ・ヴィンチ様は、本日明け方にローマを去られたそうです」

「去った？　旅行ではなく、引き払ったというのか？」

部屋の整理をしていた責任者から託《あず》かったという私宛の手紙を開く。ジャンからの手紙だった。

――パーオロ様、お目にかかれてとても嬉しく思いました。またお会いできるのを楽しみにしておりましたが、ローマを去ることになりました。突然ですが、師のお言葉なので従います。師はフランソワ一世のお招きをいただいたとかで、仏国《フランチア》に行かれると申しております。私は、どうなるか、まだわかりません。とりあえずミラーノに帰り、それから決まると思います。お元気で。またお目にかかれることを祈りつつ。　ジャン

仏国《フランチア》に……私は今までの躊躇《ちゆうちよ》を悔やむ間もなく、ベルヴェデーレの小宮殿へと駆けつけた。片付けていた者に「絵は?」と聞く。

望んでいた通り、レオナルドは去ったのだ。ローマどころかこの半島からさえも……。『洗礼者聖ヨハネ』――私が見たのは幻。忘れよう。マルカントーニオの言葉が甦る「損な性格だな、君も。その傲慢《ごうまん》さをいつか悔やむだろう」――いや、忘れよう。

第三章　一四九九〜一五一七年　レオナルド・ダ・ヴィンチの夢想

フランチェスコ、君が手に触るる水は過ぎし水の最後のものにして、来るべき水の最初のもの。時もまたかくの如し。歳月は時の娘。これほど速やかに流れ去るものは、何もない。

アッダの流れに小さな手を浸し喜びの声を挙げたフランチェスコの可愛い横顔。彼といると叔父《おじ》フランチェスコと過ごした幼年時代を取り戻したような至福感に包まれた。フランチェスコは私、私は叔父だ。私はフランチェスコとの間に叔父との幸せだった時を見いだし、フランチェスコから受ける絶対的な信頼と愛にまことの確信を持ったが、幼いフランチェスコは私に何を見いだしてかような信頼と愛を向けてくれるのだろう？　いや、幼かった私はただ無心に叔父を愛した。世界で唯一、叔父だけに絶対の愛を感じたから。と、すれば、私も無心にフランチェスコを愛すべきだろう。幼年時代を重ねることすら無垢《むく》に色を付けてしまうことになるのかもしれない。

アペニンの山脈《やまなみ》を縫うように、スタッジャ、ソラーノ、コルサローネ、サルティオ、アニャ、アンブラ、チュフェンナと許多《あまた》の川を呑《の》み込んだアルノ川はフィレンツェの手前でシエーヴェ川と合流し、更にムニョーネ、エマ、ビヤンツィオ、ペサ、そして生家のアンキアーノの丘を走る渓流ヴィンチオとも結ばれてピーサの西でリグリア海に注ぐ。トスカーナのアルノ川、ロンバルディーアのアッダ川、そしてアッダと繋《つな》がるポー川、水は私を惹《ひ》きつける。

ヴァープリオ・ダッタの館《やかた》に沿う何とゆるやかな運河の流れ。アッダの流れもここでは穏やかだ。だが上流のアッダは猛々しい顔になる。流れは川床の土を押し流して岸の形を変え、平地と見るや、そこに溢《あふ》れて新たな川床を作り、岩に当たれば押し戻され、もう一方の岸に向けて突き進む。滝ともなれば深く横たう滝壺《たきつぼ》に重圧となって落下するが、水底で抵抗に遭うと大きな回転に変わり、再び上昇するにつれ力を減じていく。落下には気体が混じり泡が生じ、回転は渦を起こす。波の形態と流れは少なくとも十二に区分できる。

一四八五年三月十六日——黒死病《ペスト》が猖獗《しょうけつ》をきわめるなか、皆既日蝕《にっしょく》。眼に差し障りのない装置を考える。二十歳の頃、ぞっとするような彗星《すいせい》が空を横切ったことがある。昼ですら明瞭《めいりょう》に彗星の長い尾が見えた。二十六のときには日蝕を見る。フィレンツェの天文学者であり医師であり地理学者であり数学者であり科学者であり哲学者でもあったパーオロ師に教えを受けていなければ、私も人々と同様の不安に駆られていたことだろう。

人々は月が自ら光を発していると思っている。誤解は世に溢れ、それを解くのは難しい。

イル・モーロの逃げたミラーノを後にヴァープリオ・ダッタで私はまたアッダ川と共にある。フランチェスコとジャンは避難したという。二人の無事を祈る。迸《ほとばし》る水の、耳を聾《ろう》する轟音《ごうおん》は、幼い頃のアルノ川の氾濫《はんらん》を甦《よみがえ》らせた。大洪水。水は地球を丸くするだろう。自然事象のすべては破壊への段階。世界は変転し、消耗を強いるあらゆる力に晒《さら》されている。

フランチェスコ宛に手紙を持たせると必ず戦争になる。サライよ、戦争はいやだ。私は降参している。おまえだって知っているはず。

アリストテレスは『万物は概して自己の本性を維持したいと望むものだ』と著した。水は本性を維持すべく運動し、岸辺は嚙《か》み砕かれ、ついには陥没に至る。水は山々を浸食し、渓谷を埋める。水は地球を完全なる球体にしてしまうであろう。

球体……この地が平らだなどと迷妄する輩《やから》はまだ多い。

パーオロ・デル・ポッツォ・トスカネッリ師からはプトレマイオス地理学を習い、更に北京《カンバルク》へは西から到達しうると伺った。山に登れば鳥の視界を得られる。鳥瞰図《ちょうかんず》を一度描けば、歩測と類推でどこにいても地図は描けるようになる。地表に目を落とし、天を見上げる。地理と天文学、そして星の運行。その後出会ったジェノヴァの男に私は海洋上で方角を知る方法、星で方角を知る土耳古《トゥルコ》の天文学を教えた。彼は世界の果て、海が滝となって落ちていると言われた西に向けて航海し、東にあるはずの印度《インディア》に着いたのだ！　だが、その男――クリストーフォロ・コロンボに続いて、メディチ家のロレンツォ・ディ・ピエルフランチェスコの銀行にいたアメリーゴ――アメリーゴ・ヴェスプッチがその先に更なる大陸を見つけ、そこは印度《インディア》ではない新たな大陸だとわかった。人々はその大陸の先になおも世界の果てが在ると言う。しかし、その大陸の西には北京《カンバルク》が在り、印度《インディア》が在ると私は確信する。

アメリーゴの名を取って「亜米利加《アメリカ》大陸」と名付けられた新大陸とは、昨年から奴隷貿易まで開始されたという。東の奴隷、西の奴隷、人の支配欲。限度のない欲望の肥大。醜い輩。

ヴァレンティーノ公――チェーザレ・ボルジアが亡くなられたという風聞を耳にして、真っ先に脳裏に浮かんだ言葉は「世の終り」だった。

公は人並み外れて美しく優雅、またあらゆる物事に不遜《ふそん》であり、更に残忍さも人並み以上の方だった。混沌《こんとん》としたこの半島を統一されようとした気丈な公をフィレンツェ共和国の書記官マキァヴェッリは希代の君主と崇め、残虐無比の殺戮《さつりく》をも致し方ない手段、政治のなかに犯罪はなく、目的は手段を正当化するとして認めていたが、手段を選ばすとあらば、己が身に返る刃が振りかかるも道理、公の死を嘆いて浮かんだ言葉ではない。だが、公の死と共にふいに浮かんだ言葉は脳裏から去らず、付きまとった。

「世の終り」など、物心付いた頃から何度も耳にしていた。アルノ渓谷で起きた巨大な竜巻……あれは四歳のときだった。巨大な鐘楼のように空中に舞い上がった砂、倒壊した家々、樹木、崩れた石垣、傷ついた動物、人、魚、鳥、それらの屍骸《しがい》……何もかも覚えている。十四のときにはアルノ川が氾濫し、大洪水に流域が襲われた。フィレンツェに出る前で私の側には叔父がいてくれた。「世の終り」と僧たちは声高に説教し、私は信じ、叔父が不安を解いてくれた。

数年前にはドミニコ会修道士サヴォナローラの説教にフィレンツェ中が悪酔いし、その残党は今も巷《ちまた》で繰り返し説き続けている。世の終り、終りが来る、と。

フィレンツェ政庁舎の大評議会室の壁画を依頼される。画題は『アンギアーリの戦い』、一四四〇年のフィレンツェとミラーノとの戦争である。ヴァレンティーノ公の死は戦いの終りではない。現にフィレンツェはピーサと交戦中だ。半島の至る所で戦争は繰り返し繰り返し起きる。この愚かな行為。人はなぜ愚行を繰り返すのか。

ヴィンチ村の叔父を訪ねるのは最も心安らぐときである。年老いた叔父は私のささやかな土産に恐縮するが、その眼差《まなざ》し、その言葉が、そんなものを遥《はる》かに上回る贈り物であることに気付かない。


一五〇四年七月九日、父が逝く。

ポデスタ宮公証人、我が父セル・ピエーロ・ダ・ヴィンチ。八十歳、息子十人と娘二人を残して。父の死によってもともと疎遠だった異母弟たちとの繋がりも消えるだろう。


鐘塔を飾る薄浮き彫りの『正義』の傍らは『イカロス』。「飛ぶぞ《ヴォラ》！」の声が甦る。

フィエーゾレで鳥の飛翔《ひしょう》を研究。新しい手帖《てちょう》は飛翔からだ。新しい羽ばたき機《オルニトッテーロ》。ああ、鳥になれたら！

『アンギアーリの戦い』の向かいの壁はミケランジェロに依頼された。彼が描くのは『カッシーナの戦い』だそうだ。彼は二十九、私は既に五十二だ。指の間から擦り抜けていく時の速さ！

ミケランジェロの謂《いわ》れのない悪意、ましてサライといるときに。彼の罵倒《ばとう》にサライは息巻いたが、私は耐えた。彼の憂鬱《ゆううつ》と私の憂鬱とは異なる。「我が喜び、それは憂鬱」と彼は豪語していると言う。外界に向けられた怒りに理性と感情は素直に従うだろう。彼もサヴォナローラに傾倒した一人だ。サヴォナローラがローマに投げつけた言葉は、ある面で正しい。だが物事のすべてではない。怒りに彩られた憂鬱に矛盾はない。羨《うらや》むべきことだろうか。この矛盾、理性と感情の不一致。私の怒りは存在の根本、そして私の裡《うち》へと向かう。私の憂鬱ははっきりと苦しみでしかない。

夜半、手帖に書き付ける。「忍耐は、衣服が寒さから守ってくれるように、辱めから守ってくれる。もし君が寒さが増すにつれて沢山着るなら、寒さは君を害することはできないだろう。ひどい侮辱を前にしたら、こんな風に君の忍耐を増したまえ。そうすれば侮辱は、君の精神まで達しはしないだろう」――そうだろうか？　彼の言葉通り、累々と残してきた未完成の作品。そして既に五十二歳だ。憂鬱を払うべく、アルキメデスの不完全な解答を解決しようと、円と等面積の正方形作図に掛かる。十一月、聖アンドレアの夜。甦《よみがえ》るミケランジェロの言葉。「貴方《あなた》は馬の塑像を作ったが、それを青銅《ブロンズ》に鋳造できなかった。更に恥ずかしいことに貴方はそれを放ってしまったんだ」そしてサライの言葉。「なぜ反論しないんです？　塑像用の二十四万リップブラ（七十二トン）の青銅《ブロンズ》を大砲用に回してしまったのはイル・モーロじゃありませんか。師匠のせいじゃない」――作図は二人の言葉を消せず、気が付くと蠟燭《ろうそく》の明かりも消え、夜も終り、紙面の終りにもなっていた。延々と描かれた図表。だが、何ひとつ見つけてはいない。またしても徒《いたずら》に時が流れただけ。私は老い、疲れ、時だけが……いや、時の流れに在るのは私一人ではない！　彼だって……彼だって……明けはじめた空に鳥たちの声が響きはじめる。そうだ、彼だって時のなかに在る。思考は希望にすがる。時を描いたなら、私の憂鬱も晴れるのではないか……。

おお、時よ、あらゆるものを焼き尽くす時よ！　オウィディウスの『変身譚《たん》』に解答があった――歳月という堅固なる歯をもって、少しずつあらゆるものを破壊し尽くし、緩慢なる死に至らしめる妬《ねた》み深き老齢よ！　ヘレナが鏡のなかの自分を見つめ、年齢が顔に刻み付けた皺《しわ》を見たとき、何ゆえ二度も誘拐されたかを、彼女は泣きながら自問するのだった。おお、時よ、あらゆるものを焼き尽くす時よ！　おお、それによって、あらゆるものが焼き尽くされる妬み深き老齢よ！

『変身譚』より今ひとつ——おおギリシア人たちよ、我が冒険の数々を語りうるとは思わない。貴方がたはそれを知っているとはいえ、私がそれを行ったのは証人もなく、夜の闇だけを共犯者としたのだから——昼の光は想いを拡散し、夜の闇は想いを募らせる。

肉欲の願望を抑制しない者は、彼自身を獣と同じ水準に置いている。

絶対的な愛と信頼、何ものにも代えがたい貴重なもの。わかっている、頭では。だが理性と感情は一致しない。魅惑的な美にどう逆らえよう。いや、そうだろうか、美を余すところなく描き、更にそれを鎮める方法……。

ダマスクの薔薇《ばら》の香りを放つ豹《ひょう》。

再びミラーノ。『アンギアーリの戦い』を残したまま、再びミラーノ。ミケランジェロの嘲笑《ちょうしょう》が浮かぶ。だが、もはや、どうでもいい。ミラーノに来て、私は息を吹き返した。ここでは刺《とげ》を感じない。マルコ、アントーニオ、ジャン、そしてフランチェスコとの再会！

私は感情を鎮静化しようと試みた。そして理性の象徴も得、試みは成されつつある。

叔父《おじ》フランチェスコの他界の知らせ。父のときには放棄したが、今度ばかりは、桑の木一本だっておまえたちには渡したくない。

とりとめない想いに引きずられる私の悪癖。「世の終り」と、脳裏での大合唱がまたも始まる。大洪水。だが、聖書の創世説話を、六千年前にあったという世界創造を、世界を覆う大洪水を疑ったのは、まだモーロ公が居たときだった。ノアの時代に起こった大洪水は世界を網羅するものであったのかどうか。水を観察し、地を観察し、自然を知るにつれ、否定せざるを得ない。洪水は神の怒りではなく自然の破壊へと進む本能に基づいた現象である。証明するために私は物語を思いつく。

書簡体の物語――ソリア（シリア）からアルメニアに派遣された男の手紙。『バビロニアの聖なるスルタンの代官、ソリアの総督宛』とする。ユーフラテス川の西方、チリツィアのカリンドラ、世界の最高峰タウロ山（タウルス）連峰を描く。続く手紙では太陽の熱は火を起こし、水は浸食する。世界の崩壊、だがノアなど現れない。人々は滅ぶだろう……。

ローマでの解剖は出来なくなった。

フランチェスコ、ジャン、個々の君たちを思えばいとしさしかないのに、こと人間として捉《とら》えると己の存在すら疎まれる。神はなぜ、命によって命を永らえさせるなどという仕組みを思いつかれたのか？　更に満たされても人は争う。実際、粗野で、素行の悪い、ほとんど知性のない人間らが、こんなにも美しい道具、かくも様々な機械仕掛けに値するとは、私は考えない。美しい臓器、驚嘆すべき生物の仕組み。だが表皮は醜く、殺し合い、引き裂き合い、貪《むさぼ》り合い、裏切る。人類は愚鈍で気が狂っている。

ヴァチカーノの饗宴《きょうえん》で敷かれる万を越す薔薇の葩《はなびら》は乱売された免罪符。キリストは新たに売られ、磔《はりつけ》にされる。ユダの巣窟《そうくつ》。

神の起こしたという大洪水は証明、否定したつもりだが、大洪水の魔力は未《いま》だ私を捉えたままだ。エトナ山とストロンボリ山の硫黄質の炎。荒れ狂う大洋、大暴風、津波、そして世界の崩壊。だがノアなど現れない。人々は滅ぶだろう。世界は自らの永続のために屍《し》骸《がい》を貪る。最後には灰と化した大地しか残らない。黒チョークで荒れ狂う水を描き、人を、動物を描く。一連の洪水の絵はようやく私を満たし、同時にまたも憂鬱《ゆううつ》な気分へと追いやった。

私は生きることを学ぶつもりだったが、死ぬことを学んでいる。

思考は希望に縋《すが》る。独りであるとき、私は全し私である。

時に照らし、美を鎮静化する試み。十年の時を費やし、それは別のものに変わろうとしている。優れた画家は本質的にふたつのものを表現すべきである。人物と、その魂。前者は易しいが、後者は困難である。

ラファエッロに問われ、こたえない。彼は「素晴らしきチェチーリア、我が最愛の女神」と書き付けて帰った。思いめぐらしチェチーリアしか思いつかぬとは！　会ったこともないのに、おかしな男だ。私は以前言ったはずだ。「画家はまず見ること」と。

私は新たなる一枚、溯《さかのぼ》った「時」の一枚を描こうと思う。時の娘である歳月よ、君が手に触るる水は過ぎし水の最後のものにして、来るべき水の最初のもの。

アルプスを越えねばならぬ。かつてアルプスの中央、ローソ山に立った——鳥よりも高く、雲を見下ろす地点まで登ったのだ。雲は薔薇色の原となって眼下にあり、その合間から氷河と糸のように曲がりくねった川を眺めた。全ヨーロッパを潤す四つの川の上に私は大鳥となって在った。天は抜けるような紺碧《こんぺき》、だがこの青はまやかし。見分けられないほどの微小な粒子状となった水分が太陽光線に照らされ、蓋《ふた》の如くにそれらを覆っている広大な闇を背景として輝いているのだ。青の向こうは無限の夜。今、夜は私と共にある。

王よ——アレクサンドロスとアリストテレスは、互いに師であった。アレクサンドロスには世界を征服することのできる力があった。アリストテレスには他の哲学者たちによって獲得された全科学を把握することのできる広大な学識があった。

ウェルギリウスの言葉――愛はすべてに勝つ。そして我々は愛に屈する。
「愛する」と「苦い」はともに「amare」と書く。真理。

真実だけが、時の娘であった。

第四章　一五〇六～一五一九年　ジョヴァンニ・ピエートロ・リッツィ

門を入って来るサライを最初に認めたのは僕に肩車をしたバルトロメオ。フランチェスコの弟だった。

「誰か来た」とつぶやく声に僕も外を見下ろし、門を開いたフィリッピーノの後に続くサライを目にしたとき、フランチェスコはもう一階への階段に足を掛けていた。

玄関広間への階段の途中でフランチェスコの足は止まり、追いついた僕の目にサライの笑顔、一年半振りだ。

「やあ、フランチェスコ」とサライは言い、「やあ、ジャン」と続けた。

フランチェスコは横柄にうなずくのみ。内心はレオナルド師からの手紙を受け取りたくて矢も楯《たて》もたまらぬ状態なのに、と可笑《おか》しくなる。だが、フィリッピーノは「ここでお待ちを」と言ったきりフランチェスコには会釈をしたまま、奥へと行ってしまった。

サライもサライで「きょうは君への手紙じゃないんだ、フランチェスコ」とからかうような笑みを見せる。「それに師匠からの使いでもない。ジローラモ様からの手紙を託《あず》かってきたんだ」

「父上からの？」と、初めてフランチェスコが口を開く。「なぜ、君が」

「頼まれたからさ」とサライ。「君のお、ち、ち、う、え、さまからね」

フランチェスコの透けるような蒼白《あおじろ》い顔に赤味が差し、僕は「どういうことですか？」と階段を降り、サライと向き合った。そして、何かが違うと思った。

サライの方が先に気付いた。「よお、ジャン。また背が伸びたじゃないか。もう俺と変わらないぜ、驚いたな。幾つになったんだ？」

「十八です」

「へーえ、十八？　こりゃあもう子供扱いもできないや。立派な従僕様だ」

サライは殊更に僕の四季施を眺めたり、爪先立って僕を見下ろしたり、互いの頭の上に掌《てのひら》を翳《かざ》したり、ふざけはじめた。それは従僕姿の僕を傷つけ、未《いま》だちびのフランチェスコを苛立《いらだ》たせ、更に焦《じ》らしてもいた。僕はサライが僅《わず》かに肥《ふと》ったことに気付く。僕より九歳上のはずだから、二十七だ。相変わらず目の覚めるような美貌《びぼう》だが、鋭かった顎《あご》の線が鈍くなり、腰のしなやかさも幾らか失われたような気がする。それでも醜くなったなどとはとても言えない。逞《たくま》しく、男っぽくなったと言うべきだろうか。

従僕頭のカンメッリが足を曳《ひ》きずりながら出てくると、サライは大袈裟《おおげさ》に頭を下げ「ジローラモ様からカンメッリ殿への手紙を託かってまいりました」と手紙を差し出し、そしてカンメッリが封を開く前に、ようやく僕らに打ち明けた。「今夕、ジローラモ様が、偉大なるレオナルド師匠をこちらに御招待。滞りなく準備されたし！」

「師匠が！」とフランチェスコの声。もう黙っていられるはずもなかった。「師匠がこちらに？　では、ではミラーノに……父上の所にいらしたのか」

「さよう、ごもっとも」――気取ってフランチェスコにお辞儀をするとサライは「驢《ろ》馬《ば》に水をやって欲しいんだが」と、僕を見た。

驢馬に、ではなく、自分に酒をってことだ――手紙を読んでいたカンメッリがうなずき、僕は「こちらへ」と、サライを厨房《ちゅうぼう》に案内する。

フランチェスコの「父上からの手紙を見せろ」とカンメッリに言う声が背後から聞こえた。レオナルド師がミラーノに。とうとう、ミラーノに。フランチェスコは追ってこない。若様は厨房なんかには来ないものだ。師匠がミラーノを去られてから七年、サライは五回ほど師匠からの手紙を持参した。いつもフランチェスコ宛。フランチェスコがサライに師匠の近況を聞いていたのは最初の二度ほど、後は黙って手紙を受け取るだけになった。厨房で僕がサライを労《ねぎら》い、師匠の近況を聞く。そしてフランチェスコが読んだ手紙の内容と、僕が聞き出した師匠の近況を、その後半年ばかり、互いにそれとなく探りながら情報を小出しにして確認し合う。年々フランチェスコの気位は高くなり、無邪気に従僕風情と師匠の話に興じることを恥じているようだった。だが、遂に会える！

厨房に入るとパイの焼ける香ばしい香りが鼻孔を満たし、唾液《だえき》が湧いた。

「カルロッタ！」とサライが声を挙げる。「俺のいとしいカルロッタ！　何ていい香りなんだ！」

年に一度、来るか来ないかのサライは、砕けた言葉と何より美しい面立ちで女たちにもてた。そして懐でからからと乾いた音を立てる骰子《さいころ》で男たちにも。

今まで……フィレンツェから、ロマーニャから、師匠からの手紙を持参するサライは厨房で労われ、一晩泊まって師匠の所へ戻っていた。最初にサライが来たのは師匠と別れてから二年目、僕の胸は張り裂けそうで、ありとあらゆる質問をした。翌朝、サライが去るときには、付いていきたい思いと、羨《うらや》ましさで胸が一杯になった。そして翌年、またサライが来たときにも。だが、別れはあまりに長く、師匠の手紙はいつもジローラモ様かフランチェスコ宛、僕も子供ではなくなる。十五になり、師匠がフィレンツェに落ちつかれ、政庁から政庁舎ヴェッキオ宮殿の大会議場の壁画を依頼されたと聞いたときには、希望が薄れるのを感じた。少なくとも会うことができれば、まだ心情を吐露することくらいできる。だが、フィレンツェはあまりに遠く、ミラーノにすら勝手には出られない一使用人の行かれる地ではない。その後サライが来たのは昨年の春、僕はもう「弟子に」などという歳でもなければ、母共々、メルツィ家の使用人でしかなかった。今夕、師匠が……やっと、師匠が……だが、七年の別れは長すぎる。それでもサライに聞かずにはいられなかった。生返事であろうとなかろうと、どんな絵を描かれ、どんな風に暮らされ、どんなことをなさっているのか。そう、最初からわかっていたんだ。最初から師匠の目に映る僕はメルツィ家の使用人。紙やペンをくださったのも、描き方を教えてくださったのも、友人の息子の機嫌を取るついでの優しさ。ああ、むしろフランチェスコにだけ紙を与え、ペンを与え、僕を厨房へ追いやってくだされればよかったものを。優しさを恨み、そして懐かしみ、そして憧《あこが》れ、お会いできないまま、僕はもう大人。四季施も板に付いた従僕だ。それでも僕はサライに聞いた。「レオナルド師はどのくらい滞在できるの？」——だが、すぐにフィリッピーノに呼ばれる。久々のジローラモ様のご帰還と高名な来客の知らせに、館《やかた》中がおおわらわだった。

そして、ついに……大きく開かれた門から馬車が……レオナルド師が……だが、懐かしさの前にフランチェスコの行動に僕は呆《あき》れ、声も出なかった。

師匠が家に入られるなり、僕の脇を擦り抜けフランチェスコが飛んでいった。そして小さな子供のように師匠に抱きついたのだ。二、三ヵ月に一度、ミラーノの館からジローラモ様がお帰りになられるときだって気取った会釈をする程度、弟のバルトロメオだってただの一度も抱いたことすらないフランチェスコ。未だ誰にも触れず、触れさせないフランチェスコが師匠の胸に飛び込み、抱かれている。今までの意地も沈黙も、年毎に大人びる振る舞いも、何もかも捨てて。「師匠《マエストロ》」と言ったきりただ抱かれていた。だが、大きな師匠に抱かれると、華奢《きゃしゃ》な身体は少女のようで、十三歳の子供に返る。

これにはジローラモ様も唖然《あぜん》とされたように眺めるのみ、やがてフランチェスコを抱きしめていた師匠が僅かに身を離し「大きくなられましたね」とまじまじとフランチェスコを見つめ、溢《あふ》れるような笑顔を浮かべた。「私のフランチェスコ殿、立派になられた」はにかんだようなフランチェスコの笑顔は、正に七年振りの、師匠にしか見せない笑顔だ。そして母に手を引かれたバルトロメオがおどおどと近付いた。

　ジローラモ様の「バルトロメオです。八歳になりました」との声。

「これは、これは……」とフランチェスコから離れた師匠がバルトロメオの前に膝《ひざ》をつき、手を取る。「お小さいながら凜々《りり》しいお顔、ジローラモ殿によく似ていられる」

　バルトロメオも安心したような笑顔になった。そして、そして師匠が顔を上げ「ジャン！」と僕に言われた。「これは驚いた。ジャン。すっかり大人になって」

　ああ、そのとたん、年月などどこかに飛んでしまった。温かく優しい眸《ひとみ》にいじけた心もこだわりも。それでもフランチェスコのように師匠に抱きつかなかったのは、ここがメルツィ家の広間で、御主人様やフランチェスコ、母、カンメッリ、フィリッピーノ、レジーナ、カルロッタ等々、日常の持ち場のなかに居たからだ。辛うじて自制し「しばらくでございます」と言ったものの、声は震え、涙が溢れてきた。紛れもない師匠が目の前に立たれ、その眼差《まなざ》しを浴びている。だが、かつて見上げていたお顔はずっと間近になり、優雅な面立ちを縁取っていた燃えるような金髪が色褪《いろあ》せ、皺《しわ》の深さが目についた。そして師匠の肩越しにフランチェスコの冷たい眼差し。僕は頭を下げ、退く。

　ジローラモ様とフランチェスコに挟まれ、レオナルド師は二階への階段を上がっていかれた。そして当然のようにサライが意気揚々と後に続く。

　メルツィ家と来客の夕食、そして食後の歓談。――厨房から窓越しの灯火を眺め、川音に混ざってリラ・ダ・ブラッチョの微《かす》かな響きを耳にする。サライのように……

七年前、弟子になっていたら、僕もあの中に居られたことだろう。

そう思ったとたん、サライが厨房に現れた。

「やあ、こっちも食事が済んでるね。あっちは音楽が始まった。眠くなるだけだよ。君たちの用事も一段落だろう? フィリッピーノ、サヴェリオ、ファンフォイア、一勝負しないか?」と骰子を手の中で鳴らした。――サライが泊まるときは、いつだって廏舎《きゅうしゃ》に隣接したサヴェリオの小屋で博打《ばくち》が始まる。無論、御主人様もフランチェスコも知らないこと、五年ほど前から中風気味で、食後早々と自室に引き上げるカンメッリも知らないし、バルトロメオを寝かしつけた後は自室に引き上げてしまう母も知らない。そして後の男たちは大喜びだったし、女たちもサライには弱かった。だが師匠がご一緒された今夜まで、そんなことを言いだすとは思わなかった。サライは「ジャン、おまえだって、もう出来るだろう?」と、屈託ない笑顔を僕にまで向けた。

「私はしない」――博打は母からきつく止められていた。そうでなくとも興味もなかった。自由な時間は少なく、博打に使えるような金もない。絵と勉強――フランチェスコが一日の大半費やせることを、僕は夜の僅かな時間でしなければならないし、金は画材に消えていた。

サヴェリオの息子で七歳になったばかりのポーリが「『五十《チンクアンタ》』だろ? 僕も出来る」と僕らの間に立った。

「無花果《いちじく》じゃ賭《か》け金にならないぞ」とサライはポーリの手から無花果を取り上げるとかぶりつき、もう一度僕を見た。「無骨者！」――だが、笑顔のままだ。「師匠が何か言ってきたら適当に頼むぜ」

「聞きたいことがあるんだ。いろいろ」

「勝負しながら話せるぜ」サライはぞっとするくらい美しい笑みを浮かべると、もう一度誘うように「来いよ」と言いつつ、男たちと出ていった。

開け放った木戸から忍冬《すいかずら》と茉莉花《ジャスミン》の香りが流れ込み、厨房の橄欖《オリーヴ》油と大蒜《にんにく》の香りを押しやった。

川音と蟋蟀《こおろぎ》の鳴き声と微かな楽器の音……厨房《ちゅうぼう》の隣の部屋からは紡錘のぶんぶんいう音に混ざって女たちのひそひそ話……同じ屋根の下に師匠が居られる。夢のようだ……。

肩にかかった手に顔を上げるとレジーナだった。

「レオナルド師匠が寝室に入られたよ。これをお持ちして」――盆に載っているのは温めた牛乳だった。

思わず「ありがとう」と抱きつく。レジーナには何だってわかるんだ。本来、持っていく役のカルロッタも僕を見て笑っている。

「冷めてしまうよ。ジャンピエトリーノ」とレジーナも笑った。

そして……僕を認めると、師はまた蕩《とろ》けるような笑顔を浮かべてくださった。盆を置いたとたん、今度こそしっかりと抱いてくださる。

「ジャン……ジャンピエトリーノ、何と大きくなったのだ。こんなにも長く離れていたなどと、どうして信じられよう。ほんとうにすっかり大人になって。いや、抱いたりして馴《な》れ馴《な》れしいと思われたかな？」

「いいえ」と言いながら涙が溢れた。「いいえ、いいえ」――「いいえ」としか言えない。ようやく「どれほどお会いしたかったか」と言うと、また抱かれた。

「よかった。あまりにも大人になったのでね」と耳元に柔らかな声。「馴れ馴れしい態度を取っては君の気を損ねるだろうかと……少し怖《お》じ気付いていたくらいだ」

「師匠が！　私に？」――可笑《おか》しそうに笑うレオナルド師に、僕も笑ってしまう。そして胸が詰まった。「子供のときのように、フランチェスコと同等というわけにはいきませんからね。もっともあの頃だって、師匠がそのように扱ってくださっただけです。でも、今だって他の従僕よりは優遇されてますよ。今は、フランチェスコよりバルトロメオのお相手役みたいになってますけど。カンメッリの、カンメッリはこのところ具合が悪くて。だから私はカンメッリの代わりみたいな大切なお役も勤め、ああ、何を、ようやく師匠にお会いできて、二人きりでお会いできたというのに、何て馬鹿なことしか言えないのでしょう。師匠、師匠とお別れして、こんなに長くお会いできないなんて思いもせず、私は絵を……ああ、うまく話せません。何だか胸が一杯で。可笑しいですね。お話ししたいことがありすぎて、やっとお会いできたのに、やっとお話しできるときが来たのに、ああ、ごめんなさい。勝手にこんなお喋《しゃべ》りをしてしまって」——声が詰まり、蠟燭《ろうそく》の炎が揺らぎ、師匠の眸に合い、口を噤《つぐ》んだ。僕は感情のままに口走りすぎていた。そしてそれはレオナルド師を驚かせてしまったようだ。

「ジャン、夜は長い。お坐《すわ》り。疲れてなかったら、久しぶりに会ったのだ、ゆっくりと話そう」——そして、坐った僕の前に、僕が持ってきた牛乳を差し出し、僕の両手に握らせた。「少し冷めてしまったが、よかったら飲みなさい。私はもう充分にいただいた」

飲み物を運んだ使用人としては有るまじき行為だったが、僕は牛乳を飲んでしまった。喉《のど》が渇いて貼りつきそうな感じだったのだ。温かい牛乳は喉を潤し、再び声を出せそうだった。感情は乱れ、気持ちの整理もつかないまま、僕は口を開いた。呆れられてもいい、今、言わなければもう絶対に言うことなどできない、という思いに身を任せ、「弟子にしてください！」と口に出していた。——弟子になることだけを思い詰めていたかつての自分、レオナルド師がミラーノを去られてからも再会できることだけを思いつつ過ごしていたこと、十五になり、十六になり、去年、今年となってからは、もう弟子となるには歳を取りすぎてしまっただろうかと絶望していたことなど……。多分、支離滅裂だったろうが、口を噤んだら、もう続けられないという思いだけで話し続けた。

ようやく言い終えてもレオナルド師は何もおっしゃらなかった。僕から目を逸《そ》らし、その眼差しは困惑されたように机上の蠟燭の、紙の、赤いチョークの、牛乳の上を彷徨《さまよ》われていた。またしても川音に包まれ、蚊の羽音が耳につきだした頃、師匠の手が肩にかかり、声が背後から聞こえた。

「許しておくれ、ジャンピエトリーノ。君の気持ちに気付かなかった。私はフランチェスコと君に紙やチョークを与えたが、私の弟子になどと思ったことは一度もない。フランチェスコはジローラモ殿の御子息、ゆくゆくはここの御領主に成られる方だと思っていたし、君もメルツィ家に仕える人間、ずっとフランチェスコを助けて付き添う人と思っていた。絵を教えたのも楽しみの糧、教養のひとつとして喜んでもらえればと思ったにすぎない。君を惑わせ、苦しめるつもりはなかった」

「苦しめるなど……絵は私の唯一の悦《よろこ》び。師匠のお言葉も。ただ師匠のお側に居られたら、絵を指導していただけたら、と……勝手に思っただけです」

「ありがとう、ジャン、ジャンピエトリーノ。だが、君たちと出会い、あのままミラーノに居たとしても……いや、過ぎさったことを言っても仕方がない。ジャンピエトリーノ、君は君の母上と共にこちらに仕える人だ。フランチェスコを支え、バルトロメオの見守り役としてジローラモ殿の信頼も厚い。私はジローラモ殿の友として、客としてこちらに伺っている。私の一存で君を弟子としてここから連れ去ることは出来ないよ」

「わかっています。私ももう十八、こちらでお世話になりすぎている。弟子になって修業する歳でもありません。諦《あきら》めはついています」

「いや、君を拒否するつもりで言ったのではないよ。ジャンピエトリーノ、絵を好きになってくれたのは嬉《うれ》しいことだ。それに君はさっき、母上からいただいたお金を月謝にしようと貯めていたと言っていたね？　私と別れた後も、マルコから聞いて画材を買い、絵を描き続けたと。あの頃だって、君の気持ちを聞いていたら、君からお金など貰《もら》おうとは思わなかったろう。払える弟子からはいただくが、払えない者からはいただいたことなどないよ。君の絵を……良かったら見せてもらえるかな？」

「今ですか？」

レオナルド師は「眠くなければね」と微笑まれた。「ただし、密《ひそ》やかに。皆、もう眠っているだろうから。君の気に入ったものを二、三枚」

「はい！」

帷《とばり》の向こうに母の寝息を聞き、息を潜めて三枚の絵を選び、抱えてきて、師匠に差し出す。胸がどきどきした。師匠から伺った言葉を思い出し、その後はミラーノに残ったマルコから聞いたことを頼りに、細々と描いてきたものだ。

フランチェスコはあれからも修道院に通い、『最後の晩餐《ばんさん》』の模写を始め、付き添った僕も模写することが出来た。僕が持参したのは僕の唯一の油彩、『最後の晩餐』の模写と、あとは母とバルトロメオをチョークで描いた二枚だった。

レオナルド師は部屋中の燭台《しょくだい》を机上に運ばれて、僕を待っていた。盆くらいの大きさの板に描いた模写は、六年間、塗り重ねすぎて分厚くなっていた。自分では精一杯描いたつもりだけれど、いざ師匠の手の中に見るととてつもなく無様なものに思える。多くの炎に照らされると重ねた筆の跡までが影に浮き立ち、なおのこと酷《ひど》い絵に見え、身が縮む思いだった。――これで弟子に、と笑われる――だが師匠は何もおっしゃらず、笑いもしなかった。しばらくして「独学でよくここまで描いたね」と静かに言われただけだ。

「ミラーノに行く度に、マルコに教えてもらいました。下地の塗り方から下絵の描き方、絵の具の溶き方、混ぜ方、描き方……でも描けば描くほど酷くなるような気もして」

声を途切らせ、目も逸らしてしまった僕に「これは、とてもいいよ」と師匠の声。母の絵だった。

「線が綺麗《きれい》だ。強弱はないが、よく習練した線、それに誠実な線、対象への愛に溢《あふ》れた線、よく観察し、写そうと努力した線だ。これはバルトロメオだね。これもいい。ジャン、師匠たちの師匠は自然、神の創り賜う自然だよ。絵を描こうと思うのなら、人の描いたものを模写するのではなく、まず自然を、周りにある自然をよく観察し、それを写しなさい。人、動物、虫、魚、植物、空でも石でも何でもいい。自然こそが師匠だ。皆が模写しているからと、私の絵など模写することはない。模写はその画家がどう描いたかという技術を知るための習練、その画家以上の絵にはならない。技術的な習練で、最初からすることではないよ。ペンやチョークでとにかく身近なものを描きなさい。木の葉一枚でも写し取るのは難しいのだよ」――それから師匠は机上のチョークを手にされ「手を加えてもいいかな？」と聞かれた。うなずくと母の顔の上に師匠の左手が二、三度動き、突然、母の顔が生き生きと浮かび出た。魔術だ！　ない瞬きするほどの僅《わず》かな時間に、僕の絵は信じられないほど変貌し、母の顔に命が宿る。どうして……こんなことが！

「ほんのちょっとした線のずれ、そして濃淡、これで表情が変わる」と師匠。「それを摑《つか》むには描くことだよ。自然を手本にね。観察し、分析し、推論し、実験する。ジャン、君を私の手許に呼び寄せることは出来ない。君が私の許に来たいというのは絵を描きたいからだろう？　絵はどこでも描ける。現にこうして描いているじゃないか。君が望むならいつでも君の絵を見、君の疑問にこたえられる限りこたえよう。習練の時間は取り辛《づら》いかもしれないが、目が見え、手が動く限り絵は描けるのだよ。自分の望む絵、描きたい絵を描くということは期限つきのものではないし、実際に描いているときだけが習練というわけでもない。バルトロメオの相手をしながらでも観察は出来るだろう。バルトロメオの顔の表情、大人にはない柔らかな肌、目や鼻や口の釣り合いも大人とは違う。長い睫《まつ》毛《げ》、あどけない眸《ひとみ》、可愛い鼻をよく見なさい。それはすべてに言える。生き物でなくともいい。この器、この燭台、この机、蠟燭の光、それが作る光と影、描くには見ることだ。まず、よく見ること。それはどこでも、いつでも出来る」

じりじりと音をたて、一本の蠟燭の炎が消えようとしていた。溶けた蠟に埋もれた芯《しん》の先で小さくなった炎が揺らぎ、瞬き、微かに息を吹き返し、蠟の海に消えた。天空に輝いていた月も視界から消え、随分と遅い時間だとわかる。幾分暗くなった母の絵は、それでも生き生きと薄闇のなかから僕を見つめていた。

僅かの時間でこれほどまでに変わった母の絵に、未《いま》だ信じられぬ思いだった。これを描くのに半月かかった。でもレオナルド師は瞬きするほどの時間で、それを見違えるほど凄《すご》い絵に変えてしまった。歴然とした力の差。直されたことで却って自分なりに満足していた絵が、如何《いか》に稚拙だったか、如何に未熟だったかを知らされ、僅かな手入れで見違えるほどの絵にされてしまった師匠の凄さを知る。聞きたいことは山ほどある。どこをどうすればこのように変貌するのか。バルトロメオの絵にも師匠の手を入れていただき、ゆっくりとその行程を見せていただきたい。チョークをどのように持ち、どのように動かし……いや、指で押さえてもいらしたはず。

だが、「もう、こんな時間だ」とおっしゃる声。「つい、一人で話してしまった。君は早起きしなければならないのに、休む時間を奪ってしまった。悪かったね、ジャン」

「いいえ」と僕は立ち上がる。「私こそ、師匠の貴重なお時間を割かせてしまいました。師匠、これからは前のようにお会いできるのですか？　もう、ずっとミラーノに居らしていただけるのですか？」

「そうだといいのだが……私はショーモン伯に招《よ》ばれてミラーノに来たのだよ。取り敢えず六月から三ヵ月間の滞在という約束でね。伯爵はフィレンツェ政庁の仕事から私を解き放ってくださった」

「六月から三ヵ月ですって！　では……では、来月には、またフィレンツェに？」

「との約束だが帰りたくない」とレオナルド師は微笑まれた。「いずれにしろ、二、三日はここで過ごさせていただく。明日また会おう」

「はい」

絵を抱え、自分の部屋に向かいながら、僕は混乱しきっていた。師匠にお会いできた喜び、積年の思いを伝えた解放感、わかってはいたが動かし難い僕の立場、そして身分、それでも絵は描けるということ、弟子でなくとも、こんなにずっと僕のために時間を割き、助言してくださった。何とおっしゃった？　模倣《はんすう》は……自然を観察……よく見ること……いつでも、どこでも……師匠から伺った言葉を反芻しながら、すぐに踵《きびす》を返して戻りたい気持ちを抑えるのがやっとだった。


早朝から師匠の居室の露台からフランチェスコの晴れやかな笑い声が聞こえてきた。遠目で見てもフランチェスコの顔は少女のように華やぎ、涼やかな笑い声は絶え間ない。これには僕ばかりでなく、館《やかた》中の者が呆れていた。やがて朝食、そしてフランチェスコはいつも通り教会へと出かけた。日曜のミサは無論のこと、彼の教会通いは日課となっている。彼の祈りは言わなくてもわかっていた。レオナルド師のお帰りだ。だが師匠とお会いした今朝まで行くとは思わなかった。そして、僕は師匠に召《よ》ばれる。

レオナルド師は「ジローラモ殿に滞在中、君をお借りするとお断りしたからね」と、僕を安心させ、上等の紙とチョークを差し出した。「自分の左手を描いてごらん」

全体で物を捉える見方、明暗の把握の仕方、チョークの持ち方から描き方まで……夢のように時が過ぎる。そして扉を叩《たた》く音が聞こえ、フランチェスコが帰ってきた。

「主に感謝の祈りを捧《ささ》げてまいりました」とフランチェスコは僕を見下ろしたまま言った。「師とまたお会いできたことを」

「そう、ちょうど良かった。今朝、貴方《あなた》にお教えしたことをジャンに言い終えたところです。昔のように、これで揃いました」――露台の卓子から紙を持って来る。左手の絵だった。フランチェスコが描いていた絵。チョークの色も同じだ。「一人で描かれるより、二人で描いた方がいい。工房《ボッテーガ》の弟子たちにもそうさせています。互いに相手の絵を見ながら励むことができるし、独断に陥りませんからね」

僕は思わずフランチェスコから目を逸《そ》らしたが、フランチェスコは驚いたことに「はい」と椅子に坐《すわ》った。すぐに紙を手元に引き寄せる。

師匠がおっしゃる。「では互いに左手を差し出して相手の手を描いてみなさい。自分の手では見えない角度です」

黒く無骨な僕の手と、白くなよやかなフランチェスコの手。だが描いてみると僕の描いたフランチェスコの手は僕の手のようにごつく、フランチェスコの描いた僕の手はフランチェスコの手のように美しい手となった。師匠が微笑まれる。「画家は得てして自分に引き寄せて描いてしまうのですよ。人の顔を描いているつもりで自分の顔を描いてしまう。手も足も。互いを描くということは、よく観察し、客観的に物を見る訓練にもなります」

　そして改めて個々の絵を批評、指導してくださった。知らず知らずのうちに師匠はフランチェスコと共に、僕も絵を描けるように、そしてフランチェスコもそれを認めるように持っていってくださった。師匠の言葉にはフランチェスコは呆《あき》れるほどに素直だ。

　夢に想い描いた時……師匠の指導を得ながら、思う存分絵を描く。至福の時はレオナルド師のヴァープリオ・ダッタ滞在中、ずっと続いた。


　師匠がミラーノに帰られてからも、フランチェスコは絵を描くときは昔のように僕を侍《はべ》らせ、共に描くようになった。呆れるほどに師匠の言葉に忠実に従い、師匠のおっしゃった言葉を繰り返す。喜ばしいことに、僕はフランチェスコの命令で仕事の一環として共に絵を描くこととなり、紙やチョークまでフランチェスコの物を使えた。頑《かたくな》に大人の真似をし、僕を退け、孤独に背伸びしていたフランチェスコは、師匠に会ったとたん、師匠の言葉ばかりを繰り返す十三歳の少年に戻った。気位の高さや横柄な物言いは変わらないが、表情は和らぎ、幾らか優しくさえなった。ミラーノへの遠出は無論頻繁になる。

ミラーノは今、仏国《フランチア》王ルイ十二世の治下にあるが、レオナルド師は公国の総督ショーモン伯シャルル・ダンボワーズに招ばれていらしたという。仏蘭西人《フランチェーゼ》たちの居城となった宮廷内での師匠の評判はイル・モーロの治世時と何ら変わらぬ、いや、昔からの弟子、アントーニオ――ミラーノの貴族ジョヴァンニ・アントーニオ・ボルトラッフィオに拠《よ》れば、それ以上の信頼と好意に満ちたもので、厚遇されているという。現に八月半ば、ショーモン伯は師匠のミラーノ滞在を延長すべく、フィレンツェ共和国に手紙を出され、師匠御自身もお帰りになる気は一向にないとか。フィレンツェの師匠の所とミラーノを往復していた予言者《リンドヴィーノ》こと、トンマーゾ親方の本拠地はミラーノで、そこで留守を守っていたマルコやアンドレーアを始め、皆、師匠がミラーノにおられるのは本来のことと再び活気に満ちた工房《ボッテーガ》となった。料理を作っていたマトゥリーヌも居たし、マスティフ犬のフィドやグレイハウンド犬のビアンキーナ、猫のロズィータも御主人を忘れてはいなかった。更にアンドレーアの紹介で、ベルナルディーノ・ルイーニが新たに弟子入りした。僕と同年だが、既に基礎は出来ている。

ショーモン伯は東門の側に御自分の大きな館《パラッツォ》を建てようと思われたそうで、その建築から庭まですべてを師匠に委《ゆだ》ねられたという。また王宮の行事から祭典の相談も何から何までレオナルド師匠抜きではあり得ないとばかりに相談が相次ぎ、師匠は多忙を極めた。十二月には滞在延長の手紙が再びフィレンツェに出され、一月にはブロワに居られる仏国《フランチア》王御自らの命令で書かれた同様の手紙が送られたという。御主人様は師匠がミラーノを去られた後宮廷に戻られ、ミラーノ在郷軍隊長となられており、ミラーノの屋敷に住まわれる方が多かったが、我が事のように誇らしげにおっしゃられた。「王はフィレンツェの使者が持参したレオナルド師の新しい絵を御覧になられて驚嘆されたそうだ。師匠の絵を所望され、御自身がミラーノにいらっしゃられるまで師匠がミラーノに留《とど》まれることを断固として望まれたとか。『フィレンツェに帰してはならぬ。フィレンツェ政庁の仕事など続けるには及ばぬ』と側近に申されたそうだ」

もともと、ミラーノに残されていた師匠の作品——サンタ・マリーア・デッレ・グラーツィエ修道院の『最後の晩餐』、サン・フランチェスコ・イル・グランデ聖堂の『聖母』等々に魅せられていた宮廷中の貴人たちすべてが、師匠にお会いしたとたん、師匠の博学、師匠の高貴な容貌、師匠の優雅な所作にも魅了されたと言うべきだろう。「イタリアの洗練、イタリアの優雅の象徴」と、どこに行っても師匠の言葉は尊重され、その所作は感嘆の対象となった。それは僕らにとっても誇らしいことだったが、反面、僕らの相手をしてくださるお時間も以前のようには作れなかった。

サン・フランチェスコ・イル・グランデ聖堂の『聖母』も、王の所望でもう一枚描かれることになる。かつて共同制作に当たっていたティチネーゼ門傍らに住む美術家の一家、プレディス家のジョヴァンニが師匠の絵を模写、師匠が仕上げをなさるそうだ。サン・クリストーフォロ運河改修の監督も任され、どこに行っても引き止められ、お身体は幾つあっても足りないという有り様だった。師匠がフィレンツェから伴った弟子、ロレンツォは僕と同年だったが、ミラーノ中を嬉々《きき》として走り回り、僕を羨《うらや》ましがらせた。

フランチェスコも成長し、ジローラモ様も居られることから、ミラーノに出ると、僕とフランチェスコも以前のような慌ただしい日帰りではなく、ミラーノのメルツィ家に何泊かできるようになったが、それでもレオナルド師とお会いできる時間は少なかった。だが、お会いできるだけでも何たる幸せ。鬱々《うつうつ》と過ごした七年など無かったかのように、時は元に戻った気がした。何より師匠はミラーノに居らっしゃり、メルツィ家に仕えてはいても今や僕は師匠の弟子であり、その教えを受けているのだ！

年が明けるとレオナルド師はますますお忙しくなられた。五月、仏国《フランチア》王ルイ十二世がミラーノに来られることとなり、そのお迎えの行事一切の演出を任されたからだ。入城に当たっての凱旋門《がいせんもん》建設、古代風山車《だし》の数々、祝賀行列や花火、華やかな祝祭の演出は大々的で、することは限りなく、弟子たち総出の大仕事となり、フランチェスコや僕までも手伝いに参加した。無論、他の弟子のように住み込みで手伝うなどというわけにはいかなかったし、ミラーノの屋敷から工房《ボッテーガ》に通って祝賀行列用の衣装の下絵に、指定された色を塗っていくという単純な作業だったが、初めて仕事に参加した喜びは大きく、師匠以外には笑顔すら滅多に見せないフランチェスコまではしゃぎだす有り様。祭の準備をしながら、既に工房《ボッテーガ》中が祭のように楽しく活気に満ちた毎日となった。

入城された王は目を見張るような大仕掛けの演出にいたく満足され、レオナルド師匠に会われるや「我が親愛なるレオナール・ド・ヴァンシ」と、感嘆の声を挙げられたとか。

もはや師匠がフィレンツェに戻られることなど誰も考えてはいなかった。ミラーノ公国総督ショーモン伯の叔父《おじ》であるジョルジュ・ダンボワーズ枢機卿《すうきけい》が仏国《フランチア》のガイヨンにある城の改装を師匠に申し込まれたが、師匠はミラーノから離れることを拒否され、アンドレーア・ソラーリオが代わりに出向いた。かつてモーロ公から師匠に贈られた修道院に近い葡萄園《ぶどう》——モーロ公失脚と共に没収されていた葡萄園も戻されることとなり、レオナルド師匠はミラーノに定住される、このままずっとミラーノに居らっしゃると誰もが思っていた。その祝祭から一月も経たぬ間に、晴れやかな時が闇に葬られてしまうなど、僕らの誰も考えなかった。

祭の後、ミラーノに行っても師匠にお会いできない日が続き、あれほど楽しく共に仕事をしたトンマーゾ親方、アントーニオ、マルコ、チェーザレ、ロレンツォ、ベルナルディーノ……工房《ボッテーガ》の皆が皆、何か白々しく、何を聞いても要領を得ず、師匠同様サライの姿もなく、僕らは屋敷に引き返す日が続いた。誰もが無愛想というわけでもないが、口が重くなり、師匠の行く先を聞いても口を濁す。そしてある日、アントーニオが言った。

「師がどこに居られるのか知らない。だが師だってお独りで過ごしたいときがある」

「何かあったの？」とフランチェスコ。

アントーニオは俯《うつむ》き「いや……」と歯切れ悪くつぶやいたまま顔を上げない。

「いいよ、また来る」と、フランチェスコはぷいっと外に出ていってしまった。

アントーニオは最年長の弟子、そしてメルツィ家ほどではないが一応ミラーノの貴族であり唯一身分ある弟子である。フランチェスコがこのように横柄な態度、乱暴な物言いをしたことはなかった。僕は慌ててフランチェスコを追い、道端で追いつくと無礼を窘《たしな》めた。

「レオナルド師は君専用の師匠じゃないんだ。ましてここはヴァープリオの館でもない」

「マトゥリーヌを見なかったのか？」とフランチェスコは足も緩めず言った。「二階から盆を抱えて降りてきた。スープ皿が載ってたよ」

「え？」

「おまえも鈍いな。二階からスープ皿だよ。師匠はご病気なんだ。それ以外、マトゥリーヌがスープ皿を二階から下げることなどあり得ないじゃないか。食堂は一階なんだから。それを皆で隠している。私たちは面会すらさせてもらえない外部の者ってあしらいなんだよ」

「病気……」ミラーノの下町では、また黒死病《ペスト》が流行《はや》っていると耳にしたばかりだ。現に今朝、フランチェスコは御主人様からヴァープリオに帰るよう言われていた。まさかと思いつつも僕は願いを込めて言った。「『お独りで過ごしたいときがある』ってアントーニオは言っていた。病気ではないよ。数学とか、建築とか、発明とか……お独りで研究なさりたいのかもしれない」

「だったら、そうと言うべきだろう? どんな研究だって私と会って『これこれ然々《しかじか》の理由で、お会いする時間が持てない』と理《ことわり》を言うくらい一分と取らないはずだ。それを何日も……まるで使い走りの者に門前払いのような扱いじゃないか。私はメルツィ家のジョヴァン・フランチェスコ……」

「では、やはり……」

「レオナルド師匠に手紙を書く」と、フランチェスコはきっぱりと言った。「ご病気だったら、医者を差し向ける。いずれにしろ、明日の朝、私が伺うと申し入れる」

――仰々しく会見の申し入れが書かれた手紙は、大袈裟《おおげさ》にメルツィ家の印まで封蠟《ふうろう》に押され、僕ではない従僕の手によって、その日のうちに工房《ボッテーガ》に届けられた。そして翌朝……。

工房《ボッテーガ》には誰もおらず、とたんに十四の弱気な子供の顔に返ったフランチェスコを見兼ね、手を引いて厨房《ちゅうぼう》に行ってみた。マトゥリーヌと鋳掛け屋をしている夫のヴィッラニスが居た。

勢いを取り戻したフランチェスコが「きょう伺うと約束したはずだが」と憮然《ぶぜん》と言う。

俯いて粉を練っていたマトゥリーヌは顔も上げずに「旦那様《だんなさま》はフィレンツェに行かれました」と言ったきり、丸めた種を台に叩《たた》きつけた。

さすがのフランチェスコも気圧《けお》され、ヴィッラニスに顔を向ける。やはり顔を背けて箒《ほうき》を繕っていたヴィッラニスが「叔父さんが亡くなられたんだ」とつぶやいた。

「叔父さんが！」と僕は思わず繰り返した。「師匠の叔父さんですか？ 養蚕をされているという」

「知ってるのか」と、ようやくヴィッラニスが僕を見て、微《かす》かな笑みを浮かべた。「訃報《ふほう》が届いたのは何日も前だけど、さっきまた手紙が届いてね。レオナルド師は『すぐにフィレンツェに行く』とおっしゃられ、それこそ風のように出ていってしまわれた。皆、ローマ門までお見送りに行ってるんだよ」

落胆も露《あらわ》にフランチェスコが「お一人で行かれたのか？」と聞く。

「いいや、サライがお供しました」

「いつ、お帰りに？」と僕。

「わからないよ。何も」

陰鬱な二人から、これ以上何も聞けそうになかった。戻るしかない。

路上でフランチェスコが「叔父上って……師匠の叔父上って、聞いたことあるのか？」

と言う。

「昔ね。養蚕をしていて、そう、君と同じ、フランチェスコとおっしゃるそうだよ」

「私は伺ったこともない」

「『大好きな叔父』とおっしゃってた。小さい頃からいろいろ教わったと。僕らに教えてくれた、あの飛ぶ葉の作り方も」

「飛ぶぞ《ヴォラ》」とフランチェスコはつぶやき、またも憮然と「私は伺ったこともない」と続けた。「何もかも放り出して、サライなんかと」

拗《す》ねて不機嫌なフランチェスコの機嫌を取るつもりはなかった。聞き流して歩きながら、僕もいつも師匠と在るサライを思う。今ではサライが助手というより下男に近い存在だと知っている。十で師匠の所に来てから、ずっと一緒。七年前にミラーノを離れたときも、師匠はサライだけを連れていかれた。今度も。才能もなく、無頼の遊び人としか思われない男、助手としても下男としても大して用をなさない男。それなのに、時にはフランチェスコより上等の衣服を着、夜は夜で酒場で博打《ばくち》に興じている。なぜ師匠はこうもサライを甘やかし、厚遇し、どこへでも連れていらっしゃるのか……。

「師匠はサライのどこを気に入っていられるのだろう」と、僕は言っていた。

「どこ？　何もかも正反対のところだろう」とフランチェスコ。「高雅と野卑、博識と無知、勤勉と怠惰、無欲と貪欲《どんよく》、接点など何もない。ただ……綺麗《きれい》なだけだ。いやらしくね」

「随分な言い方だな。確かにその通りだけど、そう悪い奴でもないよ」と僕自身、心中サライを否定していたのに、思わず弁護してしまった。それほどフランチェスコの声は冷たく、侮蔑《ぶべつ》に満ちていた。

「歴然とした悪事を行わなければ悪じゃないのか？」と、フランチェスコは詰問した。僕が口籠《くちごも》ると「彼など連れているると、師匠の品格にかかわる。それだって悪じゃないか。彼はユダだよ」と言い放ち、立ち止まる。ミラーノのメルツィ家に着いていた。

夏が過ぎ、秋が過ぎても、レオナルド師匠はお帰りにならなかった。

ヴァープリオ・ダッタの館《やかた》はフランチェスコの顔色通りにまた暗くなり、久々に戻られたジローラモ様からフィレンツェでは何やら裁判ざたになっているらしいと聞く。亡くなられた叔父さんは師匠に全財産を残されたそうだが、親族がそれを不満として争いになっているらしい。

フランチェスコは「それほどの財産なのですか？」と不満気に洩《も》らした。「フィレンツェに何ヵ月も逗留《とうりゅう》なさって争うほどの」

「知らぬ」とジローラモ様。「いずれにしろ王も、総督閣下もおまえのように苛立《いらだ》っていられるようだ。王、御自ら『訴訟が有利、かつ迅速に決着』するよう、要望書をフィレンツェ政庁に出されたとか」――フランチェスコの目を避けるように目を逸《そ》らして話していられたが「おまえ同様ミラーノの宮廷でも、もはやレオナルド師匠は無くてはならぬ存在となられたようだな。とにかく私の得た情報はこれだけだ」と部屋を出ていかれた。

奥方様が亡くなられた当時、フランチェスコすら遠ざけて籠られてしまったとはいえ、ここまでよそよそしく、ぎこちない親子となられてしまうとは思われなかっただろう。文武両道に秀でた立派な御主人様だ。子供をどう扱ってよいのかわからないというような不器用な面もあったが、それなりに愛していられるのは傍目《はため》にもわかる。ひ弱で軟弱で気難しいフランチェスコをそのままに受け入れることで、その気難しさと気位の高さをより増長させてはいるが、フランチェスコの呆《あき》れるほどの師匠への愛も容認されていられるのは、それ以上の愛をフランチェスコにお持ちだからだと母は言っている。僕にはよくわからない。ジローラモ様のお子たちへの愛の在り方も、師匠のサライへの愛の在り方も……。

館はまた霧で閉ざされ、ジローラモ様もミラーノから帰られることは間遠となり、工房《ボッテーガ》からの情報もないまま、長く陰鬱《いんうつ》な冬に入ろうとしていた。

フランチェスコはまた教会に足繁く通うようになり、後は修道僧のように絵と勉強という禁欲的な日々、師匠と離れていた日々に戻ってしまった。

レオナルド師からの手紙を持ったサライが現れたのは山々が白く染まり始めた十一月半ばの午後だった。フランチェスコ宛だ。

「『返事を』って言ってたぜ」とフランチェスコに手渡し、「明日の朝、俺に寄越せば持って帰ってやるよ」と恩きせがましく言うと、僕に笑いかけた。「寒いな、ジャン。参ったぜ、驢馬《ろば》も俺も」

僕は厨房に案内しながら、すぐに聞く。お元気かどうか？　どうなっているのか？　いつお帰りか？

まだ夕食前、男たちを博打に誘うこともできず、驢馬の世話をサヴェリオに頼むと、所在なげにサライは僕にこたえてくれたが、いつに変わらぬ気楽さに救われたものの、話は暗澹《あんたん》としていた。裁判は長引き、いつ終るのか、どうなるのかもわからないという。

「フィレンツェ政庁の仕事をほっぽりだしてミラーノに来たのが不味《まず》かったな。そもそも師匠に対してフィレンツェはこっちほど好意的じゃない。それに訴訟相手の師匠の弟やら妹やらっていうのがこれまた大勢いて、どいつもこいつも強欲なんだ。師匠も意地になってるし、これは長引くぜ」

「そんな凄い遺産なの？」

「とんでもない。話にもならないくらいささやかなものだ。ちっぽけな土地だけだ。遺産そのものが問題じゃないんだよ。現に三年前、親父さんが亡くなったときなんか、師匠は何も言わなかった。そのときも弟たちは師匠が庶子であるってことから、遺産相続から師匠一人を排除したんだけどね、師匠は黙って受け入れたんだ。『そんなことにかかわること自体、嫌だ』って」

「師匠は庶子なの？」

「ああ、長男だけど庶子なんだ。その下にずっと歳の離れた弟や妹が十二人もいる。それで師匠の親父さんっていうのも長男、亡くなった叔父《おじ》さんっていうのは末っ子で師匠が村を離れるまでずっと一緒に暮らしてたらしいんだ。『いつも一緒だった』って」

「伺ったよ。とても愛してくれたとか」

「ああ、師匠の弟たちが生まれたのはその後。叔父さんが結婚し、師匠がフィレンツェに来てからだ。つまり弟たちと叔父さんとの間は師匠ほど親密ではなかったんだ。叔父さんの生前中から師匠は弟たちの仕打ちに腹を立てていたんだ。叔父さんの師匠への愛情も強かっただろうが、師匠の叔父さんへの愛情も凄《すご》くてさ、フィレンツェに居たときだって事有るごとにヴィンチ村の叔父さんを訪ねて援助してたんだよ。フィレンツェから村まで行くのだって一日かかる。参ったね。叔父さんって村で養蚕をしてたんだが師匠は染色用の水車まで作ってあげた。叔父さんは結婚したけど、奥さんも死んじゃって子供もいなかったから一人暮らし。年取って、粗末な小屋で酷《ひど》い暮らしだった。師匠は訪ねる度に何くれとなく世話をし援助もされた。同じ村や近隣に住む弟たちはまったくの知らん顔だ。それで亡くなったとたんに遺産の相続だけ主張した。遺産なんて、今まで師匠が叔父さんに援助していたから残っただけなんだ。だからこそ叔父さんだって『甥《おい》、レオナルドに』って遺言したんだ」

「遺言があっても駄目なの？」

「とにかく弟たちの主張は『師匠は庶子』の一点張りだ。師匠は弟たちのそういう態度に腹を立てているんだ。生前の叔父さんに対する仕打ちにね。叔父さんの残した物が卵ひとつだって弟たちには渡したくないって感じだよ。だけど不味いことに師匠の二番目の弟は法律家で、この裁判の裁判官たちは皆、彼の仲間だ。それにフィレンツェ政庁の反感も買ってる。難しいぜ」

「ジローラモ様のお話だと、ミラーノの総督閣下から王様まで、師匠を応援していられると聞いたけど」

「ああ、でも遠いし。いくら師匠がミラーノ宮廷で厚遇されていても、裁判はフィレンツェ共和国。それに一家族の相続問題だからな、この件で戦争を起こすってわけにもいかないじゃないか」

「でも、裁判が終れば、ミラーノにお帰りになられるんだね？」

「もちろんさ。こっちの方が居心地がいい。あ、でもさ、個人的にはフィレンツェの街にも師匠の味方がいるし、今の住み心地も満点だぜ。マルテッリって金持ちの数学者の家に居るんだけど迷路みたいに広い家でさ、彫刻家のルスティチも寄宿してるんだ。彼の工《ボッ》房《テーガ》が凄くてさ、師匠もやたら動物を飼ってるけど、あそこも動物だらけ、それも変なのばっかりだ。人間みたいに話す鳥や、犬みたいに言うことをきく豪猪《やまあらし》や、鷲《わし》や蛇まで居る。

それに月に一回『銅鍋《どうなべ》の会』ってのが開かれるんだ。これが傑作で、大きな銅鍋や桶《おけ》の中に御馳走《ごちそう》で絵を作るんだよ。肖像画だったら腸詰めの帽子にラザーニャの肌、焙《あぶ》り肉の服には粉乾酪《こなチーズ》で模様まできちんと描く。単に食べ物を並べるだけなんて稚拙なものじゃないんだぜ。眸《ひとみ》なんか茹《ゆ》でた卵の白身に黒橄欖《オリーヴ》を嵌《は》め込み、ゼラチンをかけて潤いまで出すんだ。絵が出来上がったところで祝杯、そしてみんなで食べるんだ。アンドレーア、アリストーテレ……面白い連中ばかりだよ」

呑気《のんき》なサライの饒舌《じょうぜつ》の最中、厨房《ちゅうぼう》にフランチェスコが入ってきたので驚いた。

彼は「手紙は確かにいただいた」と切り口上で述べ、「でも返事を差し上げるつもりはない。お引き取りいただこう」と、言うや踵《きびす》を返した。

驚いて「どんな手紙だったんだ？」とサライに聞く。

「知らないよ。持ってきただけだ。でも師匠は『フランチェスコと約束をしていたのに、怒りに駆られて黙って来てしまった。せめて手紙を』って、にこにこして差し出したんだぜ。変な内容じゃないと思うよ。第一あんなちびに、フィレンツェからわざわざ持ってきたんだぜ」

フランチェスコの顔付き、口調、察しがついた。「拗《す》ねてるんだ」

「何だって？」とサライは目を丸くし、次いで口笛を吹いた。「馬鹿にしてる。フィレンツェからだ、フィレンツェから来たんだぜ。師匠の言いつけじゃなきゃ、誰があんなちび宛の手紙など。一文にもならないのに、何日もかけてさ」

「すまない。でも、拗ねてるんだよ、多分。何ヵ月も経ってるし、ずっと訳がわからない状態で置いておかれたから」

「何てちびだ」

「ちびだけど頑固なんだ、昔からね」

「いくら貴族だからって……俺様は二十八だぜ。それが十四の子供への手紙を、使いっ走りの小僧みたいに何日もかけて持ってきたんだ。それを若様は木で鼻を括《くく》ったみたいな返事。手ぶらでさっさと帰れって仰せだ。呆れるよ」

「すまない。部屋に行って返事を書くように言ってみるよ」と僕は立ち上がった。「いずれにしろフランチェスコは厨房にはもう来ないと思うし、きょうはゆっくり泊まっていって。彼だって、本心は返事を書きたいんだ」

「馬鹿馬鹿しい」とサライも立ち上がる。「帰るよ。まだ閉門前にはミラーノに戻れる。田舎の拗ねた御曹司のお住まいに泊めていただくより、ミラーノに帰った方がよっぽど楽しい」

「でも、サライ。それじゃあんまり……」

「いや、帰る。おろおろするなよ。おまえに怒ってるんじゃないんだから。俺も本心を言えば、せっかく戻ったんだし、ミラーノで一勝負したいんだ」

——それでも笑顔でサライが帰った後、僕はすぐにフランチェスコの部屋に行った。

僕の言葉にフランチェスコは「返事を書く、書かないは私の自由だ」と嘯《うそぶ》き、何事もなかったかのように画板に絵筆を下ろしたが、殊更にそっぽを向いた顔は思った通り、拗ねた顔だった。

冬の間にサライは三度手紙を持ってきた。この時期、ミラーノからヴァープリオに来るのは大変だ。剰《あまつさ》えサライはフィレンツェから何日もかけて来ているのだ。フランチェスコにだってそれくらいはわかるはずだ。

だが「私だけの使いじゃない」ミラーノに手紙を持ってきたついでにすぎない。と、頑《かたくな》に返事は書かず、サライへの対応も冷たかった。師匠が二度ほどミラーノに戻られ、そのまままたフィレンツェに行かれてしまったと知ってからはなおのこと。春になってもその対応は変わらなかった。

サライもさすがに怒ったようで、三月に来たときなぞ僕に「俺だって来たくなんかないんだ」と手紙を押しつけると、フランチェスコには会いもせずに帰ってしまった。

――フランチェスコ殿――今や見慣れた師匠の優美な筆跡を目にしながら、一通でいい、一行でいいから、僕にも書いていただけたら……と思う。そしてフランチェスコの部屋に向かった。

彼は居なかった。教会以外、彼が一人で館《やかた》の外に出ることなぞ、ついぞなかった。奥方様の部屋に行く。

鍵穴《かぎあな》から覗いてみると、昔のように母親の寝台に寝そべり、枕に顔を擦りつけている姿が目に入った。奥方様の部屋からは前庭も門も見えない。サライが来たことにも気付いていないのだ。第一、気付いていればここになぞ居るわけがない。自室で素知らぬ顔をしているはずだ。僕は引き返す。サライに会ったのは僕だけ。誰も知らない。自室に入り、そして手紙を開封した。

――おはよう、親愛なるフランチェスコ殿。なぜ、私の手紙のどれにも、貴方《あなた》は返事を書かなかったのですか。私の帰りを待っていなさい。苦しいほどに貴方に書かせますから。きっと――。

何て甘い言葉……師匠の「フランチェスコ」を「ジャンピエトリーノ」に入れ替える。だが、すぐに美しいFの大文字が目に飛び込んできた。師匠独特の、十字架のように屹立《きつりつ》した美しいF。Fの字に爪を立て、引き裂く。そして突然扉が開いた。

母が立っていた。呆気《あっけ》に取られて僕は両手に手紙を持ったまま凍りついてしまう。母が僕の両手の引き裂いた紙片に目を落とす。僕は咄嗟《とっさ》に両手を後ろに隠す。

「何を隠したの」と母。

「何も、何でもない」

「何でもないのなら出してごらん」

僕は首を振って後退《あとずさ》ったが、すぐに戸棚にぶつかった。「お出し」と母。

引き裂かれた手紙は母の手の中で繋《つな》ぎ合わされた。

母は文盲だ。だが「フランチェスコ」の文字は知っている。正確にではないにしろ。正確に知っているのは自分の名前マイヤと僕の名前だけ。だがジローラモ様とフランチェスコとバルトロメオは何となく知っている文字のひとつだ。そして勘がいい、とても。「カルロッタが『サライが来たのでは』と騒いでいたよ。『後ろ姿だったけど、サライのようだった』とね。これはレオナルド師からフランチェスコ様への手紙だろう？」

「違う」

「そう。でも、手紙。それにおまえ宛ではないようだし、おまえの書いた字でもない。カンメッリに読んでもらおう」

「駄目だよ、母さん。やめて」――僕は泣きだした。泣きながら母の手から手紙を奪い返し、更に引き裂いた。そして「お願いだから、お願いだから誰にも言わないで」と叫んだ。胸が詰まり、張り裂けそうだ。

床に泣き伏した僕の横に母も坐り込んでしまったのがわかった。そして頭に置かれた母の手の重み。手は動かず、ただ重しとなって僕の頭に在る。

母は「バルトロメオ様をカルロッタに預けてきてよかった」とつぶやいた。「泣くんじゃない。誰かに聞かれたらどうするの」

僕は手で口を塞《ふさ》ぐ。だが、すぐに泣き止むことなどできない。口は押さえたが、涙は止まらなかった。

「こんな事、誰にも言えやしない」と母は言った。「フランチェスコ様もおまえも、レオナルド師匠に会われてから狂ってしまった。フランチェスコ様はいいよ。どのように過ごされようと生活も身分も財産も保証されている。でもおまえは違うんだよ。私もおまえも、こちらにご厄介になることで暮らしていけるんだ。ちゃんとした部屋をいただき、立派な服をいただき、おまえはフランチェスコ様と一緒に勉強までさせていただいた。屋根裏部屋に住み、窓拭《まどふ》きをしていたときを忘れたのかい？　甘えすぎてフランチェスコ様が御主人だということまで忘れてしまったのかい？　もうこれ以上絵など描かないでおくれ。従僕のおまえが絵など描いてどうなるというの？　何の役にも立ちはしない。それどころか身の破滅だよ。こんな事をしでかして。御主人様への手紙を横取りして破くなど、こんな事がわかったらここには居られない。追い出されて当然の事をおまえはしたんだよ。言えるわけがないじゃないか。信用をなくして追い出された召使など、どこで雇ってもらえるというの。言えるわけなどないじゃないか。私にまで罪を負わせて」

非難し続ける母の横で、僕は「ごめんなさい」と繰り返すしかなかった。

復活祭が過ぎ、アッダ川の流域を彩る緑と花々が彩りを増し、十年前レオナルド師匠が初めて館にいらした頃と同じになった。そしてサライがまた手紙を持ってきた。フィレンツェからではなくミラーノから！　師匠がお帰りになられたのだ！

ミラーノに戻られた師匠はショーモン伯の屋敷とトンマーゾ親方の工房《ボッテーガ》という二重生活を切り上げ、サン・バビーラ聖堂教区に一戸建ての家を見つけられた。

トンマーゾ親方の工房《ボッテーガ》から師匠の作品、画材が移され、弟子や動物たちも移動した。果樹に囲まれた庭には新たに様々な薬草が植えられ、小さな菜園も作られた。マトゥリーヌの夫のバッティスタ・デ・ヴィッラニスは鋳掛け屋をしていたが、母親が寝たきりになったとかで村から村へと回る仕事をやめ、ここで下男として働くことになった。マトゥリーヌと共にミラーノ郊外の家から通うこととなる。ようやく師匠はしっかりとミラーノに定住されたのだ。

フランチェスコは師匠の「私のフランチェスコ殿」の一言でまたもや豹変《ひょうへん》した。「なぜ、お返事をくださらなかったのです？」と師匠はフランチェスコを笑顔で詰《なじ》り、僕は緊張したが、フランチェスコは甘えるように「だって……」とつぶやいただけ。それで一年近い憂鬱《ゆううつ》は霧散してしまった。苛立ち、拗ね、ヴァープリオの館の召使たちすべての神経を尖《とが》らせていた御子息の憂鬱など、一瞬で吹き払われるのだ。僕が破いた手紙の事も露顕しなかった。

あの後……母は僕の手から手紙を奪い、注意深く千切れた紙片まで集めると、教会に行くよう言い置いて部屋を出ていった。僕は教会に行かず裏手の丘に登っただけだ。僕は告解もせず罪を呑《の》み込んだ。呑み込むことで罪は僕の裡に居坐り、師匠やフランチェスコとの距離を前より広げたが、二人に対する罪悪感は覚えなかった。僕自身が広げてしまった距離で充分に罰は受けている、ずっと消えない罪の意識を持つことで罰は受けている……そう思った。もしも……二人から問いただされていたら「破いた」と言っていたかもしれない。そして母は、師匠のお帰りをただ一人喜ばず、僕がフランチェスコに付いてミラーノに出ることも内心喜んではいなかったが、僕は無視している。何しろ僕はフランチェスコの従僕、付いていくのが勤めなのだ。

レオナルド師が落ちつかれたその家で、フランチェスコと僕は師匠が描かれている作品を目にすることができた。

師匠は相変わらず弟子たちには共同の大きな仕事場を、御自身には小さな部屋を用意されたが、初めてそのお部屋に入れていただいたとき、「まだ、両方とも出来てはいませんが」と、見せてくださったのだ。

大きな……聖アンナと、その半分ほどの大きさの貴婦人の絵だった。

『聖アンナ』は、『最後の晩餐』同様、主題としてよく取り上げられる。聖家族像の三人目が聖アンナの場合、Sant' Anna Metterza という固有の言葉もある。即ちキリストの祖母である聖アンナと聖母マリア、そして幼児イエスの三人を主題とした絵だが、師匠の描かれた『聖アンナ』は、高さは僕の背くらい、幅も二ブラッチョ以上（百三十センチ）はある立派な油彩だった。そしてやはり今までのどの『聖アンナ』とも違っていた。

聖アンナの膝《ひざ》に坐《すわ》られた聖母は、身を屈《かが》めて幼児イエスに手を差し伸べていられる……いや、小羊と戯れているイエスを、一人の母として……小羊から引き離そうとされているようにも見える。小羊は贖罪《しょくざい》の犠牲であり、キリストの受難と苦しみとを表す動物だ。小羊と戯れながら聖母を振り向いている幼児のお顔は人類の罪を贖《あがな》わなければならない自らの運命にもまだ気付いてはいないかのように無邪気な……晴れやかな笑顔だ。そしてキリストに向けられた聖母の、二人を見られる聖アンナの、二人の母親の何という笑顔。こんなお顔を描ける人は他にいない。なぜこのような微笑みを顕《あらわ》すことができるのか……ただ唖然《あぜん》と見入るだけだった。聖アンナも聖母も、やはり今にも動きそうだ。見蕩《みと》れたままの僕らに、師匠は「まだ途中です」ともう一度おっしゃり、布を掛けてしまった。そして隣にあった貴婦人の絵の前に行かれた。

感激したフランチェスコがまた泣いているのに気付いたが、その絵の前に立ったとたん、そんなことも忘れてしまった。神話でもなく聖書からでもない、婦人の肖像画。身体付きからうら若い女性ではなく、三十くらいの婦人と思われる肖像。

フランチェスコが「どなたの肖像でしょう?」と涙を拭《ぬぐ》いながら聞いたが、師はこたえられず、僕たちはそのままただ見入った。

喪に服しているのか、黒っぽい衣装に身を包んだ婦人像は『聖アンナ』ほど出来てはおらず、顔も漠然と笑顔とわかる程度の描写だった。それにも拘わらず、その眸《ひとみ》は僕を捉《とら》え、微笑みは陶然と、既に生きて在った。曖昧《あいまい》な色の中に漂いながら、その存在は命あるものだった。師匠の筆は最初から命を宿されるのだ、と僕は悟る。下絵の段階でも、この女性は生きていただろう。下絵のチョークが置かれたとたん、ただの一点からも、形を成さない一本の線からですら、既に命が宿されるのだ。なぜ、このように……どうしたら、こんな風に……なぜ師匠は……絵は内側から輝いているように見えた。色は澄み、じっと見つめていると何色とも言いがたく、光を秘め、命を秘めていた。

「どなたでしょう?」と、フランチェスコの声。

またしてもおこたえはなく、僕は師匠に目を向けた。そしてそのお顔に目を見張った。師は僕らの存在すら忘れたように、じっとその婦人に見入っていた。まだ淡々《あわあわ》と輪郭すら定かではないその婦人の顔に据えられた眸は今までに見たこともないほど暗く、哀しげだ。いや、光のせい? 一瞬後、フランチェスコに向けられた眸は優しさに溢《あふ》れ、口許《くちもと》もほころんでいた。「これも途中。油彩は乾くのに時間がかかるのでね。でも王が所望された『聖母』はほぼ仕上がりましたよ」と、僕らを皆のいる仕事場に案内した。

光に満ちた工房《ボッテーガ》で、弟子たちがその絵を囲み、模写をしていた。

サン・フランチェスコ・イル・グランデ聖堂の絵をプレディス家のジョヴァンニが写し、師が仕上げをされた絵だ。ほぼ同じ構図だったが、描写はかなり違っていた。最も違っていたのは右端に居る天使ウリエルだ。最後の審判の日に復活と裁きを執行するとされる天使。以前のはこちらを向き、ヨハネを人差し指で示していたのが、今度の絵では視線だけをヨハネに向けており、背の翼は前よりはっきりと、そして衣装は前より柔らかな薄手のものになっていた。僕は夢見るようなその眼差《まなざ》しに打たれ、夢のように優雅で透明な雰囲気に魅せられる。またしても、なぜ……と思う。なぜ、このように描けるのか。息が詰まるほど感動的に、美しく、陶然と。母も、フランチェスコも、メルツィ家も吹き飛んでいた。思いはただ、師のお側に居たい、僕もこのような絵を描けたら……それだけだ……。

フランチェスコと僕のミラーノ行きは一層頻繁になったが、レオナルド師匠も前にも増してお忙しくなられた。

誰もが師に絵を所望していたが、仏国王《フランチア》のために師匠は新たな絵を描き始めていたし、ショーモン伯の館《やかた》建設の計画もいろいろと練られていた。更に将軍の一人、ジャン・ジャーコモ・トリヴルツィオ元帥は自分の墓の建造を依頼、師匠はこれも受けられた。等身大の騎馬像の乗る墓だったからだ。一言もおっしゃらなかったが、以前作られた城の中庭の巨大な騎馬像が粘土塑像の段階で仏蘭西軍兵士《フランチエーゼ》によって取り返しのつかないほど壊されてしまったことを悲しんでいられるのはわかっていたし、馬が大好きだったからだ。

王のための絵は『レダ』。ゼウスがスパルタ王テュンダレオスの妃レダを誘惑するために白鳥に変身する古代神話だ。——師匠は白鳥に抱かれた美しいレダを描き始めた。初めて描かれる女性の裸体像。そしておっしゃった。「レダは二つの卵を生みます。二つの卵はそれぞれ二組の双生児を誕生させます。カストルとポリュデウケス、クリタイムネストラとヘレネ。トロイア戦争へと繋《つな》がる双生児をね」

ショーモン伯の館の庭のための構想図も見せていただいた。オレンジ、檸檬《レモン》、蜜柑《みかん》……香りのよい果樹の間には循環する水路が描かれていた。魚の棲《す》む水場があり、音楽を奏でる水車があり、水車の羽は夏中そよ風を送る仕掛けとなっている。小径《こみち》に隠された噴水は人が通ると噴き出す仕掛けで、囲われたと鳥たちが信じないほど巨大な鳥小屋もある。

「これで市場の鳥たちがまた救われる」と師は笑われた。

昔サライに聞いた通り、師匠は未《いま》だに市場に行くと金のある限り鳥を買い、野辺で放していた。供をしたフランチェスコまで、一緒になって買い、僕の見ている前で二人ではしゃぎながら鳥たちを大空へ解き放った。「飛べ！　飛べ！　さあ、飛べ！」——かつてアッダ川に向けて夢中になって葉を飛ばしたように、嬉々《きき》として。「父上にも、誰にも言うなよ」とフランチェスコは後で僕に言う。僕の一年の俸給よりも高価な鳥たちが瞬く間に空へと消えていく。だが、何もしなくても自然と流れ入る金をフランチェスコがどう使おうと彼の勝手だ。彼名義の領地の農民たちが、それを目にしたらどう思うかは別にしても。僕はもう何とも思わない。ただ少しでも師の側にいて、少しでも絵を教わることができればいい。フランチェスコが師匠に従う限り、それは可能なことだった。

　そして将軍の墓のための数々の馬の素描《デイセーニヨ》。並足で歩く馬、立ち止まった馬、後脚《あとあし》で立つ馬……比類なく美しい馬たちが紙の上に誕生し、甲冑《かっちゅう》を着けた若い裸の騎士も描かれた。醜く、肥《ふと》って、背の低い……実際の将軍とは似ても似つかない凛々《りり》しく美しい騎士。

「画家は得てして自分に引き寄せて描いてしまうのですよ」とおっしゃっていた師匠。僕は真似をしながら美しく描けない自分の手を呪い、自分の顔を呪った。美しい顔の画家は美しい顔を難なく描き、醜い顔の画家は美しく描こうとしても醜くなってしまう……。

　フランチェスコの絵は容貌《ようぼう》の通り端整でなよやかだった。サライの絵は美しいが卑しかった。未熟な者ほど自分から離れられない。

　アントーニオがフランチェスコの肖像を描く。卵形の人形のような顔、巴旦杏《アーモンド》形の冷たい眸はフランチェスコそのものだが、アントーニオのように生真面目で面白みのない顔だ。

　レオナルド師に会えても会えなくとも、とにかくフランチェスコと僕はミラーノに通った。思えば一番楽しい日々だった。何と言おうと師匠はミラーノに居られたのだから。

僕らを迎えると、師匠は許す限り丁寧に指導してくださった。そして師匠がいらっしゃらないときも、僕らは内弟子のように工房《ボッテーガ》内で勝手に絵を描いた。アントーニオやマルコが師匠に代わって教えてくれる。そして多様なお仕事も然《さ》ることながら、師匠御自身が移り気と極端な集中力を交互に繰り返す不思議な気質の方で、更に仕事を増やし、更にすべての仕事を遅延させる方だということもわかってきた。油彩に使う油絵の具がすぐには乾かないというのはわかっている。そして師の描き方はとてつもなく薄めた、ほとんど色もなさないほどに薄めた絵の具を何十回も何百回も重ねる描き方で容易に進まないということもわかった。だから師匠はときに『聖アンナ』に筆を下ろされ、ときに『貴婦人』の肖像画に筆を下ろされ、あるときはほんの二、三秒、あるときは一時間も向かわれたかと思うと、突然机に向かわれ幾何学の問題に取り組まれたり、ショーモン伯の館の設計図を広げられたり、かと思うと運河に行かれて帰って来ない。

伺う度に師匠が何をなさっていらっしゃるかなど見当もつかないし、また何かをなさっていても、次に何をなさるかなど誰も予測がつかない。突然厨房《ちゆうぼう》に行かれるや腸膜の中に卵の白身を入れて煮だしたり、先程まで絵の具を練っていた大理石の上に鍋《なべ》から取り出した得体の知れない塊を置いたりされる。湯気の上がったその塊を麻布で包み液体を絞り出す。「ジャンピエトリーノ、私の発明した合成樹脂硝子《ガラス》だよ」と声を弾ませ「ほら、瑪瑙《めのう》のように見えるだろう？　だが何で作ったと思う？　卵、膠《にかわ》、泊夫藍《サフラン》、雛罌粟《ひなげし》の粉、百合《ゆり》の花等々、水分を除き、冷ますと固くなる。だが石のように固くなく、硝子のように燦《きら》めくが硝子のように脆《もろ》くなく、弾力があり、加工がし易い」――確かに瑪瑙のように見える物質は柔らかく、師匠の手の中で水を弾き出しつつ、艶《つや》を増していった。僕は恐る恐る聞いてみる。「何に使われるのですか？」――「何に？　何でも、何でも出来る。この美しさ、この弾力性、この強さ。首飾り、短刀の柄、チェスの駒、ペン軸、花瓶、蠟燭《ろうそく》立て……」そして詠嘆される。「ああ、色が沈んできた。輝きを持続させるには……」そしてすべてを放り出し、机に向かわれ、その間に厨房では腸詰めの白身が干からびる。後で知ったことだが、この白身は琥珀《こはく》の代用品になるそうだ。絵画、彫刻、建築、解剖、数学、天空から地の中に、そして水の運動から物の動き、力学とやらまで……森羅万象すべてに師匠は興味を持たれ、眼差しが空に向けられるや何を考えていられるのか想像することすらできなかった。周りに居る者、誰もが追いつかない夢想に耽《ふけ》られていたかと思うと、やおら井戸に向かわれ、石灰と石黄、それに様々なものを混ぜて作られたという脱毛剤なるものを腕に塗られる。どんな学者にも負けぬほどの思索に耽られたかと思うと、次にはどんな貴人の奥方にも負けぬほど身だしなみに気を遣う。師匠の腕や手を見て師匠が画家だなどと思う人はいないだろう。ぴかぴかの貴婦人のような手だ。常にダマスク薔薇《ばら》の香水やラヴェンダー水を塗り、爪の先まで綺麗《きれい》にされている。日常を知れば知るほど目を見張ることばかりで、やがて驚嘆することにも慣れ、せめて師匠の思惟《しい》を、行動を邪魔しないよう心掛けるのが良いのだとわかってきた。多くの讃嘆《さんたん》者、多くの弟子に囲まれながら、また師は独りで居られることも好まれたからだ。

「ジャンピエトリーノ、君はここに来られないことをヴァープリオ・ダッタで働きながら独り描かなければならないことを、嘆いたね」とある日師匠はおっしゃられた。「だが人は独りであるとき初めて熟慮反省できるのだよ。他人と居るときの人は気を遣い、会話をし、まったくの個人とは言えない。独りでものを考え、独りでものを見つめるとき、ようやくそれらは自分のものになるのだよ。描くことだけが絵ではない。何を描くか、どう描くか、まず熟慮することだ。熟慮反省は高貴なる仕事だよ。制作は奴隷のすることだ」

――絵を描くことだけに絞っても、師匠の後を追うのは困難だ。

新しい年となり、『聖アンナ』は随分と進んだが、更に次の年が明けても、『貴婦人』の肖像はあまり変わらなかった。それでも僕にもこの絵の輝きがわかってきている。信じられぬほど薄く淡い何百層もの絵の具の層を透かして、下塗りの白が輝いているのだ。そして何百層もの層が肌の複雑な色に命をもたらし、衣服に重みを感じさせ、空気を通わせているのだと。だが、それを真似することは、フランチェスコや僕には無論のこと、長く仕えるアントーニオやマルコ、チェーザレたちにも適《かな》わなかった。僕の前で師がこの絵に向かわれることはほとんどない。マルコの話では弟子たちの前で絵に掛けられた布が上げられることすら少ないという。そしてごくたまに、布を持ち上げられて絵に見入る師匠の眸《ひとみ》は深淵《しんえん》を覗《のぞ》くように暗かった。僕らには決して見せない哀しげな眸だ。

フランチェスコも同様に感じたらしく、ある日、マルコと二人きりのときに肖像画の主をそっと聞いていた。マルコは知らないという。その後、アントーニオにもチェーザレにも聞いたが、こたえは同じ。「フィレンツェで描き始められたものだからフィレンツェの貴婦人ではないか」と言うだけ。だが、フィレンツェから供をしたロレンツォに聞いても、ずっと一緒だったサライに聞いても「知らない」と言うだけ。以来、その肖像画のことをフランチェスコと話すときには、ただ『貴婦人』と言っていたが、僕には誰であろうとよかった。知らない婦人の名前を聞いたところで仕方がないし、師匠の眸を暗くするその婦人と師匠がどのような繫がりであろうと、それはその婦人と師匠との間のこと。僕はただその絵が仕上がり、今ですら生き生きと輝く婦人がより生き生きと、そしてえも言われぬ不思議な微笑が整うのを一日も早く目にしたかった。だが、その絵よりも後から描き始めた『レダ』が先に仕上がった。

美しく編まれた頭髪の典雅なレダ。傾げた顔、伏せた眸の女性の顔は羞恥《しゅうち》と陶酔を併せ持った不思議な微笑を湛《たた》え、翼でレダをくるむ白鳥から身を反らせつつ、手はいとしげに白鳥に添えられている。仏国《フランチア》に運ばれる絵が完全に乾く間、僕らは模写を許され、絵に向かった。そして師はパヴィーアの大学へと向かわれた。このところ、その大学の教授と解剖学の研究を進めているという。

　フランチェスコは供を願い出たが「蛙や蛇ではない。人間の屍体《したい》ですよ。見るまでもなく、臭いだけで貴方《あなた》は気を失われるでしょう。ジローラモ殿に合わせる顔がなくなります」と笑われ、お一人で行かれてしまった。サライですら留守番だ。

　サライに聞いて「解剖」と言うのが、屍体の腑分《ふわ》け……屍体の肉を切り開き、内臓や骨を調べ、紙に描き写す作業だとわかる。

　サライは「君らが来ても、日中、お休みになってたことが何度かあっただろう？」と『レダ』の裸体を見ながら平然と言った。「あれは夜中の間、ずっと病院の地下で解剖をされてたときなんだ」

「夜中の間？　屍体を？　君は付いていったの？」

「冗談じゃないよ。『酷《ひど》い仕事だ』とおっしゃってた。『とても耐えられまい』って。『耐えられる』って聞いたって行かないけどね」

「なぜ、そんなことを」

「レオナルド師匠は何でもお知りになりたいんだよ。見えない皮膚の下までね」

　マルコが『絵のためでもある』っておっしゃってたよ」と口を挿《はさ》む。「『皮膚の下の仕組みを把握すれば、表情や動きが皮膚の上にどう現れるかわかるようになる』って。『人を見なくとも、想像で描けるようにもなる』ってね」

「じゃ、マルコは行ったの？」とフランチェスコ。「病院に」

「いいや、師匠お一人で行かれる。僕は人を前にしたって師匠のように描けないもの。皮膚の下を知るより、皮膚の表現ですらまだ出来ないんだ。模写してもね」

それからしばらくの間、師の興味は解剖に絞られ、パヴィーアに行かれることが多くなった。厚紙の眼鏡、画板、紙、木炭、鉛筆、チョーク、ペン、インク壺《つぼ》、白色粘土、蠟、革紐《かわひも》、解剖刀、小刀、小さい鋸《のこぎり》、鑿《のみ》、鏨《たがね》……それに師が考案された様々な形の奇妙な金具、それらが鞄《かばん》に詰められる。その後を想像することはしたくない。

共に解剖を研究しているというパヴィーア大学の教授が仕事場に来たこともある。大学教授ということから、僕は以前師匠とよくヴァープリオ・ダッタにいらっしゃり、変な数学の本を師と作られたルーカ・パチョーリのような厳《いか》めしい老人を想像していたのだが、驚いたことにサライくらいの歳で、若く、美しい青年だった。

アントーニオが「ヴェローナのデッラ・トッレ家の御曹司だそうだ」とフランチェスコに囁《ささや》く。

「何て人?」とフランチェスコ。

「マルコ・アントーニオ・デッラ・トッレ。三十にしてパヴィーア大学医学教授。パドヴァ大とパヴィーア大で取り合ったと言われる大秀才だそうだ」

サライが「顔も憂愁の貴公子然と……」と、にやにやしながら言う。「師匠好みだ」

寵愛《ちょうあい》を競うのはサライのみ、それも公然と競うのは恥とばかりに侮蔑《ぶべつ》と無視でサライに対していたフランチェスコの顔が歪《ゆが》む。

追い打ちをかけるように、師匠が「マルカントーニオ殿！」と、喜色満面の笑みで出迎えられた。

ようやく十七になったばかりのフランチェスコが敵《かな》うはずもない学識ある大人。フランチェスコがぷいと出口に向かう。だが残念ながら師は教授と共に部屋に向かい、背を向けた後だ。フランチェスコの居たことすら気付かれなかったと思う。僕は致し方なくフランチェスコの後を追う。

フランチェスコは「ヴァープリオ・ダッタに帰る」と言った。気紛《きまぐ》れに出入りしている僕らを、わざわざ追ってくる者などいない。そして、しばらく早足で歩いていたフランチェスコは、子供っぽい嫉妬《しっと》を誤魔化すように付け加えた。「今朝、父上に言われた。黒死病《ペスト》で死んだ者が出たらしい」

町は残暑に揺らぎ、燃えるような陽がようやく息を潜めようとしていた。だがこの夏、黒死病《ペスト》の死者は耳にしていない。だが僕は黙って従う。ヴァープリオに戻ったところで、何日かすればまた「ミラーノに」と言いだすのがわかっていたからだ。

案の定、半月もすると、僕らはまたミラーノに出た。

仕事場に入ると、サライを囲んでマルコ、ロレンツォ、チェーザレ、ベルナルディーノが筆を進めていた。チェーザレが「とりあえず『天使』だ」と描いていた絵を示しながら言うと、皆の前で姿勢を取っていたサライが笑いだす。

マルコが「前にサライを描いた師匠の素描《ディセーニョ》を見つけてね」と言う。「『天使』の注文があったんで、これに倣って描こうかってことになったんだよ」

「休憩しようよ。手が疲れた」とサライ。——椅子に坐《すわ》って脚を組み、人差し指を立てた右手を胸に当てていたが、その腕を振り回しながら立ち上がった。腰布以外、身に着けていない。

ロレンツォが「休憩したばかりじゃないか」と不満気に言う。

サライは「来客だもの。休憩だよ」とさっさと机に向かい、早くも葡萄《ぶどう》酒の入った水差しに手を伸ばしていた。「師は昼食も抜いてお籠《こも》りだ。邪魔するなよ」と唇に指を立て、そのくせ甲高い声でまた笑いだした。

マルコが「『貴婦人』に向かわれてるんだ」と囁く。僕らが「貴婦人」の名前を聞いたことから、彼らもあの絵を『貴婦人』と呼ぶようになっていたが「この三日ばかり、またあの絵に向かっていられるんだ」と嬉《うれ》しそうに言う。

「師匠の素描《ディセーニョ》を見つけてさ」とロレンツォ。「『天使』の注文に『この姿勢では』ってお伺いをたてたら師匠も賛成されて、サライに姿勢を取らせたりしていたんだけど、僕らが描き始めたら、師匠もようやく御自分の絵に関心が向かわれたようだ。『パヴィーアに行く』っておっしゃっていたのに、『貴婦人』の布を上げられて、そのまま五日だ」

「このところ、ずっと解剖だったからね」とチェーザレ。「僕らの絵だって師匠の絵心を刺激できるようになったたってことさ。捨てたもんじゃないね」

「俺が元だからさ」とサライ。「美を見れば美に関心が行く」――サライは上機嫌だった。工房《ボッテーガ》の雑用や描くことより、描かれる側として注目を浴びる方が好きなのだ。服どころか帽子や靴下一足まで新調する度に得意になって見せびらかさねば気が済まない洒落者《しゃれもの》だ。裸でだって「天使」の姿勢とあれば得意だろう。

フランチェスコが「天使にしては崇高さに欠けるね」と言い、並んでいた絵を見回した。「敬虔《けいけん》な気も起きない」

ロレンツォが「絵が駄目だってことかい?」と気色ばむ。

マルコが「まだ描き始めたばかりだ」と取り成すように言い、「それより……」と、変えた話題に僕らは驚いた。

アントーニオが骨折し、家に帰ったという。それも僕らがここを辞去した日、九月の二十六日とか。幸いあの日はパヴィーア大の医学教授も居合わせていたし、お二人がすぐに適切な処置を取られたことで一、二ヵ月静養すれば大丈夫とのこと。

アントーニオの怪我、それに隣室と知りながら師匠に会えないことは気を落とさせた。

マルコが「休憩は終り」と言う。「サライ、椅子に戻れよ」

マルコの指揮の下、皆、仕事に戻ったが、フランチェスコは無論のこと、僕もサライを描こうという気は起きず、漠然と皆の仕事を眺めながら時が過ぎた。一旦《いったん》始まると仕事場は張り詰めた空気となり、受注した仕事を真剣に進めているのだと感じる。僕は僕らのように、ただ絵を描きたいなどという思いでここに来ている者を遮断するマルコたちの厳しさを感じ、息を潜めるしかなかった。あのサライですら、おとなしく固定姿勢を取っている。

——どれくらい時が過ぎただろう。サライは時々腕を振り回しては、もっともらしい吐息と共に勝手に立ち上がり、部屋の中をうろついたが、マルコたちは無駄口ひとつ叩《たた》かず描き続けた。フランチェスコと僕は椅子の上で眠っている猫のロズィータを描く。白地に茶の美しい縞《しま》模様の猫だ。しんとした幸せな習練の時。ずっと続けていられたら……と、つくづく思う。

サライが何度目かに立ち上がり、しぶしぶまた椅子に戻って姿勢を取ったときだった。師匠の部屋の戸が開き、師が入って来られた。フランチェスコが嬉々《きき》として立ち上がり、だが声を呑《の》んだまま、また坐ってしまった。

師匠はサライに目を向けていられたが、サライを捉《とら》えていられるのかどうか……とてつもなく暗い眸《ひとみ》、憔悴《しょうすい》しきった病人のようなお顔だった。こんなにまで悄然《しょうぜん》とした師匠の御様子を目にしたのは初めてだ。いつも身綺麗《みぎれい》な師が、櫛《くし》も通されなかったのか髪も乱れ、目は窪《くぼ》み、酷く蒼褪《あおざ》めたお顔は強張り、唇は震えていた。皆、唖然《あぜん》と師匠を見るなか、師はフランチェスコや僕にも気付かぬ様子でサライに近付き「いい光だ」とおっしゃる。「淡く柔らかい……最も美しい時だ」と師はつぶやかれ、「サライ、悪いがちょっと立ってくれるかね？」と遠慮がちにおっしゃった。「立って……腰はそのままで肩だけを左にひねってごらん。右手を上げて……いや、顔はこちらに向けたままだ。右肩の方に少し傾げて」――サライがにっと笑った。「そう」と師匠。「そのままの笑顔で口を閉じて」――ご次々とおっしゃりながら師匠はもどかしそうに画板の上に紙を置き、描き始められた。ご病気ではなさそうだ。だが、目はサライと紙の上を往復するだけ。魔法の左手がサライを写し取っていく。身動きするのも憚《はばか》られるような空気だった。皆も動かない。僕もサライと師匠を交互に見るだけ。黄昏《たそがれ》の淡い光に包まれ、サライは夢のように佇《たたず》んでいる。確かに目を奪う美しさだった。勝ち誇ったようなサライの笑顔、だが、まどろむような光の時は短く、急速に光が衰え、サライの笑みも曖昧《あいまい》になった。「ありがとう」と放心したように師匠。チョークを置き、ようやく皆の絵に目を向けられたお顔は更に暗く、心奪われた美を写し取った後の幸せなお顔ではなかった。

沈黙を破るようにマルコが「私たちもこの姿勢に致しますか？」と、恐る恐る尋ねる。「いや、皆、良く出来ている。このまま進めなさい」と師はこたえられ、もう一度御自分の描かれた素描《ディセーニョ》に目を戻すと、そのまま抱えて部屋に戻られてしまった。

ぽきっという音に目をやると、フランチェスコの手にしたチョークが折られていた。そしてフランチェスコはそれにも気付かぬ様子で唇を噛《か》み締めたまま閉ざされた戸に目を向けていた。そう、師匠はまたも僕らに気付かぬまま、戻られてしまったのだ。

サライの「疲れたなあ」という呑気《のんき》な声。そして蠟燭《ろうそく》が灯《とも》される。「手が痺《しび》れて火も上《う》手《ま》く点《つ》かないや。何しろ上に向けっぱなしだもの。おい、いい匂いがしてきたぜ。肉の焼ける匂いだ」

厨房《ちゅうぼう》に向かうサライに構わず、マルコたちは自分たちの絵を前に話し合っていた。「新たな絵を思いつかれたのだろうか？」——「『天使』ではなく？」——「サライだぜ、『天使』には向かないよ」——「でも、これはいいとおっしゃられた」——「工房注文《ボッテーガ》とは違う。師が描かれるには、それなりの画題がおありだろう」そしてフランチェスコが折ったチョークもそのままに画材を片付け始めた。

ようやくマルコがフランチェスコに声をかける。「もうすぐ夕食だよ、フランチェスコ。食べていかないか？」

ロレンツォが人の良さそうな笑顔で続けた。「君が居るとサライが喜ぶよ。きょうは焼肉のようだし、君の分も食べられるからね」

フランチェスコは顔を強張らせたまま無愛想に「帰る」とこたえ、小柄な肩を聳《そび》やかすと靴音高く部屋を出ていった。

後を追い、そして戸口で足を止め、マルコに聞いてみる。「師匠は……大丈夫？　何だかお疲れのように見えたけど」

「そうだね」と気弱な笑みを浮かべてマルコ。「でも、僕らに何が出来る？」

皆を見回し、僕は「さようなら」と部屋を出た。いつも師匠と一緒に居るマルコの言葉に、とても差し出がましいことを言ったような気がした。


レオナルド師から手紙もないまま、フランチェスコの単純な怒りが折れる方が早く、十一月に入るとすぐにまたミラーノに出た。そして今度は師匠の笑顔で迎えられる。

僕は安堵《あんど》しながらも、あのときの師の悄然としたお顔、ご様子が脳裏を去らず、穏やかな慈愛溢《あふ》れる笑顔の下に師匠は何を抱えていらっしゃるのだろうと思った。師のフランチェスコへの手紙を破り捨てた僕の闇以上の暗黒。だが万物に向けられた師匠の思慮を計ることなど出来ようはずもない。向けられた笑顔に安堵し、お元気そうな様子を喜ぶだけだ。

仕事場ではサライの居ないまま、マルコとロレンツォが『天使』の制作を進めており、師匠はフランチェスコと僕が描いたロズィータの絵を褒めてくださった。

フランチェスコが「前に師もロズィータをお描きになっていたでしょう?」と甘えるように言う。「見せていただけませんか?」

「フランチェスコ殿もジャンピエトリーノもよく出来ていますよ。私のを見るより、またロズィータを見たほうがいいと思いますがね」と師は笑われ、それでもしばらく机の上を捜され、その素描《ディセーニョ》を見せてくださった。

一枚の紙に様々なロズィータが描かれており、僕らとほとんど似たような角度から捉えた眠っているロズィータの絵もあったが、やはりまるで違っていた。僕らの絵にない肩の筋肉や頬の肉など……起きて動きだしそうなロズィータだ。

「ロズィータの縞模様に惑わされてはいけません」と師匠はまたも笑われ、「まず、頭、身体、脚と、塊として捉えるのですよ。ロズィータはどこだろう？」と工房《ボッテーガ》内に目を向けられた。

じっと師匠の絵に見入っていたフランチェスコが「これは竜でしょう？」と猫の間に描かれた竜を指差した。「師は竜も御覧になられたことがあるのですか？」

「いいや、竜を見たことはありません。昔から描かれていますがフランチェスコ殿、私は竜は架空の動物だと思いますよ」

「でも」と、僕は言ってしまった。「師は対象をよく見るようにといつもおっしゃられます。それに人の模写をするのはその技術を会得しようと思うときだけになさいとも。架空の動物はどのように描くのですか？」

「やはり模写ではなく現実から取った方がいい」と師匠。「多くの絵から竜は想像がつきますね？　しかし模写をすれば、模写した絵以上の竜にはならない。実際に描くときはそれに近い現実の動物たちを重ねるのです。例えばフィドのようなマスティフ犬やポインター犬の頭、ロズィータの眸、豪猪《やまあらし》の耳、グレイハウンド犬の鼻面、獅子《しし》の眉毛《まゆげ》、老いた鶏の顳顬《こめかみ》、亀の首、それらを集めて竜を思い描いてごらんなさい。より生き生きとした竜になります。なぜならすべての部分が自分が見て捉えた生きた動物なのですからね」

いろいろな要素を取り入れて、新たなものにしてしまう……そんなことは考えたこともなかった。「では、そのようにすれば、どんな絵でも描けるのですか？」

「想像を働かせればね。ジャンピエトリーノ、私はいつもよく見なさいと言い、それこそが描く基本だと思っているが、絵はまた、どんなことでも可能なのだよ。自分の頭に想い描いたものを描くことも出来るし、人々が見たこともないものも描けるのだよ」

突然フランチェスコが「師匠の描かれた『レダ』の顔は立たせた女の顔と似てなかった」と、言いだす。「いま、おっしゃられたようにすれば、人の顔も好きなように描けるのですか？」

師は「人の顔を習熟し、習練も怠らなければね」と言われたが、「しかし、君たちはまずロズィータをロズィータとして描くことです」と素っ気なく言うや立ち上がり、自室に入られてしまった。

マルコが「素描《ディセーニョ》も出来てないのに、架空の動物なんて言うからだよ」と咎《とが》めるように言う。

「師匠は怒られたの？」と驚いたようにフランチェスコ。「私たちの問いに」

ロレンツォが「『レダ』の顔が似てないなんて言うからさ」と言う。「でも、怒ったわけじゃないと思うよ。まして君になんかさ。師匠はまた何かを思いついたんだよ」

「『レダ』と似てないと言ったのは」とフランチェスコは抗議するようにロレンツォを見

た。「実物より美しく、素敵に描かれていたからだ」

マルコが「だが架空の動物なんて十年早い」と僕らの絵を手にして言う。「ロズィータだって犬だか鼠だかわからないじゃないか。師匠は褒められたけど、君らが本職の画家になるなんて思ってないから褒めただけだよ。遊び半分の絵で師の時間ばかり割いて……」

「おーい、皆」と、サライの声がマルコの声を遮った。「見てくれよ、凄《すご》いだろう」

踊るように部屋に入ってきたサライは僕らの真ん中に無頓着《むとんちゃく》に割り込むと、机に飛び乗り、二本の脚を大袈裟《おおげさ》に差し示した。「上等の絹のリボンの手編みだぜ。これは本物の紅玉《ルビー》石と真珠だ。脚にぴったりだよ。はは、誂《あつら》えたんだからぴったりのはずだけどね。凄く綺麗だろう?」

突き出された二本の脚は上等の長靴下で包まれ、自慢したくなるのがわかった。宝石付きの靴下なんてジローラモ様やフランチェスコだって持ってはいない。ロレンツォが「凄いなあ!」と素直に感嘆する。

僕も「綺麗だ」と言った。手の込んだ編み方で青と赤に艶《あで》やかな縞模様になった靴下も飾りの宝石も素晴らしかったが、何より初めて聞くマルコの苛立《いらだ》った物言い、険悪な空気を逸らしたかった。「まるで王様の靴下じゃないか」と続ける。

ロレンツォも僕と同様の気持ちだったのだろう。「サライ、これにあの金の外套《ヴェスティイート》を着たら、まさに王様だよ」と続ける。

「そりゃそうだろう」と得意になってサライ。「あれはヴァレンティーノ公が召されていたものだもの。仏国製《フランチア》の線帯《レース》だぜ。そこいらの領主だっておいそれと手に入らないものだ」

ヴァレンティーノ公とは前教皇アレッサンドロ（アレクサンデル）六世の子息で名はチェーザレ・ボルジア。一時はイタリア半島の中部すべてを教皇領にするほどの軍勢を率いており、仏国《フランチア》王まで彼にヴァレンティーノ公という称号を授けたそうだが、教皇が一五〇三年——七年ほど前に亡くなられると彼も失脚、やはり亡くなったと噂されている。ミラーノを去られた師匠は一時仕えられ、金の線帯《レース》の外套《ヴェステイート》は公から師が賜り、更にサライの物となったという、サライの一番自慢の品だった。そして確かに自慢に値する凄い物だが、いささか聞き飽きた自慢にロレンツォは同調した。

「サライ、着てみろよ。きっとぴったりだよ」

マルコが黙ったまま自分の席に戻り、フランチェスコも仏頂面のまま皆に背を向ける。まったくお構いなしにサライは上機嫌でロレンツォに言った。「よし、着てみるか」

だが、サライが机から床に脚を着けたとたん、師匠がまた入って来られた。

「師匠」とサライが喜色満面で飛んでいく。「長靴下が出来ました。どうです？　素敵でしょう」

師匠の前で脚を誇示して踊るサライに師の苦笑い。「とても素敵だよ、サライ。だが、それを脱いで椅子に坐《すわ》るべきだと思わないかね。マルコもロレンツォもずっと君なしで描いているのだからね」そしてフランチェスコに向かっておっしゃった。「フランチェスコ殿、ロズィータは鳥を探しに行ったようです。私たちも市場に行きませんか？」

「はい」と即答するフランチェスコ。サライ以上の笑顔だ。師との外出は実に久しぶりだった。そして師の零《こぼ》れるような笑み。いそいそと従うフランチェスコ。その向こうでは不貞腐《ふてくさ》れたようにサライが胴衣《ファルセット》を脱ぎはじめており、マルコは知らん顔で絵に向かっていた。

後を追おうとした僕にロレンツォが囁《ささや》く。「君の半分もフランチェスコが気を遣ってくれたらいいいんだけどね。絵を習うのならアントーニオのように特権意識は捨てなきゃ。師匠の前では同じ弟子なんだから。師を独占したいと思うのは皆、同じなんだ」

ロズィータが犠牲にする鳥と、師が救う鳥……初めて耳にしたマルコの非難とロレンツォの囁き……小さないさかい……各々の思いはあったものの師匠はミラーノにおり、僕らのミラーノ通いも続く。平和な時が過ぎた。


一月、師は何日か行方不明となり、後に知らされたのは単独で真冬のアルプスに登られていたとのこと。ただ「景色が見たかったのだよ」とおっしゃられたそうだ。無事にお帰りになられたからいいようなものの、そんなことのために登山する者など聞いたことはない。

僕らが工房《ボッテーガ》に行くと、師は檸檬《レモン》、橄欖油《オリーヴ》、山羊《やぎ》の乳等々、十数種の液を調合した溶剤に浸したという海綿を雪焼けした肌に当てていらしたが、お元気な様子ですぐに市場に行こうとおっしゃった。

今回は全員が供をし、持てるだけの鳥を買う。

東門から郊外に出、土手を下り、鴨たちが群れるセヴェソ川の水辺で購入した鳥たちを解き放ったが、飛び去る鳥たちを見送る師匠の眼差《まなざ》しは老いた人のように力なく、改めて見ると寒風に乱れる頭髪も頭頂部分は薄く疎《まば》らに、雪焼けしたお顔の皺《しわ》も深く、見慣れていたはずの美しいお顔が急に老けたように見えて愕然《がくぜん》とした。羽ばたき、飛び立つ鳥の一羽毎に皆が歓声を上げ、師も笑顔になられたが、いつものように放つのを先導されることもなく、ただ微笑を浮かべて見ていられるだけだ。

水辺の枯れた叢《くさむら》に脚を投げ出された師の傍らに坐り、伺ってみた。「お疲れは取れましたか？」

「ありがとう、ジャン。確かにここより寒かったが、無理はしていない。大丈夫だよ」

「でも、なぜ、そんな所に」

「半年前、七月にも登ってね。その時は頂上近くまで行ったのだが、鳥になったような気分だったよ、ジャンピエトリーノ。真冬のアルプスでは裾野《すその》の鳥にしかなれなかったが、鳥の視界で世界を見ることが出来た」と笑われた。

向こう側に坐ったフランチェスコが「お供させてくださったら嬉《うれ》しかったのに」と言う。

「アルプスを見ても、登ったことはありませんもの」

サライが僕らの側で雉子《きじ》を放ち、「飛べ！」と叫んだ。雉子は驚いたようによたよたと無様に走りつつやがて飛び、茅《かや》の繁みに消えた。

「師匠」と、僕は長い間気になっていた事を聞いてみる。「ヴェッキア宮にあった羽ばたき機《オルニトッテーロ》はどうなったのですか？」

「ミラーノを去る前に処分したよ」と師は飛び去る鳥から僕に目を移された。「蝙蝠《こうもり》までは行き着いたのだよ。羽は蝙蝠にすべきだ。ジャンピエトリーノ、人間が鳥になるには鳥の羽以上に軽く、空気の波に乗れる膜が必要なのだよ。だがその動力……フィエーゾレでも試してみた。いや、ジャンピエトリーノ、あのときの……ヴェッキア宮のような広い部屋と無造作に使える資金、そして何より充分な時が必要だ。整え、試し、思考できる時間……ジャンピエトリーノ、幾つになった？」

「二十三です」

「私はもうすぐ五十九だ。君の若さが羨《うらや》ましい。時の娘ほど早足の者はいない」

フランチェスコが「資金も部屋もございます」と言い、師匠の肩ごしに僕を睨《にら》んだ。師が僕にばかり話しかけていたのが気に入らないのだ。師匠がフランチェスコを見る。

フランチェスコは「ミラーノの屋敷の部屋は小さいけれど、ヴァープリオ・ダッタにいらしていただければ」と意気揚々と言った。「ミラーノを引き払って私の家にいらしていただければ」

「いや、フランチェスコ殿。そこまでしていただくことは出来ないし、ミラーノを離れることも出来ません」と師匠はおっしゃった。「ショーモン伯の館《やかた》も、トリヴルツィオ将軍の墓も設計段階。工房《ボッテーガ》の注文も片付かず、弟子たちも、召使も、動物たちも居る」「館や墓の設計なら家でも出来ます」とフランチェスコの声が高くなる。「家からミラーノへお通いになれば……」

僕は二人から離れ、空いた鳥籠《とりかご》を片付けはじめた。

部屋も資金も時間も……僕に出来る事など何もない。マルコの言葉が甦《よみがえ》る「僕らに何が出来る？」何も出来ない。マルコも二人に背を向け、空き籠を土手の上に運んでいる。僕もそれに倣った。フランチェスコの高揚した声が耳に届く。「羽ばたき機《オル ニトッテーロ》を作るのに狭ければ、広くすればいいんです。庭に新たに建ててもいい。師匠が充分に試作出来るよう……」

僕は繁みを抜け、道路の脇に空いた籠を運ぶ。

そして……悲鳴。戻るとフランチェスコが頭を押さえていた。華奢《きゃしゃ》な手の下から蒼白《あおじろ》い項《うなじ》に血が糸のように伝っている。

チェーザレがサライとベルナルディーノの間で「俺じゃない」と言っている。「俺の石が水面を飛んだ後だよ」

師が抱きかかえるようにフランチェスコの肩に手を廻《まわ》し「見せてごらんなさい」と、頭を押さえているフランチェスコの手に触れた。フランチェスコの呻《うめ》き声。

「大丈夫。擦《かす》っただけです。大丈夫ですよ。それほどの傷ではない」――そして腰の袋から干し草を取り出され傷口に当てられる。「フランチェスコ殿、手で押さえなさい。帰るまで手を放してはいけませんよ。この草で血も止まるはずです」

チェーザレがなおも言う。「俺じゃないよ。俺の投げた石じゃないよ」

僕の後に駆けつけたマルコが言った。「馬車の弾いた石です。馬車が上の道を通ったんです。馬車か……馬の」

ロレンツォも来て「馬車が通ってすぐだからね」と言う。

「とにかく家に戻ろう。戻れば薬もある」と師匠。

泣きながらフランチェスコが「医者に」と言った。

「医者など」と師匠。「もっと酷《ひど》くされる。家に戻りましょう」

サライとチェーザレに後を任せ、僕らは急ぎ帰路についた。フランチェスコは頭を押さえたまま師匠に背負われてミラーノの市門を潜り、それでも街に入ると「大丈夫です」と自分で歩いた。

家に着くと薬草の下で血は既に止まっており、師匠が見られると幾分腫《は》れてはいるものの、やはり擦り傷だという。フランチェスコも痛みより、師の介護と愛撫《あいぶ》にすっかり満足した様子だ。師匠の気を引くような顰《しか》め面をしていたが、健気《けなげ》に見せかけて浮かべた笑顔は輝いており、僕の痛みを消した。

「失敗だったね」とマルコが耳打ちする。

――失敗。そう、フランチェスコに石を投げたのは僕だ。咄嗟《とっさ》の仕打ちだった。得意気に力を誇示するちびへの憤懣《ふんまん》……そして投げた瞬間、啞然《あぜん》とし、震え、悔いた己の行為。この家に着くまで激しく悔いた罪を、今はまたフランチェスコの満足気な笑みを見て忘れ、憎悪に満ちていた……。

マルコの言葉は罪を焙《あぶ》りだし、身を凍らせた。だが、廊下へと僕を連れだしてマルコは言った。「僕もあのとき、君と同じ想いだった。でも、抑えろよ」

僕はうなだれ、次いで泣いた。

「馬鹿、聞こえるじゃないか」とマルコ。「抑えろよ。泣くのも、怒るのも、憎悪も、すべて抑えるんだ」――そして僕を抱いた。「フランチェスコだって悪気はない。ただ僕らのように抑えることを知らず、師しか頭にないんだ」

ヴァープリオ・ダッタに戻ったフランチェスコは僕に言った。

「馬車が弾いた石だなんて、信じてやしないよ。あのとき師匠と私は並んで坐っていて、みんなは私たちの後ろに居た。誰でも私に石を投げられたんだ」

「そんなこと……」と僕は言うしかなかった。

「サライかもしれない。ロレンツォかもしれない。マルコかもしれない。私を妬《ねた》んでる」

「馬車だよ。車輪が石を弾いたんだ」と僕は言い、部屋を出た。

戸を閉める前にフランチェスコの声が僕を追う。「おまえかもしれないな」

三階の自室に辿《たど》り着くと僕は辛うじて保っていた仮面を捨て、また泣いた。

フランチェスコは僕の主人だ。主人への手紙を破き、今度は石まで投げつけた。擦り傷だったから良かったようなものの、大怪我をしていたら……いや、それ以上のことになっていたら……今頃どうしていただろう。考えるだけで恐ろしかった。確かに妬んでいる。生まれ、育ち、富、師匠に愛される人形のような顔、華奢でしなやかな身体付き、上品な仕種《しぐさ》、話し方、笑い方……何もかも妬んでいた。だが憎んではいないし、妬みつつ諦《あきら》め、それなりに愛しているとさえ思っていた。だが、石を投げつけたのだ。僕が。僕は自分が怖くなった。母の言う通り、僕は師匠から離れた方がいいのかもしれない。フランチェスコを妬み、競おうなどと、身の程知らずも甚だしい。だが師匠の眼差しを受けたときのあの喜び、そして魔法のような作品。焦がれるような想いは抑えようもない。だが……今はとにかく……母にも、フランチェスコにも悟られぬよう平静になるべきだ。メルツィ家の従僕、この陰鬱《いんうつ》な顔は主人の怪我を心配する主人思いの従僕の顔。鏡を見ながら反省し、悔いながらも保身を考えている我が身の浅ましさにまたぞっとする。鏡に切り取られて見返す顔は醜かった。身の程知らずの愛を求め、身の程知らずの才能を求め、身の程知らずに主人を妬む疚《やま》しく醜い顔。だが、これが僕だ。

フランチェスコの傷はジローラモ様に報告することもないほどの軽いもので、すぐに癒《い》えた。そしてすぐにフランチェスコはまた「ミラーノに行く」と言いだした。

僕は昨夜からの咳《せき》を口実に意気地なしの子供に返り、仮病を使った。あれから半月、フランチェスコの顔を見るのも辛く、まして師匠やマルコと会う勇気はなかった。

だが、驚いたことにフランチェスコは構わずサヴェリオに馬車を用意させる。

母が止めた。「フランチェスコ様、こんな底冷えのする朝に……まだ道も凍っております。ましてお一人で行かれるなどとんでもない。旦那《だんな》様に私たちが叱られます」

「冬は館でおとなしくか？」とフランチェスコは白い息を吐く馬の鼻面を叩《たた》きながらサヴェリオを急《せ》かした。「私はもうひ弱な子供ではない。ミラーノに出るくらいで騒がれる歳でもないし、おまえたちに指図をされる身分でもないはずだ」

そして一人で出かけた。確かに……もう子供ではない。

三月、フランチェスコはまた「ミラーノに行く」と言い、今度は僕を無視して最初から一人で行こうとした。僕は慌てて馬車に乗り込む。

「一人で大丈夫だ」と毅然《きぜん》とフランチェスコ。

「お一人で供廻りも連れず歩かれるような身分でもないでしょうに」と、僕は皮肉を言う。

しばらく黙っていたフランチェスコは、馬車が村を出ると「おまえ、私を避けていただろう」と顔を外に向けたまま言った。「怪我をしたとき……私が『おまえかもしれない』と言ったからか？」

思わず俯《うつむ》いた僕に言葉が続いた。「気が昂《たかぶ》っていたんだ。馬車の弾いた石だってことは私もわかっていた。忘れてくれ」――僕は驚いてフランチェスコを見る。彼は振り向くと笑った。「おまえに八つ当たりしただけだよ」

うなずいた。何と言っていいのかわからなかったからだ。彼はまったく疑ってさえいなかったのだ。「サライに言われてしまった」と、フランチェスコは打って変わった陽気な調子で言った。「『師匠の気を引くために石が飛んできた方に頭を向けたんだろう』って。しかも何と続けたと思う？『無駄なことをする奴だ』と言うんだ。まったく信じられないほど無礼だ。そしてまた新調した帽子を見せびらかした。愚かな奴だよ」

「サライの興味は賭博《とばく》と衣服だけだからね」と、ほっとしながらつぶやく。

「師匠がサライに寛容なのは」とフランチェスコ。「フィドやビアンキーナ、ロズィータたちを可愛がるのと同じだよ。人としてじゃない。愛玩《あいがん》動物と同じ扱いだ。フィドが喜ぶから上等な肉を与える。サライが喜ぶから上等な衣服を与える。それだけだ」

「そうかもしれないね」と同調した。フランチェスコが求めていたからだ。フランチェスコに優しくありたいと思う。マルコの言った通りだ、フランチェスコに悪気はない。ただ師匠しか頭にないだけだ。そして僕の憎悪にすら気付かない。

フランチェスコは満足そうな笑みを浮かべると再び窓の外に目を向けた。「でもいつまで続くかな？　犬や猫は年老いても大して変わらないけど、サライの肌はもう弛《たる》んできている。師が愛しているのはサライの外観だけだ」

そうだろうか……フランチェスコの横顔を見ながら、彼は美しくなったと思った。無論、サライのように誰もが目を見張るような美しさ、華やかな蕩《とろ》けるような美しさではない。だが年が明ければ十八歳、ただすっきりとして人形のように無表情だった面立ちは、年齢と共に鼻筋が通り、顎《あご》がしっかりとしてきて、透き通るような冷たい高貴さを漂わせ……いわばサライとは正反対の清楚《せいそ》な花を開かせようとしていた。「とにかく、君はこれからもっと素敵になるだろうし……」と僕は言った。「サライより教養もあり、育ちもいいし、絵も上達している。サライを気にすることなどないよ」

「サライを気にしたことなんかないよ」と彼は自信たっぷりにこたえた。「最初からフィドやロズィータだと思っていたからね」


ミラーノに着くと、師匠はアントーニオを連れて城に上がったという。

僕はマルコと顔をあわせるのが辛《つら》かったが、彼の言葉はそんな気持ちさえ吹き飛ばすほど混乱し、身近な事件に動揺していた。

ショーモン伯シャルル・ダンボワーズが死去されたと言うのだ。仏国《フランチア》王に次いで師匠の一番の庇護者《パトロン》、ミラーノ公国総監であり、実質上ミラーノ城主でもあるショーモン伯の死。これにはフランチェスコも言葉を失った。仏国《フランチア》はローマ教皇に対して宣戦を布告しており、教皇はショーモン伯を破門、その心痛から亡くなられたと噂が飛び交っているという。

マルコが「また戦争になるよ」と話し終える。

ロレンツォも「仏国王《フランチア》は既に帰国されているし、ショーモン伯が亡くなられたとあっては、すぐにミラーノは攻められるかもしれない」と言う。

師がいつ帰られるのかもわからず、フランチェスコと僕は早々に辞去し、ミラーノの屋敷に行った。

ジローラモ様によれば、ショーモン伯が亡くなられたのは三月十日、破門が原因ではなくマラリア熱とのことだった。だが、この後のことはジローラモ様にも予測はつかず、政情も不安、とにかくヴァープリオに戻るようにと言われる。

ショーモン伯の後任になったのはルイ十二世の甥《おい》ガストン・ド・フォア。二十二歳という若さながら才気溢《あふ》れ、勇敢な軍人だという。ジローラモ様のお言葉では当初仏国《フランチア》はヴァチカーノ、独逸帝国《インペーロ・ジエルマーニコ》、西班牙《スパーニャ》とカンブレー同盟を結び、対土耳古《トゥルコ》という目標からヴェネツィア併合を目指していたとか。それがいつの間にかヴェネツィア、独逸《ジエルマーニア》、西班牙《スパーニャ》、ヴァチカーノ対仏国《フランチア》、つまりミラーノという様相になったというのだ。教皇ジュリオ（ユリウス）二世は半島内で着々と教皇領を広げており、対土耳古《トゥルコ》よりも、まず半島から仏《フラ》国《ンチア》を追い出す事を目論《もくろ》んだ。いや、ジローラモ様によれば、最初からそのつもりだったとか。複雑な政情など僕にはわからない。だが半島内でミラーノは孤立、そしてミラーノ近郊ではイタリア諸国と仏蘭西《フランチェーゼ》軍が戦っている。そして夏、ミラーノに戦闘と同じくらいに恐ろしい黒死病《ペスト》が進入した。

　戦争と黒死病《ペスト》。ミラーノ在郷軍隊長であるジローラモ様はミラーノの屋敷においでになったまま、そしてフランチェスコと僕はもはやミラーノに出ることは許されず、日々ミラーノの惨状を噂で伝え聞くだけという日々が続いた。黒死病《ペスト》発生の知らせを聞いたフランチェスコはすぐにサヴェリオをミラーノに送り、師匠たちにこちらにいらっしゃるよう申し上げたが師にその気はなく、その後、二度、三度とサヴェリオを遣わしたが、師はミラーノに留《とど》まられていた。下町から始まった黒死病《ペスト》の災禍は収まるどころか師匠のお住まいに迫っているそうだ。そしてミラーノ近郊に実家のあるマルコやベルナルディーノたちはフィドやロズィータたちを連れ一時避難したという。だが師匠とサライ、フィレンツェから来たロレンツォはミラーノから出ないと……。

　八月初め、サヴェリオは怒りも露《あらわ》にフランチェスコに伝えた。「レオナルド師匠は街の門が閉められようと動く気はないとのことです。『薬草も香料も充分にあるし、黒死病《ペスト》には決してかからない』と、意気揚々とおっしゃられました。『むしろヴァープリオに飛び火しないか心配している』とね。コーモも酷《ひど》い状態だそうで、私も早々に帰されました。居ろったって長居したくなぞありませんが。フランチェスコ様、レオナルド師匠は絶対にこちらにはいらっしゃいません。避難するどころか黒死病《ペスト》の蔓延《まんえん》する路地裏や屍体《したい》をわざわざ見にいらしてるとか。帰りにお屋敷にも寄って参りました。ジローラモ様に叱られましたよ。『黒死病《ペスト》を背負ってヴァープリオに帰るのか』とね。もうミラーノに行くのはごめんです。ジローラモ様からもきついお咎《とが》めで。もう明日、明後日には市門も閉ざされるでしょう。ミラーノはもう致し方なく居る軍人と貧乏人、それにレオナルド師匠のような変人と屍体だけですよ。私はジローラモ様が心配です」

師匠から託《あず》かったという匂い玉を触れるのも嫌とばかりに袋のまま机上に置いて、サヴェリオは部屋から出ていった。

僕は「これ以上、サヴェリオをミラーノに行かせるのは酷だよ」とフランチェスコに言う。「師匠だって前から申し上げているんだ。気が向かれればいらっしゃる」

「手遅れになったらどうするんだ」と苛立《いらだ》たしげにフランチェスコが机を叩いた。

匂い玉のひとつが袋から飛び出した。取ろうとしたが僕も手を引っ込める。中を刳《く》り貫《ぬ》き干したオレンジの皮に香料や薬草等を詰めた黒死病避《ペストよ》けの薬玉……恐らく師匠お手製の物だろうが、ミラーノから運ばれてきたというだけで触る気になれない。

僕は「師匠の庭は薬草で溢れてる」と言い、「室内も干した薬草で一杯だ。師匠御自身も前々から常に香料や香水で身を清められている」――オレンジ球を拾い、撫《な》でているフランチェスコに意地悪く声を高めた。「サヴェリオの言った通り、僕もジローラモ様の方が心配だよ」

「ミラーノの屋敷は新門の側、『黒死病《ペスト》発生のティチネーゼ門付近からは一番遠い』と、父上のお手紙にあった。読んでやったじゃないか。それに父上はミラーノに居られるのが勤め、だが師は居る必要もないはずだ」

「半月も前のお手紙だ。サヴェリオの話では『広場も道も埋葬しきれない屍体で一杯、街中清めの焼却で燃え盛ってる』って言ってたじゃないか。新門の方だっていつ蔓延するかわからないよ」

「あいつは臆病《おくびょう》なんだ。私が行けば師匠だって……」

「歩いて行く気かい？　サヴェリオは馬車を出さないよ。馬も驢馬《ろば》も駄目だ。誰に言ったって無駄だ。ミラーノに行くなんて、ミラーノに行かせるなんて正気の沙汰《さた》じゃない」

「歩いてだって行かれる」

「市門は閉まってるよ。――十四年前にもミラーノは黒死病《ペスト》に襲われた。僕がここに来る前だ。君など何も知らないだろうが、数地区だけで収まるようなのじゃない。今度みたいな凄《すご》い状態のだ。僕の父はミラーノにも入らずに死んだんだ。あのときも街に入らなければ大丈夫、下町に行かなければ大丈夫と言われた。だが門外の家で避難した人を世話しただけで感染した。遺体はコーモにも返されなかった。返されたって入れてもらえなかっただろう。父はどこに埋められたのかすらわからないんだ」

僕は部屋を出た。師匠、師匠、師匠……自分一人が案じているような戯言《たわごと》をこれ以上聞きたくない。サヴェリオだって家族があるんだ。散々行かせておいて、今頃になって自分が行けば、などと。一人では村の外にも出られないくせに。師匠は師匠でこんなときにも見たいんだ。黒死病《ペスト》にかかった病人を、黒死病《ペスト》で死んだ屍体を、埋葬されずに腐乱していく様を。何もかもに怒りが込み上げ、それが恐怖からだということもわかってはいたが、気持ちの持って行き場がなかった。

厨房《ちゅうぼう》に戻ると開け放った窓から裏庭の井戸の側で全身を掻《か》き毟《むし》るようにして洗っているサヴェリオと、外釜《そとがま》で彼の衣服を煮ているレジーナが見えた。あんなことをしたって無駄だ。悪魔は空気を伝って耳や鼻、身体中の穴という穴から体内に入り込むのだと聞いている。二、三日、サヴェリオの側には誰も近付かないだろう。サヴェリオとサヴェリオの家族の恐怖を思うと、フランチェスコにも師匠にも腹が立った。

恐怖と危惧《きぐ》と苛立ちに身を焼く夏が過ぎ、黒死病《ペスト》が去る。

師匠、ジローラモ様、サライ、ロレンツォ、トンマーゾ親方、そしてサヴェリオも無事だった。だが、ミラーノもコーモも何万という人々が犠牲になり、街の様相も変わった。

ジローラモ様からようやくお許しが出、フランチェスコと僕がミラーノに行ったのは十一月になってからだ。

師匠はまるで何事もなかったかのように当初僕らを迎え、油彩の指導をしてくださったが、ほどなくマルコに後を任せると、部屋に入ってしまわれた。

ベルナルディーノからチェーザレが単身ローマに行ったと聞く。まだ黒死病《ペスト》が流行《はや》る前、夏の初めだそうだ。ソドマに続いて二人目。ローマとはそんなに素晴らしい所だろうか。そして師匠が最も親しくされていた友、パヴィーア大学のマルコ・アントーニオ・デッラ・トッレ教授が黒死病《ペスト》で亡くなられたとも聞く。黒死病《ペスト》患者を診た後のことだそうだ。昨年、ここで見かけた医学教授、黒死病《ペスト》の犠牲になるなど思いもしない、若く美しい人だった。

「医学教授ですら亡くなったんだ」とベルナルディーノは声を潜めて言った。「僕も夏中、気が気じゃなかった。とにかく師匠から『帰れと手紙が届くまでルイーノ村に居なさい。決してミラーノに来てはいけない』って言われてたしね」――ベルナルディーノはマッジョーレ湖畔ルイーノ村の出身だ。

マルコも言った。「僕だって同様だ。噂ばかりで様子もわからない。ミラーノに帰ってきて、何もかも燃やされている夢を何度見たことか……」

――そう、黒死病《ペスト》で死ぬとその病人の寝ていた寝台、その持ち物、周辺のありとあらゆる物が燃やされる。炎に包まれた『聖アンナ』、そして『貴婦人』、多くの素描《デイセーニョ》、研究されている何もかもが燃え盛っている様が脳裏に浮かび背筋が凍りついた。サライやロレンツォまでここに置き……あまりにも身勝手、あまりにも無防備だ……。

だが台の上で固定姿勢を取っていたサライが「離れているから尚更《なおさら》心配なんだよ」と呑《のん》気《き》に言う。「僕もロレンツォも『ヴィッラニスの家に行け』って言われたけどここに残った」とロレンツォと笑みを交わす。「ヴィッラニスの母さんは寝たきりだって聞いてたし、マトゥリーヌの食事を摂《と》れるのはいいけど、黒死病《ペスト》を逃れて病人の居る家に行くのも気が滅入《めい》るじゃないか。それより師匠のお指図通りにしていた方が安心だぜ。抜けたところもあるけど何でもご存じだ。でもさ、師匠の綺麗《きれい》好きは前々からだけど、夏の間ときたら……」

同じ姿勢に飽きたサライの饒舌《じょうぜつ》が始まった。僕は皆から離れ、師の部屋へと向かった。マルコに呼ばれたけれど、無視して部屋に入る。

師は机に向かわれていた。

「どうしたね、ジャンピエトリーノ」

「心配でした。とても」

「そうか。心配を掛けてすまなかった。だが、このとおり元気だよ」と笑われる。

「身勝手です」と怒鳴ると、驚いたように目を見張られたが、僕は怒りに駆られて続けた。

「師御自身の判断で居られたのでしょうけど、フランチェスコの気性はご存じのはずです。最初の手紙でヴァープリオ・ダッタにいらしてくだされればよかった。何度も何度も夏中フランチェスコは手紙を書き、サヴェリオに届けさせた。サヴェリオがどんな気分でミラーノに通ったと思います？」

「それは……最初に彼が来たときに言ったよ。伺う気になれば伺わせていただくとね。だからもう決して来ないようにと」

「師匠がそうおっしゃったって、サヴェリオはフランチェスコに言われれば行かないわけにはいきません。師匠は何もかも御覧になりたかったのでしょう。でも師匠がここに居らっしゃればサヴェリオもミラーノに通わなければならず、サライやロレンツォも危険に晒《さら》された。サヴェリオの子のポーリはまだ十一歳です。御自身の思いのために御自身ばかりか、何人も危険な目に遭わせ、皆を心配させたんです」

「その通りだ、ジャン……」

「『来ないように』とおっしゃったって、サヴェリオが帰った後は、もうサヴェリオのことなど忘れていらしたでしょう？　御自分の想いに向かわれて、手紙を届けただけの使用人のことなど忘れさられていたでしょう？」

「『何も触らず、何も持ち帰らぬよう。帰ったらすぐに全身を洗うように』とは言ったがね。だが……君の言う通り、それ以上の心配はしなかった。確かに」

　子供のようにすっかり悄気《しょげ》てしまわれた師を見て怒りは消え、僕の方がどうしたらよいのかわからなくなってしまった。『貴婦人』を前にしたときの暗澹《あんたん》とした眼差《まなざ》しを師は床に落とされ、為す術《すべ》もないご様子だ。友を失い、傷心の師匠に更に怒りをぶつけてしまった。僕は目を逸《そ》らし……机の上に広げられた絵に辿《たど》り着いた。荒れ狂い逆巻く水。黒チョークの荒々しい線が迸《ほとばし》る水となって紙を黒く染めていた。何なのだ……そう思ったとき控えめなノックの音に続いて戸が開き「ジャン」と咎《とが》めるようなフランチェスコの声。「勝手に入って良い部屋ではないはずだ」

「いや、いいのです。フランチェスコ殿」と師匠が顔を上げられる。「そっちに行って、皆の絵を見ましょう」


その午後、師匠はずっと僕らの絵をみてくださった。昨秋、サライを元にして描いた工房《ボッテーガ》の『天使』は既に仕上がっていたが、途中から描き始めた僕のだけが、ここに来るのも稀《まれ》なので仕上がっていなかった。師は僕一人のためにサライにまた固定姿勢を取らせてくださっていたが、僕は僕が一番下手だと自覚する。師は優しくおっしゃった。

「周りを気にせず、焦らず、よく見て描くのだよ。ジャン、線で区切ろうとしてはいけない。身体は立体で皮膚は君の見えない背後に繋《つな》がっているのだからね」と、僕の目の前に拳《こぶし》を出され、曲げた関節の所を指でなぞった。「君が線で表現した箇所はこの部分だ。だが……」

「わっ」という声と共に床にばらばらと物の落ちる音。振り向くとフランチェスコが突っ立っていた。押さえた掌《てのひら》から血が滴っている。

師匠がすぐに飛んでいく。「見せなさい。フランチェスコ殿」

「箱の中に小刀が」と蒼褪《あおざ》めた顔でフランチェスコが師匠に手を差し出した。「置いておいた箱の中に小刀が……」と繰り返す。「私は入れてなかったのに」

「ああ、大丈夫」と師匠。「深く切れてはいない。蘆薈《ろかい》の葉を貼れば血も止まるでしょう。こちらにいらっしゃい」

二人の去った後、マルコが床から小刀を拾う。「師匠のだ。紙を切られるときに使う刀だよ」

「何でフランチェスコの箱に？」とロレンツォ。

マルコが床に引っ繰り返った箱を拾い、散らばった銀尖筆《ぎんせんぴつ》やチョーク等を拾いながらこたえた。「午前中は机の上にあった。誰かが片付けるつもりで間違えてフランチェスコの箱に入れたんだろう」

サライが「だが、どうしてフランチェスコの箱に？」と繰り返す。

「間違えてって言っただろう」と苛立《いらだ》たしげにマルコ。「『大丈夫』って師匠もおっしゃってた。手当てもしてくださってるだろうし、詮索《せんさく》してどうなるんだ」

誰も何も言わなかった。ロレンツォが椅子に戻り筆を取る。サライも短く口笛を吹くと椅子に戻った。しばらくして部屋に戻ってきた師匠とフランチェスコも何もなかったような顔をしている。ただ右手に包帯を巻かれたフランチェスコは筆を手にすることができず、師匠に誘われ、散歩に出た。

サライに固定姿勢を取らせているので、真面目に描いている振りをした。だが師匠の言葉も忘れ、サライも目に入らない。またフランチェスコ。だが今度は僕は何もしていない。

だが、皆の目が僕に注がれているような気がした。マルコのいう通り間違いだろうか？でもどうしてフランチェスコの箱に……工房内《ボッテーガ》では皆気儘《きまま》に動いている。用具箱の所にも皆が行く。——室内は打って変わって静かだった。庭の果実に群れる鳥の囀《さえず》りだけだ。(僕じゃない)と叫びたかった。でも、そんなことを言ったら、もっと変に思われるかもしれない……。

間もなく二人が戻り、市場に行かれたのか、焼き菓子とアニス入り飴玉《あめだま》を机に置いた。サライの好物だ。師匠はまた僕の絵を見られたが、今度は何もおっしゃらなかった。

——帰りの馬車でフランチェスコは上機嫌だった。手を怪我したものの師匠自らの手厚い看護を受け、二人きりで散歩をするという特権も味わったからだ。

「付け替えるようにと蘆薈もこんなにいただいた」と怪我をした右手で袋を持ち上げる。

だが十二月に入ると、ミラーノの屋敷から使いが来て、僕らのミラーノ行きはまたしても禁じられた。

ミラーノ市外で放火があったという。ジローラモ様の手紙によれば、教皇庁に雇われた瑞西兵《エルヴェティチ》の仕業とか。黒死病《ペスト》はミラーノを襲い何万という命を奪ったが、その間、敵も遠ざけていた。ロンバルディーアの各地で戦争が進行しているのはわかってはいたが、アルプスを越えた瑞西兵《エルヴェティチ》がミラーノ市門にまで接近しているとは思いもしなかった。

不穏な冬が過ぎ、年が明け、四月。ラヴェンナの戦いでショーモン伯の跡を継いだガストン・ド・フォワ、ミラーノ総督が戦死した。そして次の総督は、師匠に騎馬像の立つ墓を依頼したトリヴルツィオ元帥となった。だが、それも束の間、六月には西班牙《スパニャ》、ヴェネツィア、そして教皇の同盟軍がついにミラーノを占領した。

そして師匠がヴァープリオの館にいらした！

同盟軍のミラーノ進入に至り、ジローラモ様は、未《いま》だ城を固守する仏蘭西軍《フランチェーゼ》には付かず、師匠を伴ってヴァープリオ・ダッタに戻られたのだ。ジローラモ様、師匠共に仏国《フランチア》王に仕えていた身、同盟軍に街を占領された以上、ミラーノの街中に居られるのは危険だった。

ジローラモ様は「ミラーノ市民は既に同盟軍側に付いている」とおっしゃった。「同盟軍は前ミラーノ公の嫡子、マッシミリアーノ・スフォルツァをミラーノ公に据えるつもりだ。若く従順、同盟軍の意のままになるミラーノ公だ。公国はもう形骸《けいがい》でしかない。だがミラーノ市民は公国がどうなろうと仏国《フランチア》の支配よりもスフォルツァ家の人間の方を支配者として選んだのだ。仏蘭西《フランチェーゼ》軍も国に帰るしかなかろう」

フランチェスコの欣喜雀躍《きんきじゃくやく》するなか師匠は館の塔の一室に落ちつかれ、付いてきたサライとロレンツォにも部屋が与えられた。アントーニオやマルコ、ベルナルディーノたちは直接仏国《フランチア》王に仕えていたわけではないし、危険はないという。

師匠の塔の部屋から見えるトレッツォの城にも仏蘭西軍《フランチエーゼ》が残留しており、ヴェネツィア軍の砲撃を受けていた。師匠は遥《はる》かに見える戦いから目を逸らし、荷を解かれる。身体全体で「愚かなことだ」と言われているように見えた。

仏蘭西《フランチエーゼ》軍ミラーノ在郷軍隊長だったジローラモ様も、仏蘭西《フランチエーゼ》人から厚遇された師匠も、仏蘭西《フランチエーゼ》軍敗退と旗色の決まった今、呆《あき》れるほどの無関心で処していられた。かつて戦争を激しく非難されていた師匠。どのような戦いであろうと、それは忌避すべき愚かな行為なのだろうか。「忠誠心」などという言葉はお二人の中にないようだった。仏蘭西《フランチエーゼ》軍が目の前で攻められているのに、話題は庭の無花果《いちじく》の出来だ。

コーモでは再び黒死病《ペスト》が荒れ狂っていると聞く。黒死病《ペスト》と戦闘……ロンバルディーアは満身創痍《そうい》だ。だがヴァープリオ・ダッタは黒死病《ペスト》にも戦闘にも侵されず、穏やかだった。アッダの流れがここでは穏やかに広がるように、遥かに見える戦塵《せんじん》から目を背け、ミラーノからの混乱も、コーモからの悲惨な噂も、耳を塞《ふさ》いでいれば、川の流れしか耳に入らない長閑《のどか》な村だ。それに何といってもジローラモ様のお帰りに館《やかた》の者たちすべてが安堵《あんど》し、当主に倣って外界に関心のないよう振る舞っていた。

例外は母だけだ。

主人の大事な客と、表面は穏やかに皆に合わせていたが、僕の前では師匠たちの滞在を不快に感じていることをあからさまに示した。僕への影響を恐れているのだ。それにほどなくサライの博打《ばくち》好きもばれてしまった。

夜、二人になると疑わしそうに僕を見て言う。「あの人たちは別世界の人たちだよ」と繰り返す。絵を描いている僕に「従僕がそんなことをして何になるというの」と繰り返す。「真っ当な仕事じゃない」と。

暑さが和らぎ、コーモに荒れ狂った黒死病《ペスト》も収まり秋になると、ジローラモ様のお言葉通り、ミラーノ市民はトリヴルツィオに仏蘭西軍《フランチエーゼ》を連れて街から去るよう要求。そして十二月の末には瑞西傭兵《エルヴェティチ》に守られたスフォルツァ家のマッシミリアーノがミラーノに入ったと伝わってきた。トリヴルツィオは城に残留する仏蘭西兵《フランチエーゼ》を見捨て、自分だけ仏国《フランチア》に亡命したという。

一月、トレッツォの城も陥《おと》されたが、師匠は黙々と解剖の研究に打ち込まれていた。ただしここで人間の屍体《したい》調達は無理なので、死んだ犬や蛇や蛙等が部屋に持ち込まれた。さすがにジローラモ様やフランチェスコですら、この間部屋には近付かなかった。ただし二人とも、これを崇高な仕事と認め、動物の屍骸を見つけたら師匠のところに届けるよう指令が出る。薔薇《ばら》の香りで包まれていた師の身体。今や、その部屋の周囲は一日中、腐った卵のような腐乱臭が漂っている。

母はますます「悪魔の所業」と師匠を罵《ののし》った。師匠が日曜のミサですら教会に行かないことをも母は僕に言い立てる。

僕は「ジローラモ様だって大祭のときにしか行かれないじゃないか」と反論した。

「ジローラモ様は普段だって事ある毎に十字をお切りになられてる」と母はロザリオを繰りながら十字を切った。「フランチェスコ様はそれこそ毎日熱心に通われていられるし、バルトロメオ様だって私といつも行っているよ。だのにあの方はここに来て半年、一度として教会に行かないじゃないか。腑分《ふわ》けなぞ悪魔のすること、異端の魔法使いだよ。恐ろしい」

「師匠が異端だとしたら、信心深いフランチェスコが夢中になるはずがないだろう。レオナルド師匠は絵を通して、僕らに神の偉大さを教えてくださる。自然を通してあれほど神を称《たた》えられる方はいない。教会など形式にすぎないよ」

「何てことを！」と急いで十字を切って母は言った。「私の息子が悪魔の言葉を吐いた。ああ、あの魔法使いのせいだ。あの人に近付くと硫黄の臭いがする」

「ミラーノに行って、師匠の描かれた『最後の晩餐』を見れば母さんだってすぐにわかるよ。誰よりも深い信仰心がなければ、あれほど神々しく慈愛に満ちた主を描くことなど出来やしない！」

「おまえがフランチェスコ様と写したとかいうその絵だろう」と母は暖炉の上に掛けてあ

る僕の模写に厭《いと》わしげな目を投げかけた。「主とユダが同席した『最後の晩餐』なんて見たこともないよ。それだけだっておまえの師匠とやらがおかしいのはすぐわかる」

師匠も褒めてはくださらなかったが、まだ未練がましく掛けていた初めての油彩に目をやり、その稚拙さ、神々しさのかけらもない主のお顔に、自分の未熟さに、すべてに腹が立った。「こんなんじゃない！」と絵を外す。そう、こんなものが模写だなぞと……師匠を辱めていたのは僕自身だ。絵を裏返して床に置き、もう一度「こんなんじゃない。こんなんじゃないんだ」と繰り返した。

母は憮然《ぶぜん》と「おまえはとにかくここの従僕なんだよ」と言って、床に入ってしまう。

「明日も早いんだからね。お休み」


——母のお守りするバルトロメオがジローラモ様やフランチェスコの敬愛する師匠に一人無関心なのは母のせいだと僕は密《ひそ》かに思っている。

バルトロメオも今年で十四歳、既に乳母を必要とする歳ではない。だが母は執拗《しつよう》に彼に付き添い、用心深く師匠と距離を取らせていた。自分の乳から育てたバルトロメオが、フランチェスコや僕のように師匠に傾倒したら、それは母と離れるとき。自分の居場所が無くなると恐れているのだ。更にフランチェスコが弟を寄せつけないのも幸いした。彼は邪険とも取れるほどに弟を無視していた。一度僕の前でつぶやいたことがある。「あいつがお母様を殺したんだ」

フランチェスコにとっては師匠しかこの世になかった。特に師が館に来られてからは、もはや自分一人の師匠、サライやロレンツォのような下賤《げせん》の弟子は無視してよい単なる供でしかない。今や偉大なる師匠は彼の館に住み、彼と寝食を共にして絵を教授してくださる。彼こそが唯一師匠の弟子たるに相応《ふさわ》しい弟子なのだ……そう振る舞っていた。だが、僕ら……そう、敢《あ》えて僕らと言う。メルツィ家の者たちは誰もそう見ていない。師匠はジローラモ様の客、そして逗留《とうりゆう》客として師匠は昔同様当主の子息の相手をしているだけだと。なぜなら、未だに師匠はフランチェスコを呼び捨てにはせず「フランチェスコ殿」と呼び、絵の指導はするが用事は言いつけない。サライやロレンツォに言いつけたことを勝手にフランチェスコがやっているだけだ。勝手にやることでフランチェスコは一番の弟子と自負し、そういうフランチェスコに遠慮しているだけのロレンツォ、もともと何もしたくないサライを無視し、見下していた。

僕は母に言われるまでもなく、従僕として仕えるだけの立場に返った。

フランチェスコと二人でミラーノの師の所を訪ねていたときは、共に外部の弟子と見なされたが、今や従僕の立場に戻るしかない。フランチェスコの絵の相手はサライやロレンツォで適《かな》い、まして長期間の師匠の滞在、フランチェスコの絵に向かう時間も増えれば、僕も共に描くなどということは不可能なことだ。僕は再び仕事の合間に自室で描き、時折の夜、見ていただくという形になった。それも母が熟睡した後にこっそりとだ。母はこの頃呷《あお》るように葡萄《ぶどう》酒を飲み、だらしなく酔って寝てしまうことがある。この館に来てからはレジーナより上の身分と、殊更に几帳面に振る舞い、慎ましやかだったのが、師匠がミラーノに帰られ、そしてここに来られることとなり……そう、この数年、厨房《ちゅうぼう》から盗んできた葡萄酒を、僕の目も忍ぶようにして飲んでいる。バルトロメオの成長と、僕の師匠への傾倒が怖いのだ。そして母が酔いつぶれるのを待って、僕は師匠の所へ足を運ぶ。それこそ師と二人きり。母を愛してはいるが、心を抑えることはできない。

レオナルド師の部屋にはいつも布の掛かった画架がふたつあった。一枚は『貴婦人』だ。もう一枚は『貴婦人』より僅《わず》かに小さいので『聖アンナ』でないことがわかる。長い間、その絵が気になっていたが、ある夜、ようやく見ることが出来た。

「お入り」という声に扉を開けた僕は、その絵に向かって坐《すわ》っている後ろ姿の師匠を見、そして布の取り払われた絵を目にした。

それはサライ……まだ僅かに色を感じるほどの人物像にすぎなかったが、その姿勢からすぐにわかった。昨年、皆がサライを元にして『天使』を描いたとき、師が取らせた別の姿勢、そして師が素描《ディセーニョ》されたサライだ。身を僅かに捩《ねじ》り、左手は胸に、右手は天を指さし、首を傾げてこちらに微笑む何者か……実際のサライよりも長い、女のように豊かに捩じれた長い巻き毛。今の段階でも誘い込むような微笑みは見て取れた。呪縛《じゅばく》するような甘美な笑み、吸い込まれそうな魅惑の笑み。我知らず放した手に扉が閉まり、師匠が振り向かれた。眼鏡を掛けている。

「ジャン」と洩《も》らした声は驚きに満ちていた。

僕はうろたえ「『お入り』と聞こえたので……」と言ったが、呆然《ぼうぜん》と見えた師匠の眸《ひとみ》が和やかに細められたので安心する。

「そう言ったのか。それではおいで」と言いながら師匠は立ち上がり眼鏡を外され、何気なく目を拭《ぬぐ》われたが、炎の明かりに泣いているように見え、僕はまた動揺した。

「お邪魔だったでしょうか」

恐る恐る近寄ると「いや」と言いながら師は「洗礼者聖ヨハネを描いている」とおっしゃり「ヨルダン川で洗礼を施しながら救世主到来を予告した砂漠の聖者だ。ふと思いついて見てみたが、夜は描けない。それに目も悪くなった」と自嘲《じちょう》するような笑い声を挙げ、布を掛けてしまった。

『洗礼者聖ヨハネ』――確かに右手の、天に向けて立てた人差し指の向こうに十字架のような下絵があった。だが……閉ざされた絵に目を向けたとたん、「君の絵を見よう」と促すように師匠の手が差し出された。

持ってきた素描《デイセーニヨ》を見ていただく。『洗礼者聖ヨハネ』はもう見えない。その向こうはやはり布を掛けられた『貴婦人』、そして暗い夜空。落ちつかず、アッダの川音に引き寄せられるように窓辺に近寄ると、月明かりのなかを蝙蝠《こうもり》が舞っているのが見えた。師匠の涙など初めてだ。単に目が疲れたから、それともあの絵に関係のあることとか、それとも何か別の……僕などには計り知れないことだ。『洗礼者聖ヨハネ』……サライは絵のために師匠の側に居るのだろうか。だが僕の知る限り、サライを写したのは工房制作《ボッテーガ》の『天使』と、この『洗礼者聖ヨハネ』のみ。それとも師匠は他にもサライを描かれているのだろうか。夜空の蝙蝠は羽ばたき機《オルニトッテーロ》を想い起こさせ、その上に乗ってはしゃいでいた幼いフランチェスコも思い出させた。そしてそれについて聞いたときの師匠の詠嘆。フランチェスコの言葉、僕が投げた石……ああ、嫌だ。思いを返そう。『洗礼者聖ヨハネ』を前に、なぜ師匠は泣いていられたのか。そう、そういえば昨年……この絵の姿勢をサライに取らせたときの師の様子も尋常ではなかった。あのときは『貴婦人』の絵に向かわれ、五日も籠《こも》った後とかで憔悴《しょうすい》した病人のような様子だった。そして突然、この姿勢をサライに取らせたのだ。黄昏《たそがれ》の薔薇色の光に染まった輝くばかりに美しかったサライ。そして熱に浮かされたようにそれを写し取り、再び部屋に入ってしまった師匠。フランチェスコにも僕にも気付かず、お独りの世界に入ってしまった師匠。洗礼者聖ヨハネ……違う……何かが僕の裡《うち》で囁《ささや》いた。禁欲的な砂漠の聖者なんかじゃない。あれは……肩に手を置かれ、僕は飛び上がる。

「ジャン、何を見ているのだね？」――師匠だった。「私の声も聞こえないほど面白いものが闇のなかに見えるのかね？」

師匠の声は温かかった。「蝙蝠が」と咄嗟《とっさ》に言ったが僕の声は震えていた。「ただ、何となく……」

師は微笑まれ「これは私の構図を元にした素描《ディセーニョ》だね？」と僕の絵を示される。

「はい、ミラーノの工房《ボッテーガ》に伺っていたときに模写したものを、改めて描いてみました」

「自然を描くのはもう飽きたのかな?」

「いえ……ただ、この主題で描いてみたいと思ったのです」

「ゴルゴタの丘に向かうキリスト、十字架を担うキリストだ。私のはもっと単純だったが、君は随分と描き込んでいる」

「師は以前、想像上のものも描くことが出来る。習練を積み技能を磨けば、自分の頭に想い描いたものや、見たこともないものでも描けるようになるとおっしゃいました。この間、模写したこの絵を見て、もっとじっくりと描いてみたいと思ったのです。まだ早すぎますか?」

「いいや、描きたいと思うものを描くことも大切だ。君がここまで描き込んだのは初めてだし、今までにない力も感じる。だが、なぜこの主題を?」——こたえに詰まった僕に
「従僕の仕事を辛《つら》く思っているのかい?」と言われた。

「そんなことは……多分、余所《よそ》の従僕より私はとても恵まれているでしょう。それに師にもお会いできたし、こうして絵も見ていただけます。でも、フランチェスコのように生まれていたらと、そんなこと考えるだけでもおかしいのに……」

「確かに。絵を描く時間も取れず辛いだろうね。だが前にも言ったはずだ。何をしているときでも修業は出来るのだよ。よく見ること。観察し、熟考し、しかして己の裡を見つめる。それが魂を捉《とら》えるすべてだ。ここには魂を感じる。いい素描《デイセーニヨ》だよ。富を羨《うらや》んではいけないよ。失われるものを富と呼んでもいけない。徳こそが財産なのだ。それを所有する人

のほんとうの褒美なのだ。徳は失われないからね。財を貯めた人の名は残らない。いかに多くの皇帝や王侯が何の記憶も残さずに過ぎ去っていったことか。だが魂の籠ったものは残る。だから富や地位を羨むなど馬鹿げたことだ。嫉妬《しっと》は自分を傷つけるだけのもの」──そう言って言葉を切られた師は、口調を変えて「油彩にするのかね？」と言われた。

「出来れば」

「魂を描くには焦らないことだ。ゆっくりと進めよう。一緒にね」

魂を描く……『十字架を担うキリスト』の絵はそれから僕の心の糧となった。

フランチェスコや師の弟子たちを羨む思いがすっかり消えたとは言えない。だが羨みも嫉妬《ねたみ》も僕が背負う十字架……僕が破いた手紙も、投げた石も、この十字架だ。フランチェスコやロレンツォの進み方には到底及ばない遅々とした運びだが、『最後の晩餐』を模写したときとは違い、これは師の構図を元にしたとはいえ、僕自身の想いによって描かれる絵だ。そして遅筆と言うなら大いなる手本となる師匠が居られるではないか。フィレンツェに居られた頃から描いている『貴婦人』は未《いま》だぼんやりとしたままだし、『洗礼者聖ヨハネ』に向かわれている師匠もそれから目にしていない。師匠にとって描くということがどういうことなのか、あの夜、僕が感じたことが何だったのか、それを追求することよりも、僕は初めて師匠が認めてくれたことに有頂天となって筆を進めていた。絵を見せ始めてから三度目の夜、師は僕に上等のポプラ材の画板をくださった。下地用の二度蒸留した松脂油《テレビン》や白色塗料もくださった。僕の部屋では顔料を擦り潰《つぶ》すくらいしか出来ない事を慮《おもんぱか》って、「ゆっくりと進めるのだよ」とおっしゃりながら、貴重な溶き油も分けてくださった。いよいよ油彩に入るのだ。

ミラーノでは未だ残留した仏蘭西《フランチェーゼ》兵の大軍が城を死守していた。

僕はこの混沌《こんとん》がいつまでも続き、師匠がこのままヴァープリオ・ダッタにお住まいになられたら、とフランチェスコのような夢想をする。現に師はジローラモ様と相談され、この館《やかた》の改造計画さえ立てられ始めた。そう、以前フランチェスコの言っていたように、改造すれば羽ばたき機《オルニトッテーロ》の研究だってここで出来るではないか。師匠御自身、ここの風景を気に入られ、アッダ川を愛され、散策された後のお顔は喜びに輝いている。フランチェスコとロレンツォは競って絵に励み、サライ一人が「退屈だ」とぼやいているだけだ。メルツィ家のミラーノの屋敷からもたらされる情報――マルコやベルナルディーノも時折来ては情勢を知らせてくれた。日ごとに欠乏する生活物資、近隣の村を襲い始めた瑞西傭兵《エルヴェティイチ》、確かに混乱は続いている。だが、ヴァープリオは平和だった。

油彩に入ってからの僕の描く時間は更に狭められている。夜、蠟燭《ろうそく》の光の下では着彩出来ないからだ。だが仕事の合間に一筆置くだけでも僕の心は満たされた。「ゆっくりと進めるのだよ」という声の響きは温かさそのままにいつでも甦《よみがえ》る。輝く下地に輪郭すら朧《おぼろ》な絵を前に、僕の前には十字架を担う主の姿が見えている。十字架は僕の罪、僕の苛立《いらだ》ち、僕の嫉妬《ねたみ》を形にしたもの。ゆっくりと僕はそれと向き合う。

三月、やって来たマルコと共に師匠はミラーノに戻られ、僕は不安になったが、四、五日で師は戻られた。だが、この頃から時折フィレンツェからの使者が師匠への手紙を持参するようになった。手紙が届くと使者を待たせ、師も手紙を託す。そしてジローラモ様と部屋に籠られた。僕はサライに聞いてみる。

「師匠はフィレンツェに行かれてしまうんじゃないだろうね」

「まさか」とサライは笑った。「師匠はフィレンツェ政庁と合わないよ。共和国の役人の細々した指図なんて受けたくないだろうしさ。政庁舎の壁画だって賠償金まで払って放り投げてきたんだ。今更戻って描きなおすなんて、なさるわけがない」

ミラーノでは未だ籠城《ろうじょう》した仏蘭西軍《フランチェーゼ》と街を支配下に置いたマッシミリアーノとの睨《にら》み合いが続いていた。長引く混乱と戦闘。だが年が明け、夏が過ぎ、決着がついた。

九月十九日、ミラーノの屋敷から早馬が到着した。

城に居た仏蘭西軍《フランチエーゼ》が白旗を掲げてミラーノを去っていったという。籠城から一年三ヵ月、糧食も尽き、気力も失ったようだ。

ミラーノは完全にマッシミリアーノ・スフォルツァの支配下となった。


玄関広間で知らせを聞いたジローラモ様は師匠に言われた。「お発《た》ちになられますか？」うなずかれた師匠にフランチェスコが「どちらへ？」と上擦った声を挙げる。サライやロレンツォは顔色も変えずに部屋へと戻っていった。

レオナルド師は穏やかな笑みを浮かべながら「ローマに参ります。フランチェスコ殿」とこたえた。「メディチ家のジュリアーノ殿に招《よ》ばれています」

「そんな、そんな……」フランチェスコは途方に暮れたようにつぶやいた。「決めていられたのですか？　前から？」

「仏国《フランチア》がミラーノを奪回することは、もうあり得ない」とジローラモ様。「私はここに居ればよいが、レオナルド師はミラーノに戻るわけにはいかない。フランチェスコ、ローマには師匠のお仕事があるのだよ」

ジローラモ様と階段を上り始めた師匠の後を追うようにフランチェスコの声が響いた。

「ならば私もお供します」

召使たちはもうそれぞれの持ち場に戻っていたが、バルトロメオを連れた母が従う後、僕も我知らず付いていた。師匠がローマへ……そしてフランチェスコまで……。

「フランチェスコ」とジローラモ様が振り返る。「おまえはメルツィ家の長男、跡継ぎだ。それに師匠は遊びでローマに行かれるのではないぞ」

「わかっています。だが父上はまだまだお元気です。父上こそマッシミリアーノがミラーノの君主となった以上ミラーノに戻られることはないはず。ここの領主はまだ父上です。そして父上は貴族の嗜《たしな》みとして絵画は大切だとおっしゃられた。私の絵はまだ未熟です。師がローマに行かれるとあらば私も。今度こそほんとうに弟子としてお供をさせていただきたく存じます」

「フランチェスコ殿」と師匠も振り返り、足を止めた。「私の弟子となり、ローマに来るということは、その間、メルツィ家の御子息ではなく、私の弟子たちと同じ身分になるということですよ。そんなことがお出来になろうとは思われません」

「結構です。ただのフランチェスコとなりましょう。お供をさせていただけるのであれば、メルツィの家名はここに置いてまいります。弟子にしていただけるのであれば容易《たやす》いこと」

「これは……」とジローラモ様。「アッシジでなくともフランチェスコとは父を裏切るものだ。名前を誤ったようです」——呆《あき》れたことに苦笑されていた。名前を誤る？　フランチェスコ……。ようやく、アッシジの聖フランチェスコ、清貧を説き、家財も何も投げ出し父の怒りを買った聖フランチェスコのことだとわかる。「ご面倒でもしばらくお預けするしかないようですな」――まるで覚悟をされていたかのように、さらりとおしゃった。

僕も……と、フランチェスコと並んだところで止められた。母の手が僕の腕を摑《つか》んでいた。フランチェスコが僕を見る。凍りつくような眼差《まなざ》し、初めて僕を見たときの四歳のフランチェスコの眸《ひとみ》だった。そして再び師匠とジローラモ様に目を向けた。「私はもう二十歳、自分のことは自分でできます。それに私はもうメルツィ家のジョヴァン・フランチェスコではなく、レオナルド・ダ・ヴィンチ師匠の弟子、ただのフランチェスコとなったのです。従僕も要りません」

短剣を持っていたらフランチェスコを刺していたかもしれない。呆然《ぼうぜん》とフランチェスコを見つめ、母の手を払い、そしてバルトロメオの叫び。振り返ると階段を落ちる母……後を追ったバルトロメオが母を支え、逸速《いちはや》く駆け降りた師匠が母を診た。僕は未だ階段の途中に突っ立ったまま……何もかも信じられずにいた。僕のせい……だが……夢中で手を払ったが……落ちるなんて……。「ジャン」という師匠の声に慌てて下りる。

今……薄暗い蠟燭の明かりで見ても、布団から突き出した母の足は南瓜《かぼちゃ》みたいに丸く腫《は》れ上がっている。

怪我は足だけで済んだが、師匠が言われるには捻挫《ねんざ》で、少なくとも半月は歩けないとのこと。階段の下で母が押さえた足は、靴を脱がせると見る間に腫れ上がった。

師は怪我が足だけだとわかると、すぐに軟膏《なんこう》を作りはじめ、足の甲全体に厚く塗り、棒と板で固定した上から布で巻いてくださったが、軟膏は半時間ほどで乾いてしまい、土壁のように罅割《ひびわ》れた。軟膏を当てなおす度、母の顔は痛みに歪《ゆが》み「医者を」と叫んだ。師匠の手当てを怖がり、僕と二人になるとすぐに「何もかも外せ」と言う。川向こうから来た医者が足を診て、布を巻き直し瀉血《しやけつ》をすると、ようやく安心したように眠りに落ちた。師匠が軟膏の作り方を教えてくださる。亜麻《あま》の種を粉にしたものに辛子を混ぜ、更に水で練るのだ。幸いすべて厨房《ちゆうぼう》にどっさりと蓄えがあり、カルロッタが種と辛子、乳鉢を部屋に持ってきてくれた。

夜半、階下から聞こえていた荷造りの騒々しい物音も絶えた。

ローマ……ローマへ。かつて——師匠の弟子となり、工房《ボッテーガ》にやってきたフランチェスコをマルコたちと迎える日を夢想した。だが取り残されるのは僕、僕だ。

この部屋に母を運んでから、来てくれたのはカルロッタだけ。召使部屋に召使を見舞いに誰が来るというのだ。わかってはいたが階下の慌ただしい気配に僕の心は苛立ち、滅入《めい》った。身動き出来ない母を置いて勝手に付いていくことはできない。しかも怪我を負わせたのは僕だ。そしてフランチェスコははっきりと僕を拒絶した。ローマ……フィレンツェすら行けないのにフィレンツェより更に遠いローマ。そして冬になれば二十六歳。今度師匠にお会いできるのはいつだろう？　メルツィ家の従僕ジャンピエトリーノ、屋根裏部屋で絵など描く変わり者の従僕。軟膏を作りながら涙が溢《あふ》れた。

医者は何も言わなかったが、僕は「医者の指示だ」と言って、師匠から教わった軟膏を頻繁に貼りなおす。幸い一日、二日と経つうちに熱が引いてきたのか、軟膏の乾きは遅くなったが、母は医者が瀉血をして帰る毎にぐったりとし、顔色も悪くなった。

そして早馬が来てから五日目、九月の二十四日だ。師は発たれてしまった。サライ、ロレンツォ、フランチェスコ、従僕は要らないと言ったのに、下男のファンフォイアが供となる。僕が冷静に、少なくとも冷静を装って見送ることができたのは、前日の夜にロレンツォから聞いた言葉、師匠の伝言に縋《すが》ったからだ。

医者が母を診ている間、ロレンツォは僕を廊下に呼び出し囁《ささや》いた。「ローマに落ちついたら、呼ぶからって。師の伝言だ」

僕は思わずロレンツォにしがみつき、また泣いてしまった。ロレンツォは「内緒だよ。まだ」と僕を抱いたまま囁いた。「こんなこと、君の母さんが聞いたら、寝込んだままになっちまう。だから、君の母さんが元気になった頃、『ジローラモ様に手紙を書いて、ジローラモ様の命令で君をローマに来させるようにする』って。『大いばりでローマに来られるようにする』って。『そう伝えておいで』って。泣くなよ、大丈夫だ」

「ほんとうに？　ほんとうに師匠がそうおっしゃったのかい？」

「そうだよ。師匠は何よりも君の母さんのことを気にしてるんだ。師匠に君を攫《さら》われるって気に病んでるからね。『絵の指導はフランチェスコ様だけに』って言いにきたこともあるんだよ。『従僕に絵など教えて、どうなさるおつもりですか』ってさ」

「母が？」僕は驚いてロレンツォから身を離し聞いた。「いつ？」

「僕が聞いただけでも二度。師匠はとても困って謝ってた。でも僕には『君には言うな』っておっしゃった。でも君を見てると黙っていられない。ここに来ない師匠を冷たいと思ってるだろう？　師匠は今君を連れだせば、君の母さんがここに居辛《いづら》くなるって気になさってるんだ。フランチェスコだってそうだ」

「フランチェスコが？　とんでもない。彼は僕を拒絶したんだ」

——医者が出てきた。ロレンツォは「じゃあ、明日、発つよ」と、もう一度僕を抱き、階段を下りていってしまった。明日……絶望と期待のなかで医者を送り、部屋に戻る。蒼《あお》褪《ざ》め、心細げに寝台に横たわる母を恨む気にはなれない。母にとって僕はあらぬ夢を追う親不孝者だ。

「誰と話してたの？」と母は疑い深げな目付きで聞いた。目の下に、怪我をする前にはなかった隈《くま》が浮かんでいる。

「カルロッタだよ」と言うと、安心したように瞼《まぶた》を閉ざし、眠りについた。

出立の朝、師匠は僕を抱き「また会おう」と短くおっしゃり、すぐに馬に乗ってしまわれた。

驢馬《ろば》に括《くく》られた『聖アンナ』『貴婦人』『洗礼者聖ヨハネ』。フランチェスコは僕を無視したまま颯爽《さっそう》と師匠の後に続き、サライは晴々とした笑顔で「またな」と言った。ロレンツォ、ファンフォイア……僕は見送り、三階の部屋に戻る。

「出立されたよ」と告げると、母もサライのような晴々とした笑顔になった。


「また会おう」……だが、陽が上り、そして沈み、冬が来て、春が来て、夏が来て……ののろのろと過ぎる時のなかで僕が溺《おぼ》れかけても日常は変わらなかった。フランチェスコから手紙が届いたのは四度、どれもジローラモ様に宛てたものだ。そして師匠が発《た》たれてから二年後の夏、ミラーノが再び仏国《フランチア》の傘下になった。聞くところによれば仏国《フランチア》の王も変わったとか。ヴァープリオ・ダッタの閉ざされた館《やかた》に仕える一従僕にとってはどうでもよいことだった。

だが、闇の後には光が来る。気が遠くなるほど長く感じた陰鬱《いんうつ》な時の後だったが、その冬……僕が二十八になったとき、ファンフォイアが帰ってきた。

ジローラモ様の部屋に召《よ》ばれた僕は、師匠がもうすぐミラーノのメルツィ家にいらっしゃるという信じられない事を聞く！

ボローニャでは今、ミラーノを占領したフランソワ一世と教皇庁との和平交渉が行われていたが、師匠はそれに立ち会われており、帰りにミラーノにも寄られるそうだ。

呆然とした僕の前で、ジローラモ様は母を召んだ。そして母に言う。

「これから私はまたミラーノに住むこととなる。フランチェスコが帰るまで、この館はバルトロメオに任せるが、彼はまだ十七、おまえが見てくれるだろうね」

母の立場は安泰どころか、思わぬ大任を言いつかったわけだ。そして僕のローマ行きを告げ、ファンフォイアに代わってメルツィ家の従僕としてフランチェスコに付き添うためとおっしゃられた。「長い期間ではない。フランソワ一世がすぐにレオナルド師をミラーノに招《よ》ばれることだろう」と。師匠とジローラモ様のお心遣い。諦《あきら》めかけていた心に火が灯《とも》り、悦《よろこ》びは涙となった。

ジローラモ様とミラーノへ。そして師との再会！

師はこの上もなく優しく「また会えたね」とおっしゃり僕を抱きしめてくれた。そしてローマへ！

僕の夢は今度こそ叶《かな》った！
ローマでの僕は師匠の弟子として在り、従僕でも何でもない。だが……壮麗なヴァチカーノ宮殿よりも、華やかなローマの都よりも、僕を驚かせたのはフランチェスコだった。フランチェスコが僕を歓迎したかどうかは知らない。だが再会したフランチェスコは僕に何も言いつけず、同じ食卓に着いても平気、まさに「ただのフランチェスコ」となって師匠に仕えていた。二年の間に見事なまでに完璧《かんぺき》な弟子、誰よりも献身的な弟子、誰よりも信頼厚い弟子として、弟子のなかでの地位はミラーノに居た頃のアントーニオやマルコのような存在、いや、それ以上になっていたが、メルツィ家のフランチェスコ、僕の主人としては振る舞わなかった。二年前の言葉を忠実に守っているというわけだ。

ただのフランチェスコは、あっさりと僕との再会を喜び、食卓でパンを分けてくれ、僕を寝台にまで案内してくれた。召使だった僕に、母とのように布で仕切っただけの同室だ。呆気《あっけ》に取られて僕は彼をただ見る。だが神経質な顔はそのままに、歪《ゆが》むこともなくにこやかに僕の寝台を示した。

「さあ、ここがおまえの寝台だよ」
気位の高さは一層優雅な物腰に代わり、氷のような眼差《まなざ》しは柔らかな笑みに代わって、僕を戸惑わせた。それはただの新しい弟子を迎えた兄弟子の態度だった。だが、ほどなくそれは無関心ゆえの優しさと知る。彼の眼差しは昔以上に師匠だけに絞られていたのだ。

この熱愛の間に入ることなど不可能だと、僕はローマに着いた初日で知る。

フランチェスコの全神経が師匠に注がれていた。師匠の眼差し、師匠の言葉、師匠の動作……師匠が椅子に坐《すわ》ろうとなさればすかさずフランチェスコが座布団《クッション》を整える。立ち上がろうとなさればすぐに手を差し出し杖《つえ》代わりとなる。文字通り手足となって仕えていた。恐らくは無意識だろうと思うが、師匠も自然とフランチェスコに呼びかけている。

「フランチェスコ、水を」「フランチェスコ、そこの紙を取っておくれ」「フランチェスコ、私の眼鏡は」……サライが「フランチェスコ、フランチェスコ、フランチェスコ」と、聞こえよがしにつぶやいても無視されるだけだった。

生まれたときから、自分の皿一枚運んだこともないフランチェスコ。館の中で誰よりも傲慢《ごうまん》でわがまま、誇り高いフランチェスコが従僕の僕以上に甲斐甲斐《かいがい》しく、嬉々《きき》として師匠に仕えていた。

ロレンツォは僕に言った。「フランチェスコの身分、教養、外見、師匠にとっても誇れる弟子だもの。誰よりも身近に置かれるのは当然だろう? それに今は絵だって僕やサライより上手《うま》い。供として連れ歩くにも最適、文書を書かせても最適、何をさせても僕らを上回ってる。仕方ないよ」

サライは笑って言う。「正直、あの若様があそこまで仕えるとは思わなかったぜ。師匠も歳を取られたし、奴に任せておけば俺も助かる」——そして「ローマは楽しい」と、夜毎街に出かけて行った。
そして師匠。再会を喜び「また会えたね」と、この上なく優しくおっしゃってくださり、旅慣れぬ僕を優しい気遣いで包んだままローマまで導いてくださった師匠は——今も僕と視線が合えば微笑み、絵も丁寧に指導してくださるが、呼び寄せるのはフランチェスコだ。僕はロレンツォやサライ同様、退いて二人を見ることしかできない。だが、狂おしいまでに願った夢……弟子として師匠に付き、共に生活し、絵を描く……夢のような生活が叶ったのだ。フランチェスコはいずれヴァープリオ・ダッタの領主として戻る身、僕はもう戻らない。そして、そのときこそ、師匠は「ジャンピエトリーノ」と、頻繁に僕を呼ぶようになる、そう思った。

ローマに来られてからの師匠の新しい油彩はなかった。師のお心は、このところまた絵から離れ、沼地や教会の計測、そして数学へと向かわれていた。『貴婦人』や『洗礼者聖ヨハネ』の絵には布が掛かったまま。昨年まで夢中だったという大がかりな星の観測機とやらも埃《ほこり》を被《かぶ》っていた。師匠の移り気は昔からのこと。だが、フランチェスコとサライを供に師が出かけられたとき、ロレンツォが『貴婦人』と『洗礼者聖ヨハネ』をこっそりと見せてくれた。

『貴婦人』はほとんど仕上がっており、左手を残すのみではないかとロレンツォが言う。婉然《えんぜん》と微笑むその顔に僕は息を呑《の》んだ。

『最後の晩餐』を初めて目にして以来、師匠の描かれる人物が生きているように見えるのは今更のことではない。だが、その到達地点と言えるのがこの『貴婦人』。描かれた貴婦人ではなく、まさにそこに在る貴婦人だ。圧倒的なその存在感、実際の人間以上の存在感に僕は圧倒され、フランチェスコが無条件に下僕のように仕える様に納得した。

僕が母や身分にこだわり逡巡《しゅんじゅん》し続けたのは逃げ。フランチェスコは誰よりも師匠の凄《すご》さを知り、認めていたのだ。師匠が絵筆を手にしようが、しまいが、傍《はた》から何を聞かされようが、たわいない遊びでヴァチカーノ宮殿の枢機卿《すうきけい》たちをからかおうが、この頃不自由になられてきた右手で皿を割ってしまおうが、何がどうあろうと、それこそ身分も家名も……何を置いても師匠に心服し、仕えようと決めたのだ。最初は『最後の晩餐』に描かれたヨハネが母親に似ているという、それだけのことだったと思う。僕はそれを馬鹿にし、愚かな優越感に浸っていた。だがフランチェスコの目がいつしか僕を超えていたのも確かだ。従僕から弟子に、貴族の若様から弟子に、僕以上に捨てるものも多いのに躊躇《ためら》いもなく彼はかなぐり捨てた。多分、『貴婦人』の前で、絵に打たれながらも、自分の弱さ、嫉妬心《ねたみごころ》を恥じている僕は、フランチェスコのような感応力にも乏しいのだろうと更に恥じ入る。そして『洗礼者聖ヨハネ』。

それはやはりサライだった。だが、今のサライではなく、師が固定姿勢を取らせたときのサライでもない。すっきりとした頰、誘い込むような眸《ひとみ》、魅惑的な微笑、ほっそりとしなやかにひねった牡鹿《おじか》のように優雅な身体の線、十五年前……僕が初めて出会った頃の、目の覚めるような美しさに輝いていた二十歳前後のサライだ。いや、そうだろうか、姿勢はミラーノの工房《ボッテーガ》でのサライ、そして容姿は二十歳頃のサライ、だが違う。サライに……かつてのサライに似た……だが別の者。暗い背景は部屋の薄闇に溶け入り、まるで裸身のサライに似た別の何者かがそこに立っているように見えた。更に美しいサライ、サライを超えたサライ、ロレンツォの声。「サライに似てると思わないか?」

似ている……ロレンツォはそうとしか思わないのか? 僕はびっくりしてロレンツォを見た。「これはサライだよ。ミラーノの工房《ボッテーガ》で君たちがサライを元に『天使』を描いていたとき、師匠がこの姿勢を取らせて描かれたじゃないか」

「え?」ロレンツォは呆気に取られたように僕を見、そして絵を見た。「『天使』を描いていたときだって? よく覚えてないや。でも、これがサライかい? とてつもなく美化したサライだな、まったく。そりゃ、サライは男前だよ。この工房《ボッテーガ》一の男前だ。だけど、少なくともミラーノに居たときのサライにしたって、こんな細い顔じゃないし、胴だってこの倍はあったじゃないか。いまは更に太いよ」

ロレンツォはフィレンツェから師匠が連れてきた弟子、匂い立つような美しさに溢《あふ》れていた頃のサライを知らない。階下から聞こえた人の声と同時に布を降ろしたロレンツォに、僕はただ「確かにね」とこたえた。「猫の絵の間に竜を描かれる師匠だもの。実在のもののからいくらだって離れることがお出来になるんだよ」

そう……黒死病《ペスト》の最中、描かれていた黒チョークの逆巻く水の絵は、今、一連の『大洪水』の連作となっていた。何もかも呑み尽くす水。優しすぎる師匠の中から生まれたとは思われない荒れ狂う水の世界。この世の終りの絵だ。超然とした『貴婦人』、蕩《とろ》けるような美に満ちた『洗礼者聖ヨハネ』、そして激しく絶望的な『大洪水』の連作。フィレンツェからの師匠の絵は今までの絵とは違う。『最後の晩餐』や『聖母様』、『聖アンナ』のような聖書を題材とされたものではなく、より個人的なものだ。

昔、師匠は「形は習練で描けるようになる、だが魂を描くことは難しい。そして何より大事なのは魂だ」とおっしゃった。繰り返し、何度も。僕がローマに抱えてきた『十字架を担うキリスト』も「形は捉《とら》えられている」とおっしゃったきり。つまり、魂はまだまだというわけだ。師匠の絵の実在感は魂にあると僕にもわかりかけてきている。だが魂、師匠の魂とは、師匠が絵に込められる魂。何度か伺おうとして、師の笑顔に拒否された。フランチェスコを魅了し、サライやロレンツォ、そして僕にまで向けられるこの誰よりも優しさに溢れた眸に向かって、どう切り出せばよいのか、僕にはわからなかった。

いずれにしろ、僕は今や名実共にレオナルド師匠の弟子。師が「フランチェスコ」と連呼しようが、夜遊びを続けるサライを相変わらず甘やかしていようが、もう気にすることはやめた。改めて『十字架を担うキリスト』を描き始める。

十字架は重い。母やフランチェスコ、師匠、サライ、ロレンツォ……僕の裡《うち》で愛と憎悪は表裏一体となって打ち寄せる波のようにその都度形を変える。己の感情に動揺することなく、十字架と主を描くことが出来れば……いや、その感情を内包して描き込めれば……どうすればよいのかわからなかったが、描くうちにわかるのではと、僕の中で声が聞こえていた。単に聖書を題材とした絵ではなく、魂を込めた絵だ。今度は師匠が側に居てくださる。僕は師と共に住み、昼夜を共にする弟子なのだ。壮麗なヴァチカーノ宮殿も、世界一の都市と言われるローマの街も興味はなかった。工房《ボッテーガ》に住み、弟子として絵を描き続けていられる。これほどの悦《よろこ》びがあるだろうか……。


新たな環境に僕は酔いしれ、そして悦びに満ちた日々は矢のように流れるということに気付かなかった。

ローマに来て二ヵ月後、師匠をローマに招いた教皇の弟君、ジュリアーノ・デ・メディチ様が亡くなられ、その半年後に師はミラーノに戻られた。仏国《フランチア》への旅立ちのためだ。フランチェスコとサライ、ミラーノの工房《ボッテーガ》で料理を作っていたマトゥリーヌと夫のバッティスタ・デ・ヴィッラニス——母親が亡くなってミラーノに留まることもなくなったヴィッラニス夫婦を伴い、仏国《フランチア》に行かれてしまったのだ。

ジローラモ様の言葉は正しかった。仏国王《フランチア》、フランソワ一世は師匠を招《よ》ばれた。但しミラーノではなく仏国《フランチア》の王のお側、アルプスの向こうへ。

兄弟子としてのフランチェスコが優しく言う——おまえも召《よ》ぶよ、ジャンピエトリーノ。ローマと違い、仏国《フランチア》じゃもっと覚悟がいるだろうしね。おまえの母親の仮病が落ちついた頃に。母は師匠の仏国《フランチア》行きを聞いたとたんに、また寝込んでしまった。今度は風邪だ。だが仮病ではない。高熱にうなされている。そしてローマでの決心にも拘わらず、僕はまたしても母を置いていくことはできなかった。だが、母の風邪が治っても、仏国《フランチア》からの便りはなかった。

半年後にサライが戻ってきた。そして師匠の訃報《ふほう》を聞いたのはそれから二年後、僕がもう三十を過ぎてから……フランチェスコからジローラモ様に宛てた手紙による。

——一五一九年五月二日、我が師、天さえ再び創造できないような偉大なる芸術家、レオナルド・ダ・ヴィンチ師匠が亡くなられました——

ジローラモ様は僕を召ばれ、この部分だけを読み上げられた。そしてつぶやかれた。

「これでフランチェスコも帰ってくるだろう」

第五章　一五二四年　パーオロ・ジョーヴィオ

ロンバルディーア、ミラーノにて　一日目

九月半ば、ヴァープリオ・ダッタの領主ジローラモ・メルツィの息子にしてレオナルド・ダ・ヴィンチの弟子となったジョヴァン・フランチェスコ・メルツィのミラーノの屋敷で、ジャンは嬉々《きき》として私を迎えてくれた。

だが八年前ローマで、得意気に「レオナルドの弟子」と言っていた若者の面影は遠く、むしろコーモに居た頃の陰気な子供がそのまま大人になったような生気のない笑顔は、一瞬私より老けて見えた。

「パーオロ様、お変わりなく」

召使に鞄《かばん》を預け、そのままジャンに案内されながら「おまえは随分と変わったね」と、つい口に出してしまう。「ローマで出会ったときには目を見張るほど溌剌《はつらつ》とした若者になったと思ったものだが、病気でもしたのかい？　病み上がりのように疲れた顔だ」

「本当にお変わりない」とジャンは寂しげに微笑んだ。「昔から言いたい放題のお方でしたが、何年振りに出会っても開口一番の毒舌とは。確かに病み上がり、師匠が亡くなられ、希望も失せました」

「師匠って、それはまた随分と……。確か、ラファエッロの逝った前年だから、五年も経つじゃないか。まだ……」と、扉の前で振り返った顔を見て口を噤《つぐ》む。どうやら当主の待つ部屋に着いたようだし、彼の陰鬱《いんうつ》な表情は私の軽口を押さえるだけの力を持っていた。

通されたのはレオナルドの絵などどこにもない客間だった。

しかし予想はしていたものの、フランチェスコ・メルツィに見覚えはあった。あのへぼ詩人のバラバッロが象から落ちたとき、レオナルドと共に居た若者だ。亡き猊下《げいか》はあの顚末《てんまつ》が殊の外お気に召し、後に書斎を個室とするために作らせた扉に寄木で『象から落ちるバラバッロ』の絵を描かせたが、あの書斎の『アテナイの学堂』の壁画と共に、目にする度、長い間苦々しい思いしかなかった。あれから十年以上……だがジャンと違って、フランチェスコの印象は当時とさして変わらない。むろん初々しい若者と映った当時と比べれば、歳相応の落ちつきを加えてはいたが、北欧人のような青味がかった金髪、冷たい湖のような青い眸《ひとみ》……正面から向き合うと昂然《こうぜん》とした面持ちに、軽口は慎んだ方がよい人種だと察する。隣に立ったのは夫人だろう、黒髪に黒い眸の瘦《や》せこけた女。こちらも生真面目な顔付きだ。

夫人はアンジョラ・ディ・コンティ＝ランドリアーニと紹介された。

ランドリアーニ伯爵家のアンジョラ。本人の名前よりランドリアーニ伯爵という響きを強調した出自の紹介だった。それとも、それ以外の取り柄もない夫人ということか。だが「パーオロ・ジョーヴィオ殿」と私の出した手紙を手にして広がったフランチェスコの笑顔は温かく、戸惑うほど無邪気だった。「高名な著述家と伺っております。お手紙では師のことを著したいとのことでしたが、聞けば昔、母が他界したときには貴殿の父君がマイヤとジャンをコーモの館《やかた》から寄越してくださったそうで。弟が育ったのはマイヤのおかげです。お世話になりました。偉大な師のことを書いて残してくださるのも嬉《うれ》しいことですし、出来る限りの協力を致す所存です」

「それはありがたいことです」と、いささか勝手の違う相手に私も生真面目な返答をする。

フランチェスコは「家も母の生前には貴家とかなりお付き合いもしていたそうですね」と続けた。「それに貴殿は教皇に仕えていらっしゃるそうですが、私が師と共にローマに居たときにも既にヴァチカーノに居らしたとか。あの頃はレオ十世が教皇であられましたが……今までお会いしなかったのが不思議なくらいです。師にはお会いになっていらしたのですか？」

横でジャンがはらはらした様子で突っ立っている。レオ十世と共にバラバッロ事件を企《たくら》んだ男と知ったら、この整った顔がどう崩れるか、それを見たい誘惑にも駆られたが、冗談は通じそうもない。とりあえず初対面、私はおとなしく相槌《あいづち》を打った。

「いや、当時もベルヴェデーレ宮には何度かお伺いしたのですが、残念ながらレオナルド殿にも貴殿にもお会いできませんでした。たまたまジャンとは会いましたが」

「ええ」とフランチェスコが咎《とが》めるようにジャンに視線を投げてから言う。「そのようで。私たちがローマを発つ半月ほど前だったとか。それも、貴殿からお手紙をいただいた先月、初めて聞いたのですよ」

ジャンは何も言わなかった。私は「あのときは単に伺っただけでしたからね」とこたえる。

「だが、今、師のことを著し、後世に残されようと思われた」とフランチェスコ。「当然のことです。私も文才がありましたら、当然そうしていたことでしょう。今、師の残された手稿を整理しているところです」と口調は誇らしげになる。「手稿だけで五十冊もございますのでいずれはすべてをと考えておりますが、とりあえず『絵画論』として本に纏《まと》めようと、絵画に関する文章だけ取り出しています。ジャンと。ジャンは師の文字を見慣れておりますのでね。ジャンともう一人、専門の書記を雇って整理しているところです」

「ほお、五十冊とは、厖大《ぼうだい》な数ですね」

「手稿の大きさも様々、厚さも多様、綴《と》じられていないものも加えれば一万三千頁ございます」

「この一年」とランドリアーニ伯爵家のアンジョラ夫人が忌ま忌ましげに口を挟む。「二人も使って整理させているのに未《いま》だに出来ませんのよ。とても難解なものだそうで」

とっさに蒼白《あおじろ》い肌を紅潮させたフランチェスコが夫人に険しい眸を向けたが「師の遺品をお見せしましょう」と、腰を上げた。「それとも部屋でお休みになられますか？　明日になさいますか？」

「いえ、すぐに拝見できれば私もその方がありがたく思います」

「絵も手稿も、残された物はすべて一部屋に保管してあります。どうぞ。三階です」

「聖遺室ですわ」と嘲《あざけ》るような夫人の声を残し、フランチェスコとジャンと三人で部屋を出た。

「偉大な師の残された物を見たいという方は沢山いらしたが、本に著したいとの御要望は初めてです」と階段を上がりながらフランチェスコ。「お手紙と共にお送りいただいた『魚について』の御高著も拝読させていただきました。生前から師は高名であられ、死後もそれは高まるばかり。師の作品を知ればもっともなことですが、本にも著されるというのは嬉しいことです。ギリシアの賢人たちについて書かれたものはあっても、画家、もっとも師は彼らに並びうる哲学者でもありますが、未だ画家として本に残された者はおりませんからね」

私は「いや」と慌てて言った。「後世に残すべき偉大な画家という概念に変わりはありませんが、レオナルド殿一人を著そうというのではありません」

フランチェスコの足が止まった。「と、おっしゃいますと？」

「ラファエッロ・サンツィオはご存じですか？」

「ヴァチカーノに居らした？」

「そうです。四年前に亡くなりましたが、実は彼のことも書きました。それにミケランジェロ・ブォナローティも考えています。実はレオナルド殿お一人ではなく、当世の偉大な画家たち何人かの……本にしようと思い立ったわけで」

「そうですか」とフランチェスコの顔が曇った。はっきりと感情を顔に出す男だ。「師と比べれば並び立つような方々とも思われませんが。まあ、御覧になればおわかりになられることでしょう」と、二、三段残した階段から見える廊下の突き当たりの扉を示し、歩きはじめる。「ラファエッロ殿はローマに居たところ何度もいらしてくださいました。確かにヴァチカーノでは随分と厚遇されていらしたようですが、師への讃嘆《さんたん》は限りなく、崇拝と言ってもいいほど。確か、ヴァチカーノ内の壁画にも師をプラトンに準《なぞら》えて描かれましたね。御自身で『直接教えを請うことは叶《かな》いませんでしたが、師匠の作品を拝見できることは、作品はそのまま私の師です』とおっしゃられていましたよ。つまり師は彼の言葉に拠《よ》れば彼の師でもあったわけです。画家なればこそ師の偉大さも充分におわかりになられるのだと思いましたが、亡くなられたのですか。まだお若い方でしたが」

明らかにレオナルドと並べられる画家ではないという意図は解したが、無視した。「まだ三十七歳でしたよ。過労と……彼の場合、絵画制作だけではなく多方面に精力的でしたからね。私の聞いた限りでは医者の瀉血《しゃけつ》のしすぎですね」

「師も医者の瀉血に対しては懐疑的でした。失礼を、貴殿は医者でもあられるとか」

「患者を診たのは大昔の事ですよ」

部屋にはフランチェスコの言っていた書記だろう、窓際の机に老いた男が背を向けており、私たちが入っても振り向きもせずに鵞《が》ペンを動かしていた。

男の机、そして隣の机上にも厖大な紙片が山積し、中央の卓子には冊子や書類が積まれていたが思いの外整然としていた。フランチェスコの性格の反映だろうか。

フランチェスコは男には構わず、奥の続き部屋へと進んだ。そして私は再び『洗礼者聖ヨハネ』を目にした！

ローマの工房《ボッテーガ》で初めて目にしたレオナルドの絵……。馬鹿にしていた私の声を失わせた絵は再び目の前にあり、またしても私を打ちのめした。圧倒的な存在感、見事に仕上がっていた。

「『洗礼者聖ヨハネ』です」とフランチェスコの声。「師の最後の油彩です」

ヨハネの微笑みはより蠱惑《こわく》に満ち、闇の中から浮き立つように捩《ねじ》った姿態は聖者の絵とは思われぬほど艶《なま》めかしく官能的で……だが背後の闇はなお深くなり、その眼差《まなざ》しと共に私を引き込むようだった。フランチェスコが得々と何か言っていたのに気付くまでどれほどの時が流れたのか。ただ呆然《ぼうぜん》と魅せられていた。

「ジョーヴィオ殿」とフランチェスコの嬉々《きき》とした声。鬱陶しいと思いつつ振り向くと「こちらは『聖アンナと聖母子』です」と、暖炉を挟んで掛けられた絵を示した。

かつてのラファエッロの称讃は世辞ではなく、フランチェスコの傾倒ぶりもわかった。ただし今頃になって。いや、ローマで未完の『洗礼者聖ヨハネ』を見たときから、私の認識は……常に正しかった私の認識が唯一誤っていたらしいと思いはし……五年前、フィレンツェで目にした作品でも衝撃を受け、ついに認めたものの、まさに天才だと思った。聖アンナの、聖マリアのこの微笑、この表情、この気品。掃いて捨てるほどの画題、どこにでもある画題なのに、今までに見たこともない『聖アンナ』。紛《まが》う方なき天才だ。

感情を人に見せるのは好まない。だが、悔やんだときにはもう受けた感銘は伝わっていたようだ。

「ジョーヴィオ殿」と、またしてもフランチェスコの声に振り向き、彼に導かれるまま胡桃《くるみ》材の大きな卓子に向かった私は、彼が勿体《もったい》ぶって櫃《ひつ》から取り出した解剖図にまたしても目を奪われた。

人の手とは思われぬほどの見事な線で描写されたこの上なく精緻《せいち》な解剖図。そして突然マルコ・アントーニオ・デッラ・トッレの言葉が甦《よみがえ》った。未だ苦しみと共にしか浮かばない失われた唯一の友、最愛の友……。

――「神の手とも見紛う見事な描線」「魔法で描かれたような精緻な図」ああ、こうも言っていた。「あの画家は天才だ」「賢者だ」――マルカントーニオ、マルカントーニオ、マルカントーニオを魅了し、私から彼を奪った解剖図だ。あのとき素直に従っていれば……パヴィーア大の医学部で……私はまだ二十代……こんな田舎貴族の得々とした提示に愕《がく》然《ぜん》とした己が顔を晒《さら》す以前にレオナルドとも知り合い……こんな間抜けた顔を人目に晒すこともなかっただろう。確かにレオナルドは天才、だが見事な解剖図はあの頃の私の苦い思いを、やりきれぬ憤懣《ふんまん》を、マルカントーニオの切ないまでに麗しい顔を、凛《りん》とした声を思い起こさせ……そして、ああ、このフランチェスコの得々とした表情と、レオナルドについて私に語ったときのマルカントーニオの表情がどれほど似ていることか……。呆然としていた頭にようやく血が通う。レオナルドは天才だ、それは認めよう。だが私は会ってもいないし、絵は認めるものの、彼を、彼自身を崇拝するまでには至っていない。どれほどの素晴らしい絵を描こうが、人としての彼がどんなだったか……そう、冷静になれ、パーオロ。いつものように冷静に。あのマルカントーニオが魅了されるほどの、真に魅力的な男だったというのか？　いや、画家ならばその作品がすべてのはず。作品に脱帽した以上、おまえは何を求めているのだ？　またも混乱してきた……冷静になれ、パーオロ……。

「ジョーヴィオ殿」と、フランチェスコの再々の声。「どうなさいました？　ご気分でも悪いのですか？」

「いや」と、ようやく解剖図から目を離す。「ミラーノに着いた足で、そのまま伺いましたので、今頃になって疲れが出たようです。見事な図と拝見しましたが」

「そうでしょう」とフランチェスコはにっこりと笑ったが「失礼致しました」としぶしぶ

言った。「端《はな》から数時間で済むようなものではなく『我が家に逗留《とうりゆう》の上』と申しましたのに、医学の心得のある方と思い、つい立て続けに解剖図までお見せしてしまいました。それにもうそろそろ夕食の時間。御休息の上、改めて明日に」

「ありがとうございます」

正直、フランチェスコの指図の下、ジャンと用意された部屋に向かったときにはほっとした。フランチェスコと会って以来、ただの一言も交わさなかったジャンは、そのまま召使然と寡黙に、ひとつ扉を隔てただけの部屋へと私を案内したが、あの窓拭《まどふ》き坊主のジャンだと思うと自然心も和む。三つ子の魂百まで、私が良いようにからかっていた坊主は坊主のままだろう。だが部屋の扉を開けると坊主は言った。

「パーオロ様が師のことを書いてくださるなど、本にして許多《あまた》の人々に師の偉大さを広めてくださるなどとは本当に不思議な御縁。とても嬉しく思います」

「おまえがレオナルド・ダ・ヴィンチの弟子になったとは、これも何かの因縁だろう」だが今はジャンと話すのも億劫《おつくう》だ。「夕食は？」

「一時間ほど後に。改めてお迎えに参り、食堂までご案内致します」

「ああ、頼む」

一人になって大きな吐息をつき机上の酒で喉《のど》を潤すと、私はここにきてからの自分を省み、いささか失敗だったと思った。それに、真っ先に見たいと思っていた肖像画のことも聞きそびれた。解剖図だ！　マルカントーニオとの日々がこれほどまでにまざまざと甦るとは思ってもみなかった。

——パーオロ、パーオロ、あの画家は——ああ、あの歓喜に満ちた声……。今にしてわかる。あの解剖図を見せられたら、私だって……だが、あの頃はマルカントーニオの手放しの讃辞は忌むべき言葉でしかなかった。私の心が未知の解剖図より、マルカントーニオその人に向けられていたからだ。医学知識もない画家の描いた解剖図、教養もない画家の絵などにと、腹立たしさしか感じなかった。私が愚かだったのか、この明晰《めいせき》な頭脳だけでヴァチカーノに確固たる地位を築いた当代一の著述家パーオロ・ジョーヴィオ様が愚か、いや、レオナルドへの反感には、もっと何かあるはずだ。当代一の観相学者《メトポスコポス》パーオロ様の勘はつまらぬ嫉妬《しっと》などを超えてマルカントーニオの声に別の臭いを感じ取っていたはずだ。嫌悪すべき何か、避けるべき何か、反感を持つに相応《ふさわ》しい何か、それが何か解明しないうちは、私にとってレオナルドは重い闇。文には出来ない。神から歴代教皇まで嘲笑《ちょうしょう》の対象としてきたパーオロ様が感服し続けて終ろうはずがない。

ローマで一足違いでレオナルドが発ったと聞いたときには、確かに残念に思ったものだ。ラファエッロが「世界一の肖像画」と言っていた婦人像を見逃したからだが、ミラーノは故郷コーモの手前、仏国《フランチア》に行くと言ってもそうそうすぐにということもないだろうと。見る機会はまだまだあると。だが絵に興味は持ったものの、レオナルドへの反発があまりに

も長かったせいか、本人に会いたいという気は未《いま》だ持たなかった。それにヴァチカーノの
日常も相変わらず忙しかった。いつしか忘れ、レオナルドが仏国《フランチア》に発ったと噂に聞いたと
きには「ほお」と聞き流す程度になっていた。そしてレオナルドが仏国《フランチア》の地で逝ったと聞
いたときにも……。
それは五年前。私はレオ十世猊下《げいか》の甥《おい》で実質上のフィレンツェの主、ロレンツォ様の病
気見舞いにジュリオ・デ・メディチ枢機卿《すうきけい》と共にフィレンツェに来ていた。
既に私の強力な庇護者《パトロン》でもあったジュリオ様は猊下の従弟《いとこ》、当時はヴァチカーノの枢機
卿の一人として猊下の右腕であり、フィレンツェ、ローマと繁栄するメディチ家の懸け橋
的役割も果たされていた。昨年、クレメンス七世として教皇に登位されるなど、あのとき
は思いもしなかったが。いや、五年前だ……レオナルドの訃報《ふほう》を耳にしたのはメディチ宮
の居間だったが、誰もが「ほお」という程度。メディチ家の人々の間でレオナルドに関心
を持ったのは、猊下の弟君で庇護者《パトロン》ともなった亡きジュリアーノ様だけだったようだ。だ
が、そこはフィレンツェ、聞けばレオナルドの故郷も近く、彼が修業したのもこの地と聞
いた。再び『洗礼者聖ヨハネ』を見たときの衝撃を甦らせる地でもあった。政庁舎の大評
議室の壁に描かれた『アンギアーリの戦い』の図は身が震えるほど素晴らしく、未完であ
ることが惜しまれた。またモンテ・オルヴィエートの修道院で『受胎告知』を目にし、次
いでクローチェ門傍らのサン・サルヴィ修道院の『キリストの洗礼』を見た。そう……あ
の天使。

『キリストの洗礼』は彼の師の作品ということで、ヨルダン川に裸足を浸すキリストも、洗礼を施す聖ヨハネも、絵自体は目を留めるほどの出来ではない。だが、一番左端にひざまずく天使は息を呑《の》むほどの美しさ、まさに天から舞い降りてしばしここに留《とど》まっているような目を奪う出来、聡明《そうめい》で優雅なその面持ちは天使そのもの、いや、これ以上の天使は見たことがない一人抜きんでた天使である。案内してくれたのはレオナルドと同じ師に付いたという彫刻家ジョヴァン・フランチェスコ・ルスティチという私より五歳ほど年上の男だったが、感嘆をそのまま声に表して言った。「私がまだ生まれない頃、つまりレオナルドがヴェロッキョ師に付いていた頃、任されて描いた天使ですよ」と。「まだ十代、二十歳にも満たない頃にこれほどの絵を描いたのです。それに本人もこの絵のように美しかったと。私が知った頃は五十を過ぎていらしたが、それでも立派なお顔だった。神に選ばれた方でしたね」

返す言葉も浮かばぬまま……いや、彼の言葉も遠く、私はただその天使に見蕩《みと》れた。全身を蕩《とろ》けさせるほどの美に出会ったのだ。震えが止まらなかった。あろうことか涙まで流れた。油断ならないヴァチカーノから離れて気が緩んでいたせいかもしれない。旅先の、我が身にかかわりない彫刻家と二人きりという気安さもあったのかもしれない。だが、その天使は美そのもの。私の知る「絵画」を超えた「美」そのものだった。人の手になるとは到底思われぬ、天使そのものが私の前に存在していた。そして忽然《こつぜん》と「世界一の肖像画」を見たいという欲望が甦《よみがえ》った。

それは矢も楯《たて》もたまらぬ激しい思いとなって身内を貫き、その日のうちに私はジャンに手紙を認《したた》め、ミラーノに持たせた。前に「メルツィ家の従僕としてとりあえずミラーノの留守宅を守っているが、仏国《フランチア》の師の許に召《よ》ばれるのを待っている」と手紙を貰《もら》っていたからだ。彼なら知っているだろう。ラファエッロの言っていた肖像が誰のもので、今どこにあるのかを。だが、折り返し着いた手紙には気を挫《くじ》かれた。とりあえず悔やみ状という形を取ったのが不味《まず》かったのか、肝心の肖像画のことなど無視されたまま、泣き言だらけの返信だった。供をしたフランチェスコ・メルツィも「整理が着いたら帰国する」との手紙が来たきり、未だ帰らないという。身も世もない悲嘆にくれた手紙は気を滅入《めい》らせるだけで、何の手掛かりにもならなかった。私はジュリオ様と共にローマに帰った。今や肖像画の収集家として世界一を自負する私、観相学者《メトポスコポス》としても名高い私が「世界一の肖像画」なるものを目にしていない……。ラファエッロの言葉は夢のような天使を目にして、今や信じうる言葉となっていた。だが、とにかくフランチェスコが戻らなければ何もわからない。しかし「フランチェスコが戻った」というジャンからの知らせはいつまで経っても届かず、私の日常はまたもやレオナルドどころではなくなっていた。

半島のごたごたはいつものことだったが、翌年、あろうことか故郷のコーモが西班牙《スパニャ》のごろつきに襲われたのだ。私は教皇庁軍と共にミラーノを通り越してコーモ包囲に参加、なんとか事なきを得たが、我が家でも「銀器を出せ」と脅されたり、兄は酷《ひど》い目に遭ったそうだ。更にはその翌年、ローマの栄華を築かれ、私を引き立ててくださったレオ十世猊下が亡くなられてしまい、当然ジュリオ様にという我々の運動も虚《むな》しく、ネールランディア生まれの野蛮人がハドリアヌス六世として登位してしまった。レオ十世猊下は在位八年の奢侈《しゃし》と遊蕩《ゆうとう》で半島丸ごと買えるほどの前代未聞の借金を残されたが、芸術とはそもそもそのようにして発展するものだ。少なくともレオ猊下のおかげでヴァチカーノの、ローマの芸術は花開き、頂点を極めたのではなかろうか。信仰心など問題ではない。教皇という世俗の王でありながら信仰心をも持てという方がそもそも無理である。二つ共に常の世には稀《まれ》なものではないか。我々は打って変わって朴念仁《ぼくねんじん》のハドリアヌスを、徹頭徹尾おどけた面からしか見ないという復讐《ふくしゅう》で、無味乾燥となったヴァチカーノでの暮らしを辛うじてやり過ごすことにした。私はトルトーサの枢機卿からハドリアヌスの推頌文《すいしょうぶん》たる伝記を書くよう言いつかったが、その出来は我ながら素晴らしかったと思う。当の教皇は素直に感嘆した伝記、だが我々の間では……つまり教養ある者の目に触れれば嘲笑で埋め尽くされた戯言《ざれごと》集である。幸い、ハドリアヌスは麦酒《ビール》の飲み過ぎで早々と昨年他界、そして我らがジュリオ様がようやくクレメンス七世となられ登位されたわけである。私は何とヴァチカーノ内に個室をいただいた！　ローマに来て十二年、ようやく落ちついて著作に専念できる身分となったのだ。これでもう何を書いているのかと後ろから覗《のぞ》かれることもない。そして思い立った。凡庸な教皇の伝記などではなく、芸術、真の芸術讃歌《さんか》の著作を試みてみようではないかと。愛すべきラファエッロ、芸術と女を愛しすぎて夭折《ようせつ》した無垢《むく》な美の讃美者。そして同じように激しく芸術に取り組みながら、不器用にしか動けぬ無骨なミケランジェロ。一気にまったく対照的な一方を著し、私はまったく新しい分野を開拓していた自身に気付いた。そしてレオナルドが浮かんだ。画家自身の肖像を文にする。今まで誰もしなかったことではないか！　そしてレオナルドが浮かんだ。画家自身の肖像を文にする。今まで誰もしなかったことではないか！……マザッチョ以来、真に私を震えあがらせた絵画……。夕陽のなか、ベルヴェデーレの庭での神々しいような姿……だが稚児のような美童の弟子を侍《はべ》らせつつ、彼がどんな男だったのかはまったくわからない。ソドマは言っていたではないか、レオナルドは同性愛者だったと。遠目で見ても誰よりも美丈夫に見えた男、だがたかが公証人の息子、ラテン語も知らぬ平民だ。ひょっとしたら私は彼の……身分を超えた神の如き威容に反感を覚えたのだろうか？　あの威厳がどこから来るのか、詐欺ではないかと。そう、そしてマルカントーニオまで魅了した。

夢想は見知らぬ女によって破られた。

ジャンかと思ってこたえると、入ってきたのは樽《たる》のように肥《ふと》った女。しかも「パーオロ様！」と馴《な》れ馴《な》れしく叫んだ。「ご立派になられて、若様」

若様……老けた顔よりも、その声と響きで思い出した。「マイヤ……かい？」ジャンの母親、家に居たマイヤが三倍くらいに膨らんで立っていた。

「何とご立派になられて。本当に」とマイヤは繰り返した。「お会いできて嬉《うれ》しゅうございます、本当に。あの若様がこんな立派な殿方になられて」

ジャンと違って、マイヤは食堂に着くまで小声で喋《しゃべ》り続けた。「皆様、お元気でいらっしゃいますか？　え、ローマに。ヴァチカーノに居らっしゃるのですか。何とまあ、ジャンは何も言ってくれなくて。それは御出世を。いえ、私は普段はヴァープリオの御領地の方におります。パーオロ様がお出でになられると、フランチェスコ様が召んでくださって。ええ、おかげさまで息子のジャンもフランチェスコ様にお引き立ていただき、こちらのお屋敷では従僕頭となりました。それに書記のような仕事もしているのですよ。字を読んだり、書いたり。若様とは比べ物にもなりませんが大変な出世でございます」

だが、燭台《しょくだい》を抱え、真っ直ぐ前を向いたまま、ほとんど動かさぬ口から激流のように迸《ほとばし》る言葉。「レオナルド・ダ・ヴィンチ」の名を出したとたん、声が止まった。二、三歩行って「お偉い方だったとか」とつぶやく。そして食堂に着いた。

夕食は義理で付き合うローマの馬鹿な枢機卿との食卓以上に退屈なものだった。

恐らく私のために招かれたらしい四人のミラーノの貴族たちは、その馬鹿さ加減を誤魔化す洒落《しゃれ》も機転も持ち合わせてはおらず、うんざりした私の冗談にすら大真面目な反応を返す有り様。食事の間中、フランチェスコのこれまた大真面目な自慢に終始した。

曰《いわ》く——偉大な師と共に仏国《フランチア》で過ごした日々。如何《いか》に王に厚遇され、如何に王を感嘆させ、如何に貴人たちの尊敬を勝ち得ていたか——「まさにアリストテレスがアレクサンドロス大王の師であった如く、師はフランソワ一世陛下を導かれ、陛下も……」

――バラバッロの自慢ですら、もう少しは薬味が効いていたものだ。ここまで真面目な顔で、しかも神妙に自慢話が続けられ、誰もがまた神妙に聞き入る。笑い声すら虚《うつ》ろに響く陰鬱《いんうつ》な食卓だ。ただ一人、夫の話に何の関心も払わず食事の不満に終始して気取って食事を終えた奥方が小気味よく見えたくらいだ。恐らくローマを呪い続け、火焙《ひあぶ》りとなったドミニコ会修道士サヴォナローラとでも会食したらこんなだったろうかと私は密《ひそ》かに想い、フランチェスコに失望した。この先、彼に何を聞いても師への手放しの讃辞しか聞けないだろう。非の打ち所ない偉大なる師の弟子であった者。それこそが彼の在り方を肯定し、高らかに自慢できるものだったからだ。ラファエッロどころではない、この狂信的なまでの崇拝ぶり……。

詰まらぬ説教を聞き続けたような陰気な食事――金曜日でもないのに食卓に肉は出ず、唯一堪能《たんのう》したのは海老《えび》の香草焼きくらいだ。だが、これでももてなしのつもりなのだろう。フランチェスコの前には野菜と果物しかなかったからだ――が終ると、夫人は厳かに退出し、酒と共にローマの様子、ヴァチカーノの日常と、話題はレオナルド讃歌から外れたものの、それすら半島の北と南との大いなる張り合いと知り、話す気も失せる。義理で問われる話題は次元が低く、常にミラーノとの比較として扱われ、冗談はまったく通じなかった。最悪の人種のなかに入ってしまったのだ。――ヴァチカーノではどのようなものを食されますか？　ローマの貴族たちの服装は？　このような絹はローマにもございますか？　ローマの娼婦《しょうふ》はヴェネツィア同様、黒い肌から黄色い肌までいるとか？――最も嫌悪すべき凡庸さ、愚かな自負、高慢……。

うんざりした私は通じようが通じまいが構うことなくマルカントーニオ・ライモンディの版画の話を始めた。「ライモンディの版画を目にされたことは？　エングレーヴィングの名手ですよ。それが先々月投獄の憂き目に遭いましてね、我々の間では今この話題で持ちきりです。元はジュリオ・ロマーノの些《さ》細《さい》な素描《ディセーニョ》ですが、彼の手になると連作の題も『秘め事諸手指南《イ・モーディ》』、見事な秘画となりました。文を書く者が時に愛欲的な詩に、絵を描く者が時に秘画に手を出すのは道理。なぜならあらゆることを書け、描けるのが文人、画家ですからね。それが猥雑《わいざつ》になるか高雅になるかはその志の高低、その者の技術によります。マルカントーニオの版画は無論素晴らしい出来でした。ところが芸術を解さぬ掌璽《しょうじ》院長マッテオによって投獄となりまして、ピエートロ・アレティーノがすぐに弁護の演説に立ち、ピエートロはご存じですか？　いや、版画家ではありません。詩人、劇作家、著作も多い文人ですが。いずれにしろ先月には堂々たる抗議文も発表、無論我々文人も連名で抗議運動に参加、無事マルカントーニオを出獄させました。ところでピエートロはその版画に添える詩をも発表しましてね、まことに艶《つや》のある詩です。しかしその詩がまた掌璽院長の癇《かん》に障ったようで、憤りの先がマルカントーニオからピエートロに変わり、いささか辟易《へきえき》しているのですよ。いずれにしろ彼の怒りなど我々から見ると笑止千万、愚かな限りです。単なる猥雑と芸術の違いもわからぬ朴念仁との闘いですな。ところで……」と、私はさり気なく聞いた。「レオナルド・ダ・ヴィンチ殿の作品には秘画というのは存在しないのですか？」

ただ阿呆《あほう》の如く相槌を打っていた貴族たちは、やはり阿呆で、呆気《あつけ》にとられた表情のまま。フランチェスコ一人、昂然《こうぜん》と「ございません」と真っ向から言い切った。

「恐れながらジョーヴィオ殿。半島の北と南、寡聞にして高名なる版画家マルカントーニオ殿も、同じく高名なる文人ピエートロ殿も存じませんし、件《くだん》の版画を目にしていない以上、その版画が単に猥雑なものなのか、それとも芸術に属するものなのかもわかりませんが、投獄という事実があったということは、人々の判断も様々ということでしょう。しかしながら、画家なら秘画も、という貴殿の説には賛成しかねます。それは画家の資質にも大いにかかわることで、少なくとも我が師には……」

「いや、回りくどくマルカントーニオの話から始めましたのも、我々……少なくとも私自身、猥雑な忌むべき作品と芸術との違いはわかりますし、またそのような愚かな偏見も持たぬという意味で申し上げたのですがね」

「いかなる意味であろうとも、師の作品にそのようなもの、いいえ、そのような誤解を受けるようなものすらないと断言致します。貴殿のお望みに適《かな》わぬとすれば申し訳ない限りですが」

「なに、食後の話題としての軽い問い。お忘れください」

フランチェスコはうなずいたが、浮かべた微笑は固かった。招いた貴族仲間より馬鹿ではなさそうだが、サヴォナローラ以上の堅物かもしれない。

第一時（午後九時）の鐘が聞こえ、それを潮に酒宴も終りになった。ローマでなら宵の口、何を馬鹿な、と思うところだが、やれやれと腰を上げる。

部屋に戻り、私はまたしても失敗だったかと思い至った。夫人が「聖遺室」と称した部屋に山積された素描《ディセーニョ》や手稿の中から、フランチェスコは今夜中にも面白そうなものを抜いてしまうかもしれない。あまりにも続いた「いとも高潔な高徳の師」なる自慢に辟易し、早急にすぎた。いや聖遺室は一部屋隔てただけの同じ階、フランチェスコの居室はこの下のようだし、上がってくればわかる。「おや、深夜にまで整理を？」とからかうまでだ。

聞き耳を立てながら、かえって面白くなった。

いつまで経っても静まりかえった屋敷の内に飽き始め、寒気を感じ窓を閉めようと窓辺に寄ったとき微《かす》かな鈴の音《ね》と馬蹄《ばてい》の響きを耳にした。見下ろすと開かれた門から出ていった馬車に……フランチェスコだ。高徳の師の高徳な弟子の夜遊びか。門を閉め、屋敷に戻る影に、私は「ジャン」と声をかけた。

部屋に入ってきたジャンに「フランチェスコ殿はどこに？」と聞く。

ジャンはこたえない。忠実なる従僕というわけだ。私は方向を変えた。「御主人様の案内がなければ、偉大なる師の遺品を見ることはできないのかな？　まだ二時にもなってないだろう？　ローマでなら夕食の只中《ただなか》、眠るには早すぎる。それにフランチェスコの差し出すままの物を見せられるより、出来れば勝手に見てみたいのだが」

「それは無理です、パーオロ様。私だって触るのを許されているのはフランチェスコから手渡された手稿だけ。それ以外の手稿や素描《ディセーニョ》、師の残された一切のものに触れるのは許されていませんからね」

「それはそれは。だが、フランチェスコ同様、おまえだってレオナルドの弟子だったのだろう？」

「それはそうですが、遺言で師は一切の創作を遺品としてフランチェスコに残されました。従って、今はすべてフランチェスコの物です。彼がどれほど大事にしているか」

「聖遺物の如くかい？」

「そうです。嘲笑《ちょうしょう》されるのも構いませんが、その通りです。勝手に触ればすぐにわかるでしょう」

「おまえの手渡された手稿とやらはいいんだろう？」

「それは……そうですが。これからですか？」

「フランチェスコも出かけたみたいだし、馬で行くほどだから隣家というわけでもないだろう。私も逗留と言ったところで、連日狂信者の聖遺物を崇《あが》めさせられるのでは堪《たま》らない」

「何てことを！　パーオロ様はそのように御覧になられたのですか？　師の作品を」

「いやいや、おまえの師匠は確かに素晴らしい画家だと思った。だからこそ書きたい、書いて残すべき人物と思ったんだ。しかしながら通り一遍の讃辞《さんじ》を耳元で説教されっぱなしというのは敵《かな》わない。私が書くんだ。私が見て、私が感じて、雑音なしに見たいんだ。ありのままのレオナルドをね」

「そのまま御覧になられても、素晴らしいと感じられますよ。フランチェスコの讃辞はありのままです」

「わかっているよ。けなすつもりなど毛頭ない。だが、きょうの……初日の様子だと、仕上がった油彩、それに見事な解剖図と、完成されたものしか見せてくれそうもないからね。ラファエッロやミケランジェロと違って、私はレオナルドと会ってもいないし、話も交わしていない。完成された作品を見るのも結構だが、それは整い済みの見世物、人の目を意識した外面にすぎない。彼の言葉もまるで偶像のようなレオナルド像じゃないか。聖者とはこうして出来るのかと思ったくらいだ。私は彼の生の息吹を感じたいんだよ」

「ラファエッロやミケランジェロも、そうやって著されたのですか？　讃辞ではなく粗を探して。フランチェスコの讃嘆は手放しですが、私に聞いたところで同じ、誰に聞いても同じ、師のことを崇拝なしに語る人なんていません。本当に素晴らしい方だったのですからね」

「おいおい、私はおまえにそんなに意地悪だったかい？　粗を探してなどというつもりはないよ。言った通り当代一の画家と思ったからこそ、ここまで来たんだ。ローマから何日かかったと思う？　悪意もない。だが、人から聞いた讃辞だけでは文にならない。私が感じたレオナルドでなければね」

ジャンは子供のときと同じ目付きになった。からかったときに浮かべる心細げな哀願するような目だ。思った通り「お見せします」ときた。「でも、私の机にある手稿だけですよ」


昼間、書記が向かっていた机上は綺麗《きれい》に片付けられており、燭台《しょくだい》とインク壺《つぼ》しかなかった。ジャンはその隣の机の引出しから大事そうに両手で四折判の厚い手稿を出し、なおも躊躇《ためら》いつつ寄越した。

開いてみて驚いた。何とも……意味不明の図形や記号や絵、更に文字は何語なのか、それらがとりとめもなくペンやチョークで描かれた頁ばかり。紙だけは角の間に花を乗せた雄牛の首の透かしが入った上質のものだが……紙がもったいない。

「鏡文字です」とジャン。「左右反転の文字です」

「なんで……」と私は呆《あき》れて聞いた。「全部こうなのかい」とぱらぱらと捲《めく》ると、ジャンが慌てて止める。

「もっと丁寧に、パーオロ様。頁が傷みます」

「だが、これでは読めない。五十冊とか言ってたね。魔法の呪文《じゆもん》でも書き連ねているのか？」

ジャンは私から手稿を奪い返すと机上に置き「師は左利きでした」と、まるでいとしい女の胸の組紐《くみひも》でも解くように優しく頁を開いた。「左利きで文字を書くには、こうした方がずっと速く、自由に書けます。なぜなら、アルファベットはすべて右利きの人に合った筆順になっているじゃありませんか。左利きなら文字を裏返しにして右から左に書いていけばいいんです。『子供の頃からこう書いている』とおっしゃっていました。それだけのことです。無論、師独自の省略のための記号や符丁もございますからすぐに判読というのは困難ですが、それも決まってますし。慣れれば左右反転など、このまますぐに読めますよ。師は暗号にしたいときには更に文字を入れ替えて書かれています。私もフランチェスコも普通の文と同じ速度で読めます。例えば……」と、手稿の初めの方の頁に目を落とした。「ここは『箱詰めにして残しておく書物の覚書』とあります」

「なるほどね、流暢《りゅうちょう》に読めるようだ」と素早く手稿を奪う。「書物の覚書」に興味を持ったからだ。だが……言われてみれば、確かに反転文字らしいが……手書きの、それも商人書体だ。「読んでみろ」と、突き返した。

「ジョルジョ・ヴァルラの書、ラテン語の医事冊子、ロムレオ、外科術提要、聖書、リヴィウスの第一巻十分冊、第三巻十分冊、第四巻十分冊、モンタニャーナの小尿論《しょうにょうろん》、ブルレオ、アウグスティヌスの神の国、プリニウス、世界年代記、ピエロ・クレッセンティオ、大判の植物標本集、説教集、リオナルド・ダレッツォの鷲《わし》、アリストテレスの問題集、バッティスタ……」

「いい、もういい。読書家だったらしいのはわかるが、支離滅裂。第一ラテン語も知らずに『ラテン語の医事冊子』とは笑わせる。何様のつもりだ」また奪い取った。目を凝らして見れば、なるほど読むことはできる。『天球論』『大気変化論』、だが左右には色違いのペンで地名やら訳のわからぬ分数やら記号……「これが手稿かい？　呆れたものだ。意味もなさない狂人の書き付けじゃないか」

「人に見せるために書かれたものではありません」と、また手稿を取られる。「覚え書きとして書かれたものです。ですから地図や幾何学や何かの数式、機械や楽器や植物、建築の研究、音や光や飛翔《ひしょう》についてまで、師の興味があまりにも広すぎて、わからない所ばかりです。パーオロ様だって覚え書きであればそうなるでしょう？　フランチェスコが目を通し、絵画論として纏《まと》められる文章に印を付けました。この丸印です。私はそこを清書し、フランチェスコがまたそれを整理する。師の書かれた言葉をお読みになりたいのなら、私の清書したものを御覧になってください。そのまま写したものですから」

ジャンは抱えた手稿をそそくさと引出しに仕舞ってしまい、整然と筆記された紙片を取り出した。

――影を持っている人体の影の部分と明るい部分との間にある色は、完全に照らし出された部分の色よりも、美しさにおいて劣る。したがって――私は恨めしく「ジャン」と目を向ける。「こんなものを読みたくてここに来たわけじゃない。もっと面白い記述はなかったのか？　フランチェスコの付けた印の所を清書するといっても、普通の文書のように平易に読めると言ったおまえだ。他の所だって目に入るだろう？　この一年、何十頁、何百頁と目にしてきて、もっと何かあるだろうに」

「やっぱり粗探しですか？　師は個人的な愚痴や泣き言など記される方ではありませんでした。訳がわからなくてもすべて研究のための、発明のための記述です」

「あの単語の連なりもか？　馬鹿馬鹿しい。これだってそうだ。影がどうのともっともらしい御託を並べただけ。こんなものが『絵画論』だと？　本を著すというのはラテン語の教養もある知識人がだね……」

「師はラテン語もご存じでした！」

「ほお、レオナルドがラテン語を。それはそれは」

私を睨《にら》みつけたままジャンは引出しから新たな手稿を取り出した。幾つになっても操りやすい坊主……。

先程のより小さな掌《てのひら》に入るほどの十六折判の手帖《てちょう》だ。だが、これすらも逆さ文字だった。

……amo、amas、amat……子供の勉強のような動詞の活用。「ラテン語もご存じでした」だと？　笑いだしそうになり、やめる。目も慣れてきた。動詞の活用、語尾変化、そして、これは……まるごと書き写した文法。小さな頁を蟻が這《は》うようにぎっしりと埋め尽くした語彙《ごい》。笑っていたら私は自分を恥じただろう。雑然としているのは手探り状態の勉強だから。独学したのだ。ひたむきな努力の痕跡《こんせき》、感動的なまでに一途《いちず》な記録だ。誤訳もあった。だが、端々の記述から大人になってからの、充分大人になってからの記録だとわかる。書体も商人書体から技巧的で装飾的な書記局書体、我々はこれすら馬鹿にして新たな書体を考えたが、それにしても一応、知識人の書体に変わってきている。真っ黒にした手帖の終る頃にはプラトンとして描かれた如く、確かにプラトンをたどたどしくはあっても読んでいたかもしれない。この努力を笑うことはできない。ベルヴェデーレの中庭で夕陽に染まっていたレオナルドが浮かんできた……「他に面白いものはないのか」と私は返した。

「いったい何をお知りになりたいのです？」

「おまえは……レオナルドに抱かれたことはあるのかい？」

またしても早急だったかと悔やんだ。それほどジャンの驚愕《きょうがく》と、更に彼らしくない憤怒の形相まで浮かんできて「まあまあ、ちょっと耳にしただけだ」と後退《あとずさ》ったほどだ。

真っ赤になった顔で「パ……パ……パーオロ様」と言うだけでも大変そうだった。「そ、そんなことを言うためにいらしたのなら、すぐにローマにお帰りください。言うに事欠いて、私ではなく師への、酷《ひど》い、酷い侮辱です」

「それほど怒ることでもなかろうに。まあ、公然とは言い辛《づら》いかもしれないが、ローマではそれなりの男娼窟《だんしょうくつ》だって幾つかある。少なくともローマにレオナルドが居た頃、私はかつてレオナルドの弟子だったという男からフランチェスコともう一人、サラ……とか聞いたが、如何にもそれらしい弟子が彼とそういう仲だと……」

「とんでもない！　フランチェスコが知ったら、それこそ叩《たた》き出されますよ。サライだって……」

「だって、フランチェスコも今頃……ミラーノにもあるのだろう？　その手の所は」

「フランチェスコの相手は女性」ジャンは慌てて口を噤《つぐ》んだ。可哀相に額には汗まで浮かんできている。

「あの奥方では……と、他に愛人が居るだろうとは思ったがね。女性なのか」

「誰がそんな馬鹿げたことを言ったのか存じませんが、師に限ってそんなことは絶対にありませんでした」

「ほお。だが、軽く聞いただけでそれほどうろたえるおまえだ。まったく、三十半ばにもなってこんな話で赤面するのだから。レオナルドだって相手を選ぶし、行動だって慎重だろう。おまえが知らないだけのことかもしれないよ。現に生涯独身、フランチェスコのあの傾倒振りにしたって……それに」――私は暖炉脇の『洗礼者聖ヨハネ』に目を移した。この誘惑の微笑、香炉のように蕩けるような官能の香りを放つ聖ヨハネにあの頃もあの弟子を重ね、今は更にそう思える。灼熱《しゃくねつ》のローマ……バラバッロと象……シロッコの熱砂に炙《あぶ》られた群衆の中で一際目を引いた東方の蘭……「サライと言ったね、実はローマの街中で一瞬だが、レオナルドとサライ、それにフランチェスコを見かけたことがあった。その後工房《ボッテーガ》を訪ね……おまえに会った日だが、この絵を目にした。そのときも感銘を受けたが、滴るような色気はそのときの方が感じたよ。今は随分と抑えられているが、それでもこの聖ヨハネは何とも色っぽいじゃないか。男のようでもあり女のようでもある。それにサライという弟子に似ているようにも思えた。同質の濃厚な香りをね……感じたんだよ。官能的な……」

「あり得ません！」とジャンらしくもなく遮り「この絵は確かにサライを写しました」と、まるで喧嘩《けんか》を売るような強い口調で捲《ま》くし立てた。「でも、それは素描《ディセーニョ》の段階、私は同席していたのでよく覚えています。『天使』という画題にサライを使い、工房《ボッテーガ》の皆がサライを描き、師も描かれた。サライは確かに誰もが認める美しさで……パーオロ様が勝手に何を感じたにしろ、実際に男でも見蕩《みと》れるほどの美しさだったのです。でも描かれた師の中に邪悪な想念など起きようはずもありません。師が如何《いか》に高潔な方だったか、それにフランチェスコがどれほど信心深く潔癖か、それは愛人はおりますが……でも火焙りになるような罪など、どうして彼が犯すでしょう。師の愛は……それは誰もが求めました。弟子であれば、最も愛されたいと望むのは自然なこと。でも、罪深い愛を考えたことなどなく、サライだって、いえ、誰にしたって……師もそんな……あんまりです。パーオロ様、あんまりです」

ついにいい歳の男が泣きだすに至って私は宥《なだ》めようと近寄ったが、ジャンは飛び退って私を避けた。

「悪かったよ、ジャン。ローマでレオナルドは目立ったんだ。サライと言ったね、それにフランチェスコも……皆、それぞれに美しくて、それだけで衆目を集めた。そういうことを言う輩《やから》も現れるということだ。それだけだ」

「かつての」と、さすがに声を押し殺してはいたが、未《いま》だ泣きながらジャンは言った。

「弟子……と、おっしゃいましたね。いったい誰がそんなことを」

「ソドマと豪語していたがね」

「ソドマ！　それこそ、師から撥《は》ねつけられた腹いせです。師は絶対に、絶対にそんな方ではなかった」

「わかった、悪かった、ジャン。そんなに大真面目に受け取らないでくれ。私が昔から軽口を叩くのは知っているだろう？」

「軽口にも限度がございます」

「ああ、悪かった。今夜はもう休もう。泣きやめよ。家人が起きてきたら大変だ」

──フランチェスコもジャンも、聞いても役に立たない。そう思いつつ部屋に引き上げた。まあ、初日だ。

二日目

朝食は要らないから、昼まで起こさないでくれ――と言っておいた。だが、射し込む陽に部屋は光に溢《あふ》れ、降るような蟬の声に早々と起こされる。

麦の収穫と葡萄《ぶどう》の収穫に挟まれた休息の月……とは手紙での言い訳、避暑気分で八月に来ようと思っていたのがイスキア島に誘われるままうかうかと過ごしてしまい、月が代わり、では残暑を凌《しの》ごうと来てみたが、北でもローマとさほど変わらぬ暑さだった。だが冷やかな夜気は快く、窓も天蓋《てんがい》の覆いも閉めぬまま寝てしまったのだ。隣室の小卓には早くも葡萄が出ている。九月も半ば、来るのも遅かった。

葡萄を摘《つま》みながら窓からミラーノの街を眺めていると、フランチェスコの遅いご帰還。これはこれは、と呆《あき》れていると、ジャンがやってきた。

「二階の露台で御昼食をと……」

ジャンの固い表情を目にし、抱きしめ、耳元で囁《ささや》く。「昨日は悪かった。おまえの御主人様の気を損ねぬよう、言葉はせいぜい慎むよ」――ようやく浮かんだ笑顔に部屋を出る。

何もかもが白く揺らぐような露台の陽射しのなかに出ると、ゆったりと張られた麻の日除けの下、緑の鉢植えに囲まれた食卓でフランチェスコは涼やかに私を迎えた。

楽しい一夜を過ごしたのか「旅のお疲れは取れましたか？」と、晴々とした笑顔だ。昼食の卓子は豊かだったが相変わらず肉はない。奥方も居なかった。

席に着くや、話題は早くも仏国《フランチア》での師のことだ。「ミラーノでは夏の午睡《シエスタ》は不可欠ですが、仏国《フランチア》ではこのような午後、師と私は王から賜った館《やかた》から出、庭の小川に参りました。豊かな樹々からの木漏れ日、それに川の流れも風も……あちらではすべてが穏やかです。王も私たちの好みの場所をご存じで、真っ直ぐ川岸にいらっしゃり師と歓談なさいました。草原に敷かれるのはリンネル地一枚、椅子も退けられ、ただ肘《ひじ》掛けを置かれただけの状態で気さくに坐られ……そのようなお姿は御家族とお過ごしのときだけと伺いました。王は繰り返しおっしゃられました。『世界で最高の教養人、大哲学者』と。師の言葉は何もかも王を驚嘆させ、感嘆させ……」

「ミラーノのこの陽射しも厭《いと》わず」とうんざりして遮る。「貴殿が先程お帰りになられるのを拝見しましたが」

「教会に行っておりました」とさらりとかわされる。「午前中は教会というのが日課です」

「ほお」と意外な返事に、昨夜のジャンの言葉を思い出し「レオナルド殿もそのように信心深い方だったのですか？」と聞いた。最高の教養人、大哲学者がどのように神を崇めていたのか、気になった。それとも神は私にだけ絶望を与え、その不在を証明したというのか？　この世はレオナルドにとって愛に満ちたもの、神に守られた世だったのか？　フランチェスコが殊更神経質にオレンジの筋を取る振りを続けてこたえないので、私も意地悪く沈黙した。かつてはレオ十世が、今はその借財を補うためにクレメンス七世が乱売している免罪符の良き購買者たる大哲学者……。

「ヴァチカーノからいらして……」との声に顔を向けると、ローマの貴婦人のような細く白い指でオレンジを弄《もてあそ》んでいたが、凍るような眼差《まなざ》しのまま「異端審問も命ぜられていらしたのですか?」とうっすら笑った。氷の眼差しと口許《くちもと》だけの笑み。「私のように毎日教会に行かれるということはございませんでした。賜りました館はもともと王の母君の物、見事な館で礼拝堂もございましたのでね。それにサン・フロランタンとサン・ドニ教会の司祭様は王と同じくらい頻繁に師を訪ねていらっしゃいました。師の篤《あつ》い信仰、神への感謝の念は司祭様や助祭様も感銘を受けられたご様子、でなければ……」

「でなければ、そうそう来ない。権力ある教会の司祭ほど暇だし、権力者にも弱いものですからね」——強《したた》かにも見える笑みが呆気《あっけ》にとられた顔となり、私は可笑《おか》しくなった。

「いや、朝もいただきましたが美味《おい》しい葡萄だ。今年初めてですよ」

「師の葡萄園で採れた物です。先のミラーノ公、ルドヴィーコ・スフォルツァ公から、そして再度ルイ十二世から賜った園です」

「イル・モーロから?　では、それも貴殿の物に?」

「私が師からいただきましたものは大いなる教えと、師が残された作品のみ。葡萄園はミラーノから仏国《フランチア》に同行した忠実な下男、バッティスタ・デ・ヴィッラニスに遺《のこ》されました。

葡萄園など私の領地に幾つもありますし、今更飛び地に所有しようとも思いません。まして師からそのような物をいただこうとも思いません。絵画の御教示と作品、それこそが宝。至宝と申せましょう」

「ごもっとも。しかし美味しい葡萄だ」

「今朝届いた物。師亡き後ヴィッラニスはそのまま私に仕え、滞りなく師の葬儀も営み、仏国《フランチア》での日々の整理も致しました。その間、遺言通り葡萄園がヴィッラニスの物となるよう……そうそう、彼にはルイ十二世から師が賜ったサン・クリストーフォロ運河の水の権利も遺されたのですよ。それらの手続きを私はここに居た父に頼みました。以来、ヴィッラニスは毎年、収穫の最初の籠《かご》を持って参ります」

「恩を忘れないということですな」

「庶民にとって土地は大いなる財産です」

「地の恵みがこのように豊かであればなおのことですな」──立ち上がったフランチェスコに、燦《きら》めく紫の粒を手渡しつつ言った。「午睡《シエスタ》の後は昨日の続きを拝見させていただきましょう」

ジャンに言葉を慎むと言い、慎んだつもりだが、内容のない美辞麗句に辟易《へきえき》しただけ。しかも我が食い意地と共に話は葡萄に流れてしまった。

午後、部屋に入るとフランチェスコは既に胡桃《くるみ》材の大きな卓子に解剖図を揃えて待っていた。だが「貴殿が所蔵されている油彩はこの二点だけですか？」と聞いてみる。「婦人の肖像画が在ると聞いておりますが」

「婦人の？　肖像画は何点か描かれましたが。チェッチーリア・ガッレラーニ様、イザベッラ・ダラゴーナ様、ベアトリーチェ・デステ様、どなたの……」

「いや、どなたのかは存じませんが……ラファエッロが『これぞ世界一の』と称《たた》えておりましたもの。写しを見ました」

「当然の称讃《しょうさん》」とフランチェスコはまた冷笑を浮かべた。「世界一です、どれも。師が描かれたものですから」

ラファエッロから見せられたクレヨンの覚え描きを思い出し説明しようとしたが、絵心のない悲しさ、上手《うま》く説明ができなかった。ここに来れば見られるものと思い込んでいたので咄嗟《とっさ》に言葉が出ない。フランチェスコの冷笑は更に嘲笑《ちょうしょう》へと変わり「斜めの」と言えば、冷たく「大体斜めです」とこたえ、「貴婦人で」と言えば「すべて貴婦人」とこたえる有り様。終《しま》いには紙を出されて「大体で結構、お描きになられてくだされば……」と言ってきた。絵など……無造作に置かれたチョークを手にしたとたん、嘲《あざけ》りに侮蔑《ぶべつ》まで加わるだろう。

「よく思い返して後日」と逃れる。「いずれにしろ、ここにはない様子。今は解剖図を拝見しましょう」

再び解剖図――。

忌ま忌ましく目を向けたが、まさに驚愕《きょうがく》に値する見事な図、卓越した技量だった。大学でもこれほどの図は見たことがない。

マルカントーニオの称讃は正しく、あの頃素直に見ていたら、私もフランチェスコのようなレオナルド崇拝に陥っていたかもしれないと再度思った。いったいここまで明確に、ここまで精緻《せいち》に、血と粘液に溺《おぼ》れる混沌《こんとん》とした肉体を図に現すことが出来ようとは。飽くまで見極めたいと望む冷徹で強靭《きょうじん》な精神の具現、それに考えも及ばぬほどの労力と根気……ローマでは「屍体占《したいうらな》い」と中傷を受け、レオ十世は聖スピリート病院への出入りを禁じたはず。この図を見ていたら、私は弁護に回ったろうか？　あの頃は中傷と知りつつ喜んで聞いていた……恥の思いに頬を火照らせながら、非の打ち所ない見事な図に畏敬《いけい》の念を覚えつつ、まだレオナルドへの反発を消すことができない己をも感じ取っていた。

見事だ——とでも言って顔を上げたらフランチェスコは満面の笑みを浮かべることだろう。背後で聞き耳を立てているジャンも大喜びするだろう。素直にそうしたいという思いもある。だが、称讃と反発。こうまで立派な仕事に敬服しながら、なぜ私は素直にレオナルドを認めないのか？「ほお」とか「なるほど」などと、意味もない相槌《あいづち》を打ちながら、フランチェスコの解説を聞き、フランチェスコの読む鏡文字を聞き、平静を装った。

だいたい感動にも反省にも慣れていない。それは酷《ひど》く疲れるし、時には気を滅入《めい》らせる。それにいったい何枚あるのか。レオナルドは何体の解剖をしたのか。私は注視するのをやめ、フランチェスコの言葉も聞き流すようにし、我が心の平安を保った。落ちついてから独りでゆっくりと、出来れば飽きるまでにじっくりと見たいものだと思う。そう、これこそ真っ先に本にすべきものではないかと思う。

そのうちあることに気付いた。――男性の下半身や泌尿生殖器系の事細かな描写が多い割に、女性の生殖器に関しては雑だということに。無論、レオナルドの絵としては、という意味だが。他の絵と比べれば大したものだが、それでも、この落差は何なのだろう？

女性性器が大きく描かれた図を前に、私は改めて意識を戻した。

――洞窟《どうくつ》の入口のように大雑把に描かれた女性性器の図の下には例によってぎっしりと連なる鏡文字の文、そして文の間に図形のように描かれた五つの花。フランチェスコは得々と指で示しながら肛門《こうもん》の筋肉の定義を長々と読み上げている。五つの花の花弁も五枚で、レオナルドに拠《よ》れば五つの筋肉が肛門括約筋を動かすという。拡張した肛門と収縮した肛門……そのうち私は埋められた文字と花の図の間にある唯一短い鏡文字を判読できた。「嘘」！　フランチェスコはそれを無視して読み続けていた。大きく描かれた女性生殖器の絵はあるものの、レオナルドにとっての関心は肛門括約筋の運動と、そこから広がる夢想、そしてそれに気付き言い訳として書かれた「嘘」という文字！　この紙葉に向かっていたときのレオナルドの心理が突然見えてきた。彼はやはりソドマだ。男女の性交図もあったが、その説明は実にさっぱりとしたものだった。それにしてもフランチェスコのこの冷静な読み方。彼はレオナルドに抱かれなかったのか？　フィレンツェのあの天使を想わせる容貌《ようぼう》。透き通るような白い肌、絹のような金髪、人形のような顔、ほっそりと品の良い姿態。どう見ても男に愛されるために在るような容姿ではないか。いや、昼食のときの強かな笑み……不敵な笑みを浮かべることもできる男だ。優男と騙《だま》されはしない……。

『洗礼者聖ヨハネ』に目を移す。

サライが野趣溢《あふ》れる官能的な東方の蘭とすれば、フランチェスコは聖母の百合《ゆり》……白百合。香り高く誇り高く純潔を装う。レオナルドはまさに両手に花……。

「お疲れになりましたか？」と、いう声に振り向くと匂い立つ百合。「つい、長々と」と優男は零《こぼ》れるばかりの笑顔を浮かべた。「私のような素人が医者である貴殿に解剖学の講義紛いの講釈。しかしながら師の記述は素人の者より貴殿のような方にこそおわかりいただけるものと思いましたが、時間も忘れ……」

「いやいや、素晴らしいものです」――図は知らぬ間に逞《たくま》しい男の腕と下半身を真横から描いたものに変わっていた。青色で地塗りした紙面に銀尖筆《ぎんせんぴつ》の鋭い描線、茶と白のチョークで浮き立たせた筋肉、実物を目の当たりにしたような見事なものだ。逞しい肩、引き締まった腹と形よく上がった尻《しり》は若い男のもの、男根は無造作に描かれていたが美しかった。

「手稿を整理され絵画論を、とおっしゃるより、まず、この解剖図を纏《まと》めて本にされた方がよろしいのではありませんか？　医学から離れて久しい身とはいえ、このように精緻な図は未《いま》だないものと思いますが。讃嘆を持って迎えられると思いますよ」

「フランソワ一世も目にされる度、感嘆の声を挙げられ、貴殿のように『このように精緻な図は未だ見たこともない』と仰せられました。目にされる度です！」と、フランチェスコは顔を輝かせた。

——この肉付きのよい雄々しい身体はフランチェスコではない、と私は素描《デイセーニヨ》に目を落とす。ジャンの骨張った身体でもない。サライだろうか……ローマの喧騒《けんそう》のなかで垣間《かいま》見たサライをもう一度脳裏に甦《よみがえ》らせようとしたが、香りの残像と派手な衣装の朧《おぼろ》なものしか浮かばなかった。

「そう、ルイジ・ダラゴーナ枢機《すうき》卿《けい》をご存じですか？」とフランチェスコの上擦った声が続く。「アラゴンの枢機卿と伺いましたが、栗色の髪に徳高き脹《ふく》よかなお顔の方でした。それに秘書のドン・アントニオ・デ・ベアティス様がクルーの城にいらしたときもです。絵画と共に、この解剖図をお見せし、そのときのお二人の感嘆のご様子と申しますれば……

……」

「そうでしょうな」と、私は制した。「まことに以て見事な解剖図です。そして見事な素《デイセ》描《ーニヨ》。屍体ではない、こういう素描《デイセーニヨ》は弟子を描いたのですか？」

目を落としたフランチェスコの顔に赤味が差した。「いいえ、雇った者です。私たちも描きましたから」

「ほお、だが、あの『聖ヨハネ』はサライという弟子だそうですね」——背後でジャンがわざとらしく椅子を引く大きな音が聞こえたが無視した。「よほど愛されていたのか、聖者なのに妙に艶《なま》めかしく感じます。『聖アンナ』のアンナにも、聖母にもない艶めかしさ。無論、聖アンナや聖母はひたすらに清らかなものですし、そう描かれている。レオナルド

ません。邪念の起こりようもない清らかさ。しかし、『聖ヨハネ』にしろ、この男性素描《デイセ》にしろ、何とも言えぬ色香を感じます。不思議なことだ」

「貴殿のご趣味からですか?」

「滅相もない」と、思わぬ切り返しに目を逸《そ》らした。確かに思ったより馬鹿ではない。

「パーオロ様」と、ついにジャンの声が入った。「昨夜申し上げたはずです」

だが「詰まらぬことをお耳に入れたようですね」と冷やかな声がジャンの口を閉ざした。

「『聖ヨハネ』は確かにサライという下男を写したもの。ですが土台なぞ意味なきものです。神が己が似姿として人間を作られた以上、画家も神や聖者を描くには人から得るしかないではありませんか。貴殿が『聖ヨハネ』に何を感じられたかは貴殿の御趣味。艶めかしさと映るのは神への、信仰への傾倒、陶然と見えるまでの信仰です。サライなどとはかけ離れた仕上がり、サライと会えばどれほど違うか。笑止千万、師は猫から竜を描かれるお方、偉大な画家とはそういうものです」

「なるほど。実は、ローマに貴殿たちがおられた頃、街中でお見かけしたことはあるのですよ。レオナルド殿と貴殿、それにサライという弟子と聞きました。よくは覚えておりませんが、もう少し肥《ふと》り、歳もこの絵より……」

「今は更に肥り、歳も……」と、フランチェスコは笑いだした。「逆に彼だと申し上げても貴殿が信じないほどでしょう。単なる素材に過ぎなかったとおわかりのはず。そうです、元となった素描《デイセーニヨ》からこの油彩に写すまでにも何年か……油彩にしようと思われたとき師の脳裏にあった聖ヨハネは既にサライとはかけ離れておりました。飽くまでサライと思われるのなら、ずっと若いときのサライ、つまり貴殿がローマで目にされたサライを更に十以上も若返らせた状態と言えましょうか。別人です。使ったのは姿勢だけです」

「いずれにしろ、その、素材に会いたいものですな。出来ればレオナルド殿に付いていた弟子の方々にも。そう、葡萄《ぶどう》園を譲られたとかいう下男にも」

「下男にまで」とフランチェスコは殊更に目を見開きまたもや冷笑を浮かべた。「彼らの貧しい言葉に耳を傾けられてもお役には立たないと存じますが。ヴィッラニスやサライは師の精神を貴殿にお伝えできるほどの表現能力を持っているとは思われませんからね。もっとも素朴な讃辞《さんじ》も貴殿の御著書を膨らませる糧となるのであれば、それも結構。弟子となると……私と同じく、貴族の出でジョヴァンニ・アントーニオ・ボルトラッフィオと申す者がおりました。もちろん私同様、生業としての絵画なぞ描いたことはございません。彼ならばお役に立てたでしょうが、残念ながら私たちが仏国《フランチア》に旅立つ年に他界致しました。後はマルコと申す平民ですが、この地で工房《ボッテーガ》を開いております。ロレンツォと申す者も師の教えを受けたのは僅《わず》かながら……」

「ロレンツォ！」と遮った。「ローマで会いましたよ。赤毛で雀斑《そばかす》のある……」

「そうです。彼はマルコの助手をしています。今日《こんにち》ミラーノに住む弟子と言えばこの二人くらい。この二人なら、サライやヴィッラニスよりはましなことを申すかもしれませんが、それも……」

薄笑いを浮かべた顔に私は言った。「結構」そして（明日にでも）と言いかけてやめる。具体的な予定を言ってしまうとフランチェスコが先に回って口止めしかねない。ひたすらに偉大なる師を誉《たた》め称えよ——「足を運ぶだけ無駄ということですね。しかし、サライとはまた奇妙な名」

「ルイジ・プルチの叙事詩『巨人モルガンテ』のサラディンから取った渾名《あだな》ですよ」と馬鹿にしたようにフランチェスコ。「小悪魔。十歳のときから師に仕えたそうですが、すぐにそう呼ばれるようになったとか。私が知ったときには師の徳で忠実な下僕となっていたようですが、幼い頃はそう呼ばれるほど酷《ひど》い素行だったようで」

「しかし、酷い素行にも拘《かか》わらずずっと使っていたわけでしょう？　ローマで見かけたときには三十は過ぎているように見えましたよ。それに下男というより王侯貴族の如き煌《きら》びやかな服装《なり》と……」

「サライも師の弟子でした」とジャンの声。振り向くと弱気な目付きながら、きっぱりと「下男ではありません」と言う。

「馬鹿な」とフランチェスコが遮る。「師が甘やかしていられただけだ。おまえにも言ったではないか。仏国《フランチア》でははっきりとしていた。私は師の弟子として年にエキュ貨四百枚を王から賜っていたが、サライは召使として百枚、それもただ一度、与えられただけだ」

「ほお」と、再び机に向いて縮こまってしまったジャンから目を逸らして私は言った。

「しかし仏国《フランチア》にまで供をしたのですか。弟子にしろ下男にしろ、では最も長く付いていたのですね」

「いいえ、すぐに帰されました。半島内でならともかく、かような異国では誤魔化しようもありませんからね。弟子たる技能もなく、下男としての働きもない。と、なれば不要の存在。サライ自身もさすがに居たたまれなかったはず」

「誤魔化すとは……誤魔化してまでレオナルド殿はサライとやらを側に置きたかったのですか？　確かに零れるばかりの色香、類稀《たぐいまれ》なる美貌と見ましたが」

再び『聖ヨハネ』に目を向けた私に、フランチェスコは吐き捨てるように言った。「飽食と怠惰の罪深い日常、今や面影もありません。貴殿がお会いになられるような輩《やから》でもありません」

「今、どこに？」

「ヴィッラニスと同じ地の葡萄園です。師は二人に分け与えたのです。遺言で半分ずつ。これだけでもおわかりでしょう。もともと貧農の出、師は土に帰したのですよ。それだけでも分に過ぎた遺産」

「なるほどね」と、私はようやく卓上の解剖図に目を戻した。潑剌《はつらつ》とした凜々《りり》しい裸体。フランチェスコがすぐに、仰々しく両手で紙を捲《めく》る。

「眼球図です」と説明。私の顔色を見たのか「それほどおっしゃるのならマルコとロレンツォ、それにヴィッラニスとサライも……いや、ヴィッラニスたちは陽のあるうちは忙しい。貴殿も賞味されたように昨日から葡萄の収穫が始まっています。お望みでしたら使いを出し、明晩にでもここに召《よ》びますが」と言った。

「なに、気が向いたら改めてお願いしましょう」と私は逸らした。

フランチェスコは既に呪文《じゅもん》のような文字に没頭していたが、嬉《うれ》しそうに声を弾ませた。

「ああ、ここで師は限りなく神を称えておられます。これをお聞きになれば、貴殿も師が如何《いか》に信仰篤き方でいられたか感銘されるはず」

――どんな精神が神の自然を見抜くことができようか――得々と続く言葉を聞き流しながら、そう……と私は思う。気が向いたら勝手に会いにいけばいいだけだ。

一旦《いったん》部屋に戻り、夕食までの間、私は改めてラファエッロに見せられた絵を想い浮かべながらペンで描いてみた。

眼識には自信があるが、自ら絵を描くとなると上手くいかない。弟子だったフランチェスコの絵を未だ見てはいないが、先程弟子として四百エキュ貰《もら》っていたと豪語していた。少なくとも人並み以上には描くのだろう。素人とはいえ拙《つたな》い絵を見せ、あの凍るような眼差しで嘲《あざけ》られるのは真っ平だ。では、何と説明すればよいものか？ いや、油彩にしたのなら素描《デイセーニヨ》の一枚や二枚は在るはず。今夜、ジャンに探させよう。

そう思い付いたとき、夕食の知らせが来た。マイヤではなく、部屋を整えている小娘だ。昨夕の饒舌《じょうぜつ》を誰かに聞かれ、フランチェスコに進言されたのだろうか？ それともヴァープリオに帰されたのか？　まあ、下女の戯言《たわごと》は疲れるだけだ。

　夕食には老司祭が招《よ》ばれていた。

　更にメルツィ家では万年四旬節なのか金曜日なのか、今夜も肉は出ず、食事が進むと同時に客も昨夜の阿呆たちの方がまだましだったとげんなりする。

　今夜のフランチェスコの話題は、レオナルドが如何に敬虔《けいけん》なキリスト教徒であったかに終始し、司祭が「もっとも、然《しか》り」と合いの手を入れる道化役だった。そして遂に……僅かに脂味の効いた鰻《うなぎ》の皿が下げられる頃の話は、大司教もかくやと思われるほどの荘厳なレオナルドの葬儀にまで及んでいた。

　――王から賜ったクルーの館で師は逝かれました。サン・フロランタン教会の司祭様が終油の秘蹟《ひせき》を行われると、神の御許《みもと》に抱かれる悦《よろこ》びに師のお顔は安らぎ、それまでの苦痛は嘘のように消えて口許には笑みが浮かびました。魂が召されるまでの間、口にされたのは主への感謝の言葉。ひたすらに唱う主への祈りのみでございました――。

　生真面目なフランチェスコの言葉に、私も司祭と口を揃えて「然り」と言いたくなってきた。だが素晴らしい味の檸檬酒《レモン・リキユール》が爽《さわ》やかに鰻の生臭さを口中から追い出し、赤葡萄酒に染まった無花果《いちじく》の冷菓が出るに及んで、ここは愛想の良い返事で聞き流し、しっかりと味わうことにする。

　フランチェスコは呆《あき》れるほど事細かに話し続け、とうとう葬儀について記されていた遺言にまで言及した。——フランチェスコや召使に残される遺産とは別に、死期を悟った高徳なる彼の師が死の九日前にアンボワーズの公証人を招き、敬虔なキリスト教徒としての死後の魂の落ちつき場所を如何に明示し、全能の神に、栄光に満ちた聖母マリアへ、聖ミカエル並びにあらゆる天使、天国に居る聖人や聖女たちに魂を委《ゆだ》ね、その魂の落ちつき場所に向かうに当たり、どのように彼の遺骸《いがい》が担がれ、その遺骸に添う者として望ましい者の指定。更に魂の落ちつき先での荘厳に挙げられるミサの回数、続いて唱えられるグレゴリウス読誦《どくじゅ》ミサは三十回、葬儀に連なる貧者六十人に蠟燭《ろうそく》六十本を持たせること、その者たちへの施しの額、そしてアンボワーズの病院とサン・ラザール施療院に施されるトゥール貨七十スー——聞いているうちに目が回りそうだった。

「まるで王の葬儀のようですな」

フランチェスコに皮肉は通じず、「その通りです」と嬉々《きき》として言い募った。「大国の王もかくやと思われるほどの荘厳かつ荘重な葬儀でした。フランソワ一世がどれほど師を慕われていらしたか、葬儀は師の遺言通りに良きキリスト教徒としての規範ともなり、国を挙げての荘重、かつしめやかな葬儀となりました」

酢漬けの巴旦杏《アーモンド》に手を伸ばしながら「ごもっとも。然り」と司祭が繰り返す。

うんざりして私は言った。「まちがいなく天国に召されたというわけですか」

「無論です」とフランチェスコ。「天国以外に行かれる所なぞありません」

「聖人君子ばかりでさぞや退屈してるでしょうな」

「食卓で葬儀の話などなさるからですわ」と奥方が席を立つと、フランチェスコも私の嘲笑に気付いたようで唇を噛《か》みしめた。こういうときこそ「ごもっとも、然り」の声が欲しかったが、司祭は巴旦杏《アーモンド》に夢中だ。

だが「これは失礼を」とフランチェスコは臆《おく》せず続ける。「では明るい話題に。『惑星の舞踏会』という出し物についてお耳にされたことはございませんか？」――私の顔を見て「天国を垣間《かいま》見たような素晴らしさに『天　国《イル・パラディーゾ》の祝祭』とも呼ばれましたが」と言った。

私は首を振り、司祭に負けじと巴旦杏《アーモンド》に手を伸ばす。

「六年前、師が仏国《フランチア》王に披露された見世物です」とフランチェスコ。「かつてモーロ公がミラーノを統治されていた頃にもお見せして大変な評判となり、仏国《フランチア》にまで伝わっておりましたので、もしやと思い伺いましたが、そうですか、ご存じない。猊下《げいか》の甥《おい》であられるロレンツォ様とマドレーヌ様のアンボワーズでの御結婚を祝されたものなので、当然お聞き及びのものと思いましたが」と勝ち誇ったような薄笑いを浮かべる。

「その翌年、ロレンツォ様は亡くなられましたからね。今の猊下がまだ枢機卿《すうきけい》で在られた頃です。私は猊下とフィレンツェにお見舞いに伺いました。そこでレオナルド殿が他界されたことも知ったのです。今、思えば、お二人ともあの年に他界された。『天国の祝祭』の翌年にね」

「そうでしたね」とフランチェスコの眼差《まなざ》しが虚《うつ》ろになった。「しかし行為は……芸術は永《と》久《わ》に残ります。師は人々の想像を超えた世界を具現し、驚嘆させ、招かれた各国の大使や貴人たちによって世界中にその奇跡が謳《うた》われました。魔法としか思われぬ舞台、あのようなものはもう二度と目にはできないでしょう。人が創ったとはとても思われぬ舞台、世界です。夢のような」

「ロレンツォ様がそんな状態だったし、それほどの宴《うたげ》とやら聞いてはおりません。それに具体的におっしゃってくださらないと、どれほどの物かもわかりませんな」と私は冷淡に遮り、巴旦杏《アーモンド》を摘《つま》む。勿体《もったい》ぶった前置きが長すぎる。

「仏国《フランチア》では夜半、空の色の天幕の中で行われました。篝火《かがりび》が昼の光のように赤々と舞台を照らしだし、幕が開くと広大な半球が動きだします。この部屋一杯ぐらいの巨大な半球ですよ。半球の縁は金に塗られ、その中は更に天空。星々が輝きつつ回転し……星のひとつひとつを硝子《ガラス》で作りました。その裏に蠟燭を立て、炎の揺らめきが硝子を通して様々に輝くのです。どのように動かしたと思われます？　巨大な、それこそ、この天井に達するほどの歯車です。そして、それに嚙《か》み合わせる大小十五、六にも及ぶ歯車も師は考案されました。表の舞台の倍以上の天幕を裏に置き、それらの仕掛けを隠したのです。半球は大きく右に回転し、中の天空は輝きつつ左に回転し、更に七つの惑星がそれぞれの軌道を巡ります。それは天空に対して水平にですよ。わかりますか？」とフランチェスコは熱に浮かされたように手でその動きを伝えた。「しかも惑星のひとつひとつは役者たちが扮《ふん》し、金の台座に乗って次々と登場するのです。月、火星、水星、木星、金星、土星、そして太陽。ああ、舞台に釘付《くぎづ》けとなった方々の驚かれる顔ときたら、この世のものとは思われぬ魔法のような動きですからね。惑星は歌います。役者たちの歌声と楽器の甘やかな調べ、そして星の神々が台座から下りて祝辞を述べます。ユピテル、アポロン、それに三美神たち、美のプルクリトゥード、愛のアモール、快楽のヴォルプタース、七つの徳目も現れます」

「すべて役者が？」

「そうです。回転する台座に乗って、炎と共に現れるのです。人を乗せ右に、左に、そして水平に、自在に回転し、上下しました。師以外の誰があのような仕掛けを作ることが出来るでしょう」

「人を驚かすのがお好きだったようだ。思い出しましたよ。ローマでも何人かが巨大な竜を見せられたとか血相変えていましたからね」

「あんなものはまったくの子供騙《だま》し」とフランチェスコは不満気に打ち消した。「アンボワーズでは主軸を動かすためだけでも八人の逞《たくま》しい男が必要でした。回転を円滑にする油も常時足さねばならず、その係も五人、二十人の役者に加え、器楽奏者が六人、仕掛けの操作のための男たちが十六人、師は一夜の舞台のために四十人余もの者たちを指図し、見事な星々の世界を創り上げたのです。ヴァチカーノでの遊びなぞ比べ物にもなりません。王は『魔法だ』と叫ばれました」

忘れていた司祭が「ごもっとも」と口を挟んだ。後の「然り」で盃《さかずき》を倒してしまう。瞼《まぶた》はほとんど落ちていた。

食後、司祭をお送りすると家を出たフランチェスコの真の行き先は問うまい。私は再びジャンを召《よ》んだ。

「今夜はうんざりするほど長々しい葬儀の様子から馬鹿馬鹿しい見世物の話まで聞かされたよ。おまえの師匠が仕えたミラーノ公、イル・モーロは哀れにも獄死したと聞いたが、師匠は聖人の如き葬儀で天に召されたようだな」

ジャンは「師が遺されたとかいう葬儀の指示でしょう」と無表情にこたえた。「フランチェスコの自慢ですからね。でも、師がそんな豪奢《ごうしゃ》な葬儀を望まれたなどとお思いにならないで。そのようなことをお書きにならないでください。私は……師の遺言はフランチェスコが無理強いして書かせたことと思っています。フランチェスコが望んだ葬儀です。最も敬虔な信徒、そして最も偉大な師に、フランチェスコが相応《ふさわ》しいと想い描いた葬儀をです」

「レオナルドが望んだ葬儀ではないと言うのかい？」

「師は慎ましい方でした。無論画材には上等の素材を使われ、私たちにも上質の紙やチョーク、画材以外でも上等な食物や、サライには……」と、口を噤《つぐ》む。

「サライには……何だい？」

「いいえ、別に。とにかく六十人もの貧者に蠟燭を持たせ、自らの柩《ひつぎ》に従わせようなどと想われる方ではなかった。教会などでミサを何十回も唱えさせようなどと想われる方でもなかった。フランチェスコの望んだ葬儀ですよ。フランチェスコが望んだから、フランチェスコのために、そう書かれただけです」

「キリスト教徒としての死を望まなかったと？」

「違います。師は心底、神を崇《あが》めておられました。美しい自然を作り賜うた神、驚嘆に値する生命を生み出された神を。でも免罪符を乱売し、告解を義務づけ、キリストを楯《たて》に私腹を肥やす聖職者たちは馬鹿にされていました。そのような方が形骸と化した儀式を更に大袈裟《おおげさ》なものにしようとなぞ思うでしょうか？」

「『唯信仰のみによる《ソラ・フィデ》』。今更言うことでもなし。私から見れば学識ある者が敢《あ》えて声高にそんなことを唱える方が野暮というもの。まさかサヴォナローラやヴィッテンベルクのルターとやらを崇拝していたとでも？　それとも教皇に仕え、私腹を肥やしている私への当て擦《こす》りかい？」

「とんでもない。ただ敬虔《けいけん》で無欲な、まことのキリスト教徒だったと申し上げたいだけです。でなければ、なぜあれほどまでに崇高な『最後の晩餐《ばんさん》』を描かれることが出来たでしょう」

「『最後の晩餐』か。忘れていた。ミラーノのどこかで描いたそうだね」

淡々と話していたジャンが「え」と呆れたように私を見た。「パーオロ様、御覧になられていないのですか？」

「昨日着いて、まっすぐここに来たんだ」

「だってコーモにお住まいだったのに。私がヴァープリオ・ダッタのメルツィ家に行ったた年に完成したんですよ。大変な評判で、コーモにだって伝わったでしょうに」

「晩餐図など見飽きている」

またしてもジャンの唖然《あぜん》とした顔を目にし、からかいの言葉を探していたとき扉に音、こたえると湯や飲み物を盆に載せたマイヤが入ってきた。とたんに「お休みなさいませ」と、ジャンが出ていく。逃げられた。

「蜂蜜《はちみつ》入りの温かい牛乳です」とマイヤは嬉《うれ》しそうに言った。「お屋敷に居らした頃、毎晩お飲みになられていた……」

「ああ、ありがとう」――今夜は聖遺室を探るのは無理か、と諦《あきら》めつつ、母親と言葉も交わさず出ていったジャンの、マイヤに投げた冷たい眼差しが気になった。「おまえの息子はレオナルド・ダ・ヴィンチのたいそう忠実な弟子だったのだね」と衝立《ついたて》に入り、靴を脱ぐ。

「弟子だなぞと。フランチェスコ様のお供としてローマに少し行っただけのことでございますよ。従僕として行ったのです」

「おや、私には『弟子』だと言ったよ。おまえは名誉と思わないのかい?」

「滅相もない。フランチェスコ様が無事に仏国《フランチア》からお帰りになられ、あの子もようやく落ちついてお勤めに励むようになり、ほっとしておりますよ。あんな……ジローラモ様もフランチェスコ様もすっかり騙されて。絵描きなぞごろつきです」

ようやく反レオナルド派と出会った。脱いだ上着を衝立に掛け、声を高めた。「ごろつきかい？　レオナルドは。まあ、私もそうじゃないかと思ったよ」

「ああ、パーオロ様はやはり真っ当な目をお持ちです」

「おまえも真っ当な目でよく見ていたようだね」

「私は騙されませんからね。ほんとうに、ジローラモ様がお人がよいのを利用して、ヴァープリオ・ダッタのお屋敷を好き勝手にしておりました。画家だなぞと、絵などろくに描きもせず、死んだ犬や猫や鳥や蜥蜴《とかげ》や蛇、ああおぞましい、神様、お許しを。部屋に持ち込んで。悪魔に仕えていたのです。ああ、神様」――ヴァープリオでは動物を解体していたのか……と、衝立から覗《のぞ》いてみると、呆《あき》れたことに壁の十字架にひざまずき、胸のロザリオを繰りながら十字を切っている。「それも一晩中続くこともございましたよ。部屋中蠟燭《ろうそく》を立てて。神様、お許しを。私どもが使う一年分もの蠟燭を一晩で使ってしまい、お天道《てんとう》様が昇ると寝床に入ったり、真っ当な者のすることではございません。引き連れてきた弟子たちだって、サライという変な名前の男なぞ、何ヵ月も居すわって、遠慮するどころか食べ物も酒も一人で何人分も平らげて自堕落に過ごしているだけ」

「だが、サライは大層な色男だったそうじゃないか」

「それは……でも、ごろつきでございます。女を追い回すか、お屋敷の下男を博打《ばくち》に誘うか、絵なぞ描きもせず、ええ、旅芸人や詐欺師と同じ匂いです。真っ当な者とは違います」

　ああ、神様、お許しを――と挿みつつ、十字を切る手の動きと共に言葉も速くなってきた。マイヤに拠《よ》ればレオナルドと弟子たちはごろつきのならず者、香具師《やし》、魔法使い、詐欺師、大食漢の博徒。そして従僕として真っ当に出世しつつある息子を誘惑する悪魔の使いだった。レオナルドに騙され、領主の跡継ぎであるフランチェスコが徒弟などになってローマや果ては遠い仏国《フランチア》などという野蛮な異国にまで付いていったとき、如何《いか》に必死にジャンを止めたことか。若様、と口走り、壁に向かったマイヤの声音は一段と誇らしげになる。私は階段から落ちました。霙《みぞれ》の中で水を被《かぶ》りました。雪に身を任せました。腐った肉を食べました。シロッコの吹き荒れるなか、立ち尽くしました。嵐の運河に飛び込みました。身体を傷め、あの子を引き止め、ようやく悪魔から引き離したのです……。

「神様」「お許しを」「真っ当な」という言葉だけでも十年分は聞いたような気がした。冷めきった牛乳も湯も無視して「なるほど」と大声を出し寝台に向かった。

呪縛から解き放たれたマイヤが「パーオロ様」と慌てたような声を挙げ、今度は「申し訳ございません」と「つい」を繰り返しながら灯火を消し始めた。

第四時(十二時)を告げる鐘が聞こえてきた。レオナルドたちへの罵倒《ばとう》は痛快だったが、愚かしく要領の悪い話し方は聞いていて疲れる。寝しなの子守歌にしては長すぎた。「ジャンも今では感謝していることだろう。おやすみ」と、瞼《まぶた》を閉ざす。この快い闇の抱擁。

「いいえ……」とマイヤの声が遠く聞こえたが、寝返りを打ち身も闇に任す。

三日目

昼食の席でフランチェスコに「『最後の晩餐』を見に行きたい」と言い、ジャンを借りることにした。フランチェスコは自ら案内を買って出たが、丁重に断る。彼抜きで弟子やら下男たちの所へも行くつもりだったからだ。

「マッジョーレ湖の方で稲妻が光るのを見ました」とフランチェスコは兎のように草ばかり食べながら澄まして言った。「じき雨になるやもしれません。明日になさっては？」

「いや、ご好意に甘えて三日目です。コーモの家にも立ち寄ろうと思いますし、明日か明後日にはお暇《いとま》を……」

「私の方では」と遮られる。「ご納得のいかれるまで、一月でも二月でもご逗留《とうりゅう》をと思っておりましたが？」

「ご好意痛み入りますが」とにこやかに言う。「『納得』と言うより敬服するまで、という意味ではありませんか？」

「願わくは敬愛と申しましょう」とフランチェスコも笑う。「対象への敬愛こそ著述への足掛かりと思いましたが。いや、素人の戯言《たわごと》、田舎貴族の遠吠《とおぼ》えでしょうか」

塩味の強い白いペコリーノ乾酪《チーズ》の最後の一片を口に放り込むと「いや、貴殿は著述への志を重視され、私は視点を重視している。それだけのことでしょう」と言ってやった。笑顔が凍る。また言い過ぎたかと「それにレオナルド殿の絵に感嘆したからこそ伺ったのです。貶《おとし》めようと著すわけではありません。さて、街の空気も吸いたくなりました」と立った。パンと乾酪《チーズ》と草、果物！　満腹なのに満たされない。乾酪《チーズ》の源、程よく焦げた脂身に包まれた山羊《やぎ》肉が浮かんできた。出来れば今日中に片付けてメルツィ家最後の晩餐にしたいものだ。今夜 素描《ディセーニョ》を探し、肖像画の在り処《あか》を聞く。

「御随意に」とフランチェスコも立ち上がる。「『最後の晩餐』はもちろんですが、サン・フランチェスコ・イル・グランデ聖堂の『聖母』も御覧になられることをお勧めします。では良い午睡《シエスタ》を。一時間後にジャンを差し向けましょう」

連れ立って門を出たとたん、ジャンは「フランチェスコの案内を断られたそうですね」と咎《とが》めるように言った。「『最後の晩餐』はフランチェスコの最愛の作品、案内したかったでしょうに」

「外でくらい静かに鑑賞したいよ。勝手にね。大いなる讃辞《さんじ》は聞き飽きた。それにマルコとかサライ、ヴィッラニスだったか、フランチェスコ抜きで会いたいのだ。案内してくれないか」

「マルコたちに？　だって昨日、貴方がお望みなら召《よ》ぶって……フランチェスコが言ったでしょう」

「おまえだってフランチェスコの前じゃ何も言わない。召び集めてもらったって、フランチェスコの監視の下じゃ誰も何も言わないだろう。何人集めようが彼の独演会だ」

「そんなことはありません。師の粗を探そうとされる貴方《あなた》がおかしいのです。誰に聞いたって……」

「ああ、聞きにいけばわかる。遠いのかい？」

「いいえ」とジャンは素っ気なく馬の脚を速めると、わざとらしい吐息をつき、横道に逸《そ》れた。「では、マルコの工房《ボッテーガ》に行ってみましょう。ヴィッラニスたちの葡萄《ぶどう》園は街の反対側、『最後の晩餐』が描かれているサンタ・マリーア・デッレ・グラーツィエ修道院の側だし、今頃はまだ葡萄の収穫で忙しい。マルコの工房《ボッテーガ》に行って、それから『聖母』の祭壇画のあるサン・フランチェスコ教会に行きましょう。でも突然だし、マルコたちだって居るかどうかわかりませんよ」

「構わないさ。誰かしら居るだろう」

十八時（午後二時）の鐘が鳴り渡り陽はまだ高い。大気は蒸し暑く湿気を孕《はら》み、陽も白く濁り、フランチェスコの言っていたように雨になりそうだったが、黴臭《かびくさ》い聖廟《せいびょう》から逃れ出た気分で、私も揚々と馬の腹を蹴《け》った。

静寂に包まれたコーモの湖、光漲《みなぎ》るローマのテヴェレ川、そしてミラーノは夜毎蛙の大合唱に沸く運河の街だ。要塞《ようさい》のような城、そして街を取り巻く二重の濠《ほり》、聳《そび》える市城壁に押し潰《つぶ》されたように立て込んだ家並み、コーモやローマのような開放感はない。それでもメルツィ家から出ると清々しかった。

勝手にジャンと同じくらいの男を思い描いていたが、会うとマルコは私よりずっと歳上、鳶《とび》色の眸に同色の縮れた髪と顎鬚《あごひげ》を蓄えた落ちついた男だった。だが、十三の歳からレオナルドに付いていたという。四十九という歳を聞いて驚いた。私が五歳、フランチェスコなど生まれてもいないときからレオナルドと共に居たのだ。啞然《あぜん》としたが、何よりの生き字引。そこそこに貫禄《かんろく》をつけたロレンツォも私との再会を喜んでくれた。

用件を言うと、突然の訪問にも拘《かか》わらず「一休みしようと思っていたところです」と、仕事を中断して私たちを工房《ボッテーガ》二階の明るい部屋に案内した。質素だが居心地のよい部屋で、開け放った窓からは鳥の囀《さえず》りが聞こえてきた。

だが私の期待は外れ、ジャンの言う通り、ここでも讃辞しか出てこなかった。

マルコはフランチェスコのように師の偉大さを、如何に崇《あが》められていたかを、声高に吹《ふい》聴《ちょう》しはしない。だが淡々と語る思い出は愛に溢《あふ》れた悦びの日々、あまりにも素直な敬愛の記憶だ。いとも優しく、いとも穏やか、聖人のように無欲で子供のように無心な男の肖像。だが……ベルヴェデーレの庭で夕陽に浮かんだ彼の威容は立派すぎて傲慢《ごうまん》にすら見えたではないか。それに……バラバッロが象から落ちたときの、あの私に向けられた眸《ひとみ》……（人を貶めて楽しむとは）言葉まで甦《よみがえ》った……。

「だが」と、私はマルコに言った。「『誰よりも優しい』とはいえ絵の修業、優しさだけでは済まないでしょう。叱られたり、咎められたりということもあったでしょう」

「それは」とマルコ。「修業に関しては厳しい方でしたよ。それは当然のことでしょう。しかし声を荒らげるような方ではなかったし、おっしゃることももっともなこと」

ロレンツォが可笑《おか》しそうに言う。「声を荒らげるどころか、まるで弟子が師匠に言うようにおずおずと言われた」

「そうでした」とジャンも葡萄酒の盃《さかずき》を手に楽しげに口を開いた。やはり屋敷の中に居たときとは違う。「でもパーオロ様、意気地なしとかいうのではありませんよ。誰もが震えあがっていたミラーノ公や居丈高な貴族たちの前では如何に立派だったことか、堂々たる主張や、毅然《きぜん》としたお顔に皆が師の言葉に従い、公でさえたじたじとされていた。ただ弱者や動物たちに対しては限りなく優しかったのです。馬や犬や猫たちへの眼差《まなざ》しときたら……」

マルコが「私は馬に嫉妬《しっと》を覚えましたよ」と、もっともらしく言い、その声に皆が笑いだした。「オッキオ・ベッロという馬は名前通りの美しい目《美しい目》と肢体で特に愛されていました。だが、その馬を買うために使いものにならない老いぼれ馬と驢馬《ろば》まで買わされました。商人から見ればあんなに騙《だま》されやすい方もいなかったでしょう。ときどき思い出されたように出納など書いていられたけど、まるで駄目で、見かねて私がお預かりしたものです」

ようやく欠点らしきものが口に上り、私は「浪費家だったのか」と声を弾ませた。

「いえ」とジャン。「浪費家とは少し違う、何と言うか、金銭感覚がなかった。無頓着《むとんちゃく》だったのです」

「そう」とマルコ。「金があって市場になど行こうものなら、買えるだけの鳥を買ってしまう。どうすると思います？　全部放してしまうのです」

「なぜ、そんなことを？」

「鳥がお好きだったからですよ」と、さらりとマルコ。「『鳥は空に在るべきだ』って。鳥を放つときの嬉《うれ》しそうなお顔を見ると、私たちまで呆《あき》れながらも楽しくなりました。でも、気が付いてみると夕食のための金すら無くなっていて、残り物のパンと干からびた乾酪《チーズ》で過ごしたこともある。それで、私が金を預かることにしたのです。鳥、馬、犬、猫、あらゆる動物を愛されていらした。馬も犬も、気難しい猫たちですら師には鼻を擦りつけて甘えていました」

「愛しすぎて」とロレンツォがつぶやく。「肉も口にされなかった」

「肉を食べない？」と私は呆れた。「じゃ、君たちも？」

「いえ」と即座にジャン。「御自身は口にされなかったけれど、それを弟子たちに押しつけようとはされなかった。私たちには……無論、金があるときにはですが、貴族たちが口にするような上等な肉をふんだんに振る舞ってくださったし、食物に限らず何にしろ質の良いものしか買われませんでした」

　肉の出ないメルツィ家の食卓……「ひょっとしたら」と私は言った。「フランチェスコも菜食主義者かい？」

「ええ」とジャン。「彼は何から何まで師を見習っています。ただし彼の菜食が、動物への愛からか、師への敬意からかは知らないけど」

　ジャンの声音には微かな刺《とげ》があった。尻窄《しりすぼ》みに消えた言葉に、寡黙だったロレンツォが口を開く。「フランチェスコだって鳥を好きだったよ。だって自分の金すら差し出して鳥を買って放していたんだから」

「今はしていない」とジャンがすぐに反論した。「それに私だって、無頓着に出せる金があったらそうしていたさ」

「単に」とマルコ。「僕らは貧乏な徒弟で、フランチェスコは無造作に使える金を持つ身分だったってことだけだ」

「だから反感を買ったんだ」とロレンツォ。「今もそうだけど、こんな……」と、坐った自分の頭ほどに掌《てのひら》を上げた。「背丈の頃から身分や裕福さを誇示したがった。それで師の歓心を買おうとしてたよ。それで何度もやられてたじゃないか」

　ジャンが眉《まゆ》を顰《ひそ》めてロレンツォを見た。私はすかさず「『やられてた』とは？」と聞く。

「最初は」とロレンツォは得意気に私を見た。「そう、やっぱり鳥を放っていたときでした。市場で買った鳥を川辺で放っていたときフランチェスコに飛礫《つぶて》が……彼の悲鳴に皆が駆け寄って、僕はその輪に入る余地もなかった。それで目を逸《そ》らしたら川原に血のついた石を見つけたんです。フランチェスコに投げられた石です。擦《かす》り傷だったけど、まともに当たっていたら死んでたかもしれないくらい、拳《こぶし》くらいの大きさの石だった。その後も……」

「もういい」とマルコが静かに制した。「あれは馬車が弾いた石だと言っただろう？」

「でもマルコ」とロレンツォは怯《ひる》まない。「あれから何度もフランチェスコは怪我をした。貴方はいつも偶然だって言っていたけど」

「偶然だ」

「いえ……」と言いかけてロレンツォは口を噤んだ。マルコの制止にようやく気付いたようだ。だが、私は後が聞きたかった。

「反感を買って、危険な目に遭っていたのかね？」

ロレンツォは俯《うつむ》いたままだ。マルコの落ちついた声が聞こえた。「フランチェスコはときおり、怪我をしていましたが、偶然です」

「偶然は何度ほど？」と面白がって聞いてみる。

「さあ」とマルコは真っ直ぐに私を見つめたままこたえた。「いずれにしろ彼を傷つけようなどと思う者は師の弟子の中にはおりません」

マルコ、フランチェスコ共に防壁は固い。ジャンに目を向けたが、彼は即座に顔を逸らした。黒髪の向こうで唇が顫《わなな》いている。後で脅してみよう。私は再びマルコに顔を向け、今度は的を変えてみた。「貴方は十三のときからレオナルド殿に付いていられたと言う。すると、サライは貴方の後から弟子になったのですか？」と聞いてみる。

「ああ、酷《ひど》い餓鬼だった」とマルコは鷹揚《おうよう》に笑った。

「フランチェスコの話では、つまり、サライ……小悪魔と呼ばれるほどの酷い素行だったとか？」

「来たときはね」とマルコはこたえ「フランチェスコと会った頃はまともでしたよ」と弁護するように言った。

「しかし」と私は食い下がる。「フランチェスコの話では彼は下男、ジャンは弟子だと言う。それに……いや、私はローマでちらっと彼を見たことがあるのですよ。下男や弟子どころか王侯貴族のような服装《なり》、金の外套《ヴエステイート》姿でした」

ロレンツォが「ヴァレンティーノ公の外套《ヴエステイート》だ！」と言う。

「ヴァレンティーノ公の？」とあまりに意外な言葉に私はロレンツォを見つめ、眉を顰めたジャンとマルコに目を移した。ジャンはまた目を逸らす。マルコに言った。「ヴァレンティーノ公とはチェーザレ・ボルジア。アレクサンデル六世の息子……ああ、レオナルド殿は彼に仕えていられた。だが、なぜ……」

「師がヴァレンティーノ公から賜り」とマルコがしぶしぶこたえる。「ジャーコモに与えたのですよ」

「下男としても、弟子としても、かなり奇妙な贈り物ですな。稚児だったという風聞も…

……」

「パーオロ様」とジャンが遮った。「またしてもそんな事をおっしゃるために私を案内させたのですか」

「いや……」とマルコが口を切った。「あの外套《ヴェスティート》は確かに目立った。奇妙にも映るでしょうな、確かに。それに貴方はつまらぬ噂を耳にされ、身震いするほどの好奇心で我々の言葉を待っていられる。曖昧《あいまい》な言葉で誤解をそのままに著述されても困ります。何と言えばよいのか、ジャーコモは工房《ボッテーガ》の中で特別な存在だったのです」

ジャンが「もう失礼しましょう」と腰を浮かせたが無視して「ほう……」と身を乗り出す。

「いいよ、ジャン」とマルコは私の盃に葡萄《ぶどう》酒を注ぎ「きちんと説明した方がいい」と言った。「ジャーコモが来たのは私が師に付いて二年目の夏、彼はまだ十歳でした。まさにサライ。手に負えない小悪魔で、あまりのことに師はただ呆然《ぼうぜん》とされていた」

「と、おっしゃると？」

「それまで、ああいう子供を見たことがなかったからでしょう。ジャーコモは工房《ボッテーガ》中を引っかき回した悪童でした。彼が来て二日目に私は一番大切にしていた銀尖筆《ぎんせんぴつ》を盗まれましたよ。師が彼の脚を持って逆さに振ると空のはずの隠しから金がジャラジャラ落ちてきました」

「泥棒だった？」と私は呆れて聞いた。マルコは当時の様子を思い出したのか楽しげに笑いだしていた。その顔に憎悪はない。「楽しい話とは思えないが……」

「いや、面白かった」とマルコ。「彼の隠しから金が落ちようが、彼の箱から私の銀尖筆が出ようが、ジャーコモは頑《かたくな》に『知らない』と主張したんですよ。ちびのくせに呆れるばかりに頑固で、悪事がばれても懲りずに爽快《そうかい》なほど矢継ぎ早に悪さを繰り返した。まるで穏やかな羊の群れに可愛い子犬だが狂犬が飛び込んできたような騒ぎでした」

「なぜ、そんな者を。即刻叩《たた》き出せばよいものを」

「師は呆れ、戸惑い、困惑し、終《しま》いには笑いだされた。そう、笑ってしまうほどの凄《すさ》まじい悪さ。滑稽《こっけい》なほどの頑さでした。私たちも笑いましたよ。皆が笑いました。それにぼろを脱がせ、身体を洗い、綺麗《きれい》な服を着せると……金糸銀糸の天鵞絨《ビロード》の胴衣《ファルセット》や絹のカルツェがとても似合って、あんな愛らしい子供は見たこともなかった。ロンバルディーア特有の薔薇《ばら》色の肌、巻き毛の豊かな髪、零《こぼ》れるような大きな眸《ひとみ》、それが葩《はなびら》のような口でとんでもない悪態をつき、人形のように優雅な身体で狼藉《ろうぜき》を働く。師が『ジャーコモ、おまえをサライと呼ぶことにしよう』とおっしゃったときは皆で大笑いとなりました。サライは称讃《しょうさん》されたと思って喜んでいた。幼かった。それに、あんなちびがそうしなければ生きていけないような環境にいたんです。それだけのことです。半年も経つとジャーコモにも違う世界に来たことがわかったようでした。盗《と》らなくても幾らでも食べられるし、言えば買ってもらえた。彼は有頂天になり、師に菓子をねだり、服や靴をねだり、着飾った姿を大喜びで工房《ボッテーガ》中の者に見せて歩いた。凶暴な悪童が天真爛漫《らんまん》な天使に変わったのです。確かに師はいささか彼を甘やかしすぎたかもしれません。でも、あの溢《あふ》れるような喜び方を目にし、あの愛らしさに接したら……工房《ボッテーガ》の雰囲気はジャーコモが居るだけで和やかになりました。ジャーコモの存在は種なしパンに添えられた蕩《とろ》けるような砂糖菓子、禁欲的だった食卓が豊かに華やいだのです。多少の混乱はあったものの、彼を忌む者などいなかった。無論、師は弟子として彼を指導しました。しかし反面、砂糖菓子に果実を盛り、酒《リキユール》を加え、金粉で飾り、飾りたてすぎたのかもしれません。つまり、ジャーコモが望む美しい衣服を与え、ヴァレンティーノ公から賜った豪奢《ごうしや》な外套《ヴエステイート》すら与えたわけです」

「なるほど。しかし最悪の徒弟として入ったばかりの幼い頃ならともかくも、長じてもなおとは。同じ徒弟として、弟子として、妬《ねた》む者はいなかったのですか？」

「ジャーコモに限って苦々しく思う者などいませんでした。彼の贅沢《ぜいたく》は皆の心をも豊かにしたのです」

「馬や犬や猫と同じ。工房《ボッテーガ》の愛玩物《あいがんぶつ》となったのですか？」

「そういう言い方をされて納得していただけるのであれば」

「その結果十歳から徒弟になったというのに画家として大成もしなかった。下男と同様に葡萄園を与えられ……貴方がたは遺産として何を？」

「私が師に付いていたのは師がミラーノに居られたときだけです。ご承知のようにミラーノは支配者が目紛《めまぐる》しく代わる街、師が安住して仕事をされるには向かない街でした。それに私は師がローマに行かれる前に独立しました。独立できるだけの教えをいただいたことこそ大いなる遺産です」

「私は」とロレンツォ。「付いたのも遅く、師が仏国《フランチア》に行かれる前に、ここに身を寄せました」

「私など」とジャンがつぶやく。「弟子となれたのはローマでの僅《わず》か数ヵ月だけ。仏国《フランチア》にお供したのはフランチェスコとサライ、ヴィッラニス夫婦だけです」

「しかし」と私。「フランチェスコの話では、サライは仏国《フランチア》からすぐに帰されたと聞きましたよ。つまりレオナルド殿が亡くなられるときには居なかった。それでも葡萄園ですか？」

「私たちはほんの一時期でしたが」とマルコ。「ジャーコモはずっと師に従ったのです。師がモーロ公に仕えていたときも、ヴァレンティーノ公に仕えていたときも、フィレンツェ政庁の仕事をしていたときも、その後のミラーノにも、ローマにも、仏国《フランチア》にも。我々と違い、彼は十歳で弟子入りした時から仏国《フランチア》に供するまでの三十年近く、師の傍から片時も離れずに居たのです。仏国《フランチア》から帰った後も、また行ったりしていました。亡くなられたときお側に居なくとも、誰よりも長く師に仕え、師の側に居ました。師が葡萄園を残されたお気持ちはわかります」

「不肖の弟子とはいえ、愛すべき存在だった。何の邪念もなく、プラトン的に愛した弟子への……？」

「師は真面目一方の方でした。礼儀と規律を重んじ、羽目を外すということを知らない方でした」とマルコは力強く言った。「貴方《あなた》のように噂を面白がる人々の目に師は傷つき、多分、必要以上に分別に縛られていらしたのだと思います。ジャーコモはそこに風穴を開けた。それだけです。ジャーコモの無軌道は師の出来ない、恐らくは考えたこともない事。だからこそ自分を縛っている分別というものをものともしないサライを戸惑いながらも愛され、許していたのだと思います。但し飽くまでも精神的にです」

「貴方がそこまで分析されるほど、特別な寛容だった」と追及する。「どう見てもいささか変わった存在と思われますが」

「貴方はレオーネ（レオ）十世にもお仕えしたそうですが」とマルコが私を見据えて言う。「レオーネ十世もメディチ家のごろつき、悪名高きジョヴァンニを寵愛《ちょうあい》し、私的親衛隊の隊長としてお側に置いたとか。噂はここミラーノにまで伝わりましたが、私たちは卑しい受け取り方はしなかった。良識ある者が愛すべき悪童を愛《め》でる心は著述家である貴方なら世俗の者よりおわかりのはず」

――ジョヴァンニとはジョヴァンニ・メディチ。メディチ家分家の若者で、両親を早くに失い、確たる後ろ楯《だて》もないまま素行も悪く、似たような若者を引き連れて狼藉を繰り返す言わばメディチ家の食《は》み出し者だった。だがレオ十世猊下《げいか》は彼を愛し、彼が率いていた大勢の家来ごと私的親衛隊としてお傍に置いたのである。猊下が亡くなられたとき、ジョヴァンニは隊の旗から隊員たちの衣服、武器にいたるまで黒色にし、以来「黒隊のジョヴァンニ《ジョヴァンニ・ダッレ・バンデ・ネーレ》」と呼ばれている――社会から逸脱した奔放な若者の中には確かに傾いた魅力のようなものを発散する者もいる。小心に傾きがちな世の習いに反発し、周りに阿《おもね》らない率直な意見を吐き……利口な生き方とは言えないが。鮮やかな返答に、たかだか街工房の親方と高を括《くく》っていたが、フランチェスコ以上の切れ者かもしれない、と見直した。沈黙の下りた卓に蚊の羽音が耳を突く。猊下とジョヴァンニ、レオナルドとサライ。サライがジョヴァンニ的男であれば……サライこそ、真のレオナルドを語る唯一の弟子かもしれない。愛人であったにしろ、なかったにしろ、直接サライに会った方がいい。

「いや」と私は葡萄酒の瓶に手を掛けたロレンツォを制した。「探究心が高じて、つい下世話な噂まで持ち出してしまいましたが決して本意ではありません。レオナルド殿は作品ばかりか、人格的にも優れたお人柄、よくわかりました。暴言は私の悪癖、お許しください」と腰を上げた。

工房《ボッテーガ》を出たとたんジャンが食ってかかってきた。「パーオロ様、『聖母』の祭壇を御覧になられて懺悔《ざんげ》もされた方がいい。それに『最後の晩餐』はご案内しますが、それで終りです。サライやヴィッラニスにまでこんな調子で会われるのでは堪《たま》りませんからね」

「おいおい、レオナルドのことを知りたくて遥々《はるばる》ミラーノまで来たのだから、つい口が過ぎるくらい大目にみろよ。おまえの尊敬する師匠だ。せいぜい敬意を払って書くつもりだよ」

「当然です」とジャンは憮然《ぶぜん》と言い放った。

「ところでフランチェスコの偶然の怪我というのは今も続いているのかい?」

ジャンはこたえない。ますますむっとした表情に、私も致し方なく口を閉じた。大気はますます重く、凱歌《がいか》を挙げているのは運河の蛙だけだったが、九月の陽はまだ高く持ちこたえている。

――『聖母』は岩窟《がんくつ》を背にした斬新《ざんしん》な背景で私を驚かせ『聖アンナ』同様、聖母と天使ウリエルの高雅な表情に魅了された。そしてヴェルチェッリーナ門を出、蟬と蟋蟀《こおろぎ》の大合唱に包まれた修道院の『最後の晩餐』では私の驚異も頂点に達したと言えよう。ジャンに見飽きているなどと言っていたが、こんな晩餐図は見たこともない……。

食堂の中二階に彼らは居た。まさに居たのである。遥か古《いにしえ》の時が止まったたまま、だが生き生きと、指を鳴らせば即座に動きそうな様子だった。

「イエスの隣がヨハネです」とジャン。「初めてこの絵を見たときフランチェスコはまだ五歳でした。彼はヨハネを自分の母親と見たのですよ。じきにこの絵がどういう絵か知りましたけど。でも、彼を笑うことはできません。私には師を囲む私たち弟子のように思えましたから」

「使徒たちと並んで坐《すわ》っているユダというのは初めて見たよ」と私は呆然《ぼうぜん》とつぶやいた。絵はイエスの「裏切りの予言」直後と思われる。今までの晩餐図ではユダは一人、食卓の反対側に坐らせるのが定型だ。だがここでは皆と並び、それでいて……イエスの言葉に騒然とした弟子たちの中で一人、思わず身を引きながらも金袋を握りしめ、イエスを凝視している様は見事にユダを他の使徒たちから孤立させていた。

ユダだけではない。ペテロ、アンデレ、小ヤコブ、バルトロマイ、誰も彼も、何もかも、何という絵……何という構図……。

「見事だな」と言ってからジャンの悲しげな眼差《まなざ》しに気付いた。ヴァチカーノではプラトン、ミラーノではイエスに準《なぞら》えられているとは。大した師匠だ。またレオナルドへの反感が甦《よみがえ》る。「ヘブライ語のヨハネはイタリア語でジョヴァンニ、おまえの名だ。イエスが最も愛した弟子というわけだね？」

「まさか」とジャンは即座に否定し「ヨハネはフランチェスコ。私は……ユダじゃないかと思うときがあります」と言った。

「ユダ？　師を裏切ったのかね？　崇拝しきっているおまえが？」

「ユダだってイエスの弟子、イエスを崇拝していました。でもイエスの教えに添いきれず……いいえ、私はただ……いいえ、私は……」

――ジャンの陰気な繰り言は聞き取れず、耳を欹《そばだ》てるほどのこともないと見て、私は現前する食卓に近付いた。五、六人の絵描きがこの見事な作を模写しようと無駄な足掻《あが》きをしていたが、画架の間を通り抜け近寄り、そして近寄る毎に食卓も使徒もイエスも私を愚弄《ぐろう》するように朧《おぼろ》に霞《かす》み、そして遂には判別できない色の靄《もや》となった。全体に広がった蠹《し》魚《み》が色を斑《まだら》にし、黴《かび》が絵の具を浮き立たせ、罅割《ひびわ》れた画面は今にも剝落《はくらく》しそうだ。傷んでいるとは聞いていたものの、この損傷はあまりに酷《ひど》い。少なくとも壁画においてレオナルドは描き方を誤ったようだ。壁間近でとうとう彼らは消え失せた。日を追う毎にますます遠のいていくだろう。胸が痛んだ。馬鹿な男だ。これほどの作品を描きながら……。なぜ、もっと……これはレオナルドの作品。悼んでいる自分に驚き、踵《きびす》を返す。ジャンの視線はユダに向いたまま、その哀れな表情に私らしくもない殊勝な感傷は苛立《いらだ》ちに変わった。更に陰気な修道士たちが食卓の準備をし始めた。湿っぽく生温かい空気と共に大蒜《にんにく》と橄欖《オリーヴ》油の香りが運ばれ、食欲を刺激する。

ジャンに「葡萄《ぶどう》園に行こう」と声高に言う。「この近くなのだろう？　サライとヴィッラニスだったか、とにかく会って、夕食までに帰宅だ！　兎の食事でも懐かしくなった」

「『兎の』？」

「野菜ばかりだってことさ。もっともここの食卓も似たようなものだな」

修道院から出ると、雨が降っていたようで道は泥濘《ぬかる》み、そこかしこに水溜《みずた》まりすらできていた。陽は外壁の向こうに傾き、茜《あかね》色に染まった世界が、思いの外修道院に長居していたことを知らせた。

ジャンが振り返り「もう帰りましょう」と言う。「道もこんなだし、新門の家まで結構

「……」

「何を言っている」と咎《とが》める。「雨も降ったようだし、陽もじき暮れる。葡萄の収穫も終っただろう。園はこの近くと言ったじゃないか。近いのだろう？」

「でも、また詰まらぬ問いを……」

「しないよ」と私はさっさと馬の方に足を進めた。「ここまで来て、寄らずに帰るなど出来るものか。帰るならおまえだけ帰るがいい。修道士に聞くからいい」

　手綱に掛けた手をジャンが止めた。「馬は要りません。預けておきましょう。そこです」と、またもやわざとらしい大袈裟《おおげさ》な吐息と共に歩きだした。「でも言葉には気をつけてくださいね。サライもヴィッラニスもマルコのように寛容じゃありませんよ。御勝手な暴言を吐いて殴られたって知りませんよ」

　返事をする前に、ジャンの姿は木立の中に消えていた。そして木立の向こうはもう葡萄園だった。

　――雨上がりのむっとするほどの土と草の香りに包まれ、ますます蟬と蟋蟀の声が耳を聾《ろう》するなか忽然《こつぜん》と開けた畑の緑は美しかった。

　濡《ぬ》れた葡萄の葉が最後の陽にきらきらと輝きながら連なり、既に黒い影となった向こうの樫《かし》の梢《こずえ》を椋鳥《むくどり》の群れが通りすぎていく。だが畑に人影はなく、ジャンは手前の粗末な小屋に向かっていた。私の頭上を掠《かす》めて明かりの洩《も》れた窓辺に早くも蝙蝠《こうもり》がはたはたと飛んでいく。

戸口に女が立ち、ジャンが振り返る。「サライは居ないそうですよ」——声に安堵《あんど》の響きが含まれていた。叢《くさむら》の蟋蟀を追い立てながら小屋に向かい、紹介される。バッティスタ・デ・フォンタナ。雌牛のように大柄な土の匂いのする女、サライの奥方だそうだ。目鼻だちのはっきりとした美女だったが、これ以上近寄ると汚れた前掛けの臭気まで嗅《か》がされそうな気がした。

「何時頃お帰りになられますか？」と、私は殊更に優雅な口調で聞いてみた。

疲れた顔で顎《あご》を突き出し、戸口に立ちはだかるように突っ立っていた奥方は「はん！」と鼻を鳴らした。「眠くなるか、金が無くなってからだろうね」

「だが、今は葡萄の収穫期でしょう？」と私。

バッティスタは平然と「そうよ」と言った。やがて肉感的な唇の端が上がり「だから逃げだしてるんじゃない」と笑う。

ジャンがおずおずと「黒馬亭？　それとも金亀亭？」と聞く。

「どこが家かわからないわ」と奥方は笑った。「昨日、最初の金が入ったとたんに黒馬亭よ。窓際の定席。私がこっちから行けば入口から逃げるし、入口から行けば窓から逃げる。ジャン、あんた行って引っ張ってきてよ」

「出来たらね」とジャンは言い、暇《いとま》を告げた。挨拶《あいさつ》も返さず女は戸を閉めた。門前払いだ。ジャンが微笑む。「ヴィッラニスは居ると思いますよ」そうして、端に小径《こみち》があるのに真っ直ぐ葡萄の畝《うね》の間に入って行った。

「待てよ」と葡萄酒庫の黴臭さに似た異臭溢《あふ》れる畑に足を踏み入れ、舌打ちする。葡萄の捩《よじ》れた根に足を取られ、石灰に染まった赤土の泥濘《ぬかるみ》に足を突っ込んだからだ。上等の羚羊《かもしか》革の靴はべっとりと泥に塗《まみ》れてしまった。「黒馬亭はどこだい？」

「貴方の行かれるような場所ではありませんよ」と振り返りもせずにジャン。

見る影もない靴の先を野鼠が横切り、濡れた葉陰を蜥蜴《とかげ》が走って水を散らした。畑を区切る低い石垣が見え、その上に立ったジャンが「ヴィッラニス」と声を挙げた。石垣の向こう、同じように続く葡萄の間に麦藁帽《むぎわらぼう》の男が立っていた。

畑の中でヴィッラニスは弾けた葡萄の小枝を結び直していたが、ジャンを見ると顔をくしゃくしゃにして薄闇のなかに白い歯を見せた。

年齢不詳の日焼けた顔は如何《いか》にも農夫然としていたが、小柄で敏捷《びんしょう》そうな身体付きをしていた。連れの私に怪訝《けげん》そうな眼差しを向けてきたが、紹介されると帽子を取り、相好を崩して家に招待してくれた。

「ご立派な方を招待できるような家ではありませんが旦那《だんな》様の話ときては、畑の真ん中で立ち話というわけにもまいりません」と整然と連なる葡萄の木越しに見える家を示した。少なくともサライの家よりは歓待されそうだ。日暮れと共に冷気が押し寄せ、温かい飲み物が恋しくなっていた。

家は畑の更に奥、暗い壁のように立ち塞《ふさ》がる雑木林の前にぽつんと在った。最前、椋鳥が飛んでいった林である。窓からは温かな灯火が洩れていたが、窓の下には二頭の山羊がおり、その囲いには腹を割かれた野兎が四肢を広げた鼯鼠《むささび》のように吊《つ》られていた。山羊は無関心だ。

「これは大きいなあ」とジャンが感嘆する。

「ずどんと一発で仕留めたんだよ」とヴィッラニスは得意気に銃を構える仕種をしてみせた。「昼の腹ごなしに門の外でね。ジャンも来るといい。もっとも旦那様が生きてらしたら、自慢もできんがね」と苦笑する。「それに予言者《リンドヴィーノ》もだ」

私の視線に気付いたジャンが「師匠と仕事をしていた鍛冶《かじ》の親方ですよ。ヘラクレスのような体格で魔神のようにもじゃもじゃした黒い鬚を胸まで伸ばして目付きも凄《すご》く、とても怖そうなのに実際には蚤《のみ》も殺せなかった。『こいつらも生きてるんだ』って、身体を搔《か》きながら言うんです。真冬でも毛皮も着ず、革の靴すら履かなかった。肉屋の前を通るときには顔を背けて……」

「なぜ予言者と？」

「渾名《あだな》です。奇妙な物を沢山集めて占いや魔法、錬金術に凝ってました。話上手で誰と会ってもすぐに相手の未来を言ったりして、それで『予言者』と。ほんとうはトンマーゾ親方です。でも楽しくなるようなことしか言いませんでした」

「その親方はミラーノに今も居るのかい？」

「いいえ、故郷に。フィレンツェの近くのペレトーラという町だそうですが、そこに帰ってしまって」とヴィッラニスに顔を向けると「会いたいですね。いい人だった」と言った。

　ヴィッラニスがうなずいたとき家の戸が開き、女が顔を出した。

「やあ」とヴィッラニスが笑う。「こんな所で立ち止まってしまって。家内のマトゥリーヌです。お客様だよ」と女に言い、家に足を向けた。おずおずと出てきた女はヴィッラニスより一回りは大きい。

　木戸を入ると、すぐに廏舎《きゅうしゃ》のように天井の低い客間だった。

　ヴィッラニスが卓上のランプにも火を灯《とも》すと、質素だが気持ち良く片付いた部屋が浮かんだ。働き者の妻なのだろう。敷物もない部屋だったが、清潔だ。窓辺には野花が置かれ、兎を撃った銃が立て掛けられ……そして私の目は壁に掛けられた小さな素描《ディセーニョ》に釘付けになっていた。あの絵、ラファエッロに見せられた絵。貴婦人の肖像画だ。

「ジャン、これだよ！　昨日私がフランチェスコに聞いたのはこの肖像画だ！」

「これは旦那様から賜りました絵」と、ヴィッラニスが誇らしげに側に来た。「旦那様が描かれた絵でございます」

「この油彩が在ると聞いた」と私は構わずジャンに言った。「ラファエッロがフィレンツェで見、ローマにも持ってきていたと」

「そして仏国《フランチア》にも持っていかれました」とヴィッラニス。

「今どこに？」とヴィッラニスを見る。

「さあ、フランチェスコ様のお屋敷では？」との声にまたジャンを見た。

「壁には掛けてございません」

「だが、あの部屋には在るのだろう？」

「さあ……」

苛立った私の前にマトゥリーヌが葡萄酒《ぶどう》の盃《さかずき》を置いた。

──肉桂《にっけい》や丁子《ちょうじ》の利いた温かな赤葡萄酒を馳走《ちそう》になり、ヴィッラニスとマトゥリーヌから「お優しく気高くご立派な御主人様」の話を聞きながら私の心は壁の素描《デイセーニョ》に飛んでいた。板に直接貼りつけられた素描《デイセーニョ》はペン描きの大雑把なものだったが、ラファエッロの描いたクレヨンの素描《デイセーニョ》と同じ女性、同じ構図のものだった。フィレンツェで描き始め、ローマ、仏国《フランチア》にまで持っていった油彩。注文のものであれば、そんな長の年月手元に置くはずがない。それにフランチェスコはなぜ壁に掛けないのか？　なぜ私に見せないのか？　ラファエッロは世界一の肖像画と言った。ならば真っ先に見せて自慢したがるはずだ。

──だらだらと続く聞き飽きたレオナルド讃歌《さんか》は晩禱《ばんとう》の鐘を機に礼を述べて打ち切らせた。腰を上げながらヴィッラニスに「あの絵を貸してもらえないか」と尋ねる。「すぐに返すから」

坐《すわ》ったままもじもじと上着の裾《すそ》をいじっていたヴィッラニスは「すぐに、お返しいただけますか？」と繰り返し、うなずくと「旦那様から賜った唯一の絵です」と言いながら、しぶしぶ腰を上げた。

賜った唯一の絵としては粗雑に板に貼りつけられ、しかも剝《む》き出しで壁に掛けられている。だが、ヴィッラニスは聖母像とでも思っているのか十字を切り、うやうやしくそれを外した。彼なりに大切にしているようだ。四折判ほどの大きさで板も薄く、持ち運ぶにはどうということもない。「明日、返す。フランチェスコに見せるだけだから」

「お持ちいただかなくとも結構です」とヴィッラニスは未練がましく絵を見つめながらマトゥリーヌが持ってきた葡萄の手籠《てかご》をジャンに渡す。「明日は違う品種をお届けします。日暮れにでもお屋敷に上がりますから」

　これまた借りたランプを手に畝の間よりはましな小径を戻り、火の灯ったサライの家を横目に再び修道院の前に出た。明日はコーモと思っていたが、サライに会わず発《た》つ気はしない。

　屋敷に着くなり、ジャンにフランチェスコを呼びに行かせた。

「夕食直前のお帰りとは」と現れたフランチェスコにすぐに絵を突き出す。

「この絵ですよ。この絵の油彩が在るはず、ぜひ拝見したい」

「ああ……」とフランチェスコの眼差《まなざ》しは冷やかだ。「これをどこで？」

「ヴィッラニスから借りました。レオナルド殿から譲られたとか」

「師から？　ああ、そうでした。素描《ディセーニョ》とはいえ師が下男に譲るなど戯言《たわごと》。師が亡くなられたあと寝台の下に落ちていたのを彼が見つけ、欲しいと言ったので与えました。大変なときだったので、忘れていた」

「経緯など関心はありません。して油彩は？」

「仏国《フランチア》です」とフランチェスコは泥塗れの靴に目を落として言った。「なかなかお帰りにならないと思ったら、つまらぬ所にもお立ち寄りになられたようですね。夕食です。お着替えを」と踵《きびす》を返した。

――仏国《フランチア》？　力が失せた。仏国《フランチア》だと？　ジャンが部屋から靴を持ってきた。「お履き替えを。泥が落ちます」


その夜の夕食はさすがに阿呆《あほう》を侍らせても無駄と思ったのか、フランチェスコと奥方の三人きりだった。席に着くやいなや、私は肖像画の話を続けた。

「仏国《フランチア》とはどういうことですか？」

「王のぜひにという御要望でお譲りしてまいりました」

「フランソワ一世に。ではアンボワーズの城に？」

「多分。まさに生けるが如き婦人像、王はいたく感嘆され、師の生前からご所望でした」

「生前からとおっしゃると、レオナルド殿は譲られなかったのですか？」

「左手がまだ仕上がっておりませんでした」

「だが、ラファエッロから聞いた話ではフィレンツェで描き始めたと。私がローマで聞いた折ですら十年も前に描き始めたものと聞きましたが？」

「師の画法は時間がかかります。貴殿も目にされ、師の描く聖者、人物に驚嘆されたはず。あの豊かな表情、血の通った肌、それらは類稀《たぐいまれ》なる技術を基に、色とも言えぬ淡い色を何百層も重ねた結果。まして油彩ともなれば、塗った層が乾かねば次の層を重ねることもならず、傍《はた》から見ればどこを描いたかもわからぬ仕様」

「ほんとうに」と無関心に食事をしていた奥方が口を挟んだ。「一日絵の前にお立ちになって、何をなさっていられるのやら。子供が何もつけぬ筆でただなぞっているだけのように見えますわ。ネールランディアの線帯《レース》ですら一日の仕事はそれなりに目に見えますものを。不思議な画法を身に付けられましたこと」

「画法は画法」とフランチェスコは奥方には目もくれずに私に言った。「それに他にもいろいろとなさっていられた。お目にかけた解剖図……人体の研究、数学、物理、哲学、前夜お話ししましたような祝祭のための様々な考案、更には治水や建築……」

「しかし」と私は遮った。「『洗礼者聖ヨハネ』や『聖アンナ』は仕上がっているでしょう。なぜ、その肖像画だけはそれほどの時間を費やしても仕上がらなかったのですか?」

「それだけ……」と、レオナルドのことに関してはいつも居丈高に話していたフランチェスコの声が力なく途切れた。私は黙って促すように彼を見つめた。「大事に進められていたのです」

「いったいどなたの肖像です?」

「存じません」とフランチェスコの声に力が戻る。「伺ったことはございませんから」

「しかし肖像画というのは注文によって描くもの、そして注文であれば、それほどの長い年月をかけては……」

「存じませんが、フィレンツェで描き始めたとあらばフィレンツェの御婦人でしょう。私が目にしましたのはミラーノにお持ちになられてからのこと。目に見えぬほどの進行とはいえ、師は様々な研究の合間にも描かれ続け、その美しさは比類なく、仏国《フランチア》で王にお目にかけたときの王の感嘆は尽きることなく、言葉もなく絵に見蕩《みと》れられ……」

「ラファエッロからも聞いております」と、元に戻りそうな話をまた遮る。「世界一の肖像画と」

「その通りです。お目にかけられなくて、まことに残念です」

「いや、見ます」と言い切ると、フランチェスコは目を見張った。してやったりと私は得々と続けた。「実は私、肖像画の収集をしております。少なくとも半島一の収集と自負しております。行く行くはコーモに肖像画だけの絵画芸術館を建てるつもりで……いや、仏国《フランチア》王御所蔵の絵を奪おうなどと大それた考えは持ちませんが、世界一と謳《うた》われる肖像画を目にしていないとあっては恥。すぐにとは申しませんが、必ず見に行きましょう」

「仏国《フランチア》の王の城までですか」と馬鹿にしたような声が返ってきた。

「たやすいこと」と言い返す。「猊下《げいか》と仏国王《フランチア》との関係は今のところ良好。現に昨夜も貴殿がおっしゃられたように、亡くなられてしまったが甥《おい》のロレンツォ様は王のお身内と縁組された。ヴァチカーノの遣いは幾らでも設けられます」

「なるほど、それは結構」

「しかし、肖像画で誰のものともつかぬとは、また不思議な絵ですな」

「仏国《フランチア》に行かれる前に、またお立ち寄りを」とフランチェスコはにこやかに言った。「気にもしておりませんでしたが、貴殿が肖像画に関してそれほどの熱意をお持ちとも存じませんでした。なに、フィレンツェの師の知人たちに問い合わせれば造作無くわかること。それまでに調べておきましょう」

奥方が「絵を見るためだけに」と口許《くちもと》に付いたトマトを拭《ぬぐ》いながら「アルプスの向こうに行かれるなど」と無愛想につぶやく。

「物好きですか？」と、この日初めて奥方相手に話した。「クリストーフォロ・コロンボ（コロンブス）なるジェノヴァの男は、西の海の果てが東の海に繋《つな》がるという確信だけで海洋に出、新大陸を発見しました。半島の男は自己の想いに忠実です」

「コロンボにそれを教えたのも我が師です」と澄ましてフランチェスコ。「フィレンツェに出られた頃、師はアンドレーア・ディ・ミケーレ・ディ・フランチェスコ・ディ・チオーニ、通称アンドレーア・デル・ヴェロッキョの工房《ボッテーガ》に居らしたそうですが、また、医師、哲学者、科学者、地理学者、数学者、天文学者としても名高かったパーオロ・デル・ポッツォ・トスカネッリ師にも教えをいただいていらしたそうで。トスカネッリ師は既に西から河西《カセイ》（中国）に到達しうると、天文学並びに地理学から推察されていらしたとか。師はその教えをコロンボに伝え、剰《あまつさ》え星で方向を知る土耳古《トゥルコ》の海洋術も伝授されたのです」

奥方が無関心に「酸っぱいトマト」とだけ口にしたのを幸い、私もこの大言壮語を聞き流した。

フランチェスコは「新大陸からもたらされたのは酸っぱいトマトくらいですが」と構わず話し続けた。「貴殿の旅の方が実り多きはず。著述家としてだけ画家に興味をお持ちなのかと思っておりましたが、肖像画収集、更には絵画芸術館までとは。描かれなくとも美への探求者。御覧になられるだけでも充分にアルプスを越える価値はございます」

「肖像画収集は美への探求と共に観相学的にも実り多きもの、私は観相学でもローマ一と言われております。多分その肖像画を目にすれば、描かれた女性の出自から性格まで本人に会わずともわかるでしょう」

「ほう、それは……」とフランチェスコにしては珍しく屈託ない笑顔を浮かべた。「では仏国《フランチア》からお帰りの際にもぜひお立ち寄りいただき、観相学的見地を拝聴したいものですね」

「喜んで」――はたしてほんとうに仏国《フランチア》まで見に行く価値のあるものか。内心がっかりしながらも私は笑顔を作った。仏国《フランチア》とは……まったく、何てことだ……。

――いつも通り第一時の鐘と共に腰を上げたが、扉に向かいながらフランチェスコは「聞けばヴィッラニスだけでなくマルコの工房《ボッテーガ》にも行かれたとか」と、また冷笑を浮かべた。

「いや、召《よ》んでくださるとのことでしたが、これ以上ご面倒をかけるのもと思いましてね。

出ついでに寄ったまで」

「収穫はございましたか?」

「徳高きレオナルド殿のご様子をいろいろとね。サライという下男には会えませんでしたが、『黒馬亭』とか。明日にでも行ってみましょう」

「貴殿が足を踏み入れるような所ではございませんよ」とフランチェスコは戸口で足を止めた。

「ジャンにもそう言われました」

「ごろつきの溜《た》まり場です。マッジョーレ湖から聖堂用の大理石を運ぶ人足たちのね」

「マッジョーレ湖から、と言うとカンタラーナ運河の平底船の人足たちですね。では店も運河沿い、ヴェルチェッリーナ門の近くでしょう? なに、私は好奇心が強い方で、ローマでは詐欺、騙《かた》り、泥棒の巣窟と呼ばれる旅籠《はたご》や酒場にも、でも……」と笑い、「貴殿もご存じのようではありませんか」と言ってやった。

フランチェスコは「私はここの人間」と燭台《しょくだい》の向こうであからさまに眉《まゆ》を顰《ひそ》めて言った。そして「まあ、お好きなように」と、廊下の薄闇に消えていった。

自室に引き上げるとヴィッラニスから借りた素描《デイセーニョ》を再び手にした。

ラファエッロのクレヨンの素描《デイセーニョ》よりは鋭い描線だが、これから世界一の肖像画を想像するのは無理だ。円柱の間で、女は椅子に坐《すわ》っているようだった。膝《ひざ》に両手を重ね、腕は椅子の肘掛けに凭《もた》せ、こちらに向けた顔はとりあえず笑っているようだが、好みの顔かどうかもわからない。あまりにも大雑把なペン描き、構想だけのものだった。しばらく眺め、吐息と共に卓上に放りだす。弾みで絵の下部が剝《は》がれ板から浮いてしまった。捲《めく》れた裏に黒い線……明かりに照らされた紙の裏に何か書いてある。女性の名前だろうかと、また手に取った。

――呆《あき》れたことに楽譜だった。今や見慣れたレオナルドの線。教会の四線ネウマ譜ではなく、リュート演奏などのための五線譜、グイード・ダレッツォの音節らしいが二小節しかない。レオナルドはリュートの名手でもあったそうな。やれやれと戻そうとして並んだ音符の後に、何とも……文字らしきものを認めて改めて見直した。

五線譜の第二間に鏡文字ではなく普通の文字がある。rare だろうか……。

紙を更に捲り、逆さにして見てみた。最初の小節の最後に rare、二番目の小節の最後は lecita。動詞の語尾をなぜ譜面に、まして五線譜の中に書き込むのも妙だ。音符はレ、ソ、ラ、ミ、ファ、レ、ミ……そして rare、次はラ、ソ、ミ、ファ、ソ……そして lecita。待てよ……ソ…… sol…… lecita…… sollecitaだ…… 「掻《か》き立てる」ではないか？

ペンを取り、紙に音符をそのまま文字にして書いてみる。re, sol, la, mi, fa, re, mi (rare), la, sol, mi, ta, sol (lecita) 第二小節はそのまま文になる。La sol mi ta sollecita……「それだけが私を掻き立てる」だ！　だが第一小節の sol 以下は「……だけがそれを私に思い出させる」だが、最初の re がわからなかった。「re だけがそれを私に思い出させ、それだけが私を掻き立てる」いや、reの音符の前に置かれたこの奇妙な記号……奇妙な図……五線の中を落下して曲がった矢印……。

「釣り針《アモ》」の絵だ！　Amore《アモーレ》――愛だ！


――愛だけがそれを私に思い出させ、それだけが私を掻き立てる――


何とも……これはレオナルドの愛人の肖像画だ！　延々と描き続けたはず。それもこんな暗号を使い、公に出来ない愛人だったのか？　高潔な聖人君子にフィレンツェの愛人……フランチェスコに見せたら何と言うだろう。そう、あのぎっしりと書かれた手稿にも何か書かれているかもしれない……。

飲み物の盆を持ったマイヤが入ってきた。

絵を見たまま「ジャンを召んでくれ」と言う。

「出かけました」

「え？」とマイヤを見、「女の……」と軽口を叩《たた》きかけたがやめた。マイヤの愚痴を誘発させるだけだ。今頃出かけてしまったのでは、今夜の聖遺室探求は無理だろう。わざと難しい顔で絵に視線を戻し「わかった、ありがとう」と寝室に逃げる。

「フランチェスコ様に御用を言いつかったのです」とマイヤは出ていった。

四日目

昼食の席に私は昨日の絵を持参した。無論絵解きした紙片もだ。

だがフランチェスコは「ほお」と一瞥《いちべつ》したきり「剝がれたところを貼りなおせ」と絵を給仕に渡してしまった。

仕方なくラザーニャを摘《つ》まみながら「驚くようなことではないと？」と聞く。

「他にも沢山ございます。後ほどお目にかけましょう」と素っ気ない返事。「モーロ公の治世時、師は宮廷での余興に多くの判じ物を作りました。絵が多いのですが、楽譜を使ったものも幾つかございます。『愛は私に喜びを与える』という楽譜もございます。思いつかれたとき、たまたまあの素描《ディセーニョ》が手近にあっただけのこと」

「しかし思いつきなら余白に書き損じなりあるはず。捲ってみたところ、あの完成したものしか書かれていないようでしたよ。あの絵のために書き付けたと取るほうが自然と思われますが？」

「そう思われるのならば、師が愛された御婦人なのでしょう。師とて男、愛人が居たとしても不思議はございません。貴殿は女を愛したことがないのですか？」

逆襲だ。「自分を愛するのに忙しくて、未《いま》だ我を忘れて愛するような女性には会ったためしはありませんな」と嘯《うそぶ》いた。

「男には？」とフランチェスコが笑う。

　忽然とマルカントーニオの面影が浮かび、胸を締めつけた。だがラザーニャを摘まみながら心震わせる名を口にしたくはない。それに、マルカントーニオへの愛は友愛、至上の友愛だ。「馬鹿な」と私も笑った。笑いながら胸が痛んだ。指先を洗い、葡萄《ぶどう》に手を伸ばす。「午後はもう一度葡萄園に行ってみますよ」と話題を変えた。「サライという下男に会いにね。昨日の様子では昼間に行っても仕事の邪魔にはならないようだし……」

「おりません」という声に唖然《あぜん》とフランチェスコを見る。

「貴殿は我が家の客人」とフランチェスコは庭木を眺めながら無造作に言った。「下賤《げせん》な店になど行かれ、怪我でもされては私の面子《メンツ》にかかわります。それにまたお履物を台無しにされてもと思いましてね。ここに召ぶよう昨夜ジャンをやりました」と冷たい眸《ひとみ》を私に戻した。「何やら妹の具合が悪いとかで故郷の村に帰ったとか」

「故郷の。で、いつ帰ります？」

「さあ、収穫期も気にせぬ男。いや、これ幸いと収穫期が終った頃に帰るのでは？」

「それは、残念。いや、昨日マルコたち……マルコたちの所に行ったのもご存じなのだから、そこでの話もジャンからお聞き及びのことと存じますが」と言葉を切ったが、フランチェスコは平然としていた。「サライという下男の着ていた外套《ヴェスティート》、私がローマで見た豪華な外套《ヴェスティート》は、何とヴァレンティーノ公、チェーザレ・ボルジア下賜の物とか。なに、私から見れば彼は狡猾《こうかつ》な殺戮者《さつりくしゃ》にすぎませんが、それでも私生児とはいえ仮にも教皇の子息、しかも一時は半島中部を掌握していた男の外套《ヴエステイート》を、貴殿のおっしゃる下男に着せるとはまことに以て奇怪」

「モーロ公の鷹《たか》は金の冠を頂き、首には大粒の紅玉石《ルビー》と石榴石《ざくろ》からなる首飾り、脚には緑玉石《エメラルド》の連なる金の鎖に金の鈴を付けておりました。またお傍に居た二十人余の矮人《わいじん》たちは、まったく何の役にも立たないながら、それぞれが金糸銀糸、宝石を織り込んだ絹や天鵞絨《ビロード》の衣服を与えられ、中でもボーナなる老女などすべて彼女の身長に合わせた瀟洒《しょうしゃ》な家まで与えられておりました」

「つまりレオナルド殿も愛玩物《あいがんぶつ》を飾る道楽をしていたにすぎないと？」

「サライも喜んでおりました。彼は鳥や矮人のように愛されはしましたが信頼されてはおりませんでした。師の教えを享受する頭もなく、腕もなく……召《よ》びにはやりましたが、お会いになったところでヴィッラニス以上の話も聞けまいと思っておりました」

「そして貴殿は愛と信頼を共に受け、すべてを託されたというわけですね」

「私たちの間にはそれしかございませんでした」

「共に移ろいやすきもの。金糸の外套《ヴエステイート》も欲しいとは思われなかったのですか？」

「あのような物」とフランチェスコは憮然《ぶぜん》としてこたえた。「メルツィ家の家風は華美を厭《いと》います。それに如何《いか》にヴァレンティーノ公の物とは言え、下がり物を着るなど。第一」と、笑いだした。「サライが袖《そで》を通した頃、私はまだ十三、四。いただいたとしても曳《ひ》きずってしまいます」

「いずれにしろ」と私は言った。「ヴィッラニス以下の話でも聞きたいものですな。聞けば、信頼はなくとも最も長くレオナルド殿と共に居たそうではありませんか。貴殿がこの世に生を受ける前から付いていた。亡くなられたときには居なかったにしろ、これほど長く仕えていた者と会わずして帰ったのでは、ここまで足を運んだ甲斐《かい》も半減。いや、きょうか明日には失礼すると申しましたが、こうなればサライとやらに会うまで滞在しましょう。なに、これ以上ご好意に甘えようというのではありません。ミラーノには知人も多いし、旧交を温める良い機会」

「先日も申し上げたはず」とフランチェスコが冷然として言う。「もともと一、二ヵ月は滞在されてと思っておりましたもの。師の遺された絵画、著述をお目にかけるにはそれだけでもたりません。ヴァチカーノの豪奢《ごうしゃ》な御日常には適《かな》うはずもない田舎貴族の屋敷ながら、師の事をお知りになりたいという旅の目的には適うはずです。どうぞ、心置きなく御逗留を」

　澄まして立ち上がったフランチェスコに礼を言いながら私も腰を上げ、一、二ヵ月も滞在したら本当に兎にでもなりかねないと思った。つい言ってしまったが、本音はサライに会うより脂の滴りおちるような焙《あぶ》り肉に会いたい。逗留となれば口実を設け、時々の食事は余所《よそ》で摂《と》ることにしよう。腹だけは満腹になりながら、この足で黒馬亭へでも出かけ、下賤の者に混じって肉にかぶりつきたい心境だ。

ていた。

午睡《シエスタ》から目覚め、物音に隣室に行くと部屋付きの女が盆から果物や葡萄酒を小卓に置いてしまったわけだ。

水差しの横には貼り直された素描《デイセーニヨ》も戻ってきていた。レオナルドの愛の告白も封印されてしまったわけだ。フィレンツェの愛人……サライに会うよりフィレンツェに行き、以前案内してもらった彫刻家にでも会った方が面白い話が聞けそうな気もした。簡略な素描《デイセーニヨ》からは美女かどうかすらわからない。だが、どれほどの美女にしろ二十年も前に描き始めた絵、彼女が当時幾つだったにしろ、もう相当な歳のはず。そう思うと探る気も失せてきた。いっその事、サライの故郷とやらに出かけてみようか。いつ帰るとも知れぬ男を待つより、その方が早い。そう遠くからレオナルドの所に来たはずもなし、故郷とやらもミラーノの近郊だろう。街中より郊外の方が涼しいかもしれない。それに夕食も野趣溢《あふ》れる猪や雉子《きじ》、孔雀《くじやく》等にありつけるかもしれないではないか。想い描いただけで口中に唾液《だえき》が湧いた。

「ジャンを呼んでくれ」と女に言う。

まだあどけない顔の娘は「出ております」と、素っ気なくこたえた。

「ではマイヤを」

「お出かけです」

召使が悉《ことごと》く出かける家なのかと思いつつ「ではいい」と言うしかなかった。陰気な聖遺室に出向き、フランチェスコに聞くしかない。

聖遺室に入ると私に見せるためだろう、フランチェスコが胡桃《くるみ》材の卓子に束になった紙を丁重に置いているところだった。壁際の机には、出かけたと聞いたジャンが坐《すわ》っている。「サライの故郷はどこです？」と紙には目もくれずに聞く。「天気も良し、郊外に出るのも良いかと思いましてね」

「存じません」とフランチェスコも素っ気なかった。「興味がないもので」

吐息が出そうだ。振り向いてジャンに聞く。「ジャン、おまえは知らないかね？」

「存じません」——背を向けたままのこたえだった。

そして十枚の洪水を描いた連作を見せられた。

黒チョークの素描だが所々インクや水彩が施され、身震いするほどの迫力に満ちている。水は逆巻き、渦巻き、何もかもを呑《の》み込んでいく。慈愛溢れる聖母の笑みや官能的な聖ヨハネを描く傍ら、このような暗い絵も描いていたとは。「終末の喇叭《らっぱ》でも聞こえてきそうな絵ですな。もっとも世の終りを謳《うた》うのは修道僧だけの特権でもなく、私が生まれた頃から流行《はや》っていたが、ここまで描かれるとは。レオナルド殿は憂鬱《ゆううつ》質だったのですか？」

「無論」とフランチェスコも絵に目を落としながら言った。「誰も及ばぬほどの繊細な絵を描かれた方、思惟《しい》が深ければ憂鬱質となるのが自然。アリストテレスも『プロブレマータ』の中で述べているではありませんか。『すべてまことに抜きん出た人々は、それが哲学においてであろうと、国家の政治においてであろうと、詩や芸術においてであろうと、いずれも憂鬱質の人間である』と。しかしながら師の場合は天性の優しさが先に立たれ、私たちに憂い顔や暗い顔をおみせにはならなかった。愛と優しさにまことをおいてらしたのです」

またまた聖人像になりそうで私はちゃかした。「頰杖《ほおづえ》をつき、サテュルヌスを剝《む》き出しにするのはミケランジェロ一人と？」

フランチェスコも乾いた笑い声を挙げた。「ラファエッロ殿もヴァチカーノの『アテナイの学堂』の絵でそのようにミケランジェロを描かれていましたね」

「ラファエッロは天真爛漫《らんまん》を装い、ミケランジェロは憂鬱質を剝き出しにし、そしてレオナルド殿は……超然としたお人柄と見ておりましたが、人並みに悩まれることもあった。凡人としてはいささかほっとするところですな。だが、ここでは」と私は再び絵に目を向けた。「人々も世界も……全世界の破滅を描かれている。『愛と優しさ』は消えたのですか？」

「消えたことなどありません」と声が耳に入り、私は振り返った。そうだ、ここにもミケランジェロ以上の憂鬱質者が居たではないか。机に向かっていたジャンが思わず洩《も》らした自分の言葉に身を縮めていた。

「そう、ジャンにまで優しかった」とフランチェスコ。「従僕に画家を夢見させるほどの罪な優しさでした。ジャン、おまえの絵をお見せしたらどうだ？　ジョーヴィオ殿の鑑識に適えば夢ではなくなるかもしれないよ」

ジャンはこたえない。インク壺《つぼ》に入れたペンの羽が震えている。

「そうでした」と私は明るく言った。「ついレオナルド殿の絵にばかり見入る毎日でしたが、四日もいて弟子であった貴殿の作品も拝見していなかった」とフランチェスコを見た。「画家として身を立てられる方ではないにしろ、弟子としてレオナルド殿の画法を受け継ぐ作品、ぜひ拝見させていただきたいですな。無論、ジャンの絵もですが」

「師の作品を見られた後ではお目汚しとも」とフランチェスコはこたえたが、謙遜《けんそん》でしかない響きだった。「お気が向かれたときにでも」

「では今」と私は言った。このままここで終末の世を見続ける気は失せていた。それに何か……二人の間に不穏な空気を感じる。フランチェスコとジャンがどのような主従関係にあるのか知らないが、深入りしたくはない。

「そうですか」とフランチェスコ。「では、二階の私の部屋までご足労いただきましょう。仕上がると友人、知人に差し上げてしまうので、描きかけのものしかございませんが」と、あっさり扉に向かった。しかし戸口で立ち止まると「ジャン」と呼びかける。「おまえの部屋にジョーヴィオ殿をご案内するのも失礼だ。おまえの絵も持っておいで」――そして嘲《あざけ》るように続けた。「唯一の力作をね」

ジャンが続く様子もなく、階段を下りながら私は聞いた。「『唯一の力作』とは何ですか？」

「ジャンが延々と描き続けているものです。『十字架を担うキリスト』。私が目にしたのは彼がローマに持参したときですが、マイヤの話ではその何年も前から描き続けていたとか。師からいただいた板だそうで、かける歳月だけは師の画法を受け継いでおります」

淡々とした口調だが嘲りの調子は消えない。こたえる気も失せ、ただフランチェスコに続く。ジャンがここに仕え続けている訳がわかってきた。マイヤが居るからだ。母親を残して出る訳にもいかないからだ。

初めて通された二階の画室は北向きの柔らかな光に満たされた小部屋だった。

私の寝室に隣接した小部屋と同じ作りだ。フランチェスコの寝室もこの隣なのだろうかと思いつつ、職業画家ではないにしろ、この屋敷に広い部屋は幾つもあるだろうにと思ってしまった。狭い部屋は飾られた花の香りと油の匂いに満たされ、異国にでも来たような感じは匂いばかりでなく、床のあちこちに散らばる土耳古《トゥルコ》風の座布団《クッション》のせいかもしれない。だが家具といえば布の掛けられた絵が一枚、窓辺の画架に掛けてある以外、樫《かし》の大きな机と坐り心地の良さそうな椅子が一脚、後は暖炉の脇に豪華な櫃《ひつ》があるきりの簡素な小部屋だった。机の上には教会の敷石のような大理石の一枚板が置かれ、そこだけに筆や油壺や擂鉢《すりばち》、顔料等が乱雑に乗っており画家の仕事場だとわかる。

フランチェスコは窓を開けて風を入れながら「小さな部屋で驚かれたでしょう」と言った。「師は『小さな部屋は精神を目覚めさせ、大きな部屋は精神を彷徨《さまよ》わせる』とおっしゃいました。『但し窓だけは大きい方が良い』とも。描き始めて確かにその通りだと思いました。御執筆の場合は違いますか？」

「部屋は小さく、窓も小さい方がいいですな。実際、ヴァチカーノにいただいた部屋もそうです」――そう、ようやく得た部屋！　私専用の部屋！

「ヴァチカーノに部屋をお持ちですか」とフランチェスコとしては珍しく目を見張ったが「立派な御作を著していられるのですからね」と、すぐに画架に向かうと掛けられていた布を取った。「お目に適いますかどうか」

「ほお」と洩らした感嘆の声は偽りではない。「生業としての絵画なぞ」と、馬鹿にしているのはあながち身分だけのことではなく、生業として成り立たない程度なのだろう……多分、高慢な田舎貴族の慰みの絵画だろうと高を括《くく》っていたが……誤りだった。レオナルドの遺産を受け継いだ弟子たる豪語もうなずける見事な油彩である。柔らかな色彩と調子、優しく気品溢れる優美な女性像だ。奥方ではない。高慢で冷たい硝子《ガラス》細工のような男の裡にこのような柔らかく繊細な魂が在るとは。ただひたすらに優しく甘い。それが美点でもあり欠点でもある。レオナルド独特の柔らかさ、気品はあるが、超然とした力に欠ける。だが、作品としては見事なものだ。「美しい作品を描かれる……」

驚いたことに、はにかむような笑顔が取り澄ました顔を崩し、一瞬天使のように愛らしく見えた。聖人君子の師匠像を唱えられ続け、肩肘《かたひじ》張った言葉に反感しか覚えなかったが、「著述する」という私への防御が成せる業だったのだろうか。普段は優男の外観通りの優しく甘い男なのかもしれない。このような笑顔で幼児からレオナルドに接し、懸命に修業も積んだのだ。慰みの教養ではない。レオナルドの信頼を受けるのももっともなことではないか。邪推ばかりに傾いていたが、ようやく素直にフランチェスコを受け入れることができそうな気がしてきた。身分と容貌《ようぼう》だけでレオナルドに取り入ったのではない。見事な作品だ。

「まだまだ、師には遠く及びません」と、フランチェスコらしくもない殊勝な言葉で掛布を戻そうとしたのを止め、私は陶然と甘い女性像に見入った。

陰ってきた陽に「明かりを点《つ》けていただけませんか」とだけ言う。

描かれた女性はレオナルドの『最後の晩餐』のヨハネに似ていた。その周りには薔薇《ばら》が咲き乱れており、それは灯火に照らされると一層柔らかく輝き、室内の花の香りと相まって更に甘やかな香りを放った。「花も女性も実に美しい。夢のような絵ですな」

「薔薇はヴァープリオ・ダッタの館《やかた》の薔薇」とだけフランチェスコは言ったが、女性については触れなかった。そして櫃の蓋《ふた》を開けるとフォリオ判ほどの大きさの紙を取り出し、これまた珍しく躊躇《ためら》いがちに差し出した。「私が描きました師の肖像です」——煙るような淡い赤チョークで描かれた横顔は油彩同様、繊細な美しさに満ち、波打つ髪に溶けいるような長い鬚《ひげ》がなければ女性の横顔のように優しい顔だ。特に眸《ひとみ》は哀しげに見えるほど慈愛に溢《あふ》れていた。「貴殿の肖像画収集の一枚に加えていただければ光栄に存じます」

「何ですと、譲っていただけるのですか?」

「若描きの未熟な作、お目に適《かな》えばですが」

「いや、これは嬉《うれ》しい限り。何とも、お世話になった上に、かような素晴らしい作品まで……」

肖像画を手に、灯火の許に行こうとし、馬車の音でそのまま外に目を向けた。

窓は裏門に向いており、薄闇のなかを馬車ががらがらと喧《やかま》しく入ってきた。裏門から馬車とは……と、奇妙に思ったとたん、マイヤの声が耳に入る。「すっかり遅くなってしまって。さあさ、中にあるから降ろしておくれ。私は触るのは真っ平。一緒に三時間も揺られて来たんだからね。それだけでも気分が悪かった」

窓辺に寄ったフランチェスコが「マイヤ」と下の庭に声をかける。「ご苦労だった」労《ねぎら》いの言葉とは思われれぬ冷淡な声音だった。

「まあ」と見上げたマイヤは恥じ入るように声を潜めた。「失礼致しました。画室にいらっしゃるとは思いもせず、つい騒ぎ立ててしまいまして」そして頭を下げると小走りに家に入った。

家から出てきた男たちが馬車に向かったが、フランチェスコが窓を閉めてしまう。だが、木立越しに門に向かってくる驢馬《ろば》に乗った男も見えた。薄闇でも小柄な身体、陽が暮れかかっても被《かぶ》っているひしゃげた麦藁《むぎわら》帽子でヴィッラニスだとわかる。

「失礼を」とのフランチェスコの声に振り向くと、もう扉の前だった。「すぐに戻ります」

私の返答も待たずにフランチェスコが出ていってしまうと、私もヴィッラニスに素描《デイセーニヨ》を返さなければならないと思い至った。自室に戻り、素描《デイセーニヨ》を手に廊下に出ると、折よく従僕が階段を上がってきて「ヴィッラニスが参りまして……」と言い出した。

「わかっている」と私。「これを返すのだよ。どこに居る？」

「私が持ってまいります」

「いや、返すだけではなく話もしたい。どこに居る？　案内してくれ」

従僕は困ったように「裏の通用口でございます。とてもご案内できるような所では……」と言い淀《よど》んだ。「お預かりしてくるようにと言われました」

「なに、どんな所でも構わないよ。ヴィッラニスと話がしたいのだ」

「では、こちらに連れて参ります」

「いいよ、面倒だ」と、ほんとうに面倒になり声を荒らげた。「大した話でもない。案内してくれ」

漆喰壁《しっくい》の細い通路の先にヴィッラニスが帽子を弄《もてあそ》びながら突っ立っていた。横の開け放された厨房《ちゅうぼう》からは隠元豆と橄欖油《オリーヴ》の匂いが漂い、活気に満ちた物音も聞こえてくる。

ヴィッラニスは絵を手にすると、まるで二度と戻ってこないと思っていたかのように安堵《あんど》の表情を浮かべて笑った。「お役に立ちましたか？」

「ああ、とてもね。ところでおまえ、サライの故郷は知っているかい？　会いに行こうと思うのだが」

「会いにってサライにでございますか？」

「そうだ、故郷に帰っていると聞いた」

「はあ……でも、今は家に。さきほど畑で会いましたが。黒馬亭から家に帰るのに、いつも家の畑を突っ切って帰るもので」

「何だって、家に居るのかい？」

「はあ、家に戻って行きましたがね」

靴音がし、振り向くとフランチェスコが憮然《ぶぜん》とした面持ちで立っていた。殿様が厨房に居らしたとは。丁度いい。「サライは家だそうですよ」と言ってやる。

「そうですか」とフランチェスコ。「早く戻ったようですね」

「また故郷に帰られると困りますからね。これから行ってきます」そして続いて顔を見せたジャンに言った。「ジャン、馬に鞍《くら》を付けてくれ」

「すぐに夕食です」とフランチェスコ。あろうことか、肉の焼ける匂いが漂ってきた。

「領地から羊を持ってまいりました。今夜は『兎の食事』ではございません」

何もかも筒抜けというわけだ。さっきの騒ぎは肉をマイヤに運ばせたということだったのか。しかも、わざわざ領地からとは。呆《あき》れてしまうがそこまでされては断るわけにもいかない。しぶしぶ「では、夕食後に」と言う。

フランチェスコは憮然としたまま答えない。ヴィッラニスがもじもじと帽子をいじりながら「では失礼を……」と言いだした。

「寝るには早すぎる時間ですからね」と私は更に言い張った。「ローマでは宵の口」

「そうですか」とフランチェスコ。「では馬車を用意させましょう。何分夜分、私も参ります」そしてヴィッラニスに顔を向けた。「葡萄《ぶどう》をありがとう。ちょっと待っておいで。おまえも羊を持って帰るがいい」

鬱陶《うっとう》しかったが、これ以上我を張る気も失せた。とにかく会えばいいのだ。「結構」と言って踵《きびす》を返す。

久しぶりに香ばしい焙《あぶ》り肉をたらふく食べ、酒も進み、馬車に揺られるうち心地よい眠気まで覚えた。

たかだか下男だか弟子だかに会いにいくだけなのに、フランチェスコからジャンまで仰々しく付いて来ている。しかも二人して陰気だ。

ジャンは今更のことでもないが、フランチェスコに至っては食卓に羊の大皿が出たときから、あからさまな嫌悪の表情を浮かべ、そのまま不快が続いているという顔である。おかげで大層なレオナルド讃歌《さんか》も今夜はなりを潜めたが、代わりに上機嫌の奥方の詰まらぬ話に付き合った。それに狭い馬車の中は男三人の身体で夜になっても暑かった。だが今宵《こよい》サライに会えば神々しいレオナルド像に少しは罅《ひび》も入るだろう。そして明日はコーモ、故郷だ！

私は機嫌よくジャンに声をかけた。「そういえばおまえの絵を見忘れていた。明日、コーモに発つ前にでも見せておくれ」

「明日、コーモに？」とジャン。

「ああ、サライに会えばとりあえずミラーノに居るレオナルドの弟子たちとは会ったことになるからね」

「サライに会ったってろくな話も聞けませんよ」

「ろくでもない話を聞きたいんだよ」

「もうすぐ着きます」と無愛想にフランチェスコ。「どうぞ存分にお話を」

やれやれ、フランチェスコの機嫌はまだ直ってないようだ。私は殊更に明るく返した。

「家に上がるのがまずければ『金亀亭』だったか『黒馬亭』だったかに誘ってもいい」そして笑ったが、笑顔は返ってこなかった。むっつりと人形のように無表情だ。普段の冷笑すら懐かしくなる。車輪の音に混ざって街の喧騒《けんそう》がまだ聞こえる。早めに夕食を済ませたので、陽は暮れたばかり、まだ宵の口だ。「金亀亭」やらでまだ腸詰め一、二本くらいなら腹に入る。


市門を抜けると灯火も消え、さすがにしんと静まり返ったなか、鈴音と馬蹄《ばてい》の響きだけになった。

馬車が止まるとフランチェスコがジャンに「サライを呼んできてくれ。ジョーヴィオ殿はどうせ余所《よそ》に行かれるつもりなんだから」とぞんざいに言う。助かったと馬車の中に居ることにした。敷石もない畑の前庭を靴を汚しながら家まで歩く手間が省ける。

吊《つ》りランプを外したジャンが馬車から降り、ひんやりとした夜気が快く流れ込んで内に籠《こも》った熱気を払ってくれる。ジャンの閉めた戸を私はまた開けた。

フランチェスコが「戸をお閉めください」と言う。「虫が入ってきます」

言われるまでもなく、もう二、三匹の蛾がランプに群れていた。だが暑く狭い馬車の中でフランチェスコと顔突き合わせている気はない。「外で待ちますよ」と降りた。

木立のざわめき、梟《ふくろう》の声、そしてまたしても蟋蟀《こおろぎ》の降りしきるような声。一度に田舎に来たような気分だ。フランチェスコが何か言っていたが構わず戸を閉める。これで虫は入らないからいいだろう。だがフランチェスコの方で戸を開けた。神経質に「お入りください。すぐに来るでしょうから」と高飛車な言い方だった。

いささかむっとして「いや、外の方が気持ちがいい」とわざと馬車から離れる。フランチェスコが把手《とって》に手を掛けたまま、こちらに身を乗り出しているのがわかったが、無視して汗ばんだ馬の首を撫《な》で、ぶらぶらと木立に寄った。昼の燃え上がるような土と草の香りは冷気と共におさまり、それらに掻《か》き消されていた熟れた桃の香りや清々しい茴香《ういきょう》の香りが爽《さわ》やかに鼻孔をくすぐる。運河から蛙の声も聞こえてきた。と、聞き覚えのあるがさつな口調……。

「『何で』って言われたってしょうがないじゃないの。黒馬亭に行ったのよ」

――サライの奥方の声だ。ジャンのたじろいだ顔が浮かび笑いそうになりながらフランチェスコに目を向けると、闇のせいか酷《ひど》い顔付きだった。黒馬亭どころか黒死病《ペスト》とでも聞かされたような陰鬱な顔だ。しかも私など目に入らぬように「何てことだ」とつぶやいた。

奥方の声は続いた。「いったいきょうは何だっていうの？　ロレンツォが来たと思ったら今度はあんた。いつだって黒馬亭だって知ってるじゃないの」そして、乱暴に閉められた戸の音。

「黒馬亭だそうですね」と、私は馬車のフランチェスコに近寄った。返事はなく、ランプを手に降りてくると、私を無視してさっさとサライの家に入る木立に向かって行ってしまう。

私は慌てて後を追った。とたんに「そこでお待ちください」と前にも増して高飛車な声。呆れたがまったくの闇だ。遠ざかるランプを追うか、馬車に戻るか、迷ったがフランチェスコの後を追う。

木立を抜けると、そこはまた闇に沈んだ葡萄園。灯火の洩《も》れるサライの家の前にランプがふたつ、フランチェスコとジャンだ。近寄る前にランプのひとつが畑の中に入っていってしまった。そしてフランチェスコが近寄ってきた。

「貴殿は何を言おうと反対の行為をなさる」――詰《なじ》るような言い方だったが諦《あきら》めたように投げやりだった。「ここまでいらしたのなら丁度いい。このままお待ちを。馬車に待つよう申してきます」

「どういうことです？　黒馬亭に行くのでしょう」

「行きますよ。ここを突っ切ってね」とフランチェスコは畑を示し、さっさと通りに戻っていった。ジャンの明かりはもう葡萄の葉に紛れたのか見えない。遥《はる》か彼方《かなた》で瞬いているのはヴィッラニスの家の灯火だろうか。とにかく私はただ一人闇に取り残されてしまった。ここを突っ切ってだって。闇のなか、昼間だって靴を汚した畑の中をか。馬車で行けばよいものを。思っている間にフランチェスコが戻ってきた。

「まいりましょう」とランプで畑を示す。私は思っていたことを言った。第一私はまだ厚地の繻子《しゅす》の胴衣《ファルセット》を身に着けていたが、フランチェスコは紗《しゃ》の白い上着に、帽子と揃いの線帯《レース》の胴衣《ファルセット》だ。

私は「行き着くまでに服が台無しになりますよ」と言った。

「田舎貴族ですからね」とフランチェスコは澄ましている。「子供の頃から領地では畑や森を駆けめぐっています。心配なのは貴殿だけ。松明《たいまつ》を借りるようジャンをヴィッラニスの家にやりました。これが一番の近道です。馬車で大回りするよりずっと早い。とにかく黒馬亭に行きたいのでしょう？　それとも家に戻りましょうか？　靴も汚れない」

「いや、行きますよ」

さほど広い畑ではなかったがとにかく闇、馬車の吊りランプひとつの心細い灯火でフランチェスコは私の足元を照らしてくれたが、田舎貴族と自嘲《じちょう》する割りには歯がゆくなるような足取りで遅々として進まない。それでもようやくサライとヴィッラニスの畑を区切る石垣に辿《たど》り着いたとき、ジャンも松明を手に戻ってきてくれた。ヴィッラニスまで赤々と燃える松明を翳《かざ》して付いてきていた。

「松明を借りるだけと聞いたが」と私はつい言ってしまう。「おまえまで来てくれるとはご苦労だね」

「何分夜分ですから」とヴィッラニス。「フランチェスコ様に何かあっては大変です」

女子供じゃあるまいし……と、馬鹿らしく思ったが、前後に松明が翳され、私もジャンの持っていたランプを手渡され、ようやくまともに歩けるようになった。

「いったいどこなんです？　黒馬亭は」

「家の裏、雑木林を抜けたところです」とヴィッラニス。

そういえば「サライが黒馬亭から帰るのにいつも畑を突っ切って……」と言っていた。

再び畑。蛾が松明に群がり、じっじと焼け落ちて行く。かさこそと葡萄の葉を揺るがして慌てふためいて逃げていくのは針鼠か貂《てん》だろう。肉に釣られて檸檬酒《レモン・リキュール》を飲みすぎたせいか、麦酒《ビール》が飲みたくなってきた。もうすぐだ。畑を突っ切り、ヴィッラニスの家の前に来た所でフランチェスコが言った。

「ジャンを呼びにやらせますから、ヴィッラニスの家で待たれませんか？」

まただ。何が何でも、私を黒馬亭とやらに行かせたくないようだ。ジャンまで初めて嬉々《きき》と「そうなさいませ」と声を弾ませた。

「いや、店に行きます」と断固として言う。「麦酒《ビール》も飲みたくなった」

ヴィッラニスまでが「家に麦酒《ビール》もございます」と同調する。

私は「貴殿たちの方がヴィッラニスの家で待っていたらどうです」と語気を荒らげた。

「ここを抜ければいいのでしょう。私一人で行きますよ。松明を貸してください」

「わかりました」とフランチェスコがようやく林に向かった。まったく何から何まで勿体《もったい》ぶった男だ。

――林にはサライの通う功績か、小径《こみち》が出来ていた。枝や樹の根にさえ気をつければ柔らかな畑の土より歩きやすい。風に乗って漣《さざなみ》のような喧騒が耳に届き、ますます麦酒《ビール》に近付いているのがわかる。前に立つフランチェスコの女のように小幅な足取りに苛々《いらいら》しながらも、私の心は浮き立ち始めた。下賤《げせん》な店、大いに結構じゃないか。修道院のような屋敷には飽き飽きしていたところだ。

やがて先頭のジャンが立ち止まり「お気をつけて」と退いて松明を差し出した。明かりに浮かんだのは胸の高さほどに張り出した大枝で、巨人の腕のように行く手を遮っていた。大きな芋虫のように累々と垂れ下がった一スパンナ（二十センチ位）ほどの巨大な莢《さや》が不気味だ。

「蝗豆《いなごまめ》でございます」と後ろからヴィッラニスの声。「馬の飼料に致しますんで、枝を切らずにおいてます」

フランチェスコが潜り、続いて私も「ユダの首吊りした樹だね」と潜る。ジャンの松明が傾き、莢を焙《あぶ》り火の粉が散る。すぐにヴィッラニスが支えた。

「あぶないじゃないか」とフランチェスコの苛立った声。

私は「もっともこの高さじゃ首も吊れん」と腰を伸ばした。そして黒馬亭が見えた。木立越しだが「あれですね」と朗らかに言った。「あれしかない」と笑う。蝗豆の樹が林の果て、あとは疎《まば》らな雑木が数本、その先は一気に開けており、二、三十ブラッチョ（十二―十八メートル）ほど先の闇にそこだけ赤々と輝く窓が見えた。火影に躍る人の顔もはっきりと見える。ざわめきとにぎやかな楽器の調べが風を伝い、大蒜《にんにく》や肉の焼ける匂いまで届きそうな距離だ。ところがフランチェスコは蝗豆の大木に寄り掛かったまま動こうとしない。

「窓際におります。が、私の顔を見たら説教しに来たと思われて表から逃げるかもしれません。おまえたち、表に回ってくれないか？」と、枝の向こうのヴィッラニスを振り返った。

「こんな所で、お二人で大丈夫ですか？」とヴィッラニスの声。

フランチェスコが「熊でも現れるのか？」と乾いた笑い声を挙げる。「ジャンと二人で表に回ってくれ。同時に着くようにしよう」

ジャンが「ではこれを」と松明を私に差し出したので、ランプと替える。

林の中を二人が遠ざかると、フランチェスコが樹に寄り掛かったまま言う。「ヴィッラニスの火が家の向こうに消えたら、私たちもまいりましょう」

たいそうなことだ。「どこに居るんです？」と私は開け放された三つの窓を見回した。

そしてロレンツォの顔を見つけた。正面の窓だ。「ああ、わかった。ロレンツォが居ます」

「ええ」と忌ま忌ましげにフランチェスコ。「ロレンツォの向かい、窓際でこちらに背を向けている鳶《とび》色の巻き毛の男ですよ。博打《ばくち》しか頭にない。毎晩あそこです。あそこが家のようなものです」

背後で狐か貂か、風音に混じってかさかさと音がした。フランチェスコが枝を潜って窺《うかが》う。

「追剝《おいはぎ》ですか？」と私はからかった。「聞けば貴殿は誰かに狙われているとか？」

「誰がそのような戯言《たわごと》を」と声が返り、笑い声すら聞こえた。

私も笑う。麦酒《ビール》が暫《しば》し遠のいた。物悲しげな梟《ふくろう》の声が聞こえる。闇の中、二人の明かりはようやく草地を突っ切り始めたばかりだ。やれやれと私も樹に寄り掛かる。「博打なら私だってやりますよ」と手持ち無沙汰《ぶさた》に言った。「骨牌《カルタ》はローマの店ならどこにでも置いてある。司教だってやってます」

「彼がやるのは『五十《チンクアンタ》』です」と吐き捨てるような声。「骰子《さいころ》二個でどこでも出来、すぐに結果がわかる」

「知りませんね」

「博打打ちが好んでするものですよ。ふたつの骰子を同時に振り、ぞろ目のときだけ得点になります」と、フランチェスコが教会の説教のように平坦《へいたん》な調子で話し始めた。「一、二、四、五のぞろ目はそれぞれ五点、六のぞろ目は二十五点、三のぞろ目はそれまでの得点をすべて消してしまいゼロからやり直し。先に五十になった方の勝ち。札のように成り行きを楽しもうなどという気もない、金のやり取りだけの博打ですよ」

「しかしよくご存じだ」

「ずっと誘われ続けましたからね。あんな愚かなものになぜ夢中になれるのか。あれほどの師を身近にし、教わることは限りなくあったというのに」

「理性と感情が一致すれば告解席に入る者はいなくなります。誰にでも頭では愚かなことと否定しながらやめられないことがあるでしょう」

「七つの大罪ですか」

「貴殿はどれにも無縁のようだ」

ふっとフランチェスコの笑い声が洩《も》れた。ジャンたちの火が家の向こうに消える。

やっとだ。「行きましょう」と歩きだす。そして草地に足を踏み出したとたんに銃声と悲鳴。とっさに振り向き、枝の下に伏したフランチェスコを見た。その背後で葉がざわざわと躍り、ばきばきと小枝の折れる音が凄《すご》い勢いで遠ざかっていった。

「フランチェスコ殿！」

膝《ひざ》を折ったフランチェスコが「大丈夫」と擦《かす》れた声を出し、ほっとする。

「大丈夫です」と、もう一度フランチェスコは言い顔を上げたが、私の松明に映し出された左手の指の間から滲《し》みだしているのは血だ。手は頬に当てられていた。

「怪我を？　どこです」と聞く。

店の方から「人殺し！」という声が沸き起こった。振り向くと窓から一斉にこちらを見ている。「あいつらだ」と声。男が一人、怒声を挙げて窓を乗り越えたが「気をつけろ、銃を持ってる」と言う声に窓下の闇にしゃがみこんだ。

呆気《あっけ》に取られながら、「あいつら」と言うのが「私たち」のことだと突然わかった。フランチェスコも同時に感じたようだ。「逃げましょう」と声が聞こえた。

「何だって」

「私を掠《かす》めた弾が誰かを殺したようです。ここには私たちしかいません」

「しかし、どこへ」私は竦《すく》んでいた。揺れ静まった木立、だが雑木林の中に賊は逃げたのだ。「後ろから撃たれたんだ。現に貴殿は負傷した。店に行き訳を……」

頬を押さえたままフランチェスコは大枝の向こうに転がった。「そんな話が通じる相手だと思いますか」

うろたえながら後に続き、「賊は林に逃げ込んだのだよ。戻りたくない」と叫ぶ。

だがフランチェスコは私の腕を摑《つか》むと脱兎《だっと》の如く走りだした。

どこをどう走ったのか、ヴィッラニスの小屋が見えたときは馬小屋に辿《たど》り着いた三賢人より感激した。出迎えてくれたマトゥリーヌが口を開く前にフランチェスコが「厨房《ちゆうぼう》は？」と問い、彼女がおろおろと指し示した方に入っていってしまった。

マトゥリーヌは私に聞いた。「どうしたのです？」

だらしのないことに私は震えていた。震えて声も出ない。マトゥリーヌは困惑したように厨房に向かった。

「神よ」と口走っていた。あろうことか、居ないと思い込んだ存在に向けて。そして銃が目に入った。ヴィッラニスの火縄銃。あれで撃たれたのだ。震えながら銃に近付き、触れる。火皿は冷たく火薬の匂いもしない。これではない。あたりまえではないか、馬鹿なことを。落ちつけ、パーオロ、ここは安全だ。安全な家の中。そしてフランチェスコが戻ってきた。

「耳を擦っただけです。蘆薈《ろかい》があって良かった」――声が上擦ってはいたが、とりあえず元気だ。耳は帽子で隠されていた。「いいですか、私たちはここを訪ね、ずっとここに居た。馬車も通りに待たせている。この家に来て、この部屋にずっと居た。そうするんですよ」

「しかし」――震えはまだ収まらない。「しかし、ジャンたちは、ジャンたちは店に行った。我々が窓の方から店に近付いたことだって……」

「とにかくここに居たのです！」とフランチェスコが言い放つ。そして私の腕を掴むと椅子へと導いた。「落ちついてください、ジョーヴィオ殿。貴殿は口を開かないで。机を掴んでいれば震えも収まります。黙っていてくだされぱいい」

坐《すわ》りながら「耳は？」とようやく聞く。

「大丈夫です。マトゥリーヌ、何か羽織るものを貸してもらえないだろうか？　私の白っぽい服装《なり》は夜目にも目立ったはずだ」

「でも」と、マトゥリーヌもうろたえていた。「フランチェスコ様がお召しになられるようなものなど、ここには……」

戸が開き飛び上がったが、入ってきたのはヴィッラニスとジャンだった。

すぐにマトゥリーヌが「フランチェスコ様が銃で撃たれて」と夫に告げる。

「大丈夫」とフランチェスコがひょいと帽子を上げた。「擦っただけだ。『人殺し』と聞こえた。店で誰か死んだのか？」

「サライが……」とヴィッラニスが息を切らしながら言う。「サライが死にました。大変な騒ぎです。『あいつらだ』と店の者たちが林を指したので、すぐに店を飛び出しました。フランチェスコ様にも何かあったのではないかと心配で。ご無事で何より。じきバッティスタの耳にも入るでしょう。ここにも人が来るでしょう。お帰りになられた方がいい」

「しかし、皆に見られた」と私。「私たちが撃ったと思われている。松明《たいまつ》を持っていたし、向こうからだって見えたはずだ」

「木立越しでしょう」とヴィッラニス。「闇のなかです。火しか見えてはおりません」

「そうだ、すぐに馬車に戻ろう」とフランチェスコ。「銃に怯《おび》えて真っ直ぐ林に入る者などいやしない。いずれここにも人が来るだろうが。戻るぞ」と言うが早いか戸口に歩きだした。

そうだ、逃げだそう、すぐに。戸口で突っ立ったままのジャンに「ジャン」と、声をかけ、挨拶《あいさつ》もそこそこに外に出る。

来たときとは比べ物にもならぬ速さで畑を突っ切った。馬車に乗り込み、動きだしたときには再び「神よ」とつぶやいている自分に気付く。

五日目

日の出と共に屋敷を発《た》った。殺人にかかわる気はない。まんじりともせず、昨夜、夢中で走り抜けた畑で負った傷の痛みを感じたのは馬がコマスィーナ門を抜けてからだ。

　フランチェスコは自分が殺されかけたというのに、一夜明けただけで涼やかな笑顔を甦《よみがえ》らせ「とんでもないことになってしまいまして」と私に詫《わ》びたが、私はろくな返答もできず、ターバン風の大きな帽子で覆われた耳の怪我がどの程度なのか聞く気遣いさえ浮かばぬままあたふたと辞去してしまった。

　昼にはコーモの家に着き、ようやくほっとする。我が家がこれほど慰められる場所だったとは。そして、実に醜態だったと苦々しさも込み上げてきた。一人震えていた私、一人呆然《ぼうぜん》としていた私、行くと言い張りこのような事態を招いたのも私ではないか。しかし、フランチェスコが誰に狙われているのか知らないが、巻き込まれるのは真っ平だ。

第六章　一五二八年　ジョヴァンニ・ピエートロ・リッツィ

パーオロ様から包みが届き、致し方なくフランチェスコの所に持っていく。以前師が過ごされた、窓からトレッツォの城が見える塔の部屋をフランチェスコも画室にしていた。

受け取ったフランチェスコは顔色ひとつ変えなかった。微《かす》かに眉《まゆ》を上げ「ほお」と言ったきりだ。そして私を見て微笑すら浮かべた。

居たたまれぬまま、自室に入ってしまう。我が聖域、小さなささやかな聖域、十字架を背負うキリストが出迎える。思わず知らず「我が神《エロイ》、我が神《エロイ》、なぜ私をお見捨てになった《レマサバク》のですか《タニ》」と唱えていた。イエスですら十字架上でおっしゃったのだ。迷える羊が何度言おうと当然ではないか。忽然《こつぜん》とあの夜、馬車の中でのパーオロ様の声が甦った。「そういえば、おまえの絵を見忘れていた。明日、コーモに発つ前に見せておくれ」上機嫌で言われた言葉。御自分がどれほど周囲を掻《か》き乱しているかも知らずに、何の屈託もなく。貴族はいつだってそうだ。軽口を叩《たた》き、その重みを知らない。どうせ御覧になられたところでフランチェスコのように「ほお」と言って終っただけだろう。

絵はまだ駄目だ。でもこの板は師匠からいただいた最高級のポプラ材。師は言われた。「ゆっくりと進めよう。一緒にね」――そしてこんな立派な画板までくださった。フランチェスコの言うように御自身の優しさから誑《たぶら》かしたのではない。あのとき、確かに私を弟子と認めてくださったのだ。が、私はまたつぶやいていた。「エロイ　エロイ　レマ　サバクタニ」――師よ、なぜ私を召《よ》ばれぬまま逝ってしまわれたのです。師よ……。

「ジャン?」と声が聞こえ、返事をする間もなく母が戸を開けた。「捜したよ」と非難がましく言う。「フランチェスコ様がお召びになっている。早く」

いつもの憂愁が今の困惑に変わる。なおも苦言が続きそうな母を避けて、素早く出た。

パーオロ様からの包み……あれから四年経っている。


屋敷を発たれるときにはお目にかかりもしなかった。フランチェスコの話ではまさに遁《とん》走《そう》という感じであたふたと出立したと言う。「気の小さい男だ」とフランチェスコは言い、私の顔を見て口を噤《つぐ》んだ。以来パーオロ様の事は口にしない。昨年のローマの劫掠《ごうりゃく》のときだってパーオロ様の名は出なかった。そしてパーオロ様からの音信もなかった。何を今頃……。

サライが死んだ五ヵ月後、仏蘭西軍《フランチエーゼ》と西班牙軍《スパニョーリ》の戦いがミラーノの南、パヴィーアの平原であった。そして、あろうことか軍隊を指揮されていた仏国王《フランチア》フランソワ一世が捕らわれてしまい、ミラーノは再びスフォルツァ家支配となり、仏国《フランチア》寄りだったフランチェスコも領地に戻った。師の遺品はフランチェスコの画室の隣室へと運ばれた。そこが陽射しからも霧からも一番守られる部屋だったからだ。戻って来てフランチェスコも私もヴァープリオ・ダッタをどれほど希求していたかを知った。館を包む川の音……師が愛《め》でられたこの風景……サライの名もパーオロ様の名も封印したまま、私たちはこの自然に身を寄せ、ようやく安堵《あんど》の息をついたように思う。そして一昨年から昨年とミラーノはまたしても西西班牙《スパーニャ》軍に攻められ、スフォルツァ公はついに降伏されたが、ここヴァープリオ・ダッタは平穏だった。「権力などに踊らされてはならない。自然は不朽だ。自然こそ師匠の師たる偉大な賜物」と何度もおっしゃられた師の言葉がようやくわかってきた。今やミラーノの出来事も人々も遠く、我々は川の音にしか耳を傾けない。それをまた……パーオロ様の顔が浮かんでしまうのを恨めしく思いつつ塔に向かう。何を今頃……爆薬のようなあの包み……。

画室に入ったとたん、フランチェスコが坐《すわ》ったまま小冊子を投げて寄越した。

「大層な師の本がようやく出来たそうだ。間に手紙も入っている。読めよ」

「ここでですか？」

「そう、ここで。坐りたまえ。そして読め。おまえも充分にかかわった。いや、そもそもおまえから始まったんだ。ジョーヴィオ家に仕えていたおまえのつてで彼はここに来たんだからね。私宛だが、おまえが真っ先に読んでいいくらいだ」

フランチェスコは苛立《いらだ》っていた。それが四年前を思い出したことでか、それともこの冊子と手紙とかに拠《よ》るものかはわからなかったが、投げられた物を読むしかない。私はフランチェスコの向かいの椅子に坐り、冊子の間に挟まれた分厚い手紙から目を通すことにした。

手紙は昨年のローマの劫掠の事から書かれていた。

ローマの劫掠——四年前フランソワ一世をも捕虜とした西班牙《スパニャ》のカルロス皇帝が昨年起こした惨事だ。皇帝は西班牙《スパニャ》の王であると同時に神聖ローマ帝国皇帝《サクロ・ロマーノ・インペーロ》でもあり、更にナポリ、シチリア、サルデーニャの王でもありと、今やその勢力は西欧一である。仏国《フランチア》がミラーノ、ジェノヴァから撤退してから教皇クレメンテ（クレメンス）七世はこの強大な勢力に恐れをなし、仏国《フランチア》、ヴェネツィア、ミラーノ、フィレンツェ、英国《インギルテーラ》と共に反ハプスブルク勢力を作り上げようとされたが、この策略はカルロス皇帝に知られてしまい、昨年五月、イタリア駐屯軍によるローマ討伐となってしまった。独逸人傭兵《ランツイケネッキ》軍団の兵士たちの多くはルターの心酔者であり、ヴァチカーノとローマに対する殺戮《さつりく》と破壊は地獄のようだったという。教皇はヴァチカーノから回廊を伝って守りの固い聖天使城《カステル・サンタンジェロ》に逃げられたそうだが、ローマの五分の四は荒地となり、死者は貴賤《きせん》に関係なく一万とも二万とも伝えられた。教皇は十二月に聖天使城《カステル・サンタンジェロ》からオルヴィエートの司教館に落ち延びられたと聞くが、軍隊がローマから撤退したのはようやくこの二月、教皇がローマに戻られたという話は未《いま》だ耳にしていない。夏に入り、荒廃した街に黒死病《ペスト》が蔓延《まんえん》していると聞いたのはつい二、三日前のことである。今やローマ市民の三分の二が死に絶えたと聞く。それでも私たちはパーオロ様の名を口にしなかった。取り決めたわけでもないのに、フランチェスコも私も口にしなかった。それが手紙。劫掠も黒死病《ペスト》も、あの方を避けて通る……。

ラテン語の手紙だった。フランチェスコと共に習ったがフランチェスコほど堪能《たんのう》ではない。それでもくどい書き方が幸いし、概要は摑《つか》めた。

ミラーノでの事は冒頭の「あのときはお世話になりました」の一言で終っていた。後は昨年のローマの劫掠の事。なんと教皇と共に聖天使《カステル・サンタンジェロ》城に逃げられたそうだ。そして教皇がオルヴィエートに逃れられた後はヴィットリア・コロンナ様の招待でイスキア島の城に逃れ、ようやく落ちついて師についての執筆を纏《まと》められたとあった。しかも今月、教皇よりノチェーラの司教に任命されたとある。友人の誰それは惨殺され、誰それは蔵書をすべて灰にされ、知り合いの聖職者から枢機卿《すうきけい》までも強奪され、凌辱《りょうじょく》されと、綿々と非道な独逸人傭兵《ランツイケネッキ》の仕打ちが綴《つづ》られていたが、「ローマには何もありません。何の希望もなく、ここで死ぬよりは……」と悲壮な言葉はここまで。後はイスキアの城の快適な日々、司教になったという自慢で埋められている。こだわらない方だ。それに周知の如く書かれているヴィットリア・コロンナ様とやらを知らないが、コロンナ家と言えばローマでサヴェリ、オルシーニ、アングイラーラと並ぶ大貴族で、確かこの劫掠では皇帝側に付き、教皇を窮地に陥れた家とも聞いている。教皇と共に聖天使《カステル・サンタンジェロ》城に逃げ、(しかも、まるで一人で籠城《ろうじょう》中教皇を励ましたというように書かれていた)その後、教皇の敵側の招待を受けるとは。噂しか届かない北の地でよくはわからないが、いかにもパーオロ様らしい……。

末尾にようやく一行、「拙文、レオナルド殿の章だけ送らせていただきます。ありがとう」とある。

よくよく運の強い方だ。――楽天的な手紙を読み終ると、注視していたのかフランチェスコの声が飛んできた。「あの男が司教とは。ローマの劫掠で聖職者はすべて殺されたようだな。冊子も読むんだ。あれだけの負担をかけ、どれほどの事を書いたのか。一字一句読むんだ」

これもラテン語、そして活字になっている。製本する前の抜き刷りのようだった。『讃辞《さんじ》』とある。確かに讃辞だった。まるで師と接していたかのような。「彼の魅力、寛大さ、輝かしい精神は、その風貌《ふうぼう》の美に劣るものではなかった」――こんなもののために。「彼はリラを爪弾《つまび》きながら見事に歌い、全宮廷はそれを無上の楽しみとした」――こんなもののために。パーオロ様の普段の言動とも違う、手紙とも違う、パーオロ様の文とは思われないような白々しい讃辞の連なり。そして「彼の死は友人すべての大いなる悲嘆を引き起こした」――これで終りだ。

「『才能ある弟子を』」とフランチェスコが言った。「『一人も残さなかった』とある」――そして笑った。「おまえの絵を見せたら違っていたかもしれないね」

私は黙って手紙と冊子を返した。

「これで終りだ」とフランチェスコ。「戻っていい」

部屋の扉を閉めるとき、声だけが届く。「とにかく『讃辞』だ。付け入る隙はなかった。守られたんだよ」——声は優しく、震えていた。そのまま閉める。

所在なく銀器を磨いた。「守られた」——そう、確かに。だが「才能ある弟子を一人も残さなかった」とあるのはなぜだろう？　無論、師に比べれば誰一人「才能ある」とは書けなかったのかもしれない。師に比すれば、誰も太刀打ちなど出来やしない。だが、私はともかく、フランチェスコやアントーニオ、マルコたちはそこいらの画家たちよりは良い絵を描いているではないか。ミラーノの館でフランチェスコの絵は見たはずだ。いや、終ったのだ。考えまい。師の手稿に「師を凌《しの》ぐことなき弟子はごろつき」と目にして以来、この言葉が頭を離れない。だが凌ぐどころか並ぶことすら適《かな》わぬ偉大な師に付いてしまった弟子はどうすればよいのだ。師の作品に魅了されたからこそ師と仰ぐ、だが魅了されたまま、己が手腕が師に達しない弟子は、達しようもないほど偉大な作品を前にして、凄《すご》い師に付いたという誇りと、どんなに足掻《あが》いても自分には越えることなど出来ないという絶望……。師は『最後の晩餐《ばんさん》』でユダをイエスと同席させた。だが、あの絵に関してだけは、私は今までの画家の描き方が正しいと思う。ユダは独り、食卓の反対側に居るべきだ。並び得る方ではない偉大すぎる方と寛容から同席させられた哀れな者はよりその落差を味わうだけではないか。ユダの絶望は私のもの。ユダは悪意で師を売ったのではない、ユダなりに善かれと思ってしたことだ。それが唯一、師に近付ける手段、ひょっとしたら偉大さは偽物で、同席足りえる方ではないかとの希望のもと。フランチェスコのように素直に崇拝に徹すれば楽になるのかもしれない。『幸せ』の入る場所に、嫉妬《しっと》が待ち伏せしてこれを襲う。そして幸せの去ったあとには苦痛と悔恨とが残る。嫉妬は自分を傷つけるだけのもの」――師が私に言われた言葉も手帖《てちょう》に記されていた。思えば初めてヴァープリオ・ダッタに師がいらしたときがいちばんの幸せのときだったのではないか。師の偉大さが苦痛に思われるほど大人ではなく、ただその優しさに魅せられ、自然を見直し、絵を描くことはただ楽しかった……。

――門の軋《きし》る音に目を向けるとフランチェスコが馬に乗って出ていくところだった。馬で出かける所と言えばただ一箇所、愛人の所だ。厨房《ちゅうぼう》での噂話は極力窘《たしな》めていたが、既に子供も数人居るらしい。奥方様との間には未だ跡継ぎもないというのに。平気な顔をしていたが、やはりフランチェスコも幾らかは動揺したのだ。私の銀器はフランチェスコにおいては愛人、今夜は帰らないだろう。

燦然《さんぜん》と輝く皿に歪《ゆが》んだ顔が映る。不肖の弟子ユダ、ユダの醜い微笑。再び門の軋る音、医者のサバティーニだ。レジーナが出迎えている。皿を棚にしまい、私も行くことにしよう。

ジローラモ様はこの冬、床に就かれたきり、この頃では言葉もなくなられた。部屋は薬草と花の香りに溢《あふ》れているが、夏に入ってからは腐乱した花のような饐《す》えた臭いが漂い始めている。夏を越せれば良いが、サバティーニのする事と言えば母の捻挫《ねんざ》のときと同様瀉《しゃ》血《けつ》だけ。今年中にヴァープリオ・ダッタの領主はフランチェスコになるかもしれない。皿をしまったとき、またしても門に人影、馬上の男……縁なし帽《ベレッタ》の陰に尖《とが》った鼻と顎鬚《あごひげ》しか見えないが……パーオロ様だ！

「相変わらず疫病神のような顔だな」とパーオロ様は馬に乗ったままおっしゃられた。

「相変わらず開口一番の毒舌を」と私は返す。

「フランチェスコは？」

「お出かけです。きょうは帰りません」

「何だって？　では私の届けた物は……」

「御覧になられました。お手紙と『讃辞』とやら」

「ほお」と気の抜けたような吐息を吐くとパーオロ様は「おまえは？」と以前のからかうような笑顔になった。「目を通したのかい」

「はい。ノチェーラの司教様になられたとか、おめでとうございます」

「ノチェーラに行く前に、一度コーモに帰ろうと思ってね、昨夜ミラーノに着いた」と、騎馬像の王のようにふんぞり返られた。「ローマからと思っただろう？　実はミラーノから今朝届けさせたのだ。届けて終らせようかと思ったが気が変わってね。はは……届け物の後を追ってここまで来てしまった。御領地にね。フランチェスコに会うも一興と思ったのだが。ふむ、残念だな。まあ、おまえでもいい。フランチェスコが居ないのなら出ても構わないだろう？　後ろに乗れよ、何処かに行こう。留守宅に上がり込むよりはおまえも気楽だろう」

「勝手には出られません。どのような事でしょう？　伺える事でございましたらこちらで」

「無理だね、ご領主の犯した殺人の件だもの」

「何てことを」

「乗れよ。私だってイスキアの温泉に浸《つ》かって惚《ほう》けていただけじゃない。こんな村でも酒場くらいはあるだろう？」

「お待ちを」と言って厨房に飛んだ。手当たりしだい籠《かご》に入れ、カルロッタに声をかけて走って戻る。終りじゃない、この軽口を閉ざさなければ……。

師匠と登り、今でも度々登る丘を過ぎ、パーオロ様も「そろそろ、もう降りようじゃないか」と言われたが、更に上の岩地に行く。丘で話せば、どのような話にしろ後々甦《よみがえ》るだろう。聖域を汚したくない。

岩地でパーオロ様は「殺風景な所だな」と、うんざりしたようにつぶやかれた。「ミラーノから二時間も馬を飛ばして来たのに、こんな所に案内されるとは……」

「人も来ません」と木陰の僅《わず》かな草地にリンネルを敷く。「とんでもない事を言われるからでございます」と続けたが、籠から出した葡萄《ぶどう》酒の瓶にすぐさま膝《ひざ》をつかれた。

「注いでくれ」と寝ころばれる。「で、フランチェスコは何と言った？」

「何も」

「何も？ 手紙と『讃辞』を読んだ後だ。何かしらは言うだろうに……」

「何もおっしゃいませんでした」と盃を渡した。

しばし憮然《ぶぜん》とした面持ちで酒を口にされ「おまえは？」と聞かれる。

「私も何も」とこたえる。ここに来るまでの間に気持ちも固めていた。迂闊《うかつ》な口は利くまい。それが最善の策。最良の従僕の態度だ。

「ほお……それは。いささか時が経ちすぎたのは認めるが、手紙にも認《したた》めたように多事多端でね。しかし崇拝する師の讃辞を書き連ねたというのに、感嘆の一言もないとはね」

思わずふっと笑ってしまった。「ミラーノまでいらっしゃり、夜分フランチェスコに隠れて探られるまでもなかった内容。確かに素晴らしい讃辞で埋め尽くされた美文ですが、あれほど短いものとも思いませんでした」

「他にどう書けと言うんだ。誰に聞いても聖人のような男の事を美辞麗句を連ねて延々と書き継ぐほどお人好しじゃない」

「安堵《あんど》も致しましたが、パーオロ様のご気性を私なりに存じあげておりますから」

「ああ、揶揄《やゆ》や嘲笑《ちょうしょう》の方がペンが走る。実のところ、レオナルドもそう書きたかったね」

と無造作に酒を注がれた。「だが、あれでは書きようもないじゃないか」と、また寝ころがり、帽子を顔に載せてしまった。

　私は黙していた。麦を刈りおえた畑が陽射しに白く輝き、三つの峰《トレ・コルニ》が晴れ渡った夏空にくっきりと屹立《きつりつ》している。「権力になど踊らされてはならない。自然は不朽だ」——あの夜の愚は繰り返すまい。

　やがて「人は不完全な生き物だよ」と、帽子の下から変に神妙な声が洩《も》れた。「恐らくあらゆる動物の中でも最も自然から離れてしまった、それゆえ一番不完全な動物なのかもしれない。だからなおのこと非の打ち所のないものに反発を覚えるのかもしれない。いや、これはこと私に限ったことかもしれないが、人は他人の至らなさ、失敗を見て、初めて気が緩み、同時に愛することもできる。嘲《あざけ》ることによってようやく落ちつくんだ。劣等感の為せる業かもしれないがね。私は神も歴代教皇すら嘲って過ごしてきた。世の中は嘲り、揶揄することでのみ過ごせる場所だと思ってきた。愛は同時に相手の弱点を認識した上で成り立つものと。ラファエッロはその天真爛漫《らんまん》な性格を愛してはいたが、絵は甘いと思った。だからこそラファエッロを認めたのだ。ミケランジェロの彫刻は完璧《かんぺき》だったが、絵は性格同様に無骨だと思った。だからミケランジェロも認めた。だがレオナルド・ダ・ヴィンチは……彼の名は二十代の頃から耳にしていたんだ。会おうと思えば会うことも可能だった。だが会わなかった。絵を目にしたのはずっと後だ。あんな凄い絵を目にしたことはない。天才だ。ではなぜ会わなかったのか？　自分のなかで注意深く避けていたように思う。なぜ避けていたのか？　弱点のない人間も存在するという事実を認めたくなかったのだと思う。認めてしまえばそれまでの自分を否定することになる。いや、これも今にして思うことだ。もしもレオナルドに会っていたら、私は違う人生を歩んでいたかもしれない。だが現実はこうだ。私は素直ではないかもしれんが自分を世界一の利口者と思っているし、世の中は馬鹿げた茶番で成り立っていると思っている。ひょっとしたらそう思い込みたくて、そう思ったままこの世に在りたくて、細心の注意を払ってレオナルドと会わないよう心掛けていたのかもしれない。無意識の自衛手段だ。マルコたちが言っていたようにレオナルドにも笑ってしまうような欠点はあっただろう。だが、どのような欠点を笑うかも人によって違う。私にとってのレオナルドはどう映ったか？　多分、何もかも愛し認め、それゆえ苛立《いらだ》ち、なお悪いことに理由のわからぬまま憎悪しただろう。ミケランジェロのようにだ。ああ、こう言うと、私はミケランジェロに似ていると言っているようなものだ。冗談じゃない。あんな無骨一徹な人間とは正反対の冗談で生きている男だ。だが、両極端というものは接点があるのかもしれない。何を言っているかわからないという顔だね、ジャン」と、パーオロ様は帽子を放るとまた葡萄酒に手を伸ばした。「事実、自分でもわからなくなってきているんだ。おまえがわかるはずがない。私にわからない私の言葉を、なぜおまえが解することが出来る？　いずれにしろ私の見聞したレオナルドは完璧だ。聞いて回るまでもなかった。嫉妬や栄誉や物欲……七つの大罪を排し、なおかつ天上の微笑みを顕《あらわ》すことが出来た。天上の微笑みを描ける者は天上の心を持っている」

「その通りです」と用心深くこたえる。「師は天上の心をお持ちでした。讃辞《さんじ》で埋め尽くされてしかるべき方。短いが……パーオロ様の書かれたそのままの方でした。でも『才能ある弟子を一人も残さなかった』とは少々……」

「天上の微笑みと天上の心を引き継げる弟子が居ると思うか？」

「少なくともフランチェスコは……」

「彼の生き甲斐《がい》は何だね。レオナルドの弟子だったという栄誉だけだ。限りなくレオナルドを奉ることで、己の生をも肯定しようという名誉心じゃないか。彼にとってレオナルドは私が言う以上に完璧でなければならなかった。おまえやマルコたちが言っていた愛すべき欠点すら許すことのできない神の如く完璧な師であらねばならなかった。そのためならつまらぬ虫けらの如き人間が死のうと構わぬほどの、だ」

ついに来た——「何か、誤解されているようです」

「誤解だって？　それは、あのときは慌てて逃げた。何しろ考えてもみなかった事だからね。ふがいなかったよ、確かに。だが、あれから時間は充分にあった。あの夜の事は何度も思い返した。そして結論した。フランチェスコがサライを殺したのだとね。惚《とぼ》けて終らせようとも思ったが、あの癇《かん》に障る薄ら笑いを思い出して、泣きっ面に変えてやろうかとここに来たんだ。どこに行ったんだ？」

「存じません。それに会われなくてよかった。大恥をかくところでしたよ」

「なぜ弁護する？　共犯だったからか？　おまえも知っていたはずだ。あの夜、何が起きるのか」

「馬鹿なことを。フランチェスコは撃たれ、怪我をしました。銃を撃ち、自分の耳を掠《かす》めて草地の向こうの酒場に居る男に当てるなど出来るはずもないでしょう」

「ああ、私に血まで見せた。ご丁寧に吹き飛ばされた金髪まで膝に散っていたよ。だが髪などではなく頭を吹き飛ばされたとでもいうのなら、私だってこんな事を言いはしない。だが耳を擦《かす》っただけだぞ。多分もう傷痕《きずあと》すらないだろう？　血なぞ……フランチェスコなら赤い顔料など幾らでも持っている。髪を切る短刀だって貴族はいつでも身につけている。おまえたちがぐずぐずと酒場に向かう間、彼はあの蝗豆《いなごまめ》の枝の向こうに居たんだ。何だって用意できる。そう、あの枝だよ。あの大枝は胸の高さに張り出していた。銃架としては最適じゃないか。あの大枝に銃身を掛け、じっくりとサライを狙う。ランプを持っていたから火種もある。松明《たいまつ》の臭いで縄の焼ける臭いだってわかりはしない。なぜ、あの大枝を潜る道を通ったのか、なぜ、あの樹の所で時間を潰《つぶ》したのか、何もかもお膳立《ぜんだ》てしていたからだよ。サライの黒馬亭での定席に恰好《かっこう》の位置だったからだよ。サライを撃ち、同時に自分も撃たれたように枝の下に倒れたんだ」

「銃など持っておりませんでしたよ。あんな大きく長い物、冬ならともかく、どう隠すのです？　夜とはいえ、パーオロ様だってご一緒に歩かれた。誰も銃など持ってはおりませんでした」

「だからおまえが共犯だと言ったのだ。夕食後にサライの所に行くことになった。フランチェスコは私と食事をしたから無理だが、おまえならその間に銃を葡萄《ぶどう》園に運び、帰ってこられる」

「サライを殺すつもりで私が銃を運んだとおっしゃるのなら、そのときに殺せば済むこと。なぜ、運んで帰り……わざわざ貴方《あなた》をお連れしてから殺したりしなければならないのです?」

「私がどうしても会うと主張した日にサライが殺される。フランチェスコが私と共にいようが、これはおかしいと思うじゃないか。そんな事になって私がおとなしくミラーノを発《た》つと思うかね? だが、あれなら……私にも恐怖を味わわせ、フランチェスコが狙われたのだと思わせればおまえたちも安泰、私はあれ、あの通り、尻尾《しっぽ》を丸めて逃げた。まったく乗せられたものだ。しばらくは無事逃れられた事だけを喜んでいたのだからね。だが、やはりおかしい。なぜ、よりにもよって死んだのがサライなのだ。あの日会いに行こうとしていた男が、なぜ流れ弾で死ぬ。酒場には大勢人が居て、窓辺にも多くの男たちが居た。それがなぜサライなのだ」

「神の思《おぼ》し召しでしょう」

「笑わせる。サライが死んだという事に焦点を当てたとたん、それまで引っ掛かっていたいろいろな事が浮かんできた。とにかくおまえたちは手を変え品を変えサライに会わせまいとした」

「そんなことはありません」

「いいや、そうだ」

「フランチェスコはパーオロ様のためにマルコやサライ、ヴィッラニスを屋敷に召ぶと申し上げたはず。それを断られたのはパーオロ様ではありませんか」

「最初はそうだった。だが……マルコたちに会い、サライには会えずに帰った頃……いや、あの後だったか、とにかく私が絶対にサライに会うと主張してからだ。フランチェスコはあからさまな嘘をついた。『サライは故郷に帰ったとか』――実に澄まして白々しく言ったものだ。あの日、ヴィッラニスに会わなければ騙《だま》されたままだったよ。そして会いに行くと言ったら……そう、あのフランチェスコの嘘からおかしな工作が始まった。私がおとなしく馬車で待っていたら、馬車には仰々しくおまえたちが同伴し、葡萄園に着いてもだ。と引き延ばされ、馬車で待っていたら、おまえは『サライは居ませんでした』とでも戻ってくるつもりだったのだろう？　黒馬亭とばれた後でも引き延ばそうとした。ヴィッラニスの家で待たされていたら、やはり『サライは黒馬亭には居ませんでした』と戻ってくるつもりだっただろう」

「パーオロ様は人の気遣いをすべて邪推なさる」

「いいや、とにかくサライに会わせまいとしていた。好意的に言えば、それで済めばサライも殺されずに済んだのかもしれない。と、なると何故か？　これだけはわからないが、私に会わせるより殺した方がいいと思わせる理由があったのだ。とすれば私の責任でもある。いったいなぜなんだ？」

「そんなこと……私たちは無関係です」

「いいや、違う。とにかく、最後の手段としておまえたち、フランチェスコは殺す事も考え、そして実行した。私に嘘をついたときからそれは考えられていたんだ」

「不可能です。フランチェスコは実際傷を負い、屋敷に帰って母が手当てをしました。確かに今は跡形もないが、母に聞いてごらんなさいませ」

「そう、おまえの母親も手伝った」

「馬鹿な。サライは確かに黒馬亭に入り浸っていました。だからといってあの日、私たちが行った日にも必ず黒馬亭に居るなどとどうして確信出来ます？　家に居るかもしれない。他の酒場かもしれない。どこに居るかもわからない男を殺すのに、私が銃を運んだとおっしゃる。それに私たちが去るとき、銃を持っておりましたか？　あそこでフランチェスコが撃ったというのなら銃はどこです？　私たちは逃げましたが、あの日中にあの林だって調べられたはずです。あの事件では銃も犯人も見つからなかった」

「頑張るな。泣き虫のおまえが。あの帰り……私も取り乱してはいたが、おまえときたら狂ったように慟哭《どうこく》し『サライ、サライ』と口にしたのはサライの名だけだった」

「私がですか。よくは覚えておりません」——焼けた岩肌を蜥蜴《とかげ》が走る。師と過ごした至福の午後……「飛ぶぞ《ヴォラ》」と言っていた。

「何だって？」

「いいえ、別に。鳥が飛んで……。サライは仲間でした。少なくとも貴方より悲しむのは当然でしょう」

「フランチェスコは涙も見せなかった。もっとも崩れた顔を見たこともないが。見たいものだと来てみたのに、四年も経つとおまえですら平然としている」

「そのときに涙も涸《か》れたのでしょう。とにかくフランチェスコも撃たれ、そして銃も犯人も見つからなかった。それがあの事件です」——立ち上がり、蜥蜴の居た岩に近寄る。顔が歪《ゆが》んで来たからだ。岩の上に乗るとアッダの流れが見下ろせた。目が眩《くら》むほどの燦《きら》めきだ。「光の洪水のよう」と師は言われた。川に向かって葉を投げた日……早く終らせよう、サライは帰らない。フランチェスコのように泰然とし、隙を見せぬことだ。

「いいや、フランチェスコが撃った」と、背後から声が飛んできた。「そして銃は樹の上だ。繁った葉に隠されてね」——焼けた岩に坐《すわ》る。動悸《どうき》よ静まれ。背を向けていて良かった。繁みから葉を毟《むし》り、鳶《とび》の形にする。偉いぞ、ジャン。手も震えてはいない。「偉いぞ、ジャン。とても綺麗《きれい》な形だ」と師匠の声——フランチェスコの言葉は正しい。守るのだ。

「どうした？　興味がないか？」と声。

「あまりに荒唐無稽《むけい》」と私は三つの峰《トレ・コルニ》を見ながらこたえた。「魔術のようなお話ですからね」

「そうだ魔術だよ。レオナルド師匠の魔術だ。銃は樹の上、見つかるはずもない。日が過ぎてから取りに行ったんだ。フランチェスコが倒れたとき、背後で遠ざかっていった物の正体だ。葉を揺らし、小枝を折り、凄《すご》い勢いで遠ざかっていった。実はあれですっかり騙されてしまった。フランチェスコを撃った賊が逃げたのだとばかり。ずっと騙されていた。だが、あれは人じゃない。私たちの食事中におまえが何処かの樹の上に結び付けておいた羊の腸、そしてそれに繫《つな》がれた銃が腸の弾力で引き戻されていく音だったんだよ。レオナルドはヴァチカーノで腸を鞴《ふいご》で膨らませて人々を驚かした。部屋一杯に広がる竜とね。綺麗に洗浄した腸は丸めれば掌《てのひら》に入るほどだが伸ばせば五十ブラッチョ（三十メートル）ほどにもなるそうじゃないか。竜に見紛《みまが》うほど膨れるのだから弾力も凄いだろう。おまえの母親が手伝ったと言うのはそれだよ。フランチェスコが嘘をつき、そしてあの日の夕食に限って兎の餌が肉になった。夕食に供するほどの僅《わず》かな肉片、肉屋で購入しても大したこともない僅かな量のためにおまえの母親をここまで来させて羊を屠《ほふ》った。フランチェスコが欲しかったのは肉ではなく腸だったからだ。新鮮な腸、充分な長さの自在に扱える腸が欲しかったからだよ。いざとなったらレオナルド師匠の魔術を応用しようとね。前夜、私が絶対にサライに会うと宣言したからだ。サライに会うまではミラーノに居ると主張したからだ。誤魔化せるだけ誤魔化す。だが、いよいよとなったら殺そうとフランチェスコは考えたんだ。おまえが言ったように当夜サライがどこに居るかはわからない。だから事前にロレンツォをやった。好意的に考えるならミラーノから連れだそうとさせたのかもしれない。だが、あらゆる場合を考えておまえは腸をサライの家の側、そしてあの蝗豆《いなごまめ》の側、別の酒場の側と仕掛けたのかもしれない。銃は畑の何処かに隠した。夜だ。畑に入ってから何を持ったってわかりはしない。黒馬亭とわかってからは、仕掛けておいた腸を手繰って持っていた銃に縛るだけだ。フランチェスコは撃ち、手離して倒れる。私が振り向いたときには腸で引っ張られた銃が葉や小枝を蹴散《けち》らして勝手に遠くに飛んでくれる」

——葉は見事な形に切り取れた。振り返りパーオロ様に向かって投げる。命中。女のような悲鳴を挙げられた。

「驚くじゃないか」

「私の方が驚きました。その悲鳴とそのお話に。本を著される方というのは、よくよく考えも飛翔《ひしょう》される。でも飛び過ぎて根本を忘れてしまう。フランチェスコは銃を撃てません」

「何だって？」とパーオロ様は呆気《あっけ》にとられた顔となった。パーオロ様の間抜け面。勝った……。

「銃を握ったこともない男が離れた酒場に居るサライに銃弾を当てることなど出来ましょうか。皿に載った肉すら食べない男が、銃で獣を撃つと思われますか？　フランチェスコは猟などしたこともない。銃を撃ったこともありません」

「だが、領主の息子だ。訓練くらい……銃だって有るだろう？」

「ご領主のジローラモ様は軍務に就かれておりました。しかしフランチェスコはレオナルド師に付いていただけ。師は私たちに言われました。『戦争になどかかわるな。戦争になったら逃げるのです』と。パーオロ様もご存じのはず、あのフランチェスコに剣や銃の訓練など考えられますか？　銃はございます。仏国王《フランチア》から賜った物、それにトスカーナの貴族がいらしたときにもピストイアで作られたという最新式の銃をいただきました。しかし撃ったことなどございません。訓練などされたら館中の者が記憶に留《とど》めることでしょう」

「なるほど」――パーオロ様は呆然《ぼうぜん》と繰り返された。「なるほど。銃を持たない。武術は苦手、猟もしない。ふむ、確かに、鳥や兎を撃つとは思えんが。だが、なぜサライなのだ。なぜ死んだのがサライなのだ。会おうとしていた男、会う直前にだ」

「神の思し召しでしょう。わかりません」と私は言う。「三つの峰《トレ・コルニ》が赤く染まってきた。

「とにかくフランチェスコは銃など撃てません。戻りましょう、陽も暮れます。サライはあちこちに借金をしておりました。返したこともないと豪語しておりました。喧嘩《けんか》も日常茶飯。あの夜、フランチェスコが狙われたのか、パーオロ様がおっしゃられるようにサライが狙われたのか、いずれにしろ、黒馬亭に出入りする者が殺されて不審に思う者などございません」

空になった酒瓶や盃《さかずき》を籠《かご》に入れ、パーオロ様を追い立てるように布も巻き取る。

立ち上がりながらパーオロ様は再度つぶやかれた。「だが、なぜサライなのだ」

これ以上は一言も話すまいと馬に乗った。パーオロ様も気の抜けたように黙って馬を進める。だが、館《やかた》の前に着いたとき、突然おっしゃった。

「ヴィッラニスも仲間か？」

馬上のまま「何を、まだ……」と背中に向かって言う。しつこい方だ。

「ヴィッラニスなら狩猟の腕も確か。それに、あの夜……ヴィッラニスが館に来て私が絵を返したときだ。フランチェスコはあのとき既にサライを殺す場合も考えていた。そして『肉を分ける』とヴィッラニスを引き止めた。そうだ、あのときにヴィッラニスに指示したのだ。そして私たちはあの蝗豆の樹の所で別れたが、酒場に向かったのはおまえ一人。両手に松明《たいまつ》とランプを持って、二人のように見せかけて草地を横切ったんじゃないか？」

思わず「引き返したのは私です」と言っていた。ヴィッラニスまで疑うとは……いや、冷静にならなければ。「あの夜、林の外れでヴィッラニスが申しました」――私は努めて穏やかに説明した。「フランチェスコをあんな所に置いておくのは心配だと。フランチェスコは、時々怪我をしておりましたから。ですから草地を横切って行ったのはヴィッラニス一人です。何を仕組んだわけでもなく、パーオロ様が目にされたのはヴィッラニスの松明の明かりだけだったはず」

「もともと遠くてランプの灯火など見えはしない」

「私は戻りましたが途中で銃声が聞こえ、樹の所に戻ったときにはフランチェスコも貴方《あなた》もいらっしゃらなかった。そして酒場では『人殺し』という叫び声。窓から大勢の男たちがこちらを見て騒いでおりました。見回しても貴方たちはいない、とにかく戻ろうと引き返した所でヴィッラニスと会い、話を聞き、彼の家に帰った。それだけです。ヴィッラニスに聞いたところで、同じことを申すでしょう。戻ったのは私です。貴方のお考えに従えば……私がサライを撃ったのですか？」

「まさか」とパーオロ様は笑われた。「家の窓拭き坊主が殺人を？だが、なぜサライなのだ？」

「存じません」と馬から下りる。「今夜は大蒜《にんにく》と茴香《ういきょう》、目箒《めぼうき》で味付けした羊肉とか。厨房《ちゆうぼう》で良ければ召し上がっていかれませんか？」

「いや、肉は好きだが、実のところ羊はあまり好きではない」とパーオロ様は顔を顰《しか》めた。「昨日からヴィスコンティ家に寄らせてもらっている。あそこの晩餐《ばんさん》を逃す気はない。帰るよ。私の来たことはフランチェスコに伝えなくともいい。無駄足だったようだからね」

――私は見送った。パーオロ様の馬は数歩で止まった。ぞっとする。

「言い忘れた」とパーオロ様が振り返る。「『才能ある弟子を一人も残さなかった』という文は本にはない。フランチェスコに読ませよう、からかおうと活字を組ませただけだ。あれは抜き刷り、製本のときにはあの部分は抜いてある。フランチェスコに伝えなくともいいがね。それに、ずっと、サライの死は……私の来訪と関係あるような気がしていた。私が会おうとした日に死んだのだからね。ならば私にも何らかの責任があるのではないかと思われたのだよ。私のせいでフランチェスコがサライを殺したと。おまえの話を聞いて気が軽くなった。殺されたにしろ……私のせいではない。これから聖職に就くんだ。気が晴れたよ」

パーオロ様の姿が見えなくなったとき、レジーナが館《やかた》の中から声をかけてきた。

「お客様とか。お夕食は？」

「昔の知り合いだ」と私は館に入る。「私個人のね。もう帰ったよ」

思った通りフランチェスコは帰らない。言う必要もないだろう。これ以上、この事を話したくはない。

それでも夜の帷《とばり》のなかで思い返してみると、パーオロ様はほんとうに納得して帰られたのだろうか、と思った。


——あの日の午後、フランチェスコに召《よ》ばれた。母がここに羊を取りに発《た》った後だ。

彼は言った。ジョーヴィオは何が何でもサライに会うと言っている。仏国《フランチア》に残してきた肖像画も見ると言っている。彼のことだから実行するだろう。『聖ヨハネ』の絵も若い頃のサライだと得意気に言った。仏国《フランチア》の肖像画は今のサライと瓜二つ。サライが仏国《フランチア》から返されたのだってそれが原因だ。半島一の肖像画の収集家、名だたる観相学者《メトポスコポス》と自慢するジョーヴィオでなくともわかるほどに。幸い、あの肖像画を目にされる王や貴族の目に触れる前にサライを去らせた。ここでサライをジョーヴィオに会わせ、しかるのち彼があの絵を目にしたらどうなると思う？　若い頃の弟子を使って『聖ヨハネ』を描くなどということは画家なら誰だってしている。だが同じ弟子を使って女性像にまでしたとあっては。ただでさえサライと師の事はあちこちで囁《ささや》きの元となっているんだ。ジョーヴィオはしたりとばかりに書くだろう。後々まで醜聞として残される。おまえは師がソドマと名指しされて耐えられるか？

ソドマ……男色家。初めて「ソドマ」という言葉を口にしたときの母の顔が瞬時甦《よみがえ》った。耳にしただけでもおぞましいと言わんばかりの嫌悪の表情。火焙《ひあぶ》りの刑に値する逆しまの行為。そして、あの肖像画がサライ。言われるまで気が付かなかった……。

師は若く溢《あふ》れるような美の中にあったサライを『聖ヨハネ』として描かれた。それはあの頃の弟子なら皆が知っている。師も若い頃、師の師匠が作られたダヴィデ像の元となったそうだ。だが、あの肖像画が……あの女性がサライとは。言われてみれば今のサライは確かに似ている。だが師匠があれを描かれ始めた頃……いや、私が目にしたのはミラーノの工房《ボッテーガ》、既に描かれ始めてから数年経っていたときではないか。そしてあの頃のサライはまだ『聖ヨハネ』に近い、ほっそりとした頬と零《こぼ》れるような大きな眸《ひとみ》だったはず。師はあの頃に……肉の付いたサライ、中年になった今のサライを……しかも女性にして描いたというのか？　なぜ……私はフランチェスコに聞いた。

気が付かなかった？　鈍い男だな。アントーニオもマルコも気付いていたのに。師はサライの美に溺《おぼ》れていた。飽くまで表面的な美にだけどね。それはおまえもよく知っていただろう？　美に敏感な方だ。理性で否定しようとされても惹《ひ》かれるお気持ちは抑えようがない。だから絵で昇華されようとなさった。目の前に居るサライよりも若いサライを『聖ヨハネ』として描かれ、やがて変わるだろう未来のサライを女性として描かれた。御自身の裡《うち》で、そうやってサライを、サライの表面を、昇華しようとされたんだ。飽くまでも芸術にだ。だが、醜聞の好きな世間の輩《やから》……特にジョーヴィオのような男にはどう説明しようがそんなことはわからないだろう。師とサライの間を邪推し、面白可笑《おか》しく書き立てるだけだ。フィレンツェでの師の若い頃の醜聞は未《いま》だに囁かれている。私は信じない。師は最後まで高潔な方だった。だが、師、御自身がその醜聞に深く傷つかれ、サライに傾かれる気持ちを抑えていらしたことも窺《うかが》われる。絵はその自制のため。そして見事に師は芸術に昇華された。それを卑しい憶測で汚されていいと思うか？　師を知りもしない俗人の卑しいペンで汚されていいと思うか？　何があろうと、あの絵とサライは無関係でなくてはならないんだ。

師とサライ、醜聞、ソドマ、卑しい愛、そうだろうか？　美しいと感じ、愛し……それがなぜ同性であれば非難されねばならないのか。ほんとうに師はサライを抱かれたことはなかったのかい――と私は聞いていた。

フランチェスコは血相を変え、憮然とあたりまえだと叫んだ。唇が震えていた。少なくとも、私がお側についてから一度たりともそんなことは……と。

では、君は――と私は聞いた。

何てことを――と額には青筋すら浮かんできた。おまえまでがそんな卑しい想像をしていたのか……。

私はサライの言葉を思い出していた。ミラーノの工房《ボッテーガ》でサライが『天使』の姿勢を取っていたときだ。——俺はね、薔薇《ばら》の香りがするそうだ。はは、師匠流の比喩《ひゆ》だよ。だけどフランチェスコは無臭だそうだ——あのときのサライからはほんとうに馥郁《ふくいく》たる薔薇の香りを感じた。比喩なのか、比喩でないのか、そんなことはどうでもよかった。ただ羨《うらや》ましいと思った。私は言った。卑しいとは思わない。子供のときにはわからなかった。いや、今の今までわからなかった。でもパーオロ様に聞かれ、うろたえながら、うろたえている自分をぎこちなくも感じたんだ。サライや君と師との間がどうなのかなどと考えたこともない。ただ師に愛されていることが羨ましかった。師の笑顔が私の上を素通りしてどこにいこうと、その相手を羨ましく感じただけだ。その笑顔以上に、その愛以上に、胸が痛むことなどない。肉体的な交わりなどどうでもいいことじゃないか……。

　おまえの考えはおかしい。世間の考えと違う。あの女性がサライとわかれば間違いなくジョーヴィオは師を貶《おとし》める。笑顔ですら羨ましいと感じた師匠を貶められていいのか？

　とんでもない、会わせなければいいだけのこと……。

だから今だって「故郷に帰った」と言っておいた。だが、あの男、何が何でも会うと言い続けている。無論、出来る限り誤魔化すつもりだ。しかし最悪の場合も考えておかねばならない。こと師匠の名誉にかかわることだ……。

　フランチェスコの苛立《いらだ》ちは、このまま気がふれるのではないかと思わせるほど昂《たかぶ》っていた。そして呆気《あつけ》なく夕刻、ヴィッラニスの言葉で嘘はばれた。パーオロ様の気楽なわがまま、気紛《きまぐ》れな依怙地《いこじ》、せっかちさが、ぐうたらだったとはいえ、罪もないサライの身を危うくし、しかも危害を加えようとしているのは私だ。私もフランチェスコも動転していた。今少し冷静であれば、今少し時間があれば、もう少し手だてを考えることも出来たはずだ。だが、あのときは……フランチェスコは銃を手渡し、言った。私を殺すか、サライを殺すか、どちらかだ。そうならないようにしたい。だが、いざとなったら、おまえが選ぶがいい。

そう……唖然《あぜん》とした私の前でフランチェスコは繰り返した。誰にもわかりはしない。私を殺す絶好の機会でもあるだろう……と。

――蝗豆《いなごまめ》の樹はユダが首吊《くび》りをした樹。あのときのパーオロ様の言葉は、蝗豆の枝に銃身を置いた私の裡で谺《こだま》のように繰り返されていた。ユダ……ユダ……私は不肖の弟子。ユダ……「師を凌《しの》ぐことなき弟子はごろつき」……ユダ、ごろつき、いや、ジョヴァンニはヘブライ語でヨハネ。イエスに最も愛された弟子、ヨハネになれることもあるのだ。師が去られた後にしろ……銃口の向きを変えた……。

エピローグ　ジョヴァン・フランチェスコ・メルツィ

ジョーヴィオの紹介状を手に、画家が訪ねてきた。

歳は三十位、あの頃のジョーヴィオより若いが、同じように「師のことを本に書きたい」と言った。ジョルジョ・ヴァザーリという。ただしジョーヴィオと違い、諂《へつら》い、世辞を並べることに恥を感じない男だ。

そして画家であるのに、ペンを取り画家たちのことを書こうと思い立ったのもジョーヴィオの言葉からとか。聞けばジョーヴィオも六十を過ぎたという。

「ローマのファルネーゼ枢機卿《すうきけい》のお屋敷でジョーヴィオ様と語らっていたときに伺いました。かつて著名な美術家たちへの『礼讃《らいさん》』を書かれたが、やめてしまわれたと。何という思いつき、素晴らしいことではありませんか。ミケランジェロ、ラファエッロ、そして偉大なるレオナルド・ダ・ヴィンチ。私はさっそく後を継ぎたいと、お伺いを立てたのです。しかし如何《いかん》せん、レオナルド殿が亡くなられた年といえば私はまだ八歳。何もかも貴方《あなた》様にお伺いするのがいちばんと言われました」

塔の二階に案内する。整然と並んだ師の作品、そして研究に、ヴァザーリは感激した。

御しやすい男のようだ。

私は何気なく聞いてみる。「ジョーヴィオ殿にこれらの品々をお見せしたのは二十年も前の事、彼は熱心に師のことを問い、剰《あまつさ》え師の描かれた肖像画を見に仏国《フランチア》にまで行くとおっしゃられておりましたが……」

「ああ、世界一の肖像画と言われるレオナルド殿の傑作ですね」とヴァザーリはすぐにこたえた。「当然のことでございます。アンボワーズの城で御覧になられたとおっしゃっておりました。実に素晴らしい女性像と。ラファエッロ殿から伺い、貴方様から伺い、どうしても見たかったたと。何しろコーモの御自宅を改造されて肖像画博物館を作られてしまった方ですからね。私は、残念ながら拝見してはおりません。いえ、本に著すまでには拝見させていただく所存でおりますが。いったいどなたの肖像画で？」

「そうだ、忘れておりました」と私は極上の笑みを浮かべて愛想よく言った。「ジョーヴィオ殿にも調べてお知らせすると言ったまま、失念しておりました。お伝えください。フィレンツェの豪商フランチェスコ・デル・ジョコンド殿の奥方、モンナ・リーザ様の肖像です。絵は『ラ・ジョコンダ』と呼ばれていたと」

「フランチェスコ・デル・ジョコンド」と繰り返しつつ、ヴァザーリは忙しく筆記した。「なるほど、モンナ・リーザ様ですか、フィレンツェの。私はフィレンツェの近く、アレッツォの出身です。トスカーナは、いや、特にフィレンツェの美人は半島一と今でも言われておりますからね。ジョーヴィオ様のお話では類稀《たぐいまれ》なる美しさとか」――大袈裟《おおげさ》に感嘆の吐息を吐くとヴァザーリは卑屈な笑みを浮かべた。「しかし、貴方様は素敵な笑みを浮かべられますな。人は笑うと顔が崩れるものですが、まるで人形のように優雅で上品な微笑を浮かべられる」

「そうですか」と私は穏やかにまた微笑んだ。「その女性の笑みはそれこそ世界一の微笑みです」そして続けた。「その眉《まゆ》の麗しさはさながら……」

——ヴァザーリは一言も聞き逃すまいとペンを走らせる。肖像画の女に眉などない。彼がほんとうに見に行けばわかるだろう。私の微笑はユダの微笑……。

追記

ヴァザーリの『イタリアの最も秀でたる建築家、画家、彫刻家の列伝』の初版は一五五〇年に出版された。時にフランチェスコ・メルツィ五十七歳、パーオロ・ジョーヴィオ六十七歳。ジョーヴィオはヴァザーリに言ったという。「貴殿の絵は滅びるであろう。しかし時が経ても、この書は生き続けるであろう」と。

ジョーヴィオの言葉通り、この書は未《いま》だ読み継がれている。「麗しい眉の貴婦人の肖像画」はこの書以後、イタリアでは『ラ・ジョコンダ』、フランスでは『ラ・ジョコンド』、アングロ＝サクソンの国々では『モナ・リザ』と呼ばれている。

ジャンは一五六九年に、そしてフランチェスコ・メルツィは一五七〇年に他界した。フランチェスコは弟バルトロメオの子オラツィオを養子にしていたが、フランチェスコの死後、レオナルドの遺品は館《やかた》の屋根裏にある物置へと運ばれ、これを以て散逸した。

あとがき

レオナルド・ダ・ヴィンチの絵が好き、というだけで物語の確たる構想も浮かばぬまま「次はレオナルドで……」と言ってしまい、暗中模索にも等しいレオナルド探究の旅が始まったのは三年前。遅々として進まぬ執筆にも拘《かか》わらず、当初の資料収集から取材旅行、そして更なる資料収集と、角川書店の三浦玲香氏には延々とお世話になってしまいました。今回ほど編集者の存在をありがたく思ったことはありません。また、書き終る毎に感じることだけれど、執筆は一人ではできないということ。今回も多くの方々に助けられて書き続けることができ、そして終えることができました。イタリア・ルネッサンス美術の識者、御高著『宮廷人レオナルド・ダ・ヴィンチ』を始め多くの参考文献でも助けていただいた久保尋二氏にはサライに関する御教示をいただき、未知の文献もお教えいただきました。また旧著でお世話になった仁賀克雄氏からはたまたま留学中だったコーチ氏を御紹介いただき、またしてもお世話になってしまいました。ナポリから日本文学研究のため留学されていた Gianluca Coci（ジャンルーカ・コーチ）氏には、これ幸いとばかりに言語から風俗習慣、地理、動植物に至るまで、イタリアに関するありとあらゆる御教示をいただき、帰国されローマで活躍、ナポリの大学で教職に就かれてからも変わらず助けていただきました。更に資料収集から執筆の繰り言の聞き役にもなってくださった劇作家の藤田恵子氏、終始良き助言を提供し続けてくれたT・H氏……と、多くのご好意に支えられて書き終えることができました。鈴木一誌氏に今回も快く装丁を引き受けていただけましたことも大いなる喜びです。参考文献として拝読させていただきました御高著からも沢山の御教示をいただきました。皆様に深く感謝いたします。ありがとうございました。

参考文献では孫引きとなり恐縮ですが、高階秀爾氏の御高著『ルネッサンスの光と闇』の中で、『アテナイの学堂』にミケランジェロを描いたのはラファエッロではなくミケランジェロ自身である――というハインリッヒ・クロッツ教授なる方の説が紹介されており、大変面白く思いました。レオナルドではなく、ラファエッロかミケランジェロを主にして描いていたら、この説だけでもお話になりそうな気も致しました。

虚々実々の物語の中で、レオナルド像に関してだけは上記の方々よりいただいた御教示を元に、推論に則して想い描いたレオナルド像を真摯《しんし》に構築したつもりです。

メディアを通じて見慣れすぎた『モナ・リザ』を拭《ぬぐ》い捨て、レオナルド・ダ・ヴィンチの諸作品も含めて、新たに見直していただける方が一人でも増えればと願っています。

服部まゆみ

文庫版あとがき

文庫化に当たり、今までになく大幅な改訂を致しました。

この数年で私自身の文章がかなり変わったこと、また昨夏、何気なく入ったブダペストの西洋美術館で、イタリアに在るとばかり思っていた『十字架を担うキリスト』、この書の主人公の一人であるジャン――ジョヴァンニ・ピエートロ・リッツィが描き続けた作品と邂逅《かいこう》したこと、更にその三ヵ月後に日本でレオナルドの『レスター手稿』を見ることができ、レオナルドへの想いを新たにしたこと、などに拠《よ》ります。

単行本のときよりは少しはましになったと思ってくださる方があれば幸いです。

また、今回も鈴木一誌氏に装丁をしていただけることとなり、ありがたく、楽しみにしています。編集部の三浦玲香氏にも単行本に続いてお世話になりました。心よりお礼を申し上げます。

二〇〇六年一月

服部まゆみ

解説

柿沼瑛子

レオナルド・ダ・ヴィンチというのは不思議な人物である。世に膾炙《かいしゃ》する一般的なイメージとしては、あの有名な『モナ・リザ』の作者であり、美術のみでなく建築学、医学、生物学、天文学、軍事工学などにも優れた足跡を残したことで知られる、ルネッサンスの巨人というところだろう。だが、その本体は杳《よう》としてつかめない。「本体」というよりは「本音」というべきか。たしかにレオナルドはイタリア・ルネッサンスが生んだ巨匠である。しかし、同時代のミケランジェロやボッティチェリがこれでもかとばかりに、その質と量において精力的に仕事をこなしていたのに対し、レオナルドの作品数はその高名さのわりにはやや少ないのでは、という気がしなくもない。あるいはあまりに多方面に手を広げすぎたのが災いしているのだろうか。本人はきっと自分が五人位いればよかったと思っていたかもしれない。

庶子として生まれたその生涯は波乱に満ち、戦争やパトロンの失墜などの非運に巻き込まれ、フィレンツェ、ミラノ、ローマそして終焉《しゅうえん》の地フランスへと流転を余儀なくされた。その発明品の多くはあと一歩のところで未完に終わり、その発想がいかに先駆的であったかを示す手稿だけが残された。にもかかわらず、彼が巨人であり続けているのはなぜか？それはレオナルドを「伝説」にした「伝える者たち」がいたからだ。本作『レオナルドのユダ』はレオナルドをめぐる、そうした「伝える者たち」の物語であり、レオナルドという「光」に幻惑され、愛し、憎む「闇」の物語でもある。

塩野七生の『男たちへ』というエッセイの中に、イタリア式成功する男の条件として「まず第一に身体全体からえもいわれぬ明るさを漂わせる男」であるという一節がある。その明るさとは「静かに晴れた、澄み切った、のどかな、明朗な」という意味のイタリア語のSERENO（セレーノ）であり、ひまわりが太陽の方角を向くように、虫が灯火に惹《ひ》かれるように、凡人はその明るさに引きつけられる。その人間に感化され、その声を聞き、その姿を眺め、少しでも近くにいたいと願う。レオナルドを重用したイル・モーロにせよ、チェーザレ・ボルジアにせよ、フランソワ一世にせよ、どれも一代を築き上げたルネッサンスの覇者であるが、ことレオナルドに関するかぎりはただの熱烈な「ファン」ではなかったかという気さえしてくるほどだ。

かようにレオナルドはあまりにもイタリア・ルネッサンスとわかちがたく結びついているので、最近の『ダ・ヴィンチ・コード』によるにわかなブームが起こる前までは、その終焉の地がイタリアではなくフランス、それも古城で有名なロワール地方のアンボワーズだということを知る人は、結構少なかったのではないだろうか。ロワール川を見下ろす景勝地アンボワーズ城の中にあるレオナルドの墓（と伝えられる）は、まるで小さな礼拝堂のような建物である。彼が晩年のすみかとしたクロ・リュセはそこから十分ほど石畳の道を歩いた先にあるが、墓と比べるとひどくつつましいこぢんまりとした家だ。この家出流浪の天才の最期を看取《みと》ったのは弟子であり、遺言執行人でもあったフランチェスコ・メルツィだった。

レオナルドにはあまたの弟子がいたが、偉大すぎる師をもった悲劇というべきか、後世に名を上げるような弟子が輩出することはなかった。師匠があまりにも偉大すぎて、超えてやろうなどという野望をもつことすら考えられなかったのかもしれない。その中でも異彩をはなっているのが、本作品でも重要なキーマンとなっているサライとフランチェスコ・メルツィである。とりわけサライはその美貌《びぼう》と傍若無人ぶりでレオナルドをふりまわし「まさに泣く子とサライにはかなわない」状態であったようだ。それに対してフランチェスコはれっきとした貴族の子弟でありながら、後にレオナルドの弟子となり、御曹司としての未来が約束された故郷を離れてフランスまでつきしたがい、その最期を看取っている。

レオナルドそしてサライとフランチェスコの関わりというと、まっさきに思い出されるのが塚本邦雄の『獅子流離譚』である。共に主人公はレオナルドでありながら、『獅子流離譚』の方がサライから見たフランチェスコが中心であったのに対し、本作『レオナルドのユダ』ではフランチェスコから見たサライが中心に語られている。作者の服部まゆみ氏は「文章よりも先に絵が浮かぶ」とあるインタビューで答えていたが、おそらく作者の頭にまっさきに浮かんだのは、レオナルドをはさんでその両側につきしたがうサライとフランチェスコの姿ではなかったか。現に作中の人物はこのように語っている。

「弟子を二人連れて歩いていましたが、実に目立つ一行でしたよ。レオナルドときたら……そうそう、ラファエッロが描いたプラトン、まさにそのままの威容で気高く優雅、端整な面立ちの老人で驚きました。それに引き連れているのが鳶色の髪の蕩けるような美青年と、金髪のこれも端整な貴公子。まるで神話から抜け出したように美しく優雅な一行で、衆目を集めていましたね」

（『レオナルドのユダ』より）

本文中に、レオナルドが弟子に陰影のつけ方を教える場面が出てくるが、レオナルドという「光」を描くにあたっても、やはり彼を語り継ぐ「闇」が必要だった。この光とは「光り輝く者」すなわち善悪を超越した存在であり、選ばれし者たちである。対する「闇」とは歴史の中に沈んでしまう者、生まれついての敗者を運命づけられた凡人たちである。いくら努力しても光の住人になれないことを知っている彼らは、それゆえに天才を愛さずにはいられない。しかしそれが報われないとわかるやいなや、愛は一挙に憎悪に変わり、時として殺意にまで発展する。

太宰治に「駆け込み訴え」という、まさしくこの「天才」と「凡人」の関係を凝縮したような短編がある。この主人公というのが、レオナルドが『最後の晩餐』で描いた、「天才」イエス・キリストを裏切る「凡人」ユダなのである。役人のもとに駆け込んだユダは、めんめんとイエス・キリストに対するうらみつらみを吐露するのだが、非難すればするほど、それは裏返しの愛の告白になってしまう。太宰版ユダがイエスを憎み、相手を殺さなければならないと思いつめるほどまでに、その存在を脅かされたのは、彼が誰よりもイエス・キリストを理解し、愛していたからなのだ。

そして本作にも重要な「凡人」の代表が二人登場する。ひとりはフランチェスコの乳母の息子であり、レオナルドがフランチェスコに独占されるのを横目で見ながら、レオナルドにひたすら愛されたいと願い続ける使用人ジャンことジョヴァンニ・ピエートロ・リッツィ。主従のくびきから逃れることができない彼はフランチェスコに嫉妬しながらも、共にレオナルドという絆《きずな》で結ばれている。

もう一人はおのれの私怨から、レオナルドをひたすら否定することに血道をあげる人文学者のパーオロ・ジョーヴィオ。なんとしてもレオナルドを栄光の座から引きずりおろしてやろうと執念を燃やす、どこぞの芸能記者を思わせる凡人ぶりは微笑ましい限りだが、皮肉にも彼はレオナルドの「伝説化」に手を貸してしまうことになる。しかし、それは読んでのお楽しみということでここでは伏せておく。このジョーヴィオの前に、中々レオナルドが登場せず、はるか眼下に「野山を焼き尽くすような夕陽を浴びて」あらわれるのもまた心憎い演出である（ここもまた絵が最初に浮かんできた場面かもしれない）。

かくしてレオナルドのデッサンのごとく、さまざまな「光」とさまざまな「闇」が交錯し、出会い、戦い、愛し、憎み、ひとりの稀有《けう》な男の物語を浮かび上がらせていく。この光と闇のバランスが変わるごとに物語もまた二転、三転し、そしてついに本当のユダが出現する。はたしてレオナルドのユダとはいったい誰であったのか。つむぎだされる光と闇の物語が終わりを告げるころには、読者の心には精緻《せいち》な夢を見たあとのような、ひんやりとした、だが、幸福な余韻だけが残ることだろう。

〔追記〕

ダ・ヴィンチの生涯、その残した足跡や作品、もしくは彼の生きた時代に興味のある方、もしくはこれらを視覚的に確かめてみたいというむきには、かつてNHKで放映されたまま、幻の伝記ドラマとして一部ファンの間で話題になっていたテレビ・ドラマ・シリーズ「ダ・ヴィンチ　ミステリアスな生涯」（全3巻DVD）をお勧めしたい。

参考文献

『レオナルド・ダ・ヴィンチの手記』杉浦明平訳（岩波書店）
『レオナルド・ダ・ヴィンチの解剖図』清水純一、萬年甫訳（岩波書店）
『レオナルド・ダ・ヴィンチ　マドリッド手稿』裾分一弘、久保尋二訳（岩波書店）
『レオナルド・ダ・ヴィンチ』杉浦明平編訳（平凡社）
『レオナルド・ダ・ヴィンチの「絵画論」攷』裾分一弘著（中央公論美術出版）
『レオナルド・ダ・ヴィンチの謎』斎藤泰弘著（岩波書店）
『レオナルド・ダ・ヴィンチ伝説と解読』瀬木慎一著（ニュートン・プレス）
『レオナルド・ダ・ヴィンチ』セルジュ・ブランリ著　五十嵐見鳥訳（平凡社）
『レオナルド・ダ・ヴィンチ』ロバート・ペイン著　鈴木主税訳（草思社）
『レオナルド・ダ・ヴィンチ――神々の復活』ドミートリイ・セルゲーエヴィチ・メレシコーフスキイ著　米川正夫訳（河出書房新社）
『レオナルド・ダ・ヴィンチ』ケネス・クラーク著　加茂儀一訳（法政大学出版局）
『知られざるレオナルド』ラディスラオ・レティ編　山田智三郎、他訳（岩波書店）
『レオナルドの幻想―大洪水と世界の没落をめぐる』ヨーゼフ・ガントナー著　藤田赤二、

新井慎一訳（美術出版社）
『萬能の天才レオナルド・ダ・ヴィンチ』ヴィンゾ・コミト、ロベルト・グアテッリ共著
坪内章、岩崎純孝、加茂正一訳（中央出版社）
『宮廷人レオナルド・ダ・ヴィンチ』久保尋二著（平凡社）
『レオナルド・ダ・ヴィンチ　芸術と生涯』田中英道著（新潮社）
『レオナルド・ダ・ヴィンチ　万能の天才を尋ねて』佐藤幸三編・著・写真、青木昭著
（河出書房新社）
『レオナルドに会う日』裾分一弘著（中央公論美術出版）
『世界の伝記　ダ＝ビンチ』榊原晃三著（ぎょうせい）
『モナ・リザが微笑む』宮下孝晴、佐藤幸三著（講談社）
『モナ・リザの微笑』セルジュ・ブランリ著　嘉門安雄監修　門田邦子訳（求龍堂）
『ジョコンダ夫人の肖像』E・L・カニグズバーグ著　松永ふみ子訳（岩波書店）
『チェッリーニ自伝』古賀弘人訳（岩波書店）
『ボッティチェリの都フィレンツェ』佐藤幸三著（河出書房新社）
『アルブレヒト・デューラー　ネーデルラント旅日記』前川誠郎訳（朝日新聞社）
『ルドヴィコ・イル・モーロ』マリアーナ・フリジェーニ著　千種堅訳（河出書房新社）
『ヴァザーリ』ラウル・コルティ著　岡田温司訳（京都書院）
『サヴォナローラ　ルネサンス・フィレンツェ統治論』須藤祐孝編訳（無限社）

『ボルジア家』イヴァン・クルーラス著　大久保昭男訳（河出書房新社）
『ニコラ・フラメル錬金術師伝説』ナイジェル・ウィルキンズ著　小池寿子訳（白水社）
『とめどなく笑う』ポール・バロルスキー著　高山宏、森田義之、伊藤博明訳（ありな書房）
『ルネサンス』ウォルター・ペイター著　別宮貞徳訳（冨山房）
『イタリア・ルネサンスの文化』ブルクハルト著　柴田治三郎訳（中央公論社）
『イタリア・ルネサンスの文化と社会』ピーター・バーク著　森田義之、柴野均訳（岩波書店）
『ルネッサンスの光と闇』高階秀爾著（中央公論社）
『ルネサンスの三大芸術家』クラウディオ・メルロ著　坂巻広樹訳（PHP研究所）
『ルネサンス画人伝』ジョルジョ・ヴァザーリ著　平川祐弘、小谷年司、田中英道訳（白水社）
『ルネサンスと地中海』樺山紘一著（中央公論社）
『中世イタリア商人の世界』清水廣一郎著（平凡社）
『イタリア・ルネサンス2』世界美術大全集　久保尋二、田中英道著（小学館）
『ルネサンスの美術』ローザ・マリア・レッツ著　鈴木杜幾子訳（岩波書店）
『ローマ』弓削達著（文藝春秋）
『ローマ法王』竹下節子著（筑摩書房）

『マニエリスム芸術論』若桑みどり著（筑摩書房）
『イタリア都市と建築を読む』陣内秀信著（講談社）
『西洋事物起原』ヨハン・ベックマン著　特許庁内技術史研究会訳（ダイヤモンド社）
『イタリア美術鑑賞紀行』宮下孝晴著（美術出版社）
『PAOLO GIOVIO』T.C. Price Zimmermann著（Princeton University Press）
『PAOLO GIOVIO』Banca Briantea著（Ritratto del Giovio）

論文

『サライとレオナルド・ダ・ヴィンチ』ウィーンにおける美術史収集年鑑　エミール・メラー著　海老塚尚美訳（ウィーン　アントンシュロ＆Co出版）

カタログ

『レオナルド・ダ・ビンチ素描展』裾分一弘、高階秀爾、若桑みどり、斉藤泰弘訳（朝日新聞社、西武美術館）
『ヴァチカンのルネサンス美術展』越川倫明、松浦弘明編（日本テレビ放送網株式会社）
『イタリア・ルネサンス　宮廷と都市の文化展』高梨光正責任編集（日本経済新聞社）
『科学者レオナルド・ダ・ビンチ展』（科学博物館後援会）
『ウフィツィ美術館全作品集』クラウディオ・ペシオ著　ストゥディオ・ニッポン訳（ボ

ネキ観光出版社）

本書は、二〇〇三年十月に小社より刊行された
単行本を加筆・修正し、文庫化したものです。

レオナルドのユダ

服部《はっとり》まゆみ

平成18年 2月25日　初版発行
令和6年 12月30日　11版発行

発行者●山下直久

発行●株式会社KADOKAWA
〒102-8177　東京都千代田区富士見2-13-3
電話　0570-002-301（ナビダイヤル）

角川文庫 14132

印刷所●株式会社KADOKAWA
製本所●株式会社KADOKAWA

表紙画●和田三造

ISBN978-4-04-178506-5　C0193

◆◆◇

角川文庫発刊に際して

角川源義

第二次世界大戦の敗北は、軍事力の敗北であった以上に、私たちの若い文化力の敗退であった。私たちの文化が戦争に対して如何に無力であり、単なるあだ花に過ぎなかったかを、私たちは身を以て体験し痛感した。西洋近代文化の摂取にとって、明治以後八十年の歳月は決して短かすぎたとは言えない。にもかかわらず、近代文化の伝統を確立し、自由な批判と柔軟な良識に富む文化層として自らを形成することに私たちは失敗して来た。そしてこれは、各層への文化の普及滲透を任務とする出版人の責任でもあった。

一九四五年以来、私たちは再び振出しに戻り、第一歩から踏み出すことを余儀なくされた。これは大きな不幸ではあるが、反面、これまでの混沌・未熟・歪曲の中にあった我が国の文化に秩序と確たる基礎を齎らすためには絶好の機会でもある。角川書店は、このような祖国の文化的危機にあたり、微力をも顧みず再建の礎石たるべき抱負と決意とをもって出発したが、ここに創立以来の念願を果すべく角川文庫を発刊する。これまで刊行されたあらゆる全集叢書文庫類の長所と短所とを検討し、古今東西の不朽の典籍を、良心的編集のもとに、廉価に、そして書架にふさわしい美本として、多くのひとびとに提供しようとする。しかし私たちは徒らに百科全書的な知識のジレッタントを作ることを目的とせず、あくまで祖国の文化に秩序と再建への道を示し、この文庫を角川書店の栄ある事業として、今後永久に継続発展せしめ、学芸と教養との殿堂として大成せんことを期したい。多くの読書子の愛情ある忠言と支持とによって、この希望と抱負とを完遂せしめられんことを願う。

一九四九年五月三日

角川文庫ベストセラー

いつか、虹の向こうへ　伊岡瞬

尾木遼平、46歳、元刑事。職も家族も失った彼に残されたのは、3人の居候との奇妙な同居生活だけだ。家出中の少女と出会ったことがきっかけで、殺人事件に巻き込まれ……第25回横溝正史ミステリ大賞受賞作。

145gの孤独　伊岡瞬

プロ野球投手の倉沢は、試合中の死球事故が原因で現役を引退した。その後彼が始めた仕事「付き添い屋」には、奇妙な依頼客が次々と訪れて……情感豊かな筆致で綴り上げた、ハートウォーミング・ミステリ。

瑠璃の雫　伊岡瞬

深い喪失感を抱える少女・美緒。謎めいた過去を持つ老人・丈太郎。世代を超えた二人は互いに何かを見いだそうとした……家族とは何か。赦しとは何か。感涙必至のミステリ巨編。

教室に雨は降らない　伊岡瞬

森島巧は小学校で臨時教師として働き始めた23歳だ。音大を卒業するも、流されるように教員の道に進んでしまう。腰掛け気分で働いていたが、学校で起こる様々な問題に巻き込まれ……傑作青春ミステリ。

償いの椅子　沢木冬吾

その夜の銃弾は、友と足を奪った。五年後、男は戻った。やり残した仕事を終えるため、そして自らを慕う幼い姉弟のために。男は黙して車輪を進める。復讐のため、そして愛するものを守るために。

角川文庫ベストセラー

金田一耕助ファイル11
首
横溝正史

滝の途中に突き出た獄門岩にちょこんと載せられた生首。まさに三百年前の事件を真似たかのような凄惨な村人殺害の真相を探る金田一耕助に挑戦するように、また岩の上に生首が……事件の裏の真実とは？

金田一耕助ファイル12
悪魔の手毬唄
横溝正史

岡山と兵庫の県境、四方を山に囲まれた鬼首村。この地に昔から伝わる手毬唄が、次々と奇怪な事件を引き起こす。数え唄の歌詞通りに人が死ぬのだ！　現場に残される不思議な暗号の意味は？

金田一耕助ファイル13
三つ首塔
横溝正史

華やかな還暦祝いの席が三重殺人現場に変わった！宮本音禰に課せられた謎の男との結婚を条件とした遺産相続。そのことが巻き起こす事件の裏には……本格推理とメロドラマの融合を試みた傑作！

金田一耕助ファイル14
七つの仮面
横溝正史

あたしが聖女？　娼婦になり下がり、殺人犯の烙印を押されたこのあたしが。でも聖女と呼ばれるにふさわしい時期もあった。上級生りん子に迫られて結んだ忌わしい関係が一生を狂わせたのだ——。

金田一耕助ファイル15
悪魔の寵児
横溝正史

胸をはだけ乳房をむき出し折り重なって発見された男女。既に女は息たえ白い肌には無気味な死斑が……情死を暗示する奇妙な挨拶状を遺して死んだ美しい人妻。これは不倫の恋の清算なのか？

角川文庫ベストセラー

金田一耕助ファイル16
悪魔の百唇譜
横溝正史

若い女と少年の死体が相次いで車のトランクから発見された。この連続殺人が未解決の男性歌手殺害事件の秘密に関連があるのを知った時、名探偵金田一耕助は激しい興奮に取りつかれた……。

金田一耕助ファイル17
仮面舞踏会
横溝正史

夏の軽井沢に殺人事件が起きた。被害者は映画女優・鳳三千代の三番目の夫。傍にマッチ棒が楔形文字のように折れて並んでいた。軽井沢に来ていた金田一耕助が早速解明に乗りだしたが……。

金田一耕助ファイル18
白と黒
横溝正史

平和そのものに見えた団地内に突如、怪文書が横行し始めた。プライバシーを暴露した陰険な内容に人々は戦慄！　金田一耕助が近代的な団地を舞台に活躍。新境地を開く野心作。

金田一耕助ファイル19
悪霊島　(上)(下)
横溝正史

あの島には悪霊がとりついている――額から血膿の吹き出した凄まじい形相の男は、そう呟いて息絶えた。尋ね人の仕事で岡山へ来た金田一耕助。絶海の孤島を舞台に妖美な世界を構築！

金田一耕助ファイル20
病院坂の首縊りの家　(上)(下)
横溝正史

〈病院坂〉と呼ぶほど隆盛を極めた大病院は、昔薄幸の女が縊死した屋敷跡にあった。天井にぶら下がる男の生首……二十年を経て、迷宮入りした事件を、等々力警部と金田一耕助が執念で解明する！